有爱的青春陪伴者

# 绿月光与白衬衣

江苏凤凰文艺出版社
JIANGSU PHOENIX LITERATURE AND ART PUBLISHING

**图书在版编目（CIP）数据**

绿月光与白衬衣 / 西方木头著. -- 南京：江苏凤凰文艺出版社，2022.11
ISBN 978-7-5594-7041-6

Ⅰ.①绿… Ⅱ.①西… Ⅲ.①长篇小说 - 中国 - 当代 Ⅳ.①I247.5

中国版本图书馆CIP数据核字(2022)第127982号

**绿月光与白衬衣**

西方木头 著

责任编辑 王昕宁
特约编辑 不 夏 年 年
责任校对 言 一
出版发行 江苏凤凰文艺出版社
南京市中央路165号，邮编：210009
网 址 http://www.jswenyi.com
印 刷 湖南春黎文化传媒有限公司
开 本 880mm×1230mm 1/32
印 张 10.5
字 数 355千字
版 次 2022年11月第1版
印 次 2022年11月第1次印刷
书 号 ISBN 978-7-5594-7041-6
定 价 39.80元

目 录

# 目录

# 第一章

## 你的头发乱了

01

姜一绿拖着行李箱走出火车大厅时，已经过了晚上九点。

2011 年的夏天一如往年，空气闷热，活物吊着一口气苟延残喘。

不远处，公交车闪烁着红黄的灯光，照着出站口前横七竖八地停着的拉客私家车。

出了站，姜一绿拖着行李箱没走两步，三四个人就齐齐地围了上来，七嘴八舌，夹杂着浓重烟草味的乡音吵得她晕头转向。

反胃的感觉又涌了上来，姜一绿握着行李箱的拉杆，抿了抿唇，纠结地看向最前面的一位大叔。

前面的人立马会意，热情地接过她的行李箱往前面的车走，旁边的人扫了眼就继续去她身后拉客了。

“美女，去哪里啊？”大叔打开车后备厢，轻松地将行李箱抬起放入。

车门拉开，姜一绿在后排落座，说：“嗯……陵县一中。”

“二十块啊。”

“啊！”姜一绿抬眼有点惊讶，问道，“涨价了？”

大叔关门的手滞了下，开口讪笑道：“现在物价都跟着涨。”

见他这模样，姜一绿明白了过来，再开口时就变成了流利的陵县话：“那这也涨得太高了吧？”

听着她的声音，大叔抬眼又仔细打量了下眼前的姑娘。

女孩巴掌脸，长相极其艳丽，虽然漂亮却毫无烟火气。她穿着件纯白的短袖 T 恤，露出线条优美流畅的脖颈，一看就是还没走出学校的学生。

本来听着她标准的普通话，想着年轻姑娘都好说话能多赚一点是一点，没想到碰到个本地的，大叔挥了下手，说：“本地人便宜点，十八块，赚不了多少，我们这儿——”

“平时不都十五块嘛，您可别蒙我，从东站到一中的路价，我还是很清楚的。”

他后面描述“这接客也不容易的”一堆话还没说出来，就又被这姑娘噎住。这会儿和她说话的工夫，又有一辆列车到了站，眼看着下来的人都被抢走，大叔也懒得再计较，丢下一句“十五块”就快步往出站口走了。

看着大叔的背影，姜一绿轻轻笑了声，从口袋里摸出一粒薄荷糖丢进嘴里。

丝丝缕缕的薄荷香在口腔里蔓延开，她这才找到点实感。

暑假回家的车票一票难求，她没抢到高铁票最后选了普通列车，一路上车厢里混杂着泡面味和难闻的汗臭味，硬生生给她坐晕车了，她觉得自己喉间哽着东西随时都能吐出来。

这种拉客的小车不把人装满了不会走，估摸着一时半会儿也走不了，姜一绿摸出手机给妈妈安秀发了个消息。

姜一绿：【妈妈，我下火车啦。】

估计是今晚晚自习没讲课，对方回得很快：【下车就行，今天累着了吧，回去洗了澡好好睡一觉。】

姜一绿：【好的！妈妈，你忙吧，就不和你说了。】

退出聊天页面，姜一绿随手拨了下列表，一眼看到停在上方还没来得及回的消息。

姜一绿：【你在干吗，车上这气味熏得我要晕。】

朱贝：【复习，顺便“摸鱼”看小说。】

朱贝：【我和你说，这本我昨天发现的，还真挺好看的。推荐给你。】

姜一绿：【算了，头晕，看不进去，我先眯一会儿。】

朱贝：【别呀！看完你就不晕了，而且立马生龙活虎能连着做两套广播体操！】

朱贝：【真的特别好看！】

朱贝：【我把链接发给你，如果你不会登录随时问我！】

接下来的消息，姜一绿在车上睡着了就没再看，这会儿才看到朱贝给她发的到底是什么。

点开链接，入目的就是小说封面，是格外醒目的一张图。

看着文章封面，姜一绿怔了两秒才反应过来这是什么小说。

“哎！”姜一绿倒吸一口凉气，手颤着立马就要退出，没想到错手点了进去。

她垂眸扫了两眼第一段，眼皮一跳，立马清了后台退出。

“你的脸好红，是很热吗？”

姜一绿光顾着看手机，完全忽视了刚坐上来的女孩，突如其来的声音将她吓了一跳。

姜一绿窘迫地咬了下唇，有点尴尬地笑了下：“还……还行。”

估计是时间有点晚了，大叔没再等，最后一个男孩上了车就准备发车了。

陵县，南方一个不起眼的小县城。

经济落后，民风淳朴，不过近几年赶上旅游业的发展，凭着山清水秀的自然地理环境，开发了不少的旅游景点，经济倒是好了不少。

不像大城市夜晚九点才刚刚是夜生活的开始，陵县的这个时间点除了中心商区还有点人气，其他地方早就关门闭户，连路灯都灭了不少。

等车开稳了，姜一绿才开始回朱贝的消息。

朱贝一看就是在“摸鱼”，消息秒回：【？】

朱贝：【怎么样是不是提神醒脑？】

姜一绿：【没看！】

朱贝：【不看拉倒！】

姜一绿现在脑子清醒得很，她支着下巴看着窗外的路灯光影连成了线，“咔嚓”一下咬碎了嘴里的薄荷糖。

几个人中姜一绿的地点最远，所以也是最后一个下车的。

下车时家对面的一中还没有放学。

陵县一中是陵县最好的高中，当初为了姜一绿和姜无苦读书，安秀和姜敏学就将房子买到了学校附近。那个年头房价低，到了现在这老房子也是翻了好几倍的价格。

夜晚的温度虽说比白日要低，但丝毫没有驱散闷热的天气，光走了一会儿姜一绿的后背就出了一层薄汗。

一路上沙石地崎岖不平，姜一绿拖着行李箱走得艰难。

回家必须要经过一条小路，车开不进来，唯有下车。

夜晚安静，路上几乎没人，路灯又坏了几盏，仅有的几盏还因为电流不稳在“噗噗”地闪光，看得怪瘆人。

姜一绿屏着呼吸不敢耽搁，只顾埋头往前走。

忽然间，“砰”的一声巨响。

东西砸墙的声音在寂静的窄巷里炸开，震得人头皮发麻。

她被吓到，站在原地一时忘了动弹。没多久，就听到右侧拐角的巷口传来了浅浅的说话声。

姜一绿缓慢地抬眼，顺着望过去。

小巷里昏暗逼仄，一眼望不到头，暗黄的灯光将空间切开，像幽幻的两个世界。

她站在原地，轻眨了下眼，思绪连接的同时，也看清了里面的局势。

里面站了两拨人，准确地说是两个人对峙一个人。

对面的两个人像是小混混，穿着灰 T 恤、牛仔裤，领头的那个手中还拿着一根灰黄的木棍，吊儿郎当地斜站着，看着特别拽。

他们对面站着一个男生。

肩宽腿长，身形高瘦，穿着一中的夏季校服，这个角度只能看到他的侧脸。

他的表情寡淡，下颌锋利，眉眼不耐烦地垂着。

大概是男生这副面无表情的样子激怒了小混混，领头的小混混朝地上啐了一口，说：“林修白，你装什么清高！”

对面没回应。

“你给我说话，你是个哑巴？”

空气沉静，有种诡异的危机感。

沉默了半天，林修白抬眸：“说完了吗？”

领头的小混混彻底怒了，举起手中的木棍挥手就往他身上砸。

林修白不为所动，一把扣住了对方的手臂。

他用的力道很大，领头的小混混没有防备地向前趔趄一步。

他这种怎么都不在意、不生气的模样彻底惹怒了领头的小混混。

领头的小混混气急败坏地想要挣脱被握住的手，一瞬间竟然没有扯动。

领头的小混混愣了一瞬，气得提脚踹去，手却被林修白牵动了下，踢空了。

眼前的场景停止了几秒，一直在旁边愣住的另一个小混混才终于有了动作。

他先动了手，挥拳就向林修白打来。

林修白的速度比他更快，头微偏就躲开了，他扯着领头的小混混的手也没有放，动作牵扯着力道，领头的小混混手中的棍子也不受控地掉在地上。

林修白都不用动手，只要扯住领头的小混混，就挡住了那人几乎所有的拳头。

“你到底行不行！”领头的小混混忍不住骂了起来，他本就胖，动作不灵活，不仅没挣脱掉还白白挨了几拳。

林修白面无表情，垂眸看着他，没情绪地扯了下唇。

“还打吗？”

姜一绿这才反应过来自己一直在看他们。

离得不算近，她没听清几人的对话，这样的场景更像是身手好的学生被流氓欺负。她捏紧行李箱的拉杆正犹豫着要不要报警，就看到领头的小混混旁边那个小混混，趁着男生说话间隙极快地捡起了掉在地上的木棍。

他举起手来，挥出木棍。

这个瞬间，姜一绿的心提到了嗓子眼儿。

“小心！”

突如其来的声音撕开了巷子诡异的寂静，所有人都被惊动了。

林修白闻声回头。

四目相对。

姜一绿张唇，怔怔地看着他。

街边的那盏路灯终于承受不住，“咔嗒”一声寿终正寝，本就昏暗的空间，光线更暗了。

他好像可以躲掉那一棍，但他没有躲。

而后，传来沉闷的一声。

姜一绿佯装着已经报了警，两个小混混骂了几句，互相扶着就从巷口的另一侧跑了。

大抵是被说话声吵醒，小巷里有人家打开了灯，微弱的光线亮起。

看着人跑远，姜一绿摸了摸袋子里的纸巾，急匆匆地走过去。

“那个……你擦擦吧。”姜一绿盯着男生额头上有些恐怖的伤口说道。

见人没反应，她微微抬起眼睛，就撞上了一道视线。

隔得近了，姜一绿才真正将男生的样子看得清楚。

他敞着衣领，领口微乱，露出一圈冷白的锁骨边，沿着脖颈往上，下颌微收。眉目清冷，很凌厉的长相偏偏因为喉结旁的那粒痣，又显得有点蛊惑人心。

他皮肤冷白，额头上的伤口冒出的血滴在了眼睑上。

见男生没动，姜一绿在原地尴尬地沉默了会儿，抿了抿唇，抱歉地说：“刚才对不起啊……”

好像是因为她那句“小心”让他走了神。

林修白额头上的伤口看起来很严重，姜一绿视线上移，忍不住蹙眉，说：“我带你去诊所吧，你的伤看着好像有点严重。”

林修白眼神松动，看着她清凌凌的眼睛。

良久，他呼吸沉沉，声音低哑道：“你头发乱了。”

02

“什么？”

没跟上林修白的思路，姜一绿傻了会儿才想起去扯自己的头发。

她今天用丝质发带缠了一个落肩的麻花辫，颠簸了一路，此刻确实已经散开得差不多了。

姜一绿扯下发带随手塞进了牛仔裤口袋里，又抬头试探地问：“那我们走吗？”

已经晚上十点，街边的小诊所几乎都关了门，好不容易有一家灯还亮着，姜一绿眼疾手快地跑了过去拦住了医生拉门的手。

“阿姨稍等！”

姜一绿喘了口气往身后看了眼，又回头道：“他额头受伤了。”

医生定睛望过去。

外面的灯光比屋内暗。

光影切割出阴影，少年站在那里没发出任何声音，存在感却极强。他额头的鲜血凝固了些，此刻正安静地看着女孩。

“进来吧。”医生蹙眉，边往里走还边说，“这怎么弄的，看着挺严重啊。”

见状，姜一绿立马道谢：“谢谢您！”说完，她连忙跑了出去，拉过刚才遗漏的行李箱，冲林修白示意，“走吧，我们进去。”

沉默几秒，林修白低头轻轻“嗯”了声。

诊所虽然不大，但很卫生干净。

医生取了消毒的东西，走过来看了眼林修白的额头，说：“血都凝固了。”

“那严重吗？”旁边的姜一绿咬唇，有点担心地问。

医生拿着酒精棉球往林修白额头探，说：“得把血清理干净再看看。”

下手前，医生垂眸看了眼少年，他没什么表情。医生还是提醒了句：“可能有点疼，你忍着点啊。”

林修白置若罔闻，垂着眼全程眉头都没皱一下，倒是在一旁看着的姜一绿没忍住轻“嘶”了好几声。

伤口不太大，但血流得有点多，铁盘子里七七八八装了好几个染红的棉球。

“小伙子倒是不怕疼。”医生笑着将最后一个棉球丢了进去，“不是特别严重，一会儿包扎完就行了。”

姜一绿放了心，和医生说了好几声谢谢。

站在旁边看了会儿，姜一绿走到林修白旁边的位置坐下，侧着脸不着痕迹地打量起眼前的人。

他真的是挺厉害的，明明这么一个看着就疼的伤口，他像是感觉不到似的，神色冷淡，浑身上下透着一股冷漠又寡淡的劲儿。

姜一绿又莫名想到了刚才巷子里的事，眨眼忍不住轻呼了口气。

等她再次抬头时就对上了林修白的眼睛。

空气滞住一瞬。

对视两秒，姜一绿先面无表情地移开了视线。

她其实不太敢看他的眼睛。

“好了，这几天不要沾水，消炎药记得按量吃，免得发炎，饮食注意吃清淡点就行。”见他们是一起来的，医生自然而然地将两人当成了相互认识的，仔细地叮嘱着姜一绿。

医生又看了眼林修白，说：“好好保养着就不会留疤了。小伙子挺帅，留疤可就不好了。”

姜一绿点头，交了钱，两人就出了诊所。

姜一绿将装着药的透明塑料袋递了过去，说：“这是消炎药，你按上面的量吃就行。”说完，她视线又往他脸上瞥了眼，而后道，“应该不会留疤的。”

虽然她觉得林修白的眉目或许留了疤会更好看，有些人天生就适合伤疤。

它更野性、原始、张扬。

也不知道林修白听进去没，时间挺晚了又折腾了一路，姜一绿此刻眼皮都有点打架。说完，她握住旁边的行李箱说了句“那我先走了”就准备离开。

她的脚步还没迈出去，就听到后面一声：“等等。”

声音清冷。

“嗯？”姜一绿回过头去，看见林修白拿出手机，低头调了什么，而后移到她面前。

姜一绿低头一看，是添加好友的微信二维码界面。

像是猜到她的疑惑，对面的人开口淡淡地补充了句：“加上，还你医药费。”

“哦……”想多了的姜一绿尴尬了下，冲他摆了摆手，“没事啦，也没多少钱。”

林修白仍是那副冷淡的表情，声音听不出情绪：“我不喜欢欠别人的。”

都这样说了，不加好像也说不过去。

姜一绿拿出手机扫上二维码，很快就跳出了他的名片。

纯黑色的头像，连昵称都是简单的“W”。

“我叫姜一绿，你呢？”她抬头，“给你备注一下。”

“林修白。”

姜一绿边往手机上输入，边低声一字一顿地念着。

她声音轻软，带着气音。

输完后，姜一绿下意识地抬头，眼尾沾笑，说：“你名字真好听。”

林修白眼皮轻颤，抬眼看她。

姜一绿没注意这么多，加上了好友，也没什么再聊的，姜一绿和他挥了下手转身走了。

林修白站在原地没动。

看着姜一绿拖着行李箱走得缓慢，没走几步又停下来，用皮筋将头发缩起来才拖着箱子继续走。

直至她的背影彻底在视线里消失，林修白收回视线往不远处的烧烤摊走。

“你这个厕所怎么上了这么久，都快要收摊了。”烧烤店的老板娘见林修白现在才回来，语气中带着不满。

“抱歉，从我工资里扣吧。”

老板娘抬头，看见林修白站在那儿神色冷倦，额头上还贴着白色的纱布。

她也没再多说什么，只道：“算了，你把桌子收拾了吧。”

林修白熟练地拿起桌上的抹布，淡淡地回了声“好”。

等姜一绿拖着行李箱到家门口后，姜无苦早已经放了学。

“怎么这么晚？”他开门接过姜一绿的行李箱往里走。

“火车晚点了。”

在门口换了鞋，姜一绿跑到沙发边脱鞋蹦了上去，捞起一个抱枕拥在怀里，问：“我饿死了，家里有什么吃的没？”

“没有。”姜无苦拆开用保鲜膜封好的小熊马克杯，洗净后倒了杯水，走过去，“我一个人在家能有什么吃的。”

“保护得还挺好。”姜一绿扬眉晃动着看了看杯子。

喝了口水，见姜无苦要坐下，她立马开口：“哎！你别坐下。”她一脚踹在姜无苦腿上，将他往外推。

姜无苦一脸莫名。

“你下去给我买包方便面，我快饿死了！”

姜无苦觉得荒唐，问：“你刚才上来没买？”

姜一绿理所当然道：“我忘记了。”

“不去。”姜无苦拿起桌上的橘子在另一边坐下。

姜一绿说：“那我告诉妈妈你不听我的话，扣你生活费。”

姜无苦剥橘子的手一顿，似乎是觉得离谱，说：“姜一绿，你多大了还告状？”

“又一条直呼我大名的罪名，我记住了。”

姜无苦忍了忍站起来，将橘子放在桌上，说：“行。”走到了门口他还不忘抱怨，“你以后暑假还是在学校待着吧，一回来就惹人生气。”

沙发上的人丢了瓣橘子放嘴里，冲姜无苦喊道：“记得带钥匙啊！我一会儿洗澡没人给你开门！”

等姜一绿从浴室出来，厨房里姜无苦很自觉地将面给下好了。

吃完洗漱后，姜一绿很愉快地上了床。

睡前她把今天遇见的事情和朱贝说了一遍，这会儿不知道朱贝在干什么，等了好一会儿也没有回应。

姜一绿实在是太困了，特别是吃饱了以后，眼皮像是黏上了胶水，睁不开，她没有再等，关了手机就打算睡。

充电线刚插上，手机“叮”地进了消息。

原以为是朱贝的，姜一绿正打算回一句“睡了”就关，没想到是林修白的转账。

她指尖一动刚想点，忽然想到了什么。

光收钱好像不太好，应该说点什么比较好吧？

手机抵着下颌，姜一绿有点纠结。

林修白看着拒人千里之外的，她还真不知道回什么。

她摁亮屏幕，看到顶端显示的时间——23：29。

她抿唇想了两秒，敲下几个字：

【早点休息。】

盯了一会儿，她又觉得有点高冷，迟疑着打下一个表情。

【早点休息 ^3^。】

发送成功之后，姜一绿没再等林修白的回复，关了灯就睡觉了。

另一边，查寝老师在男寝一间间地敲着门警告着：“再说话就不用睡了，都给我出去跑圈！”

窸窸窣窣的声音瞬间消失，整栋楼安静了下来。

林修白躺在床上，垂睫盯着手机屏幕上的内容。

良久，屏幕熄灭，一切落入了寂静。

## 03

晚上没睡好，翌日姜一绿醒来时已经过了十点。

姜无苦早就去了学校，整个屋子安安静静的，姜一绿躺在床上玩了一个小时的手机才慢吞吞地起床洗漱。

安秀和姜敏学都是树德高中的老师，两人常年带高三，树德离家远，教学压力也大，所以好多年前夫妻俩就长期住在学校的教职工宿舍里了。姜一绿和姜无苦从小就是由外婆带大，几年前老人家回了乡下，两人就在食堂吃，晚上回家住，除了寒暑假吃饭问题有点难解决，其他时间早就习惯了。

姜一绿边刷牙，边看朱贝昨晚发的消息。

朱贝：【所以加了好友以后呢？】

退出界面，姜一绿看了眼林修白的对话框。

没有回复。

姜一绿也不奇怪，又回到和朱贝的聊天框内，打字道：【还了钱就没了。】

朱贝：【无聊。】

姜一绿咬着牙刷回复：【你期末什么时候考完，我一个人在家才是真的无聊。】

两人是高中同学，大学在同一座城市却是不同的学校。

朱贝：【十几号。不过，我可能还得等两天才回来，我要去烫个头发做个美甲，美美地回来。】

姜一绿：【家里不也能做？】

朱贝：【算了，那技术我可不敢恭维。】

昨晚吃得稍多，直到现在姜一绿都没有饿的感觉。洗漱完，她换了身衣服就下了楼。

有别于星城的繁华，老街区的房子浸润在十几年的风霜里，墙体斑驳，烟火气浓重得都散不开。

这个时间段恰好一中下课，校门口人潮交织，涌动着白蓝色的校服浪潮，青春洋溢的活泼笑脸，叽叽喳喳的声音填满街区，安稳惬意。

姜一绿和人流走着相反的方向，懒洋洋地往一中走。

一中大门是开放的，允许外人进去，中午时分大门更是敞着。姜一绿的母校也是一中，所以每次回来都会来这里走走。

已经下课了十几分钟，学校里的人几乎都走得差不多，唯有食堂那边人声鼎沸。

陵县一中有八十年的历史，校风淳朴，绿化极好，灰黑的柏油长道上立着四季常青的香樟树。近些年开辟了个新校门，学校面积也拓宽了一倍，姜一绿还没见过别人嘴里那气势磅礴的北门，所以进来后就目标明确地往北面走。

经过食堂门口的时候，忽然有人叫住了她。

“姐？”

见姜一绿回过头，姜无苦走过来，问：“你怎么跑学校来了？”

“一个人太无聊了，来散步的。”说完，她随意抬眼就看到了姜无苦后面的男生——林修白。

乌发朗眉，唇色很淡，眼神带着棱角，站在那里沉寂无声，像一根高瘦的春竹。

他总是给人一种孤独又虚空的感觉，游离于众人之外，即使是在嘈杂的环境里。

姜一绿眨了眨眼，才慢半拍地转回视线，问：“这是你同学？”

“他？”姜无苦回头看了眼，“哦，我同桌。”

“真巧啊。”姜一绿低低地说了句。

“什么？”姜无苦没听清。

“没事。”姜一绿捋了下耳边的碎发，“你们是去吃饭吗？”

“对。老师拖了会儿堂，刚才人多就等了会儿才来。”话落，姜无苦又问，“你吃饭了吗？”

“没呢。”

“那一起吃吧。”说着，姜无苦就推着姜一绿往前走。

“我又不饿。”姜一绿扭头看他。

姜无苦倒是很不要脸地回答：“饿不饿不重要，主要是想要你给我们先占座。”

姜一绿提腿就往后踹了他一脚。

走到林修白面前，姜无苦给他介绍：“这是我姐。”

姜一绿看着林修白，嘴角扬起一个清浅的弧度，打招呼：“你好呀。”

林修白低眸看她，开口：“你好。”

这个时间段，虽然食堂的人相比刚下课时少了一大半，但还是不少。

学校里除了周末，学生们大多穿着校服，朴素至极。

所以当姜一绿穿着一身浅色的长裙走进来时，不少学生看了过来。

这种被所有人打量的感觉有点奇怪，姜一绿尴尬地捏了下指，催促着姜无苦快去打饭。

姜无苦问："你吃什么？"

姜一绿随口道："什么都行。"

姜无苦张望了下打菜窗口，说："行，那我给你打一样的？"

姜一绿没什么意见，四处看了下找座位去了。

旁边的林修白沉默得跟空气似的，姜无苦搡了下他的肩膀："你想什么呢？"

林修白神情很淡，嘴角放松，转身，说："走吧。"

早就习惯了他这样，姜无苦挑了下眉跟了上去。

两个人回来的时候，姜一绿手掌撑着下巴在玩手机。

"这么多！"看着满满当当的一盘子菜，姜一绿皱眉。

"这还多？"姜无苦坐下，扫了眼那两口就能吃完的饭。

"菜多。"姜一绿将盘子移过去，用筷子夹了一大把菜放进姜无苦的盘子里，笑得亲切，"来，多吃点，长身体。"

看着她的举动，姜无苦皮笑肉不笑地说："你对我可真好啊！"

姜一绿懒得理他，将盘子挪了回来，正准备吃饭，余光瞥见林修白的手停下，似乎看了她一眼。

她抬眸，眨眨眼感觉好像应该要说些什么，憋了半天才挤出一句："你额头怎么样了？"

似乎是没想到姜一绿会问，林修白停顿了片刻，才答："没事。"

姜无苦扬眉朝林修白看过去，觉得稀奇，拖长气息懒懒地笑了下，说："你今天很开心？话有点多啊。"

林修白喉结微动。

姜一绿有些奇怪。

就这……话还多？

吃完了饭，他俩就要回教室，姜一绿悠闲地跟着两人走了一段，最后停在了教学楼下。

"那我先上去了。"姜无苦冲姜一绿说了句。

"嗯。"姜一绿摆了摆手，目光没从面前的光荣榜移开。

这是她读书那年就有的东西，每次月考楼下的光荣榜都会展示文理科的前十名。

理科班照旧是男生居多，戴着眼镜，浓厚的学生气。姜一绿的视线从最后一排往上滑，定格在第一张照片上。

照片里的男生是林修白，眉骨硬朗，眼神冰冷。

其他人的照片都很新，唯独他这张。

一看就是常年第一，照片都不用换的。

姜一绿微微侧头往前看去，林修白的身影慢慢隐没在楼道里。

午休时间段，留在学校的大多是寄宿生。但已经高二，所以有不少学生吃了饭就很自觉地回到教室，在桌上趴半小时左右就开始学习。

教室里很安静，学生大多在看书。

方雅就是在这个时间过来的。

林修白刚落座她就走了进来，旁边的姜无苦看戏般地“哟嗬”了一声。

“你的伤怎么样了？”方雅挺担心的，凑过来声音低低地问。

林修白没回应，甚至连眼神都懒得给一个。

方雅急了，连忙又说：“昨天的事你别怪我哥，我已经骂过他了！”

昨晚打人的领头的小混混是方雅的表哥，娄航。

晚上回家他就打了个电话给方雅，说完成她交代的事情了。

方雅一脸蒙，问了半天才知道原来前几天娄航的桌上被放了个字条。他以为是方雅放的，字条上的意思大概就是自己受了欺负，想让人教训林修白一顿。

两人不在一个年级上下学时间段也不一样，娄航以为自家表妹脸皮薄才放的字条，就带人去教训林修白了，没想到闹了这一出。

他说完方雅更蒙了，自己怎么可能干这事。

“我说哥，别不是有人故意挑事吧，我可没写这玩意儿。”

娄航仔细一想骂了句，说：“还真有可能！不说了，我得去调查一下。”

方雅自顾自地说了很多，林修白仍然没看她一眼，垂着长睫疏远冷淡。

她有些下不来台，但没关系。有些人就是这样，越冷淡，就越吸引人。

方雅将装着纱布、药品的袋子放在林修白桌上，掐着嗓子柔柔地说：“这些你记得用，我先走了。”

等人走后，林修白才终于有了动作。他扫了眼桌上的塑料袋，极其不耐烦地皱眉，然后像是丢垃圾一样将其丢进了垃圾桶。片刻后，他又在抽屉里触到了同样的塑料袋，于是又毫不留情地丢进了垃圾桶。

“我说，林修白就这么值得这些人前赴后继的？”目睹全程的姜无苦，侧着身子问后面的钱志。

“学委是帅，不过就是太冷了。”钱志又说，“要是我就喜欢你这种长相。”

姜无苦皱眉道：“你在说什么鬼话？”

钱志问：“对了，今天食堂那个和你一起吃饭的女生是你姐吗？”

“嗯。”

“你姐也太漂亮了，你和她长得一模一样。”

姜无苦冷眼看他，说：“我长得像女的？”

“不是。”钱志摆手，“我的意思是，你和你姐都长了一双深情眼。我说呢，平时你怎么看垃圾桶都一副深情的样子。”

“深情眼？”姜无苦嗤笑一声，“我可没那玩意儿。”

头顶吊扇“呼啦”作响，渐渐有同学放下笔开始午休。

不远处的徐依楠看着林修白，落寞地垂下了眼。

04

吃完饭后，姜一绿一个人把学校逛了一圈才回家。等到家后，她才发现自己左耳耳夹再次不见了。

这副耳夹她买过两次，每一次都是左耳夹掉，凑都凑不成一对儿。她哀怨地扯下右耳上的耳夹随手丢在了桌子上，边往沙发走，边盘算着哪天真的去把耳洞打了。

姜一绿特别怕疼。

她痛觉灵敏，一点点痛都很难忍受。

夜晚姜无苦下了晚自习回来后，姜一绿和他商量着让他把饭卡给自己。

“那我用什么？”

“哎，你怎么不会变通呢，你把钱充进同学卡里和他一起用呗。”

“行。”姜无苦想了下把饭卡丢给姜一绿，“不过里面没钱了，你自己记得去交。”

之后的日子，姜一绿花了几天时间在社区里找了个义工的工作，来完成学校的暑假实践。中午去食堂吃饭时她偶尔能够遇上姜无苦，每一次他都和林修白一起。

这样的次数多了，姜一绿也有点好奇，姜无苦这人自恋又不着调，竟然和林修白这么寡淡的人相处得挺好。

她偷偷问过姜无苦："你和你同桌关系很好吗？"

"林修白？"

"对啊，你们不是每天都一起吃饭？"

"还行。"姜无苦吃着饭慢条斯理地答，"他吃饭不规律，偶尔会一起来。"

姜一绿还想说什么，余光瞥见林修白打饭回来了就没再开口。

姜一绿的生日在每年七月中旬，安秀和姜敏学即使工作再忙，两个孩子的生日也必定会回来陪他们吃饭。

姜一绿今年十九岁生日刚好是姜无苦期末考的前两天。

即使临近考试晚自习依旧是照常上。下午最后一节自习课快结束时，班主任抱着文件夹进来讲了一堆有关期末考试的相关事项，末了才提起了暑假补课的事情。

"下学期开学就是高三了，所以今年肯定是要补课，学校暂时通知的是7月22号、23号左右。"

话音刚落，班级里就是一阵哀号。

"考完都16号了。"

"这假期也太短了吧。"

"是啊。"

"行了，行了。"班主任拍了下桌子，"号什么号，你们这个样子还准高三生？老师们不比你们更辛苦，改了卷子还要给你们补课，这都还没喊累呢。而且只补一个月，接下来还有二十多天够你们玩的，你们就知足吧。"

班主任喊了声课代表："去把前几天考完的物理卷子给发下来，今天晚自习我来讲。"

"又讲课啊……"钱志胆子大，听完就立马嘀咕了一句。

班主任朝他看了眼，说："那不讲课，换考试？"

钱志号："我错了……老师。"

最后一节课下课铃响，姜无苦向班主任要了张请假条。

钱志正打算去吃饭，看见姜无苦桌上的假条，说："你今晚不上晚自习？”

“对，给我姐过生日去。”

旁边林修白收书的手停下，下意识就问：“你姐姐生日？”

“嗯。”姜无苦头也没抬，过了两秒，他忽然抬头，“你最近挺稀奇，这么关心我？”他笑了声，低头龙飞凤舞地在纸上继续填着班级和姓名。

对于姜无苦的调侃，林修白眼神冷寂，脸上也没有多余的表情。倒是钱志在旁边说个不停：“你俩太爽了吧！都不上晚自习，晚上老班又讲课，我可真受不了了。”

填完最后一个字，姜无苦站起来拍了拍钱志的肩膀，格外欠扁地说：“你还是好好学吧，毕竟不是谁都能像我这样，随便学学都能考满分的。”

沉默几秒，钱志翻了个白眼，说：“你还真的不要脸到极点了。”

交了假条，姜无苦回来拿起背包正准备走，忽然被叫住。

“姜无苦。”

姜无苦将书包拿上，问林修白：“怎么了？”

“之前的事情我想好了。”

“什么？”

林修白神色未变，开口时嗓音有点沉，又带点哑：“住你家。”

姜敏学是开着车回来的，先接了姜一绿才来的一中。在车上等了半天，姜一绿都等得有点不耐烦了，刚准备下车去逮人，就看到不远处姜无苦优哉游哉地慢慢朝这边走过来。

“我们在这儿等，你还挺悠闲！”姜一绿跑过去一把揽住姜无苦的脖子。

姜无苦比姜一绿高了不少，怕她摔着配合着弓下身子嘴上却没饶，只说：“你给我起开，重死了！”

“姜无苦，你说我重！你死定了！”说完，她跳了两下，毫不客气地往姜无苦身上压。

“妈！”打不过姜一绿，姜无苦开始求救。

看着两个人打打闹闹的，安秀笑着从车上下来，说：“你让着你姐一点。”

姜一绿得意极了，说：“听到没？”

姜无苦喊：“我比她小！”

安秀说：“你姐是女孩子。”

姜无苦点头道："行……不过，姜一绿你完了。"话音刚落，他就往她腰上挠了一把，趁她放松立马逃到了副驾上锁门坐下。

"你偷袭我！"

少女的声音清脆灵动，像剔透的滚珠落入喧嚣的街区。

时值傍晚，树影婆娑。

天边橘红色的云在翻涌，边缘柔晕，飞鸟快速掠过光和影，缓缓催动夏季的甜腻。

林修白站在不远处，默不作声地静静地看着。

校园里灯光昏暗，广播里一曲曲地放着周杰伦的《轨迹》。

想要对你说的 / 不敢说的爱
会不会有人可以明白
我会发着呆 / 然后忘记你
接着紧紧闭上眼

车缓缓驶离，林修白唇线紧绷，他听到自己胸腔里心脏清晰的跳动声，想起了那个夏天。

也是一个同样闷热的夏天。

结束了期末考试，学生们如飞鸟一般脱笼而出，整个校园炸裂在欢声之中。

学校后门的废弃树林里，生锈的铁门浸在岁月里，轻微触动就发出拉扯神经的碰撞声。

林修白倚在一棵苍翠的香樟树旁。

锈迹斑斑的铁门对面是个老旧的乒乓球台。

"嗒嗒嗒"没有节奏的击球声，声音沉闷令人窒息，伴随着微不可察的脚步声，林修白缓慢抬眼。

少女双腿细白笔直，淡蓝色的圆领刺绣，长发如瀑散在肩上，细细瘦瘦的手臂垂在两侧，紧紧攥着一个校牌。

像是察觉打扰到了他，她站在原地，嘴唇微张有点尴尬。

林修白垂眸，无波无澜地看着她没说话。

不知过了几秒，她终于开口："你……是林修白吧？"

他看着她，没答。

“那个……你的校牌。”她微举起手上的东西。校牌上黑色的线带从她指尖滑落轻晃，极白和极黑，反差大得让人眩晕。

林修白平静地接过，没有要道谢的意思。

女孩唇瓣微动，脚步后退一步，在走之前又犹豫着转头回来。她低头从口袋里拿出一块东西，长发滑在胸前，抬头时一颗巧克力躺在了她掌心。

“这个给你。”

鬼使神差地，林修白伸手接了过去。

“还有，你的名字很好听。”她看着他的眼睛，嘴角沾笑，真诚温柔地夸赞。

就像来时一样，她离开得也悄无声息。

林修白跟着她走出去，看到她蝴蝶一样飞出了校门，生气灵动地跳上了同样穿着校服的男生的背上。

这是林修白第一次见她，好像也成了最后一次。

05

吃饭的地点是锦绣饭店，陵县少有的奢华饭店。

安秀订了一个小包厢，一家人聚聚。

尖椒炒肉、团圆蛋饺、毛氏红烧肉……

满桌菜色，色香俱佳，格外诱人。

吃了好几个月的食堂，姜无苦嘴里都淡得没味了，此刻看准了烧鹅腿就准备下手。

他还没碰到，就被筷子打了手背。

“就你最饿，手洗了没？”安秀看着姜无苦嗔责道。

姜无苦还没答，在旁边嗑着瓜子的姜敏学先说了：“不干不净吃了没病，是吧儿子。”

安秀一个眼刀甩了过去，说：“上梁不正下梁歪，儿子成绩这么差就怪你这不作为的教育。”

“得，我的错，我嘴多。”姜敏学怕了他老婆这嘴了，什么都能扯上关系。

“我就英语差而已。”姜无苦叹息，磨磨蹭蹭地去洗手。

“英语差就不是差了？你高考考理科不考英语了？”安秀听着来气，“英语150分，这就不要了？”

“就是！”姜一绿看热闹不嫌事大地帮腔。

姜无苦瞪她一眼，说：“闭嘴。”

“就不！”

姜无苦忍着火气，说：“幼稚鬼！”

学习的话题一聊开，整顿饭就没有离开过姜无苦。

安秀又提到之前教过的学生：“你看我之前教过一个男生，他——”

“他理科非常好，就是英语差，结果高考拖了后腿，差了几分没上重本。”姜无苦早一步开口把安秀要说的都说了，“这同样的话都说了几百遍了，你没说腻，我都听腻了。”

安秀噎住：“你个臭小子！”

聊到这里，姜无苦突然想起了下午的事情。

“对了妈，和你说件事儿。我同桌林修白你还记得吗？”

姜一绿筷尖一停，也看了过去。

安秀想了想，开口道：“是不是那个经常考年级第一的男生，高个儿，很帅。”

“有我帅？”捕捉到关键词，姜无苦插了一句。

旁边的姜一绿对他的厚脸皮难以置信，说：“你有点自知之明行不行，人家能把你吊打。”

姜无苦想骂脏话。

没理姜一绿，他继续说道：“之前你不是说让林修白来我们家住，今天下午他和我说，愿意来了。”

姜敏学看了眼姜无苦，说：“那挺好的事，你俩可以做个伴。”

安秀点头：“那好啊，你也多照顾点别人。”

这几人聊天和打哑谜一样，姜一绿一点都没听懂，云里雾里地问：“什么住过来啊？”

安秀看着随便解释了两句：“就之前你弟班里总搞那种两人帮扶，然后林修白主动提出和你弟当同桌，帮助他的英语成绩提高了不少。”

说着，她叹气道：“林修白这孩子怪可怜的，学校寄宿环境又不好，小苦反正也是一个人在家，两个人住一起有个帮衬，也是感谢人家，帮人家省下一笔寄宿的钱也好。”

没想到是这个理由，姜一绿有点意外。

“那他父母呢？”

“不清楚。”旁边的姜无苦先答了，“好像都离世了。”

“啊……”姜一绿是真的没想到，震惊之余还有些惆怅，“你怎么知道的？”

“我有次去办公室拿作业听到的。”

听完，姜一绿抿唇沉默，垂下眼帘，脑海里浮现出林修白的样子。

他长得好看但并不面善，眉宇间总是藏着很淡的戾气与疏离。

这样想起来，林修白还真是孤独。

突然，她沉沉地拍了下姜无苦的手臂，说：“你以后对人家好一点。”

“努力学习，减轻人家教你的负担。”姜一绿又补充句，“你的英语确实是太差了。”

一顿饭吃了快两个小时。

结束后，安秀去结账，姜敏学去外面开车。

耳边是浅浅的风，吹来若有似无的香味，给寂静的夜晚添了几分安和与平静。

姜一绿站在饭店门口边玩手机，边等着车开过来。

除了朱贝，还有朋友们发来的几条生日祝福。

秦津：【一一，生日快乐啊！】

姜一绿垂眸浅笑，回复：【也太感动了吧，现在你那边才早晨吧？】

秦津：【这几天太忙我差一点就忘记了，结果冥冥之中有一股神秘的力量牵扯着我让我从睡梦中惊醒。】

姜一绿：【……】

秦津：【礼物明天给你邮，过几天应该就能到。】

姜一绿：【哼，有礼物就原谅你了！】

退出了和秦津的聊天页面，姜一绿才注意到那个黑色头像上的一个红点——

时间是一个小时之前。

林修白：【你的？】

此外还有一张配图，图片上就是姜一绿前些天丢的那个耳夹。

姜一绿都快忘记这件事了。

姜一绿：【对。不过现在用不到了，就麻烦你扔掉吧。】

回完了这句姜一绿还准备再谢谢林修白，正在输入就收到了回复：【好。】

姜一绿眨眨眼，不知道还要不要回。

正当她纠结之际，下一秒又跳进了一条新的消息。

林修白：【生日快乐，姜一绿。】

姜一绿的心突然很奇怪地重重一跳，随之而来的是一种缓慢又惊喜的意外感。

由于安秀和姜敏学晚上要回学校，所以只开车将两人送到了离家最近的路口。

下车的时候，安秀摸了摸姜一绿的脑袋，说："今晚好好休息，有什么麻烦事都让你弟干，那臭小子懒得很，就得使唤他。"

"好。"姜一绿冲她甜甜地笑，"那妈妈，你和爸爸注意安全，到了给我发个消息。"

"嗯，好，那我们走了。"

"拜拜。"

回去的路上，姜无苦丢了个盒子给姜一绿。

姜一绿疑惑道："什么？"

巴掌大的丝绒盒子，黑色的丝带在上面系着蝴蝶结。

姜无苦懒洋洋地看姜一绿，说："生日礼物。"

打开一看，盒子里是一款墨绿色的女士手表，姜一绿很久之前看中的，但缺钱就一直没买。

"呦，前两天你不是说给狗买礼物都不给我买吗？"姜一绿合上盖子，打趣他。

"哦。"姜无苦散漫地应了声，"给过了，狗不喜欢转送给你了。"

习惯了姜无苦的口是心非，姜一绿笑了声，懒得和他计较。

夜晚的街上有很多烧烤摊。

蒲扇下的羊肉，桌上的酒瓶，舌尖和香味窃窃私语，平凡热辣的市井人生。

姜一绿走在前面，忽然一个熟悉的身影落入眼中。

她一愣，脚步停下。

“怎么了？”姜无苦顺着姜一绿的视线看过去。

“那个是林修白吗？”

姜无苦眯眼辨认了下，说：“是吧，他好像是在这儿打工来着。”

“打工？”姜一绿有点没想到，回首看他，“打什么工？”

“就是递烧烤、洗扦子之类的吧，我也不太清楚。”

“那他晚自习不用上吗？老师不说吗？”

姜无苦摸了下脑袋，说：“老师同意啊。他成绩好，上不上无所谓。”

“这样啊……”姜一绿小声说了句。

烧烤摊黄色的灯光亮得刺眼，林修白脊背微弓，正在水池边清洗铁扦，看不清神情。

姜无苦突然喊了一声：“林修白！”

林修白动作一停，抬头看来。

姜无苦挑眉冲他打了个招呼。

姜一绿一下没反应过来，滞了几秒才举起手轻轻地和林修白挥了下。

林修白无波无澜地和姜一绿对视，握着扦子的手良久都没有动作。

她今天漂亮又干净，和他不一样。

见林修白没什么大反应，姜无苦又喊了句：“那我们先走了。”

林修白没说话，冲他淡淡地点头。

“走吧，姐。”

时间已经过了晚上九点，急促突兀的放学铃声从远处传来，没一会儿，不远处的学校大门拥出了一批又一批学生。

走着走着，姜一绿忍不住停下脚步回头。

在一群食客中，林修白光是站在那里就很显眼。

灯光冷寂，照出他T恤上的几点油渍斑驳。

旁边的学生成群结伴地走过，笑意喧闹不绝于耳。

同是高中生，有人拥有一整个书包的青春，还有人融在这冗长暗淡的夜里，一身的锈。

突然像是感应到什么一般林修白抬头，与姜一绿视线相接。

姜一绿嘴唇微动，无声地和林修白说了两个字。

期末考试结束后，有一周的休息时间，大部分时间姜无苦都在房间里报复性地打游戏。

“喂。”姜一绿敲开他的门，“你同桌什么时候来？”

“哎！别捡了，你躲啊！”姜无苦摔下手机，烦躁地摸了把额发，往门外看，“你刚才说什么？”

姜一绿无奈地重复道：“我说，林修白哪天来？”

“好像是19号来着。”

姜一绿惊了，说：“今天！”

“今天19号了？”

姜一绿无语地看着姜无苦。

“放假了谁还记日子。你先出去，我换个衣服，等下还得出去。”姜无苦边说边赶苍蝇似的把姜一绿往外推。

姜一绿被推出去，扭头看姜无苦，问：“你干吗去？”

房间门“砰”地关上，里面姜无苦边穿衣服边答：“和钱志出去打球。”

姜一绿觉得荒唐，说：“那林修白怎么办，他是你同学，你不接待一下？”

“这不是有你嘛。”

“那多尴尬，我和他又不熟。”

姜无苦突然开门把脑袋探了出来，看着姜一绿笑，说：“不要低估自己自来熟的体质，你可以的。”

林修白来时刚过了上午十一点。

突兀的敲门声响起，姜一绿急匆匆地从沙发上跳了下来，开了门。

门外的男生面容寡淡，戴着黑色鸭舌帽，旁边立着一个行李箱。

姜一绿轻扫过行李箱，而后抬头朝林修白浅笑。

“欢迎你来。”

## 06

“小苦出去了。”姜一绿领着林修白往里走，“这是你的房间。你不用客气，就和在自己家一样。”

林修白一直没说话，转头看着姜一绿，眼睛黑似墨，淡声道：“谢谢。”

这声“谢谢”和那句“生日快乐”一样，从他嘴里说出来就让人有种受宠若惊的感觉。

姜一绿用手指卷了卷发尾，略不自在地开口："不用这么客气。"

空气停滞几秒，有些尴尬。

"对了。"姜一绿抬头看了眼墙上的钟，"你吃午饭了吗？"

林修白回答："还没有。"

像是找到了交流的点，姜一绿弯唇，说："那你先把东西放下，我带你出去吃饭！"

林修白的动作很快，出来的时候还换了件衣服，不过仍然是黑色的。

中午时分，烈日当头。

出门时忘了带伞，姜一绿双手交叠，盖在额头上挡光，时不时侧着眼打量一下旁边的人。

林修白的皮肤真的很白。

瞥见他额发盖住的地方，姜一绿开口问："你额头的伤怎么样了？"

林修白停下脚步，垂眸看她，问："你要看一下吗？"

"啊？"姜一绿有点没想到，怔了一秒，"看吧……"

林修白撩开额发，朝着她的方向微微低头。

之前的纱布早就拆掉了，取而代之的是一个创可贴。

卡通创可贴……

过分可爱的图案配上林修白这张冷淡的脸，有种说不出的诙谐感。

难怪要用头发遮着。

姜一绿眨眨眼，想笑，问："你喜欢这种？"

林修白眼皮轻颤，说："姜无苦买的。"

寄宿生平时出不了校门，所以经常会让同学代买。姜无苦把创可贴给他时是这样说的："普通的卖完了，只剩这种了。"

为了不浪费，林修白就用上了。

听完，姜一绿笑，说："估计是姜无苦坑你呢。"

暑假，陵县一中的学生大多回了家，除了夜晚，平时学校附近大部分餐馆都关了门。

没有更多选择，最后两人挑了家面馆坐下。

店内旧报纸糊墙，经年累月的烟熏火燎有掩盖不住的烟火味。

姜一绿常来这家店，进店后将菜单摊开放在林修白面前，介绍：“这家店的牛肉面特别好吃，汤也很鲜。试试？”

对上她期待的眼神，林修白点头：“我都可以。”

店里人不多，没等多久，两碗热气腾腾的牛肉面就上了桌。

姜一绿低头扒拉了一下碗里的牛肉，小声嘀咕：“分量还真是越来越少了。”她用筷子夹起了一片牛肉，“而且还这么薄。”

说着，她叹了口气。

忽然，一双筷子夹着几片牛肉稳稳地落在了她碗里。

姜一绿抬眼。

“筷子我没用过。”林修白淡声解释。

“不是。你给我干吗，你自己吃啊。”

“我对牛肉过敏。”

姜一绿乐了，手撑着下巴看林修白，说：“那你还点？”

“忘记了。”林修白眼神没有躲闪，面不改色地开口。

姜一绿彻底被逗笑了。

原本两人之间那种若有似无的尴尬也消失不见，姜一绿甚至觉得林修白还挺可爱的。

“噢，可是我记得，上次在食堂你好像点了土豆炖牛腩。”姜一绿弯眉，笑得像只小狐狸。

林修白垂眼，神色平静道：“吃一点不过敏。”

对林修白在这种状态下都能面不改色地说谎，姜一绿有些佩服，抬手招呼老板单独又上了一份牛肉。

她将碟子推到林修白面前，说：“来吧，轻微过敏人士。”

姜一绿吃东西很慢，好在林修白也不快，所以她也不用着急。

快吃完时，忽地听到一声——

“学委？”

姜一绿抬眼看过去，是一个瘦瘦高高的男孩子，书卷气很重，戴着眼镜。

姜一绿问：“你同学？”

“班长。”林修白回答。

班长冯明希走过来，看了看姜一绿，又看了看林修白，似乎是想打招呼却不知道怎么开口。

见男孩犹豫的样子，姜一绿思考了几秒，说：“他姐姐。”

“哦哦，姐姐你好。”冯明希如释重负。刚好他点的面打包好了，他朝两人说了声再见就离开了。

人走后，姜一绿往林修白的方向看。

他仍是副冷峻的表情，眼眸低垂。几秒后，他将目光定格在她脸上，眼神不愠不火，声音却比刚才哑：“走吧。”

回去的路上，林修白走在姜一绿旁边，沉默而安静。

一顿饭后，姜一绿自觉地认为两人已经熟悉，自来熟地和林修白分享一些有趣的事情。

林修白虽然不说话，但姜一绿知道他在听，偶尔会听到他“嗯”一声。

回家后，姜一绿感觉自己浑身上下被汗水浇透，黏腻感让她格外不舒服，她换了鞋就往房间里奔。

洗完澡吹干了头发出来时，林修白正坐在客厅的沙发上，掌中握着手机，低垂着眼不知道在想什么。

“在干吗？”姜一绿蹦跳着过去，佯装要吓他。

视线从手机上移开，林修白抿唇，递给她一个信封，里面装着东西。

“生活费以及住宿费。”林修白简单解释了一下。

姜一绿一愣，下意识地就想要拒绝，但抬头对上他的视线，脑海里忽然闪过了一句话。

——我不喜欢欠别人的。

她嘴唇微动，拒绝的话一下就说不出来了。她总觉得林修白无论如何一定会让自己收下这笔钱的。

姜一绿视线落在信封上，犹豫了几秒，还是接过了。

收了钱，她莫名地有点不好意思，起身从冰箱里拿了两瓶酸奶，放在茶几上，问他：“看电影吗？”

林修白看着她，说：“随你。”

约等于是看的答案。

姜一绿点头，随手扯下手腕的皮筋往脑后绾起头发，然后从旁边的柜子里翻出个盒子，说：“我前几天新买的投影仪，刚好可以试试。”

投影仪的操作有点复杂，姜一绿折腾了半天还是未能成功，最后还是林修白起身过来帮忙。

一会儿的工夫他就搞定了。

客厅窗帘被拉上，室内一片灰暗。

姜一绿选的是一部国外悬疑片。

纯英文对白像缀着金光的流水在昏暗的室内滑过。

电影过半，剧情到了高潮部分。

原本还好好地走着剧情，下一秒画面一转主角两人就拥吻了起来。

姜一绿睫毛颤了下，尴尬得一动不敢动，握着酸奶的手放也不是不放也不是。

室内弥漫诡异的沉默。

姜一绿抿唇，不着痕迹地往林修白的方向看了眼。

光影晃动在他眼底，面色沉静，冷淡得很。

所以好像只有她一个人尴尬……

她移回视线，咬着酸奶上的吸管，认命般地盯着画面。

一个吻居然能拍这么长时间！

姜一绿忍不住了，站起来，支吾道："那个……我去上个厕所。"

没等林修白回答，姜一绿说完就面色平静地闪进了卫生间。

她抚了下胸口，吐气。

也不知道在卫生间里待了几分钟，估摸着应该结束了，姜一绿还特意洗了个手才出去。

有了这一个小插曲，后面的剧情姜一绿也没有什么心思看，电影快结束的时候，门铃突然响起来。

姜一绿起身去开门，就见朱贝在门外她手中还举了个袋子。

"Surprise（惊喜）！"

"你不是明天才回吗？"姜一绿没想到朱贝来，被吓到了。

朱贝侧着身子走进来，说："所以说是惊喜嘛。"她低头换了鞋，往里走，"我快渴死了，快给我倒杯水。"然后就看到屋里还有个人。

她顿时噤了声。

沙发上的人投过来一个眼神，算是打了招呼，而后沉默地挪回。

朱贝侧头冲姜一绿挑挑眉，用眼神问——这是谁？

"小苦的同学。"姜一绿将水杯放到朱贝手里，又低声用只有两人听得到的声音补了一句，“之前和你说过的那个。”

朱贝轻轻“啊”了句，转头朝林修白说了声“你好”，就很自觉地钻进了姜一绿的房间。

过了片刻，姜一绿进来，只见朱贝正斜躺在小沙发上乱翻着杂志。

见人进来，朱贝将刚才的纸袋丢过去，说：“生日礼物。”

“哎，我说。”朱贝将书合上坐端正，“你没说这同学这么帅啊。”

姜一绿拆礼物的动作没停，说：“和你说这个干吗？”

朱贝又躺倒下去，随便翻了两页书，说：“你收拾一下，我们等下出门，说好你生日时请你吃饭的。”

姜一绿拿手机看了眼时间，刚过四点。

“太早了吧。”

“不早了。”朱贝说，“你不还说要打耳洞嘛，等吃完了也差不多了，太晚了店都关了。”

姜一绿看了下礼物又将它重新收回盒子，抬头说：“那我总不能把人家一个人放家里吧，人家才第一天来。”

朱贝晃了下脚尖的拖鞋，不以为意道：“没事。他以后都住你家了，你难道还天天守着？而且人家刚来，说不定人家就想一个人待着呢。”

嗯，有点道理。于是姜一绿点头同意了。

姜一绿在房间里换了身衣服，出去时将家门钥匙给了林修白。

“不知道你的兼职几点开始，但我应该会回来得挺晚的，到时候我去你那里拿。”

林修白“嗯”了声，接过钥匙。

想着打完耳洞，就有很长一段时间碰不得辛辣油腻食物，所以这一顿姜一绿吃得比往常都要放肆。

朱贝有打耳洞的经验，为了防止打耳洞后，洞口发炎和产生瘢痕疙瘩，所以选了一家“手穿店”。

确定耳洞的位置后，穿孔师开始消毒工具。

这时，姜一绿害怕了。

她是真的怕疼，每次生病打针时都哭得不行，这还是第一次主动来扎针。

见姜一绿一副视死如归的样子，朱贝在旁边很没良心地笑，说：“你说你怕成这个样子，硬要打什么耳洞？”

“比起疼，我更想美。”姜一绿很有理由地回道。

“你还不够美？”朱贝侧头看她。

朱贝高中第一次见姜一绿是在学校的光荣榜上，那时候齐刷刷的黑白照片上就她格外打眼，后来见了真人，才发现照片展现不了她的美，美人动起来更夺魂。

听着朱贝的话，姜一绿歪头，很正经地问：“那你会嫌钱多吗？”

打耳洞的全程，姜一绿就抱着朱贝没放开过，脸埋在朱贝的衣服里，结束后，哭得眼泪都将朱贝的衣服洇湿了一小块。

姜一绿痛觉明显，有时候即使不想哭也会有生理性的泪水流出来。

结束后，朱贝扯了张纸巾去擦她脸上的泪，打趣道：“哎哟，这还真是我见犹怜啊。”

姜一绿被她逗笑。

回去的路上天忽然阴了，闷雷滚过，却不见雨点。

怕等会儿下大雨，朱贝和姜一绿就在路口道了别。

两边耳垂还在隐隐作痛，虽然不强烈，但扯着神经让人有点崩溃。姜一绿走得极慢，边走还边四处乱看转移注意力忽视痛感。

经过烧烤摊时，她才想起来还要取钥匙。

盛夏傍晚六七点的天还没暗下来。

这个点烧烤摊还在做准备工作，姜一绿去的时候林修白正在摆椅子。

看到姜一绿，林修白微微怔了下。女孩的眼睑、鼻尖都泛着红，眼睛里水光轻漾。

“钥匙。”姜一绿声音软糯带着鼻音。

林修白从口袋里拿出钥匙放在她掌心。

姜一绿看了眼周围叮嘱他一句：“那我先回去了，下班了你也早点回。”

他的眼神掠过她的耳垂，那里泛着红，上面缀着一个很小的银耳钉。

她打耳洞了。

等姜一绿走后，老板娘走过来，看着她的背影赞道：“小姑娘真漂亮啊！”又随口问旁边的林修白，“你姐姐？”

半晌，他低声答：“不是。”

# 第二章
## 于人海中望见她

01

过了几天，一中的补课正式开始，姜一绿的社区义工服务工作也结束了。

暑假的时间太过冗长，安秀原本的意思是让姜一绿找个兼职，不然容易在家里闲出病来。但陵县的时薪极低，而且每天要工作九个小时，这种费力又赚不了钱的工作，姜一绿不愿意做，还不如多做义工服务社会呢。

闲了几天后，安秀给姜一绿打了个电话，说是有个认识的老师介绍了一份一中图书馆里的义工工作给她。

姜一绿满口答应了。

日常吃饭依旧是在一中的食堂解决。

在学校里工作，吃饭的时间段自然和学生差不多，中午遇见姜无苦的次数就多了，几乎每天都能遇上，开始几次都是他一个人，后来就总能见着他和林修白一起来食堂。

今天照旧是姜一绿占座，姜无苦打饭。

来食堂前，姜一绿点了三杯奶茶外卖，没想到那两人打完饭回来的时候旁边还跟着钱志。

“他没找到座位就一起来了。”姜无苦把餐盘放下，简单地解释了下。

姜一绿看着眼前的奶茶有点尴尬，就把自己的那份推了过去。

“姐姐还真是人美心善，还想着我，不过我不爱吃甜的。”钱志这人皮，虽然说话不着调但有趣。

姜一绿愣了下，而后笑了起来。

姜无苦看着钱志，嗤了声：“你这脸皮够厚，乱叫什么姐呢。”

钱志坐下，说：“怎么，嫉妒了？你要是想，我也不介意叫你一声姐。”

姜无苦简直无语，白他一眼，骂道：“神经病。”

说着，姜无苦将奶茶吸管插好，很自然地递给了姜一绿。

见状，钱志意外道：“平时没发现，没想到你对姐姐还挺好。”

姜无苦拖腔拉调地说：“我姐呢太笨了，每次插个吸管都能把一杯奶茶洒了，我这是被逼无奈。”

姜一绿抬眼想瞪姜无苦，视线却恰好与林修白的撞上。

姜一绿面不改色，而后在桌下一脚踹上了姜无苦的膝盖。

“嗷！”

桌上有了钱志这个能聊天的，氛围比平时更加热闹。

姜一绿吃得慢，他们三个人还要回教室就先走了。

等她慢悠悠地吃完饭后，食堂里几乎已经没了学生。

姜一绿准备去归还餐盘，起身的那刻，一股奇异的热流从腿间渗透开来。

她心一沉——不是吧？

她生理期不怎么规律，所以经常算不准日子。

此时，她没敢细想，抱着一丝侥幸扯出掖进裤子里的T恤衫盖住，急匆匆地往最近的厕所跑。

中午时间，学生们都在教室里休息，厕所很空。

她找了一个隔间进去，果然，内裤上一片红，连带着外面的牛仔裤也有淡淡的湿润。

姜一绿有些崩溃，但又庆幸今天穿的不是裙子。

她又扯过衣服的后摆，发现上面已经沾上了星点的血迹。

她叹了口气，表情凝重，站在原地试探性地朝外面喊了声，希望有女生可以“支援”一下。

但是，没有人。

就这样蹲了几分钟，她等不了了，认命地拿出手机给姜无苦打电话。

教室里寂静无声，同学们都趴在桌上午休。

姜无苦偷偷玩了一把游戏，正准备收进去，手机就振动了起来。

看了眼来电人，姜无苦有点莫名其妙。

突然给他打什么电话?

“姐？”他将脑袋埋在“手肘圈”里，压着声音说话。

电话那头的姜一绿沉默，一时之间不知道怎么开口。

“说话呀。”

姜一绿这才开口：“我……来例假了。”

姜无苦眼皮一跳，一个念头蹦了出来，说：“你……不是想让我给你买那个啥吧？”

“不然呢？”

姜无苦默不作声。

姜一绿等得不耐烦了，说：“一句话，买不买！”

姜无苦试探地问：“如果……我拒绝会怎么样？”

姜一绿的语气忽然温柔下来，说：“那么今天将是你最后一次见到太阳。”

挂断电话，姜无苦郁闷地搓了把脸，转头看向旁边的林修白，说：“兄弟，陪我去买个东西。”

林修白写字的动作没停，淡淡地搭腔：“什么？”

看了眼周围，姜无苦凑过来，压着声音：“卫生巾。”

午休时间，商店里只有零散的几个人，老板娘坐在椅子上懒洋洋地看着电视剧。

摆放卫生巾的货架在商店的最里面，姜无苦尴尬地推搡着林修白往最里面走。

货架上，卫生巾的种类还挺多，五颜六色的包装让人有点眼花缭乱。姜无苦抿唇，犹豫地拿起一包粉红色的，转头问旁边的林修白：“买这个？”

看着这东西，林修白神色微动，说：“我没买过……”

“我也是第一次给女生买这玩意儿。”姜无苦忧郁极了，将卫生巾拿近了看了眼上面的字。

“纯棉触面。”姜无苦皱眉，问他，“这是什么意思？”

林修白垂眸顺着看，淡淡道：“可能是棉花做的。”

“那‘少女系列’又是个什么意思？”姜无苦烦躁地吸了口气，“这玩意儿还分年龄段？”

触及林修白的知识盲区，他顿了下，不确定地答：“是吧。”

姜无苦抬手抓了下脑袋，疑惑道：“所以我姐算少女吗？”

懒得再折腾，姜无苦干脆每个牌子买了一包，抱到前面结账的时候，正好有一群女生进来，打量着他和林修白，眼神奇异。

姜无苦面不改色，指了下旁边的林修白，说：“他买的，和我没关系。”

林修白懒得理姜无苦，对老板娘说：“结账。”

出了商店往厕所走去，两个人站在门口，正愁怎么送进去，就看见了不远处的一个女生。

走近了，才发现是自己的同学徐依楠。

“巧了。”姜无苦快步走过去，“徐依楠，麻烦你一件事呗。”

徐依楠停下，问：“什么事呀？”

“就这个。”姜无苦把黑色的塑料袋递给她，“辛苦你把这个给里面的一个叫姜一绿的女生。”

徐依楠看向姜无苦身后的林修白，和他视线相接后，立马收了回来，脸有点发红。她接过袋子，轻轻点头，说：“好。”

姜无苦笑道：“谢谢啊。”

“等等。”徐依楠还没迈出脚，就听到了一个声音，质感冷凉，不带温度，是林修白在喊她。

徐依楠攥着袋子的手微微收紧，转过来时身体都是僵硬的。她抬头看到林修白走过来，高瘦挺拔的身影立在她身旁，周身都是干净清冽的味道。

林修白递给了她一件校服，说：“这个也麻烦给她。”

她低头接过，微不可察地“嗯”了声，而后又听到他开口：“多谢。”

这一刻，徐依楠心里好像放了烟花，噼里啪啦震得她有点不清醒。

徐依楠点点头，逃也似的跑进卫生间。

进去后，徐依楠轻轻喊了声“姜一绿”，立马就有了回应。

姜一绿终于得救。

姜一绿收拾完自己出来洗手时，看到徐依楠，她弯唇轻声道谢：“谢谢你啊。”

看到姜一绿的笑脸，徐依楠惊艳了一下——第一次见到这样美得有攻击性的女孩，唇不点而红，皮肤白得像剥壳的荔枝，水分充盈。

美丽得让人觉得很不安心。

反应过来盯着对方太久，徐依楠摸了下鼻子，不好意思地回：“不客气。”

姜一绿友善地笑了下当作回应，摁了洗手液继续冲洗。

旁边的女生忽然开口，语气中还带着一点小心翼翼的试探：“你应该不是这里的学生吧？”

“嗯。”姜一绿抬头看了眼徐依楠，“我毕业两年了。”

“噢，那外面的人是你弟弟吗？”

“对啊。”姜一绿下意识地答，忽然觉得有点不对，侧头去看徐依楠，果然小姑娘的脸红扑扑的，藏不住心思。

姜一绿没揭穿，了然地笑了下。

徐依楠先姜一绿一步离开，姜一绿对着镜子将腰上的校服整理了下才出去，没想到一出门就撞见了林修白。

林修白？他怎么在这儿？

姜一绿脚步收住，一个想法在脑海里炸开，所以不会是他俩一起去买的吧！

越想越觉得是这样，羞耻的红晕顺着她脖颈爬上了耳垂。

姜无苦走过来，莫名其妙地看她，问：“你怎么了？耳朵红了。”

姜一绿面不改色道：“太热了。”

“哦。”姜无苦摸了下后颈，问她，“要我送你回去吗？”

姜一绿还尴尬地看着林修白的方向，没听清，她移开视线，问：“你说什么？”

“我说用不用送你回去？”姜无苦重复。

“不用，你俩快回去吧。”姜一绿现在只想赶紧远离他俩。

“行吧，那我们先走了。”

今天是周六，晚上没有自习。

放学的时候，姜无苦喊了声林修白：“帮个忙，今晚我和钱志去网吧，要是晚上我姐问我去哪儿了，你就说我去打球了。”

“不帮。”林修白扣上笔盖，极其敷衍地回答。

姜无苦觉得荒唐，谴责他：“我们是不是兄弟了！这点忙都不帮我？”

闻言，林修白抬头看他，莫名地嗤了声：“谁和你是兄弟。”

周六下午图书馆几乎没什么人，和姜一绿一起的老师知道她生理期，就提前让她回去休息了。

回家后，姜一绿换了身衣服，将校服外套丢进了洗衣机，晾晒完，又看了几集电视剧，就有人回来了。

姜一绿坐在沙发上没起来，朝门口喊了声：“你们回来啦！”

等人走了过来，她抬头，问：“怎么就你一人，姜无苦呢？”

林修白看着她一时没说话，抿唇沉默了两秒才答：“不知道。”

“你们没一起走吗？”姜一绿没多想，顺手去摸旁边的手机，“刚好我饿了，让他给我带个饭回来。”

电话响了几秒才接通，对面有点喧闹，她喂了好几声听到回应。

“你干什么呢，这么吵？”姜一绿蹙眉。

姜无苦似乎是换了一个安静的地方，说：“哦，打球呢，今天我们搞了个小比赛。”

“就你一人？”姜一绿随口问。

姜无苦沉默了几秒。

“不是啊。”姜无苦突然开口，“还有钱志呢。”说完，他忽然朝远处喊了声，“哎！钱志看着我的球，别滚了。”

钱志立马意会，提高音量“哎哎”两声。

“行吧。”姜一绿无奈，“本来还想让你给我带晚餐回来呢。”

“那姐我先挂了，一会儿就要开始了。”姜无苦像模像样地说了两句，挂断之前又想起了一件事，“还有姐，以后找我你问林修白就行，我打球都告诉他。”

闻言，姜一绿手一顿，抬头往前看过去，林修白正在前面垂头倒水，没有看见她的视线。

姜一绿收回视线，说：“好，挂了。”

挂断电话，姜无苦挑眉，笑了声。

林修白侧倚在桌前，握着一个剔透的玻璃杯在喝水。

“林修白。”

闻声，他看了过来。

姜一绿怀里抱着一个卡通枕头，歪头，目光放在他身上，问：“你真不知道姜无苦去哪儿了？”

空气停滞几秒。

林修白侧身放下手中的杯子，面色未改，淡淡地回答：“记起来了，好像是去打球了。”

“你这记性可真够差的。”姜一绿吐槽一句，没再多想。

晚上，林修白照旧去了烧烤摊打工。

姜一绿窝在沙发里看了会儿电视，本来想吃个苹果当减肥了，没想到反而越吃越饿。

她抬头往墙上的时钟看去，才八点，现在吃个晚饭好像也来得及。

姜一绿也没换衣服，随便套了双鞋就匆匆下了楼。

晚上楼下没有什么多余的选择，姜一绿在餐馆要了一份炒饭，又买了瓶橘汁，提好塑料袋就往回走。

林修白工作的地方离这里很近，姜一绿当散步一样绕过去看看他。

烧烤摊前的空地上摆着成套的塑料圆桌和椅子，后排一个长冰柜放满了新鲜食物，前方煤炭炉子烟熏火燎地烤着串，脚边是成箱堆起的啤酒，生意火爆，香味四溢。

她正想走过去，突然注意到林修白那边站了好几个人，好似在吵架。

他们在一个角落的桌子边，这里生意火爆，倒是没什么人注意到。

“你这烤的是什么玩意儿，熟都没熟！”

上次的事情过后，娄航觉得自己跌了面，今天出来吃烤串没想到就遇见了林修白，他便找了借口找碴儿。

地上滚落着一串被咬开的鸡翅，本来色泽鲜亮，此刻沾了灰，看起来很恶心。

林修白微微弓身捡起鸡翅，不嫌弃地将鸡翅掰开，抬眼看娄航，语气冰冷道：“这个是血红蛋白。”

明明是在解释的样子，但以他的口吻说出来就像带了淡淡的嘲讽。

娄航最烦林修白这个模样，冷冷淡淡，没有火气，什么都不放在眼里，一副谁也看不起的样子。

“我说没熟就是没熟！”说完，娄航一把打掉林修白手里的鸡翅。

娄航手上戴着表，边沿锐利，这一下刮到林修白的手，瞬间迸出细碎的血珠。

娄航也发现了，下意识地抬头去看林修白。

林修白神色寡淡，平静得过分，只道：“那我再给你烤一份。”

见林修白如此淡然，娄航气得半死，在心里暗骂一句，正准备再说些什么，便听到一句脆生生的——

“怎么又是你？”

姜一绿快步走了过来，把林修白护在身后，皱眉看着娄航，说：“上次警察没抓着你吗？”

姜一绿的长相辨识度极高，娄航显然也认出她来，经她这一提醒，那晚狼狈的画面又重现了一遍。娄航不耐烦地说：“又关你什么事，你个臭——”

后面的话还没说完，突然传来毫无征兆的“哗啦”声。

铁盘落地，声音尖锐刺耳。

娄航抬头去看。

林修白唇线抿直，眼瞳漆黑，眉宇间戾气攒起，夹杂着少见的暴烈。

娄航噤了声，攥紧了拳，虽然“虚”，但仍然维持着面子佯装凶神恶煞，说：“我懒得和你计较，下一次再让我看到你，别怪我不客气！”

旁边的小弟搭腔：“就是，别让我老大下次再遇见你！”

一行人浩浩荡荡地走了。

人走了，姜一绿转身看林修白。

他站在原地，面色冷峻。

姜一绿低头看到他手臂上的伤口，细小的一条，往外渗着血珠，他皮肤白皙，看着就格外刺眼。

姜一绿在桌上抽了张纸，轻轻地压在林修白的伤口上，轻声道：“又受伤了。”

林修白眼里的情绪散了点，看着她白皙的脖颈没说话。

伤口不大，血没一会儿就止住了。刚才的事情姜一绿不多问，将纸巾揉成团，抬眼问他：“你几点下班？”

撞上她的目光，林修白移开，说：“周末可能要十点半左右。”

“那还有两小时。我陪你吧。”她指尖钩着塑料袋朝他晃了晃，“刚好我要吃饭。”

“你——”林修白嘴唇微动。

姜一绿冲他笑了下，说：“快去工作，不然你老板要扣你工资了。”

等林修白过去了，姜一绿找了个塑料椅坐下，支着下巴看着不远处的林修白。

他乌发黑衣，眉目硬朗，半点烟火气都不沾。她不知道他为什么总会遇见这样的麻烦。

大多时候他都很冷静，情绪淡得让人觉得他对什么都不在意。不过，姜一绿觉得他像一把干枯的稻草，压抑着骨子里的歇斯底里，只要星点的火，就能燃烧吞噬自己。

刚才靠得近了，她才注意到他锁骨上有道疤，应该是很久之前留下的，现在只剩下浅淡的痕迹。

白天学习，晚上打工，一天都没有休息。在她不知道的时候，或许林修白的生活比她想象得更艰难。

姜一绿叹了口气，吃饭都没什么胃口。

随便吃了两口，姜一绿数了下口袋里的钱，起身往前面的药店跑去，回来的时候带了盒创可贴。

林修白正在洗扦子，看见姜一绿撕开创可贴两边的胶纸。他猜到她想做什么，刚想拒绝，便听到她说：“别动，贴着吧。”

女孩指尖温热，落在他手臂上。

“好了。”姜一绿拍了下手，看了眼池子里满满当当的铁扦，“还有这么多，你这得洗到什么时候去？”

夏天还好，冬天的话长时间这么浸水清洗手一定受不了。

姜一绿抬眼看他，说：“一起吧，这样能快一点。”说完，她也不等他答，就去开水龙头，手还没碰上水龙头，就被很轻的一道力微微扯了下。

姜一绿下意识地看向林修白。

“水凉。”他收回手，眼皮半垂。

迟钝两秒，姜一绿明白了他的意思，经过白天的事情，他知道她现在处于生理期。

沉默须臾。

她眨眼，喃喃道：“哦。”

姜一绿闲着无事，看他洗了几分钟铁扦，实在无聊，便拿出手机玩起了俄罗斯方块。

但每次都过不了关。

姜一绿怨恼地关了手机，不玩了。

时间不早了，街上也没有几个人。姜一绿手肘撑着下巴，百无聊赖地看着前面网吧旁卖烤冷面的大爷。

简单传统的小推车，烤冷面味道浓郁。

没一会儿，网吧里走出来两个男生，其中一个很是眼熟。

姜一绿慢慢直起身子，眯眼仔细辨认了一下。

姜无苦?

她有点难以置信，站起来过去扯了林修白的衣角，眼神往前方示意。

“那是姜无苦吧？”

林修白望过去，前方不远处，姜无苦和钱志正在买烤冷面。

“嗯。”林修白点头，没想那么多。

“好啊。”姜一绿转身抱臂，挑眉看着他，“你俩合起伙来骗我。”

02

不大的塑料桌，上面摆着两盒烤冷面。

姜无苦将其中一份轻轻推过去，讨好似的说：“姐，吃点？”

姜一绿垂眼看了下，烤冷面色泽浓郁，香味扑鼻，满满的洋葱都溢了出来。她哼一声，幽幽道：“你‘打球’辛苦了，该你吃。”

桌上气氛胶着，钱志坐不住，站起身来就要跑路，说：“姐姐，我还要回去做作业，这个烤冷面就孝敬您了。”说完，他又用一副“你多保重”的眼神看了看姜无苦，二话不说就溜了。

又是良久的沉默。

等了会儿姜无苦实在憋不住了，伸手烦躁地抓了抓头发，说：“姐，我错了，我不该去网吧的，我这是第一次。”

姜一绿歪头睨着姜无苦没说话。

“行吧。”姜无苦又伸出一根手指，“是第二次。”

他又说：“我这不是看周末很空闲嘛，以后真不去了。”

“姜无苦，你知道我为什么生气吗？”姜一绿突然开口。

“啊？”

“你竟然骗我！还和他一起！”姜一绿气咻咻地扭头去看后面的林修白。

对上她的视线，林修白神色一僵，难得心虚。

“我这么相信你们俩！”姜一绿越想越气愤，恨恨道。

“那这个意思是——”姜无苦不确定地说，“我可以去网吧？”

姜一绿狠狠踩了他一脚，说：“你想得美。”

“哎呀，开个玩笑。”姜无苦知道她没怎么生气，“我以后真的不去了，去也一定先跟妈妈和你打报告。”他双指并拢，对着她像模像样地起誓。

见姜一绿不为所动，姜无苦想了会儿，说：“那你想要什么，我请客？”

姜一绿终于“嗯”了声，像是勉为其难一样说：“行吧。”

最后，姜一绿狠狠宰了姜无苦一顿。

“你怎么这么宰人！”姜无苦简直无语。

姜一绿冲他笑，一副坏透了的样子，说：“你、管、我。”

晚上回去，姜一绿把洗干净又烘干的校服折好送去给林修白。

她敲了敲门，然后在房间门口等了会儿。

门“咔嗒”一声开了。

林修白应该是刚洗过澡，黑发湿润。

他整个人气息柔软，终于沾了点活气。

这是姜一绿第一次来林修白的房间，书桌上摆着不少游戏设计相关的书，还有几盒丙烯颜料。

姜一绿将衣服还给他，说：“衣服洗干净了，谢谢呀。”

接过校服，林修白低下头。

姜一绿冲林修白说了句晚安就准备走，忽然听到他开口：“对不起。”

姜一绿脚步微滞，怀疑自己听错了，回头问：“什么？”

林修白有稍微的停顿，看着她眼眸漆黑，声音凉凉哑哑的，重复了一遍：“对不起。”

姜一绿有点发愣，心像是被小棒槌轻轻砸了下，嗡嗡的。

她睫毛微颤，有点意想不到。

然后又听到林修白说：“今天我不应该骗你。”

他平时多数时候是冷冽的，但今天室内灯光衬得他柔白虚软，有些少年感的清瘦，莫名地让人觉得酸涩。

静默了片刻，姜一绿语速放缓，说：“我没有生气。”

怕林修白不相信，她又很认真地补充一句：“真的。”

虽然她比姜无苦大了两岁，但是并没有做姐姐的自觉。

从小她就被娇养着长大，虽然不至于养成骄纵跋扈的性子，但骨子里有着骄矜和小任性。所以姜无苦骗她时，她确实很生气，不过这情绪来得快去得也快，她没有放在心上，却有人当真了。

林修白站在姜一绿面前，眼皮微垂，沉默地看着她。

“行吧。”姜一绿刚好想起了之前忘记说的一件事，“你要是真的觉得很抱歉，那么你明天晚上的时间就由我征用了。”

周日晚上七点钟，天色完全暗了下来，街道喧闹，彩灯绚烂。

整座小县城慢慢松弛，夜色溶溶，温柔沉浮。

街上很多人的手上都捧着奶茶。

姜一绿看了周围一圈转头问：“你喝奶茶吗？一会儿看电影时间挺久的呢。”

林修白对甜腻的东西没有太大的兴趣，摇头，说：“不用。”

“真不要？”

“嗯。”

“好吧。”

正好旁边就有家奶茶店，姜一绿点了一杯百香果味的。

排队的人不少，店员忙得不可开交，姜一绿提前麻烦店员扎开封口，但店员估计忙晕了头，忘记了。

姜一绿偷偷噘嘴，打算一会儿到了电影院再慢慢撕开。

“走吧。”姜一绿走到林修白身边。

“扎不开吗？”林修白垂眸看她突然开口，“我帮你。”

姜一绿顿了一秒，把奶茶递过去，笑得软软地说：“麻烦你啦。”

“嗒”的一声轻响，吸管扎破塑料封盖。

姜一绿接过开封的奶茶，轻笑着道谢：“谢啦！”

姜一绿吸了口奶茶，甜丝丝的，心情很好，晃着手臂，絮絮叨叨地说话：“我和你说，有一次我用吸管扎奶茶的时候，“哗啦”一下全给洒了，然后就搞得我有心理阴影了。

“我太用力就怕它破，不用力就扎不开。我觉得这个设计也不是那么友好嘛……”

姜一绿自顾自地说，半天没等到回应，侧头去看。

只见林修白双手插袋，稍稍垂头，也不知道有没有在听。

周末晚上电影院的人多，他们排了好一会儿的队才买上票。

不过虽然人多，但他们看的这部电影已经上影好久，影厅里空荡荡的，没坐几个人。

找到位置坐下后，姜一绿抱着奶茶安安静静地等着电影开始。

没过几分钟，影厅灯光暗下，后方灯光幽幽地从头顶穿过照射在银幕上，空气中有莹尘在飘浮。

“刺拉”一声布帛破裂的声音，荧幕上画面变换，四个大字晃晃悠悠地显现出来。

这是一部恐怖片，叫《凌晨会馆》。

影片的热度和话题都很高，所以姜一绿是抱了很大的期待来观影的。

剧情过半，她严重怀疑网上的评论都是请人留的。

四处乱晃的镜头、做作的语调，以及女鬼劣质的妆容实在是让人出戏。

画面里女鬼戴着一个骷髅头的面具，提着白色的长袍，小跑着上楼梯，企鹅一样的走路姿势，一摇一摆的，傻得很。

姜一绿看了会儿终于没忍住笑了出来。

她笑得很轻，但还是怕影响别人，立马捂嘴，侧头去看林修白。

影院里灯光很暗，他的表情冷冷淡淡的。

“不好笑吗？”她靠过去点，压着嗓子用气音问他。

林修白其实没怎么看进去，抿唇想了想，说：“还行。”

他这一本正经的样子更好笑，姜一绿没说话，弯了弯唇转过头继续看。

大概是要营造恐怖的氛围，电影里响起了阴森的恐怖童谣，画面里的女鬼不知道什么时候怀里抱了一个孩子。镜头给了孩子一个特写，白得没有血色的脸，长条状的身子，半眯着眼咧嘴在笑，怎么看都像个大白萝卜。

电影实在无聊，才过了一个多小时姜一绿就有点坐不住了，一会儿拉拉头发，一会儿又看看手机，无聊得让她犯困。

憋了会儿，她转头过去骚扰林修白，问：“你带耳机了吗？”声音细细的。

“嗯。”林修白低头翻了下口袋，拿出耳机给她。

姜一绿戴上耳机，打开手机乐库开始听歌。

温柔的乐声让人昏昏欲睡，本来姜一绿都快睡着了，忽然切歌播放起一首摇滚歌曲，炸裂的乐声在耳边爆开，瞬间把姜一绿的瞌睡都震没了。

她掩唇打了个哈欠，又侧头去看林修白，他仍是冷淡沉静的样子，看着大银幕，像是看进去了又像是没看进去。

“哎。”姜一绿轻轻推了林修白一下，“你觉得好看吗？”

“不好看。”林修白侧眼看她诚实地回答。

“那你还看得这么认真。”姜一绿被他逗笑，摘下一只耳机给他，小声说，“出去了就浪费票了，我们听歌。”

“你有喜欢的歌手吗？”姜一绿低头挑歌，顺便问他。

“没有。”

“那歌呢？”

旁边的人似乎是想了想，说：“《轨迹》吧。”

姜一绿想了会儿，说：“好像是周杰伦的。”

“好啦。”姜一绿选好歌曲，又懒懒地躺下去。

歌曲一首首地播放，从欢快到舒缓。

姜一绿又开始觉得好困，眼皮像是被粘住了，打不开。

朦胧中，似乎听到林修白叫了自己一声，迷迷糊糊中，姜一绿把耳机摘了，勉强提起精神抬头去看林修白。

光影晃动在他眼底，他没看这边。

不知过了多久，姜一绿感觉自己被轻轻拍了下，而后睁眼发现电影已经结束，影厅的灯都亮了。

没想到自己真的睡着了，姜一绿把耳机还给林修白，说：“抱歉，我就想眯一会儿的没想到真睡着了。”

林修白没在意，接过耳机，说：“走吧。”

姜一绿喝了一大杯奶茶，有点想上厕所，便让林修白先去外面，自己去了卫生间。

不管哪里的卫生间都是一样，永远都是男厕空空如也，女厕大排长队，等了十分钟左右才轮到姜一绿。

姜一绿上了厕所出来，恍惚听见有人唤她。

她左右找了圈，但正赶上另一场电影的检票，门口人头攒动，她怀疑自己听错了，正准备抬脚走，忽然左肩一重。

“秦于哥？”姜一绿看着眼前的男人，眨眼怀疑自己看错了。

“是我。”秦于笑了下。

姜一绿眼睛亮晶晶的，惊喜地说：“你什么时候回来的，都没有联系我和贝贝！”

秦于说：“前几天，就是回来办点事，还没来得及告诉你俩。”

“啊……”听他的语气，姜一绿有点郁闷，“那你岂不是马上走了。”

姜一绿、朱贝、秦津、秦于他们这几个人从小在一个院子里长大，父母辈都相互认识，和亲兄妹没有什么区别。几人长大后，去了不同的地方，联系虽然少了，但关系仍然亲密。秦于大了姜一绿七八岁，待她如妹妹一样，看她这副样子和小时候一点都没变，秦于忍不住笑。

“这倒不是，得在家待个十几天左右，等闲下来了请你和贝贝吃饭，把小苦也带上。”

“这才好嘛。对了，你一个人来的吗？”姜一绿兴致高了起来。

“没有，和朋友一起。”

姜一绿顺着秦于的视线往后看，有个女生，穿着绿色褶皱露脐吊带，浅蓝色牛仔，很酷的穿搭。

姜一绿俏皮地眨眨眼，问：“女朋友？”

秦于淡笑，说：“还在努力。”

“加油，加油。”姜一绿偷偷笑，给他鼓劲。

“你呢？”秦于顺着她的话问，“和贝贝来看电影？”

“不是，朋友。”姜一绿朝林修白的方向示意了一下。

秦于侧身去看，林修白像是有感应一样，回视过来。

几秒的时间，秦于还未动，林修白就不冷不热地收回了视线。

秦于兀自淡笑一声，回头，说：“那我先进去了。”

姜一绿朝他挥挥手，说：“那秦于哥我也走了，拜拜。”

耽误了几分钟，姜一绿跑过来急匆匆地和林修白道歉：“抱歉啊，刚才遇见了一起长大的哥哥，就多聊了两句，我们走吧。”

刚好下去的电梯到了，姜一绿扯过林修白的衣袖就跑了进去。

电梯显示屏上的数字闪烁着往下坠。

“哥哥吗？”

电梯轿厢里很喧闹，姜一绿没听清，抬头问他：“你说什么？”

“没有。”林修白声音平淡，只看她一眼。

“对了。”姜一绿没再问，反倒是想起了一件事，她低头翻了翻随身带的包，从里面拿出了一个长方形的盒子。

“伸手。”她轻扬眉。

林修白摊开掌心。

姜一绿将东西放进他掌心，然后像模像样地弯唇说：“喏，今天晚上你的工资。”

他垂首，屈指微微收拢。

深夜，屋外下起了雨，淅淅沥沥，淡淡的湿气隔着纱窗渗透进屋内。

林修白习惯性地失眠，抬手搭在眉间有些昏沉。静了几秒，他起身去关了玻璃窗。

打开房门，客厅黑得不见一丝光亮，林修白折回捞起床边的手机。

凌晨两点。

他打开手机的电筒功能去冰箱拿了一瓶水，他喝得快，水珠顺着下颌、喉结滑落陷入了衣领里。他思绪也跟着放空，心里卷起躁意，有些静不下来。

回房后，他拎起外套随手去摸口袋，指尖触及略硬的纸盒。

他拿出来看，是晚上姜一绿给他的东西。

纯黑的外包装，里面是一支木质香调的护手霜。

送它的人，此刻与他只隔了一堵墙。

窗外没有月亮，雨声渐大。

“嘀嗒”雨声卷起情愫挂在心尖，比他想象的要浓烈。

03

后来几天，姜一绿总怕那些人会再来找林修白，偶尔会在晚上的时候去烧烤摊帮林修白的忙，虽然大部分的时间她都被拒绝，只是在旁边干看着。

某日下午。

姜一绿照旧去食堂吃饭，又遇见了徐依楠。

自从有次中午吃饭，她在食堂撞见徐依楠没有找到空座，便叫对方一起吃了饭后，后来只要遇见对方就都与她同桌吃饭，而且好巧不巧每次都是和姜无苦一起吃饭的时候。

上次在卫生间有了一次交集，姜一绿大概猜到了小姑娘的小心思，觉得有趣好笑，也不知道对方看上了姜无苦哪儿。

自大还不要脸。

“姐姐。”徐依楠先打完了饭，温温柔柔地喊了她一声，便坐到了她身边。

没一会儿，姜无苦就端着饭过来了。徐依楠抬眼，目光放在后方林修白身上，耳根微微发红。

“你手怎么了？”徐依楠看见姜无苦坐下后一直在揉手腕，便问了句。

“前几天打篮球给扭到了。”

姜一绿抬头，问：“扭着了？”

这事姜无苦没和姜一绿说，见她问起，便顺着装可怜，拖着腔答：“是啊，可疼死我了，你看现在我连可乐瓶盖都拧不开了。”

姜一绿低哼，说：“骗我的下场，活该。”

“我真拧不开了！”饭吃了一半，姜无苦使劲地拧了下可乐瓶盖，结果还真的纹丝不动，他将可乐移到林修白面前，“兄弟，帮个忙？”

林修白略耷拉着眼皮，闻言抬眸扫了他一眼，眼神很难说不是嘲讽。

不就开个瓶盖，姜无苦眉梢微挑，说：“你至于这样看着我？”

桌上的几个人爱说话的没几个，一顿饭吃得安静又快。中途徐依楠去买了瓶矿泉水回来，拧了半天也没打开。

姜一绿好心帮她，拧了一下才觉得这瓶盖不紧，好开得很，打开才忽然意识到了什么。她抿唇笑，将瓶盖拧松了点递给姜无苦，说：“打不开，你来。”

姜无苦莫名其妙，将水瓶接过，又推给了林修白，说：“我的手伤了，你来开。”

林修白瞥了眼瓶身。

几秒后，他的食指“咚咚”敲了下桌子，不轻不重但立马红了一小块，他神色冷淡，语气没有起伏：“我也伤了。”

吃完饭，姜一绿去操场散步消食。姜无苦看了眼篮球场，发现班里有人在那儿训练，大言不惭地说要去指导他们，几人便顺路走了一小段。

今天吃多了，姜一绿走得慢吞吞的，落后了一大截。

走了一会儿，后面有人跟了上来。

是徐依楠。

姜一绿随口问：“你也来消食？”

“嗯。”徐依楠弯唇点点头。

其实姜一绿和徐依楠也不算太熟，没什么话可以聊，而且徐依楠莫名的亲昵让姜一绿有点不知所措。

徐依楠忽然问：“姐姐，你是学委的表姐吗？”

“嗯？”姜一绿一下没反应过来她口中的“学委”是谁。

徐依楠咬了咬唇继续说：“最开始我还以为你是学委的姐姐呢，后来才知道你是姜无苦的姐姐。不过学委平时都挺冷的，和姜无苦关系比较好，我就觉得你们应该是亲戚吧。”

姜一绿这才想起来，林修白确实是学习委员。

姜一绿没想这么多，笑了下，说：“其实不是亲戚。”

“啊？”徐依楠愣了下，“那你们关系好像很好的样子。”

姜一绿沉吟了下，说：“好像是还可以。”

徐依楠“噢”了声，又说：“学校下周有个班级篮球赛，我们班也会参加，姐姐你会来看吧？”

“这个我不确定，因为我……”后面的话姜一绿还没说完，忽然一阵猛烈的气流夹杂着一个物件，直直地朝她飞来。

姜一绿抬眼下意识一躲，足球带着剧烈的力量狠狠地从她腰间擦了过去，瞬间在白衣服上留下了一道灰黑痕迹。

“咝！”她被砸得不受控地后退两步，捂着侧腰，眼眶泛热，一下模糊了视线。

“姜一绿。”

下一刻，她的手腕突然被握住。

姜一绿下意识地仰头，还没出声，泪珠猝不及防先从眼眶里砸了下来。

“姐！”姜无苦急匆匆地走过来，一眼就看到她眼眶带泪。

沉默了几秒，姜无苦回头一脚把足球踹了出去，压着火气朝后面跑来的人说：“你们怎么踢球的？来来往往这么多女生，看不到？”

“对不起，对不起。”冯明希急匆匆地跑来，边道歉边解释，“真的对不起，是我不小心。”

看见是同班同学，姜无苦也不好多说什么，敛眉，语气冷淡道：“这个点人挺多的，你们也注意一点。”

冯明希看了眼姜一绿，挠了挠头，有点胆怯地说：“那她……”

“没事，你们去踢球吧。”姜无苦没什么耐心了。

“那我先过去了。”冯明希仍旧是那副抱歉的神情，朝姜无苦点了点头，但转身之后扯平了嘴角，神情变了。

见冯明希回来，队友问：“没事吧？”

“没事。”冯明希摆手笑了笑。

“话说班长，你平时球技挺好的啊，今天怎么搞的？”旁边有人搭腔。

冯明希低头捡球的动作微微一顿，而后抬头浅笑道：“失误了，继续吧。”

腰侧的皮肤火辣辣地疼，姜一绿感觉应该没有那么严重，但是她控制不住地想要掉眼泪。

面前的林修白压着气息唇线绷得紧，嗓音冷哑：“我带你去医务室。”

“不用。”姜一绿的嗓音还带着点哭腔，抬起眼看着他，“没那么夸张，就一点点痛。”

“你哭了。”林修白低眸看着她，神情不太好。

“就是有点疼。”姜一绿吸了吸鼻子，又补充一句，“真的不严重。”

徐依楠第一次看到林修白脸上浮出除了冷淡的神情，酸涩感涌上让她有些难堪。犹豫了几秒，她小心地开口：“姐姐，我和你一起去卫生间看一下吧，我那里有红花油和创可贴，或许用得到。”

姜一绿缓了片刻，点头道：“好，谢谢你了。”

徐依楠挽住姜一绿的手，说：“没关系的。”

姜无苦刚才没听到她们的对话，此刻看见她们离去的背影，问林修白：“她们去哪儿？”

“去卫生间查看伤口。”林修白答得没有什么情绪，回头，目光撞见了球场上的冯明希。

冯明希戴着眼镜离他很远，看不清神色，只轻轻朝林修白笑了下。

如姜一绿预感的一样不是很严重，蹭破了一点皮，只不过她皮肤白，一大片红痕看起来有点恐怖。

等她处理完出来时，林修白和姜无苦已经过来了。

“怎么样？”姜无苦走过来一步。

姜一绿摇摇头，说：“没事，就红了点。”

“那就好。”姜无苦松了口气，声音没了紧绷感，又恢复了往常的吊儿郎当，“那一会儿直接回家了？”

“嗯。”姜一绿点头。

晚上图书馆向来不开门。

“那行，今天我还得值日，我就先回了。”姜无苦回头，朝林修白扬眉，“走吗？”

林修白摇头。

反正林修白也不上晚自习，两人也不是一路回家，姜无苦随意道：“行。”

等姜无苦走后，徐依楠站在原地有点尴尬，抿唇朝姜一绿告别又回头轻轻冲林修白点了点头，也离开了。

林修白目光掠过姜一绿的腰，定格须臾，而后往上看着她，说：“走吧。”

到家，一进门姜一绿就看到地上掉了一袋饼干。

她蹲下来看了眼，饼干袋被咬破了一个大口子，边缘轮廓参差不齐，不少的饼干屑顺着袋口掉了下来。

“怎么了？”林修白跟在姜一绿后面，开口问。

“没事。”姜一绿腰上还有丝丝痛感，便没心思想这么多，起身拎起饼干袋丢进了垃圾桶。

她走进厨房取杯子倒了杯水，出来时忽然听到了响动，顺着声音抬头去看。

只见一个黑乎乎的东西正蠕动着身体从厨房抽油烟机的囱口缝隙慢慢地爬进来。

姜一绿呼吸一滞，捏紧杯子，微微凑近辨认了下。

老鼠！

她倒吸一口凉气，张唇空咽了下，正不知所措之际，就见老鼠晃晃悠悠地已经爬进了半个身体。

姜一绿表情有点僵，有些手足无措，下意识就“嘿”地跺了一脚。

老鼠被声音惊动，前脚不稳直接掉了下来。

“啊啊啊！”

姜一绿尖叫一声。

听到声音，林修白跑进来，表情冷凝，眼睛乌黑湿润，直直地望着她。

“林修白，你脚边！”姜一绿牙齿松开咬住的下唇，急急冲他喊。

老鼠受到惊吓，“嗖”地从林修白脚边窜了出去。

“哎！”姜一绿轻喊一声。

见老鼠跑出去了，姜一绿泄气地塌下肩膀抬头看着林修白，眼神绝望，说：“完了，这下完了，林修白，老鼠跑进我们家里了。”

林修白抿唇，走近她，开口时嗓音有点淡：“一会儿下去买粘鼠板。”

“那我们现在去好不好？”姜一绿下意识地往林修白身边走了点儿，

声音里还有没缓过来的颤抖，说话一字一顿。她看了眼周围，缩了缩肩膀，“我总感觉家里不止一只。”

“刚才进门时，你看到饼干碎片了吗？”姜一绿忽然抬头，“那肯定是另外一只老鼠咬的。”

“这下完了，家里要成老鼠窝了。”

两人出去买了几张粘鼠板，还有一些密封胶泥用来堵住油烟机的囱口缝隙。在家里的各个角落铺好了粘鼠板，姜一绿不太敢一个人待着，继续和跟屁虫一样跟着林修白去了烧烤摊。

今天一整天姜一绿觉得自己倒霉到极点，全程一直垮着脸闷闷不乐。晚上回去后一开门还正好撞见姜无苦手里举着两张粘鼠板出来，边走边吐槽“怎么还有两只老鼠？”

姜一绿完全没有防备，老鼠的惨状直直地撞入眼帘，画面冲击力太大，恶心恐惧直击姜一绿大脑神经，吓得她没有理智地尖叫，扯住林修白疯狂后退。

楼道内的声控灯被震亮，姜一绿崩溃地扯着林修白的袖口使劲晃，喊：“林修白，快让他拿开啊！”

“拿开了，拿开了！”

04

虽然晚上抓住了两只老鼠，但姜一绿还是睡得不安稳，她真的很怕睡着后被老鼠啃了。

忧思太重，即使浑身上下紧紧裹了一层毯子，她还是失眠到半夜。

脑袋昏昏沉沉的，姜一绿觉得自己坠入了一片茂密的森林。周围黑黢黢的，没有光，她像是被藤蔓裹住，锁在一棵榕树上，片刻后有什么东西缓慢地爬到她身上。

梦境吊诡，姜一绿的神经紧绷到了极点，仓皇间，她不自觉地抖动了下，从床上猛地坐了起来。

“咝！”

疼痛感牵动神经，姜一绿侧身过去开灯，她被亮光刺得眯了下眼，目光往疼痛处看去。

手上有一个不大的伤口，虽然破了皮但好在没有出血。姜一绿气息不顺，吸了下鼻子看向床头的手机，还不到四点。

她低头套上拖鞋，往厕所去。

怕开客厅的灯影响其他人，姜一绿借着房间里台灯的光跌跌撞撞地往厕所走。

厕所里，暖黄灯光下伤口被照得更加清楚。

本来她就困得脑袋昏沉，此刻看着自己手上的口子，眼睛泛酸，觉得自己也太倒霉了吧！

不是腰受伤就是手受伤，不是足球就是老鼠。

想着想着，眼泪就掉下来了。

她边冲洗伤口，边痛得掉眼泪抱怨。

念叨了会儿，她又觉得自己像个神经病，大半夜在这里哭，哭着哭着又被自己逗笑了。

也不知道要冲多久，她觉得差不多了准备结束时，忽然听到了脚步声。

她回头去看，就看到林修白站在厕所外面。

他身上穿着一件松垮的薄衣，额发垂下盖住锐利的眉眼，显得温和了许多。

姜一绿顿住，极缓慢地眨了下眼，说：“我吵醒你了？”

这个角度能清楚看到姜一绿凌乱的发丝，微红的脸蛋。她睫毛被泪水沾湿，缓慢眨眼像是电影里的慢镜头，极轻地在他心上扫了下。

林修白轻轻地问：“你怎么了？”

姜一绿可怜兮兮地朝他抬手，说：“我被老鼠咬了。”

林修白顺着她的动作目光往下，落在她手肘上，红色的痕迹在她手上格外醒目。

林修白睫毛轻颤，微微皱眉。

“老鼠？”

“嗯。我就知道家里肯定还有老鼠，但我没想到怎么这么惨它就在我房里！”姜一绿愤愤道。

林修白的视线落在她的伤口上没动，声音冷倦：“冲洗了吗？”

“冲了。”

“肥皂水？”

“清水。”

林修白抬头看她，抿唇道：“再冲一下，用肥皂水。”

清洗结束后，姜一绿跟着林修白走到他房间门口，犹豫了下，问：“我可以进来吗？”

林修白垂眸看她，轻轻“嗯”了一声。

这个房间以黑色系为主，原本是姜无苦的，但后来安秀和姜敏学搬去了教职工宿舍后，姜无苦想住大房间，就去了主卧室。

林修白的东西很少，但是书很多，墙边的书桌上摆满了各类教材以及游戏设计书，墙角的位置还有画板和不少的丙烯颜料。

姜一绿没多看，找了书桌边的椅子坐下。

林修白拿出碘伏在她身边坐下，嗓音轻哑，抬眸看她，说：“可能会有点疼。”

姜一绿忍不住害怕地皱眉，咬唇“嗯”了声。

屋内灯光幽暗，窗外是淡薄昏暝的月光，林修白垂着眼，动作轻缓。

姜一绿觉得太安静了，痛觉都被放大了一倍。她蜷缩脚趾，还是忍不住轻“咝”了声。

“很疼？”林修白停住。

“还好，”姜一绿声音有点哑，“不是特别疼。”

林修白低头，继续往她伤口上涂抹，但动作又放轻了些。

他话少但姜一绿不是，越疼她就越想说话转移注意力。

“我之前看网友说，像什么被老鼠、猫和狗咬，狂犬病的发作期都特别长，好像有些还有二三十年的，你说我会不会二三十年后突然发作啊，就变成那种不人不鬼的，头发散乱，衣衫褴褛，好可怜的样子，主要是很丑。这种传言是真的吗？之前好像国外有过，但也不知道真假。

“林修白，你有看过这个新闻吗？”

听着她的絮叨，林修白垂眼，很轻地笑了下。

姜一绿觉得自己好像听到了笑声，有点惊讶地垂眸去看他。

林修白垂着头上药，一直很安静。

姜一绿微弓身，头低了点，看见了他嘴角微翘。

她收回手，笃定又惊讶地说：“林修白，你笑了！”

这是姜一绿第一次看见林修白笑，轻得像是没有痕迹，但她看见了。一瞬间她似乎有点明白了古人豪掷千金博美人一笑的原因了。

难得啊!

太难得了!

林修白闻言抬头，嘴角的笑意收了，眼神很淡。

姜一绿盯着他。

他眼睑的形状很好看，看着她时，眼底像是拓下一片错落的影。

“别这样冷冷的，你还是多多笑笑，笑起来更好看。”姜一绿弯唇，冲他扬眉。

林修白喉结微动，顿了下，移开眼，说：“一会儿还要去打针。”

“对。”一听要打针，姜一绿一下子就萎靡了，如灵魂被抽走似的。

林修白低头收拾废弃的棉签，说：“疫控中心要八点才开门，你再去睡会儿吧。”

“不睡了，我现在好清醒。”姜一绿抬起脚盘在椅子上，“我怕我睡着了又被咬醒了。”

他轻轻点了下头，还是那副冷然的样子。

“林修白。”姜一绿轻喊他，手肘撑着膝盖，“你困不困呀？”

“不困。”他站起来将东西丢进了垃圾桶，转回身看她，声音有点低，“一会儿我陪你去。”

“陪我去？”姜一绿直起身子，眼睛微微瞪圆，“你不还得上课吗？”

“可以不上早自习。”他答得简单，像阐述一个事实，但就给人一种有底气肆意妄为的感觉。

姜一绿想起了那天在教学楼下看到的光荣榜，忽然问林修白：“你得过第二名吗？”

他像是想了下，说：“好像没有。”

姜一绿屈膝，下颌放在膝盖上，仰脸，睫毛颤动看着他，说：“你知不知道，这样听起来特别像炫耀。”

林修白认真道：“没有炫耀。”

姜一绿没忍住笑了：“你太正经了。”她侧头看了下墙角的颜料，“你会画画吗？”

“嗯。”

“那我可以看看你的作品吗？”姜一绿有点期待，“从小到大我最佩服会画画的人了。”

“我找一下。”林修白从来不会拒绝姜一绿，他弓身从书桌的抽屉里拿出了一个透明的袋子，“现在很少用笔画了，这些是以前的。”

姜一绿接过，问：“那现在用什么画呀？”

“数位板。”

姜一绿取出几张大致看了下。

林修白的画和他的人很相似，笔触凌厉，有种沉郁的美感。

素描、油画都有，从建筑到人物以及武器。

她发现了，林修白在设计游戏。

她将画放了回去，问：“你在设计游戏吗？”

林修白淡淡地“嗯”了声。

“真好。”姜一绿放松地靠在椅背上，忽然抬手朝他晃了晃大拇指。明亮的灯光下，她的眼瞳潮湿，带着轻描淡写的温柔，“林修白，我有直觉，你一定会设计出超级无敌优秀的游戏，我相信你。”

林修白静静地盯着她看，胸腔震动。

天光大亮，清晨的露气湿润，有早起的人已经运动结束，正晃动着手臂缓慢地走回家。

姜一绿开始有点犯困，掩唇打了个哈欠。她转头问林修白，问：“你饿吗，要吃早餐吗？”

他摇头，问：“你要吃吗？”

“吃不下。”姜一绿整个人蔫蔫的，没有生气。

她一想到要打针脑袋都是晕的，恶心想吐。

姜一绿心情不大好，一路上都比平日里安静没说几句话。

虽然时间还早，但是防疫中心已经来了不少人，有个家长带着个小男孩正在门口等着。姜一绿踮脚往门上的玻璃看，一个彪形大哥正龇牙咧嘴地在叫唤。

“等等！”大哥把刚撸起的衣袖放下，转头看旁边的女护士，声音卑微，“美女，你能不能下手轻点。”

旁边有人笑话他：“你还怕疼。”

大哥哀怨道：“都是肉做的能不疼吗？”

“好了。”女护士掩唇笑了声，“外面还有不少人等着，快点。”

无可奈何，大哥紧皱眉毛，针扎入的瞬间“嗷”的一声叫了出来。

声音凄厉，听得姜一绿忍不住皱眉。

她还想继续看，忽然掌心一热。她垂眸，看见手心被塞进一杯温豆浆。

浅淡的热度传递进她的掌心。

林修白温声道：“别看。”

喝了豆浆，胃里温热起来舒服了不少，姜一绿紧绷的神经也跟着放松了点。不过等进了里面，那种心慌的感觉又起来了。

姜一绿一颗心吊着，抿唇坐在椅子上，如临大敌。

护士端着药盘走过来，用钳子夹住棉花球开始给姜一绿消毒。

微凉的酒精接触皮肤那刻，姜一绿止不住地打了个战。护士像是感受到了，笑了笑轻声安慰：“很快的。”

打个针而已，姜一绿不想让人看笑话，勉强扯出一个过分惨淡的笑容。

消毒尚且可以忍受，但当她看到明晃晃的针尖那刻，抗拒和崩溃的情绪瞬间到了临界点。

姜一绿声音微颤，说：“等一下。”她回头，“林修白……”

林修白看向她。

她颤睫看着他，有点难以启齿地慢慢开口：

“你可以牵我吗？”

05

“林修白……”

姜一绿朝林修白伸出手，求救一般地看着他。

林修白回神，清秀的黑眉克制地拧起，微张开嘴唇，回答：“好。”

他唇线绷直，任由姜一绿牵着。

姜一绿全程死死咬唇没哭出来，但眼泪控制不住地“啪嗒啪嗒”往下掉。扎完了针，她整个人像只被拔了牙的奶猫，软趴趴的。

出了疾控中心，她整个人还有些没缓过来。静默无声地走了会儿，她才后知后觉地感到有些脸热。

平时去医院都是安秀或者朱贝陪着，她娇气惯了。

她一打针脑子就有点不清醒，刚才的行为是害怕时下意识的做法，现在想起来觉得简直太丢人了！

她垂头在心底暗自叹了口气，扭捏地侧头，慢吞吞地喊：“林修白……”

“嗯。”

“刚才的事情有点丢人，你记得忘……”

林修白偏头盯着她，眉目舒展，眼波淡淡地流动，点头道：“好。”

狂犬疫苗一共需要打三针，打第二针时姜一绿向学校图书馆的负责人请了假，朱贝陪着她去打。

从疾控中心回来后，姜一绿疲惫地回房间睡了一觉。等她再睁眼时外面天色已暗，室内空寂，家里好像没有人。

她头昏脑涨，手臂搭在额角缓了片刻。手机铃声突兀地响起，姜一绿懒得起身，掀开被角，伸出手拿起手机。

“喂。”喉咙干涩，沙哑的声音把她自己都吓了一跳。

电话那头的朱贝问：“你的嗓子怎么了？”

“没事。”姜一绿轻咳了声，缓缓坐起来靠着床头，“我刚睡醒。”

朱贝“噢”了声，说：“我说你怎么一直没在群里说话呢，你快看看去，秦于哥问我们想吃什么呢。”

他们几人有个小群，平时不在一起聊天也少，但一聊起来就收不住。姜一绿把手机开了免提，点进 QQ 看了眼。

“99+”的消息，让人眼花缭乱的。

“怎么这么多？”姜一绿指尖滑动，大致扫了眼内容。

“这一聊起来就收不住了。”朱贝笑了下，“时间也还没定，我俩哪天都行，看你。”

“如果是晚餐的话，我也哪天都行，我这工作只有白天要去。”姜一绿嗓子干涩得厉害，下床穿了拖鞋出去喝水。

“你是不是还有一针要打来着？”朱贝忽然想起来。

姜一绿把手机放在餐桌上，往杯里倒了水，想到这事就怅然，说：“嗯，在四天后。”

朱贝说：“那就等你打完最后那针那天吧，不然你这忌口的也比较多。”

“那最好了！”喝完水后姜一绿神思清明，兴致起来，“你觉得吃火锅怎么样？”这段时间打针忌口，清淡的饮食她实在已经吃腻了。

放假的日子实在是无聊，朱贝早就想出去约饭了，点头道：“好啊，我在群里也提的是这个！我前几天看空间，新开了一家火锅店有人已经去吃过，看那图感觉还不错。”

“可以，可以！”姜一绿兴奋起来，将手机拿起，又伸手去拿杯子，“而且我们吃完还可以去看个电影，或者 KTV 也——”

她后面的话还没说完，“哗啦”一声打断了她，像是什么东西被打碎了。

姜一绿低头去看，两盒颜料的罐盖被摔开，红色与白色的丙烯颜料洒在地上交织在一起，一片狼藉。

“怎么了？”朱贝问。

“天哪……”姜一绿蹲下来，蹙眉叹气，“我把颜料给打翻了。先不和你说了，我收拾一下。”

挂了电话，姜一绿看着满地的颜料有点心死，不用想都知道这是林修白的，罐子看着很新，估计是刚买回来还没来得及收进去。

罐子是玻璃制成的，此刻四分五裂完全不能再用了。

姜一绿虽然不懂美术，但是也知道白色颜料的珍贵。

“抱歉，抱歉。”姜一绿双手合十朝着颜料嘀咕两声，而后跑去厕所取了湿抹布把地上收拾干净。

玻璃碴儿碎了一地，颜料也有些干了，姜一绿蹲着擦了半天才清理完。结束后她捡起一块印有标志的玻璃片拍了照，在网上搜了一下。淘宝上卖这个牌子的店很多，姜一绿找了一家看起来较为正规的店，但是白色颜料售空了。

她对颜料了解不多，也不知道林修白是不是只用这个牌子，又找了同品牌看起来不错的店，还选了其他不同的品牌买了几罐。

除了白色，她还往购物车里加了其他的颜色，下完单她才点开了和林修白的对话框。

时间已经过了傍晚六点，这个时间林修白应该已经开始工作了。

两人的对话不太多，上一条还停在她生日那天。

姜一绿斟酌了下，打字道：【对不起，我刚才不小心把你的颜料给打翻了。】

以为林修白在上班估计没有那么快回复，姜一绿继续打字：【不知道你是不是常用这个品牌，我就买了好几种。】

姜一绿：【你最近着急用吗，快递可能要好几天才能到。】

发完后，姜一绿关了手机准备回房，刚起身就收到了回复。

林修白：【你有划伤吗？】

姜一绿怔了片刻，低头看着手机屏幕，顿了几秒才回：【我没有。】

回完后，姜一绿想了下，继续打字道：【我打碎的是白色颜料！】

林修白：【没事。】

姜一绿的指尖在手机屏幕上动了动，看了片刻抬眼，忽然觉得有点感动。

联想起前几天的事，她发现其实林修白也没有看起来的那样冷冰冰。

饭局约在姜一绿打完针的第二天晚上，白天的时候，姜一绿照旧在图书馆里工作。

虽然说是图书馆，但其实并不大，只有一层，一百来平方米。平时来的学生极少，管理的老师都是学校已经退休的。

室内寂静，姜一绿随手拿起一本书坐下，看了没五分钟，有脚步声响起。

“借书还是还书？”姜一绿合上书抬头。

见到来人，姜一绿顿了下，看对方双手空着，笑问：“你来借书吗？”

“不是。”徐依楠摇摇头，看了眼周围，又看姜一绿，“方便说话吧？”

姜一绿点头“嗯”了声。

徐依楠语速慢吞吞的：“就是，今天下午的篮球赛姐姐你去看吗？”

姜一绿本来忘记这茬了，这才想起来上周徐依楠提过这事。

她低头看了眼表，才两点十五分，抬头说：“篮球赛几点啊？太早的话，我可能去不了。”

“四点左右，正式开始应该是四点半了。”徐依楠答道。

“啊！”姜一绿有点抱歉，“那可能不行，这个时候我还没下班，而且我晚上有一个饭局，可能去不了。”

听了姜一绿的回答，徐依楠有点遗憾，没再多说什么，点头朝她说了声“谢谢”。

见徐依楠要走，姜一绿轻声喊住她：“那个……”

姜一绿斟酌地开口：“可以问一下，你为什么这么想要我去吗？”

这事徐依楠提过两次，这次还特意跑来问她，姜一绿觉得有点蒙。

徐依楠也没打算骗姜一绿，很诚实地开口：“姐姐你和学委的关系很好。”她似乎有点羞涩，停了会儿才继续道，“这样我送水的话，他可能会接……”

虽然她声音有点小，但姜一绿捕捉到了关键词，诧异道：“学委？”

“啊？”徐依楠被她的反应吓到，“对呀！”

姜一绿蒙了一瞬，忽然想起上次徐依楠送衣服来时，自己并不知道林修白也在外面，下意识就把徐依楠喜欢的人代入了姜无苦。难怪徐依楠莫名地提起了林修白好几次。

“没事。”注意到自己反应有点大，姜一绿不好意思地笑了下，“我尽量吧，一会儿我问问老师看看能不能提前离开。”

“那谢谢姐姐了！”徐依楠惊喜道。

徐依楠走了没一会儿，老师就从卫生间回来了。姜一绿其实不太好意思开口，但还是把事情和她说了下。

“可以啊。”老师很和蔼，“你们年轻人去看就行，待在这儿也是无聊。”

姜一绿感激地说了好几声谢谢。

虽说老师答应了，但姜一绿还是积极整理完所有的借还图书后才离开。

等到了篮球场时，比赛已经开始了。

篮球场周围的一圈看台被围得水泄不通，女生的尖叫声一波盖过一波。

姜一绿看了一圈，试图找到一个缝隙挤进去，还没等她迈开脚步，就冲来了两个女生疯狂地挤了进去。

姜一绿踮了踮脚拼命仰头去看，人头攒动，黑压压的一片。

她放弃了。

人太多，她根本找不到徐依楠在哪里。

她走过去随便问了个女生：“现在比赛到哪儿了呀？”

校服女生有点疯狂，因为太激动鼻尖上渗出了细汗，说：“不知道啊，我看不懂。”

姜一绿噎住，说：“你不是看得挺认真的吗？”

“我不看比赛啊，我是来看人的。”

女生话音刚落，忽然尖叫声震耳欲聋。

进球了。

“啊！”

“好帅啊！”

“林修白！”

姜一绿被震耳欲聋的声音带动得也有点激动，很想看看里面的赛况如何，但实在挤不进去。

正当她头疼地想办法时，徐依楠出现了。她应该是跑来的，扶着膝盖大喘气，说：“那……那边可以进去。”

徐依楠领着姜一绿拨开层层人浪挤了进去，到了前面的计分处，钱志也在那儿，见姜一绿来了还热情地给她让了个座。

“你们是计分组的吗？”姜一绿坐下问。

“是啊。”钱志点头，“这是班级赛，两个班各派了一个。”

这个位置视野极好，可以清楚地看到场内的比赛。

姜一绿稍抬眼睑，就看到了林修白。

他今天穿着黑色T恤，运动中裤，头上戴着运动发带。

他身形挺拔而高大，发色漆黑，眉目凛冽，明亮又干净。

“班级赛怎么来了这么多人？”姜一绿侧头有点疑惑地问。

“还不是来看他俩的。”钱志的下巴朝赛场中心扬了下，“一中俩校草。”

“姜无苦？”姜一绿朝钱志指的方向看了眼，难以置信，“你们学校女生的眼光很独特啊。”

钱志笑道：“是吧，姜无苦他就不配！”说完，又想起来旁边这人是人家的姐姐，连忙补充一句，“我不是那个意——”

姜一绿点头：“你说得对。”

场内气氛火热，女生的尖叫声此起彼伏。

姜一绿看不懂篮球赛，手掌撑着下巴，眼神在姜无苦与林修白两人的身上来回跳跃。

“啊——”

一个球投进，流畅弧线。

尖叫声如山呼海啸。

在姜一绿还愣怔时，忽然林修白回了头。

在熙熙攘攘的人群里，两人目光相撞。

他一眼看到了她。

# 第三章

## 第一次见面

01

上半场比赛结束。

徐依楠看到林修白走过来有些紧张，握着水瓶的手微微出汗。她咬着下唇，最终还是没有勇气，将水递给了姜一绿。

姜一绿扭头，一脸问号。

她还没开口，忽然手上一轻，姜无苦毫不客气地将水拿了过去。

姜一绿踢了下他鞋尖。

姜无苦边拧瓶盖，边说：“你踢我干吗，喝水呢。”

姜一绿又抬眸看向林修白。

他黑发湿了些，眼尾带了点散漫，汗水顺着额角滑落。

他往她这边倾身，低头在纸箱里取了瓶水。

独属于少年的荷尔蒙气息，一触即离。

姜无苦仰头喝了半瓶水，捏着瓶盖拧紧，问：“你怎么有空来了？”

“随便看看。”姜一绿捋了下裙角站起来，“你们结束了？”

“没呢，一会儿还有下半场。”姜无苦随口答。

“起开，给我腾个位置。”他毫不客气地用膝盖顶了钱志一脚。

“轻点！”钱志夸张地嗷嗷叫唤两声，站起来往姜一绿这边看，主动邀请，“姐，一会儿结束一起去吃饭。”

姜一绿摁亮手机看了眼，时间已经过了五点半。吃饭时间约的是六点，她待不了太久就得走了。

“不了，我一会儿还有事。”

“什么事不都得吃饭嘛。”钱志热情得很。

“行了。”姜无苦的两条腿大剌剌地敞着，语气懒散，“她就是去吃饭的，你要是闲的话给我按按肩膀。”

钱志踹了他凳腿一脚。

被他俩逗笑，姜一绿弯唇回头去看林修白，他垂睫很安静不知道在想什么。

她低头往口袋里掏出一把糖果，朝他走过去。

“伸手。”

林修白顺着姜一绿的声音抬头，眼神清寂，很配合地摊开掌心。

几颗琉璃纸包装的糖果落在他掌心。

姜一绿把糖果给每人分了点，又冲几人打了个招呼就先走了。

“姐姐真是漂亮又心善。”钱志剥了糖丢进嘴里，毫不吝啬地夸赞道。

姜无苦扯下盖在额头上的毛巾，抬眼看他，说：“怎么，羡慕？”

钱志仔细想了下，说：“说实话，还真有点。”又往姜无苦的方向看了眼，停了几秒啧啧几声，“就是可惜了，美中不足有你这个弟。”

姜无苦白他一眼，骂：“有病。”

篮球赛本就在补课结束前一天举行，晚上不用上自习了。

结束后，一群人约了一起吃饭。

这几天烧烤摊老板回了乡下办事，林修白难得有空。

他们吃饭的地方不远，人也不多都是班里的人，还有几个玩得不错的女生。

饭店老板给他们安排了一个大圆桌就餐，林修白坐下后旁边的一个位置还是空的，有好几个女生蠢蠢欲动想要过去，徐依楠手指紧握着同样有点手足无措。

“姜无苦。”林修白抬眼，不冷不热地喊了声。

“怎么了？”姜无苦看过去。

“坐这儿。”林修白脸上没什么情绪，寡淡地看着姜无苦。

姜无苦了然，坐下后，吊儿郎当道：“这个时候我又是你兄弟了？还知道拿我挡桃花了。”

林修白坐在那儿，半个眼神都没分给他。

明天还有课，大家说说笑笑地吃完饭，才刚过八点。

出了饭店没走几步，忽然下起了雨。

“怎么还下雨了！”

不知道谁喊了句，瞬间几人赶紧往旁边的文具店里跑。

林修白微仰头看了眼天，乌云密布，雨有越下越大的趋势。

文具店外的地板被来往行人的鞋底沾湿，湿漉漉的。

门口立着个桶，里面放着好几把透明的长伞，不过少有人为了夏天的阵雨特意买一把。

外面雨声嘈杂，溅起的水花渐大，在门口待了片刻，林修白往里走。

“这雨真是说来就来半点防备没有。”钱志拍了拍沾湿的肩膀，往旁边的徐依楠看了眼，好心地问，“你淋湿没？”

“没有。”徐依楠摇摇头。

钱志“嗯”一声，又过去捶姜无苦的肩膀，在店里随便乱逛了圈。

湿润的衣服穿着有些凉，徐依楠微缩肩膀往里走，视线撞上了林修白的侧影。他面容沉凉，站在不远处的笔架前，指节上握着一支笔似乎想要试。

徐依楠慢慢走过去也从笔架上取下了一支笔，拔开笔盖。试笔纸上，密密麻麻地被来店的人写了不少的陌生名字。

徐依楠眼神往林修白那儿瞥过去，鼓了点勇气想要开口，却看见他垂睫落笔。

是两个点。

“这是林……”徐依楠忽然紧张地开口。

一般来买笔，试笔时多数人写的是自己的名字，徐依楠想不到什么寒暄的词只下意识去问。

林修白侧着脸没看她，唇色很淡，微光笼在脸上，垂眼似乎有些出神。

没听到林修白的回答，徐依楠有些尴尬地想要走开，刚转身就听到林修白淡淡的声音：“书法的林。”

他提笔，不动声色地用直线勾连住了那两点。

另一边。

雨下得突然，几人都没有带伞，好在秦于开了车，朱贝住得远，他就先送了姜一绿。

吃多了姜一绿就有点晕车，车内的空间密闭还带着独有的汽油味，更是让她有点反胃。

“晕车了？”朱贝问。

“有点。”姜一绿答得有气无力，从口袋里摸出了颗下午剩下的糖放进嘴里。

橘子味的，酸酸甜甜，很解腻。

舒服了点后，姜一绿扒着后排座椅问秦于：“秦于哥，你有空的塑料袋吗？我想把这个快递给拆了，不然一会儿不好拿。”

“还真有。”秦于说，“就你现在扶着的这个座椅后面的口袋里有一个。”

姜一绿低头翻了下，扯出了一个透明塑料袋，上面还印着某个蛋糕品牌的标志。

下午出校门的时候，姜一绿估计得不会回很早，就提前把快递取了。是上次给林修白买的颜料。

“你这买的什么？”朱贝瞥了眼，随口问，“吃的？”

“不是，是颜料。”姜一绿拿出钥匙边划纸箱上的胶带边答，“上次和你打电话的时候，我不是摔碎了个东西嘛，就是这个。”

“你什么时候开始画画了？”

姜一绿笑道：“不是我的，是林修白的。”

“噢。”朱贝想了下，“上次你家那个小帅哥？”

姜一绿撕开快递，“嗯”了声。

“没想到他还会画画啊，他长得也不像那种艺术气息的男孩子。”朱贝托着下巴。

“你这叫刻板印象。”姜一绿头还有点晕，没什么劲地答。

“哎。”朱贝忽然想到什么，有点兴奋地说，“那他接不接稿子？我一直特想有一幅那种超大的画像，不过外面约稿太贵了，他应该可以打个折吧？”

因朱贝的话，姜一绿又想起了那晚见到的画。

油画应该只是林修白的业余爱好，而且他画得有强烈的个人风格。

姜一绿犹疑地说：“这个我不知道。”

而且她觉得让林修白画不太好，按照他的性格，他是绝对不会收钱的。但她私心又很想让林修白能够接稿子赚点钱，这比晚上打工更轻松。

朱贝说：“那你问问他，不行也没事。”

想了会儿，姜一绿还是应了下来。

“什么小帅哥？”秦于边开车边听两人聊天，听到这里插了句进来。

朱贝给他解释："说来话长，反正就是小苦的同学，住他们家了。"

"上次在电影院遇见的那个？"秦于往后视镜看了眼。

"对啊。"姜一绿装好了颜料把钥匙放回袋子里，往窗外瞟了眼。

大雨滂沱，雾气升起，车窗上氤氲着厚重的水汽，她指尖往车窗上划了一道。

"雨好大啊。"

"嗯，这雨下得一时半会儿也停不了的感觉。"朱贝问姜一绿，"你一会儿怎么回，小苦今晚在家吗？"

姜一绿回过头，不确定道："应该在的，今天他们好像不用上晚自习。"

"你现在给他打个电话吧，估计快到了。"朱贝问了声秦于，"还有多久？"

"三四分钟吧。"

时间也差不多，姜一绿拿起手机拨通姜无苦的号码，缓慢悠长的"嘟嘟"声传来。

姜一绿低头慢吞吞地抠着袋子等待接通，过了好一阵都没有任何回应，她疑惑地将手机从耳边拿开。

也没打错啊。

正这样想着，电话就突然接通了。

"你干什么呢，半天不接电话！"姜一绿将手机贴回耳边立马就开口谴责。

电话那头的人稍顿，然后说："姜无苦在洗澡。"

姜一绿听出接电话的人是谁，不好意思地舔了下唇，再开口时语气抱歉："我以为是姜无苦呢。"

林修白没在意只是淡淡地"嗯"了声。顿了会儿，他开口："你没带伞吗？"

他的声音异常低沉，姜一绿恍惚了下，反应过来自己走神，连忙道："啊对，本来打电话想让姜无苦下来接我的。"

林修白往浴室看了眼，人影晃动，姜无苦在穿衣服。

"他刚进去没多久，可能一时半会儿出不来。"

"啊！"姜一绿想了下，下意识地说，"那你下来？"

林修白收回视线，语气云淡风轻："好。"

挂了电话，姜一绿握着手机咬了下唇。

自己是不是有点太不客气了？

02

汽车在路口停下。

秦于回头问："小苦下来了吗？"

姜一绿用手擦了擦车窗上的水汽，望向窗外。

外面天色泼墨般的黑，视线被大雨模糊。她趴在车窗上仔细地辨认了下，有个个子很高的男生撑着伞往这边来。

"来了。"姜一绿扯下安全带，往窗边坐了点。

她微微降了点车窗，冲那身影喊："林修白，这里！"

林修白看到了姜一绿，撑伞到了车门前。

姜一绿朝车里的两人说了声再见，开车门时头上已经撑了把黑伞。伞尖抵着车顶防止雨珠坠下，姜一绿脚尖点地立马躲进了伞下。

他弓身那刻，眼神看向秦于，一扫而过。

姜一绿小声呼气，仰脸弯唇看林修白，说："谢谢呀。"

铺天盖地的大雨重重地拍在伞面上，淹没所有声音，伞下独独成了寂静的一个小世界。

林修白眼神落到姜一绿的肩膀上，两人身高差距大，伞举高了，雨丝被风吹进来洇湿了她的肩膀。她靠外侧的手臂垂着，手上的袋子似乎有点沉。

他嘴唇微动刚想开口，姜一绿突然转头看他，将手上的袋子向上举了举。

"颜料。"她慢慢地开口，"上次打碎的说好要赔给你的，今天刚收到。"

林修白脚步停下，眼帘垂下，忽然从她手上接过袋子，说："其实不用的。"

"怎么不用。"姜一绿揉了揉掌心被塑料袋勒出的红痕，笑嘻嘻的，"本来就是我打碎的呀，你就心安理得地收下吧。"说到这儿她又想起了朱贝嘱咐她的话。

"还有一件事情想要问问你。"姜一绿说，"你接画稿吗？我有个朋友知道你会画画，想让你给她画一幅。"说完，她又补充一句，有点不太好意思，"如果可以，还问你能不能打折……"

林修白静默，视线和姜一绿对上，静静地看着她，说："你的那个哥哥？"

姜一绿讷讷地"啊"了声，才反应过来他说的是谁。

“不是，你见过的，上次来我们家那个女生。啊，对，就刚才车内坐我旁边的。”

她回答完，过了会儿，林修白像是想了什么，才开口：“画的。”他声音低低的，“不过很久没画过了，如果不介意——”

“不介意，不介意！”他话还没说完，姜一绿就接了过来，她真的想让林修白能多有些收入，“你也不用因为认识我给她打太多折，按正常的折扣算就行。”

“好。”

见林修白答应，姜一绿轻松了不少，过了片刻又问：“那给她的照片可以吧？”

“可以。”

“不过，需要你们的合照。”林修白抿唇继续解释，“照片里有熟人在，会画得更好。”

头一次听到这种事，姜一绿表情稍愣。她想或许艺术家们都有些怪癖，她记得有个画家还喜欢用门板当画板。

“可以啊。”姜一绿笑了下，有点诧异，“不过，你们搞艺术的人还真是奇奇怪怪。”

林修白眼皮轻轻抬了下，面色平静地“嗯”了一声。

夜风寒凉，姜一绿穿着短裙，一双腿露在寒风里，到家后冷得一直缩着肩膀疯狂跺脚。

进屋后她扯了几张纸巾擦小腿上的水珠，回头问林修白：“你淋湿没有？”

他穿着一身黑，也看不出到底有没有淋湿。

“没有。”林修白把伞收好。

“那就好。”姜一绿将纸巾丢进垃圾桶，往里走就看见姜无苦大剌剌地敞着腿在沙发上看电影。

看他这个舒服样，姜一绿就不爽，故意过去找他碴儿：“好啊，不来接我让我淋雨，你却在这儿舒服地看电视！”

姜无苦转头看姜一绿，眼神在她身上扫了眼，莫名其妙地说：“你这不干干净净的吗？”

“这儿。”姜一绿腿往他眼前一抬，脚踝处的袜子湿了点。

姜无苦简直无语，吐出两个字：“矫情。”

姜一绿踢他一脚，恶狠狠地说：“让你骂我。”

姜无苦懒得理她，往旁边挪了下。姜一绿从小到大闲得没事就爱找他碴儿，对付她最好的办法就是不理她。

“没意思。”看姜无苦不理自己，姜一绿起身要去洗澡，站起来时眼神扫到了桌上的一个信封。

粉红色的，封口处还贴了爱心贴纸，封面有四个娟秀的大字——姜无苦收。

看了片刻，姜一绿忽然笑了，侧头用脚尖踢了下姜无苦，说：“你收到情书了？”

姜无苦抬眸莫名看了眼姜一绿，顺着她的视线又落到桌上，才想起来是洗澡前林修白在地上捡到的，还告诉了他一声，他洗完出来就忘记了这事。

姜无苦又抬头看向姜一绿，她挑着眉，一副难以置信“你这人竟然都能收到情书”的样子。

“你这什么表情，质疑我？”姜无苦不乐意了。

“没有。”姜一绿耸肩，语气坦然地道，“只是对你们学校女生的眼光有点质疑。”

“呵。”姜无苦傲慢地扯唇冷笑一声，指尖往自己胸口上点，语气无比傲慢，“我，姜无苦，学校的女生排着队追在我身后。”

姜一绿翻了个白眼。

姜无苦今天偏就不信这个邪了，起身走过去搭住林修白的肩膀，感觉到湿意又放了下来，他斜眼问林修白：“你说句实话，我不帅吗？”

林修白没有搭理他。

见状，姜一绿在旁边笑出了声，说：“你还真不要脸。”

“好。”姜无苦也觉得这个问题问得离谱，换了个说法问林修白，“我和我姐谁更好看？”

好歹同学两年，姜无苦就不信了，这他还能输？

林修白眼眸漆黑，看着高冷寡情。他微微偏头往姜一绿的方向看去，定格几秒，下滑，与她对视。

见林修白沉默，姜无苦很自信地安抚他：“不用害怕我姐，说实话就行。”

林修白回神，回头看姜无苦一眼，而后淡淡地扔给他一句：“你没有可比性。”

姜无苦一脸问号——

这简直就离谱!

过了两天，一中的暑假补课也彻底结束，这也意味着姜一绿的义工也到了尾声。

开学后，他们就要升入高三，新学期要换一栋教学楼。所以放假这天学校里格外热闹，桌椅碰撞地面的声音、人群嬉戏喧闹的声音充斥了整个校园。

姜无苦嫌人多乱得很，等到几乎所有的人都搬完了，才晃晃悠悠地来教室收拾东西。要搬的书不少，姜一绿被收买来干苦力。

毕业两年，虽然经常能够在校园里乱转，教室她却很少进。

学校教室翻新了不少，墙大约是重新刷过，白净整洁，靠近门的角落墙壁上贴着学校的作息安排以及最近一次考试成绩排名。

姜一绿目光往上滑动，掠过姜无苦的排名——很靠前，如果没有英语拉分或许会更高。

她视线继续上移，落在第一名上，仍旧是林修白。

姜一绿觉得林修白真的很优秀。

优异的成绩、出色的长相，浑身上下闪着光，但他也同样有隐秘不为人知的一面。

是拿着奖学金的全校第一，也是后巷里奔波于生活的普罗众生。

姜一绿垂眸，回过头去看林修白。

中午时分，教室内光线充沛，透过玻璃窗一束束地打在他身上。

他整个人背对着她，脑袋稍垂，在整理桌上的书。

即使是在一年中最热的月份里，他一身校服仍旧是干净清爽，虽然偶尔眉宇间藏着很淡的疏离与戾气，但依旧是意气风发的少年。

姜一绿轻声喊林修白，对上他回头时漆黑的眼。

她目光微沉，盯着他慢慢开口：“我们以前是不是见过？”

林修白目光沉沉，夹着暗昧，半晌，他哑声轻答：“见过。”

闲着的日子过得不快不慢。

放了假，安秀和姜敏学难得出去旅游了几天，在姜一绿回学校的前一天才回来，特意回家把给他们带的小礼物送了过来。

暑假结束回学校的车票向来不好抢，姜一绿依旧没能选到中意的时间，只有一张早上七点的高铁票。

前一天晚上，姜一绿仔细算了下去车站的路程，最晚她都得六点二十分左右起床。一整个暑假她起得都不算太早，突然早起她真的做不到。

姜一绿丢了手机，看着天花板哀号了一声。躺了五分钟认清了这个事实，她起身出了房间，敲开了姜无苦的门。

“哎，明早六点二十分叫我一下，我怕我睡过了。”

姜无苦放下手机，闲闲道：“六点二十分？我起不来啊。”

“你起不来也要起来，我真怕我睡过了。”姜一绿严肃地说。

“其实，也不是不行。”姜无苦靠着床背得寸进尺，懒洋洋地冲她挑了下眉，“那你求我一下。”

姜一绿“砰”一声把门给摔上了。

姜无苦服了，在门内喊道：“我叫你！我叫你！”

姜一绿弯起唇。

回房时，姜一绿撞见了林修白出来喝水。

林修白看向她，问：“明天走吗？”

“嗯。明早。”姜一绿点点头。

看了她几秒，林修白淡声问：“很早吗？”

想到这个姜一绿就有点头疼，苦着脸，拖着腔“嗯”了声。

她模样生动，眼里似有粼粼波光，林修白无声地扯了扯唇，没再多说什么。

第二天闹钟响起的时候，姜一绿正在做梦，她极其烦躁地摁了闹钟，安稳地等第二个闹钟响起。

刚将手收回，敲门声就响了起来。

不知停歇的敲门声和一根细线一样，不断牵扯着姜一绿的脑神经，她感觉自己在清醒和混沌中徘徊。

姜一绿起床气有点重，忍了片刻憋不住地往门口喊：“烦死了！别敲了！”她大力拉起被子盖上头顶。

门外的人似乎停了片刻，而后清淡的声音响了起来。

“姜一绿，起床了。

“姜一绿。

“姜——”

“我知道了！起了！你好烦啊！”姜一绿将蒙着脑袋的被子掀开。

她再困现在也被折腾得醒了过来。

似乎是因为听到了她的回答，门外的人没再说话。

姜一绿挣扎了两秒才从床上坐了起来，丢失的思绪重新连接，她后知后觉地反应过来，刚才的声音好像不是姜无苦的……

姜一绿起床换了衣服，姜无苦的房间毫无动静，显然是睡过了！

姜一绿无语地翻了个白眼，去卫生间洗漱。

挤了牙膏沾了点水，没刷两下听到了门外的响动，她探出了脑袋，看见林修白在门口换鞋。

想起刚才的事，姜一绿觉得还挺不好意思的，含糊地喊了他一声。

见林修白回过头，姜一绿伸出两根手指朝他弯曲两下，眨眨眼和他比了个口型：对不起。

她收拾得很快，下了楼出租车也很快招到了。

行李被司机放上去，姜一绿拉开车门正准备上去，就听到了有人叫她。

她应声回头。

清晨露气重，林修白面容清淡，身上淌着的气息和这样的早晨融为一体。

他走过来递给她两个袋子，一份是早餐，还有一份……

姜一绿看了眼，疑惑地问：“这是什么？”

林修白的神情与平时无异，只简单地说：“礼物。”

上了车，姜一绿降下车窗，弯眸朝他笑着挥手，说：“再见，林修白。”

他站在原地沉默寂静，眉目微垂，始终专注未移地看着她。

姜一绿来到火车站的时间刚刚好，在候车室里没坐五分钟就开始检票了。

陵县的火车站很简陋，唯有一个候车室就在进站口的后侧，隔着落地的大玻璃里面的场景可以看得清楚。

她如那天一样用发带缠着头发，一个简单的行李箱和挎包，背影清瘦。偷偷跟来的林修白看见她从口袋里拿出红色的车票，不急不徐地走到检票口。

她一直走得很慢，但自始至终从未回头。

林修白回来一开门，就撞上了姜无苦从房间里出来。他正着急忙慌地去敲姜一绿的房门，大喊：“姐，快起床！我睡过了！”他侧眼看到了还站在门口的林修白，还不忘骂了一句，“你怎么没叫我？”

林修白眼神都没给姜无苦一个，凉凉地从他身边走了过去。

03

从陵县到星洲市坐高铁不到一小时的路程，列车开动，喧闹的车厢渐渐静了下来。

姜一绿将口罩拉下，剥了一颗薄荷糖放进嘴里，冷空气进入，喉头瞬间涌上凉意。

她从包里拿出手机看了眼，宿舍群里多了几条消息。

齐梦：【宝贝们！你们今天几点到啊？我好算算我什么时候来学校！】

孟蕴：【还在高铁上，要下午四五点了。】

齐梦：【你怎么又这么晚！还想和你们一起吃午饭呢！】

孟蕴：【拜托，这已经是最早的高铁了，我和住本地的你不能比好不好？】

齐梦：【小绿绿你呢？】

姜一绿：【刚上高铁呢，估计九点左右吧。】

齐梦：【那就我俩多无趣，那我就晚上回来，约晚饭喽。】

姜一绿看了会儿手机，就有点犯晕，随便应了句就把手机关了。

车内空调温度有些低，她从挎包里翻出一件薄衫，指尖拨动看见了早晨林修白给的那个小礼物。

深黑色的丝绒盒子，质感厚重，只有掌心那么大一点，盒面上一串烫金的英文。

一个小众但昂贵的品牌。

停顿几秒，姜一绿慢慢地打开，是一对耳环。很清透的墨绿色，几何的圈形在光下泛着莹莹的光。

耳环下压着一张暗粉色的卡片，姜一绿小心翼翼地取出来，黑色字迹清隽有力：

生日快乐，姜一绿。

姜一绿心脏很轻地怦跳了一下。

她抿唇，拿出手机进了这个牌子的官网，输入了耳环的关键词，这对耳环比她想象中的更贵。

心湖像是被扔进了一粒小石子，姜一绿眼睛有些酸涩，或许对别人来说不算什么，但这对林修白来说，应该是打工很久才能赚到的钱。

他真的在用自己的方式回报善意。

姜一绿轻轻合上盖子，想到了第一次见到林修白的情景。

好像是在一年前，也是一个暑假。

每年陵县一中的期中、期末考试除了老师监考，还有家长监考。每个班级都会轮到，姜无苦的班级是轮流制，那次刚好就轮上了姜无苦。

这个时候安秀和姜敏学都还没有放假，于是这事只能落到姜一绿的头上。

她真的很不喜欢监考，因为不仅时间漫长不能看手机，而且每次发卷子时，一双双打量她的眼睛，真的让人很不自在。

姜一绿被分在了考试的第二天。有了上午的经验后，下午她已经习惯多了，在最后一排坐累了，还敢大胆地在教室里走走看看。

监考这天是她生日，她脑子里一直想着一会儿出去吃饭的事情，一整天都有点坐立不安，越到下午越是这样。

最后一场考的是英语，她实在有点坐不住，身子微微前倾看起了前排男生的试卷。

男生背影宽阔，挺得很直，试卷被挡了大半，只露出了左侧一片的汉译英。

她英语很好，眯眼大致看了圈。

不仅没什么语法问题，而且词句还很准确，应该是个学霸。

她轻扬眉下意识地夸赞："真厉害。"

话音刚落，姜一绿就见男生回了头，一双漆黑冰冷的眼睛直直撞进了她的眼里。

她也没想到自己用气音说话，都能被他听到。

她嘴角还挂着没来得及收回的笑容，稍稍愣了一下，然后大大方方地和他对视。

男生眼神锐利。

对视几秒，她想到自己也算半个老师，舔了下唇，佯装出严肃的表情，淡淡地开口："快做题。"

也不知道是不是真的有用，男生看她的表情没有任何变化，但还是移开了视线。

有了这个小插曲，她又不敢乱动了，安稳地在椅子上坐到了考试结束。

结束铃声一响，教室里的学生犹如脱缰野马，拥出教室。

她把前后门给关上，等待监考老师清点完试卷。从后门往前走时，脚下踩到了什么东西，她垂眸一看，是一个校牌。

照片上的少年，眉目明晰，眼神锐利。

姓名：林修白。

她本想把这个校牌交给老师的，但跟着监考老师往考点办公室去的路上时，猝不及防地看见了那个男生。

他很好认，身量很高，长相也极其出众，即使是在都穿校服的学生里也能一眼捕捉到他。

她捏着校牌，有点生疏地喊了一声他名字。不过，他好像没有听见，然后就看见他拐了个弯，往学校后门去了。

她急匆匆地和老师说了一声，就往男生离开的方向跑去。

他走得很快，她跟丢了。就在她想要放弃的时候，错眼看见了生锈铁门微敞着。

抱着试一试的心态，姜一绿小心翼翼地踩着落叶进去，很意外地，一眼就撞见了他。

少年穿着校服，衣领下垂，双颊微陷，清寂寡淡。

听到声音，他偏头朝她看来。

还是那双眼睛，冰天雪地般，毫无温度。

齐梦说的出去吃饭，开学的一周后才真正实现。

开学的事务繁多，而且课程比起前一年多了一大截，忙碌了一周才终于在周末能够喘一口气。

晚上十一点宿舍断了电，齐梦点亮床上的小夜灯，清清嗓子道："噔噔噔！309 宿舍开学第一次夜聊正式拉开帷幕！"

姜一绿正踩着床梯上床，猝不及防被齐梦的声音吓了一跳，她回头压着嗓音说："你小点声，老师估计还在外面查寝呢。"

"我才不怕呢！姐姐终于大三了！我不怕了！"话是这样说，但齐梦还是用的气音。

孟蕴瞥她一眼，嘲笑："看你那样。"

走廊里宿管老师的声音渐行渐远。

齐梦胆子又大了起来，捞起床上的一个娃娃抱进怀里，神秘兮兮地开口："我有个重大事情要宣布。"

闻言，孟蕴头都没抬，说："你又恋爱了。"

"你怎么知道？"齐梦隔空朝她竖了个大拇指，"不愧是你小孟孟。"

孟蕴扯唇，闲闲道："你除了谈恋爱还能有什么大事？"

"那人家喜欢谈恋爱有错嘛。"齐梦吐槽，"你们一点都不惊讶，给我一点氛围感行吗！"

"有什么惊讶的。"孟蕴说，"要是你今天这话是小绿说的，那我立马敲锣打鼓绕着宿舍楼跑一圈。"

"是啊。"齐梦转了个方向，"小绿，你说你这么好的条件，怎么就不知道发挥发挥！要是我长你这样，那我一定好好把握咱们学校所有优质帅哥！"

姜一绿在床上收拾了会儿，听到两人把话题转向了自己，搭腔："色字头上一把刀，你还是注意身体。"

齐梦："如果可以，我愿意被这把刀捅死。"

姜一绿被逗笑，躺下来后才慢腾腾地回答齐梦刚才的问题："还没有这个想法。"

"也是，小仙女就应该被多追追，不然那些臭男人都不知道珍惜。"说到这儿，齐梦忽然想到了件事，"对了，卢元哲开了个咖啡书屋，你们知道这事吗？"

孟蕴回答："不知道。"

姜一绿也摇头。

齐梦说："就开在学校后街那边，暑假我去看过，生意还不错。明天我们吃完饭去看看呗，反正闲着也没事。"

其他两人没什么意见，同意了。

第二天中午。

几人在外面吃完了午饭便往那地去了。

咖啡书屋叫"知世"，虽然面积不是很大，但装修得很有厚重感，环境清幽，适合朋友们小聚。

她们几个人都是一个班的，这个书屋也是卢元哲和同班的万白一起创业开的。

来了后，齐梦闲不住跑去了咖啡区看万白做咖啡。姜一绿随便拿了本书，找了个角落的位置坐下。

看了会儿，姜一绿注意到卢元哲走了过来，还给她和孟蕴两人送了咖啡。

她抬头，故作夸张道：“哇！”

卢元哲笑了声，说道：“你来了我倒是想起件事。”

姜一绿抿了口咖啡，上面的天鹅拉花就洇了开来，她抬眸随意问：“什么呀？”

“前几天我们校区开会，提到了星洲市的高校主持人大赛，初赛是每个学校选出几个，你不是擅长这个嘛。”卢元哲继续说，“今天你来了我刚好想起了这件事，学校通知还没出，你要参加的话，我这边先给你报上名。”

姜一绿笑出来，说：“明明正常的事，你一说先报名怎么听起来像作弊一样。”

卢元哲也笑，说：“我就是提前通知你，参赛还不是你自己。”

姜一绿点点头，说：“这个比赛还挺好的。”

前两年姜一绿本身就是学生会主持团的成员，学校的大小晚会她都参加过。现在换了届她就退了文娱部，但仍然很喜欢，有比赛的机会她很愿意试试。

两人有一搭没一搭地聊了会儿天，齐梦捧着个手机就咋咋呼呼地过来了。

“哎！会长大人，你们学生会搞的这个中秋节‘彩虹跑’是个什么活动？”她将手机界面给卢元哲看了看，“我们能参加吗？”

卢元哲点头，说：“当然，面向全校的。”

“那好啊！中秋节反正闲着。”齐梦最爱这种人多的活动，下巴朝姜一绿扬了下，“小绿，中秋你回家吗？不回的话，我们宿舍一起去啊？”

中秋在周一，姜一绿托腮想了想，点头，说：“嗯。”

即使是中秋节高三也不会放假。

但有节日的氛围在，晚休时间整个校园灯火亮如白昼，每个窗口欢笑声沸腾嘈杂、热闹得很。

今天是周一，晚上学校老师照旧要开例会，晚自习没有老师坐班，所以今天偷偷带手机的人多了一倍。这会儿还没到上课时间，燥热空气点燃班里的喧闹，男生凑在一起打游戏，女生凑在一起看晚会。

教室里电风扇“呼啦呼啦”地转，姜无苦撕开钱志买的月饼尝了口，甜腻得让人头发晕。他蹙眉将月饼袋子合上，一抬眼看到林修白走了进来。

姜无苦莫名道：“你怎么来上晚自习了，今天不用去？”

“嗯。”林修白将肩上的黑色背包放下，淡声解释了句，“今天放假。”

“来来来，尝尝这个月饼。”钱志难得看林修白来上晚自习，从袋子里拿出个月饼丢给他，“太甜了，吃不完了。”

林修白扫了眼，放进了桌里，没动。

闻言，姜无苦瞥钱志一眼，说：“我说你怎么这么好心呢。”

“你可别污蔑我，真是买给你们的。”钱志刚说完，晚自习的上课铃声就响了。

班主任踩着铃声走进来，教室里安静下来。

她眼神朝班里扫了眼，眉梢轻扬开口道：“我开会去了，班长给我管着纪律，玩手机和说话的给我记下来，等我回来再收拾你们。”

说完，她佯装走了，实则在门后晃悠了五六分钟，看到彻底静了下来，才踩着高跟鞋下了楼。

冯明希一向沉稳温和，没什么震慑力，班级里安静了没多久就响起了窸窸窣窣的说话声。声音渐大，冯明希偶尔喊声“安静”，静了几秒又继续闹。

姜无苦做题快，结束后合上笔盖，垂眸看了眼手机，晚自习才过了一半。

他闲闲地点开空间扫了圈。

这种节日，空间的内容向来多，大同小异的，看多了也无趣。他指尖下滑点到了姜一绿，停顿片刻，扬眉自顾自地评价一句：“我姐还挺悠闲。”

林修白笔尖一顿，侧头看过去。

照片估摸是下午拍的，光线明亮，阳光落在女孩衣服上。

应该是活动结束后的合照，五个人都穿着印着独角兽的文化衫，胸前一串彩虹字体的英文：Color Run（彩虹跑）。

照片里女孩竖着马尾，巴掌大的脸上沾满了彩色的粉末。她嘴角笑容热烈绽放，那双亮晶晶的眼睛像盛着碗糖水。

他们挤在了一堆拍照，姜一绿被围在中间，左肩上搭着一只骨节分明的手，熟稔亲切。

林修白眉心动了动，别开了头。

到底还是中秋节，虽然没放假，但晚自习提早了半小时放学。

回家后，姜无苦先去洗澡。林修白放下背包去厨房倒了杯水，冰凉的清水和热切的夜晚截然相反。

他放下水杯，手机铃声猝不及防地响了起来。

看到界面上跳动的名字，他的目光瞬间移不开。

“喂。”

电话接通，姜一绿又往酒吧深处走了走。

下午彩虹跑结束后，几个人就来了酒吧过中秋。虽然跟齐梦来过几次，但她还是不太适应这种过分喧闹的环境，玩了几把桌游就找到相对安静的厕所来打电话了。

与她这边的震耳欲聋不同，林修白那边异常安静，静到可以听到他清浅的呼吸声。

“这么安静，你回家了吗？”姜一绿伸手捂住一边耳朵，集中注意力问。

“嗯。”林修白的声音还是一如既往的冷淡，像未融化的积雪。

姜一绿“啊”一声，弯唇笑道：“今天中秋节吃月饼没？”

林修白诚实地答：“没有。”

姜一绿一点不惊讶，拿下手机打开和他的聊天框。

“林修白，你看看手机，我给你发了个东西。”

“好。”林修白很顺从地将手机从耳边移开，垂眼的瞬间就看到了姜一绿发来的消息。

一个圆滚滚的月饼表情，憨厚可爱。

女孩的声音在电话对面响起，十分轻快：“你先看着，等我国庆回家给你补上。”

林修白手指微微一蜷，问：“你国庆回来吗？”

“回呀。”姜一绿说，“国庆出去旅游的人太多了，我可不想被挤。”

这时，姜一绿看到齐梦找了过来，喊她过去玩游戏，她捂着电话应了声。

“那我先不和你说了，我室友在叫我呢。”挂电话前，她忽然想起一件事，“对了，还有件事。”

“什么？”

姜一绿清清嗓子，认真且温柔地开口：“林修白，祝你中秋快乐呀！”

厨房的流理台上放着一个小熊马克杯，用透明的保鲜膜完整地包着。

林修白看着马克杯，有片刻的出神。

他拿起手侧的玻璃杯轻碰了下小熊马克杯，低垂着睫毛，声音轻缓，带着难以察觉的温柔：“中秋快乐，姜一绿。”

# 第四章
## 记得多笑

01

国庆节在周六，姜一绿周五一整天没课，所以，周四上了下午最后一节《西方史学史》，吃了个晚饭就回了宿舍收拾行李。

她们宿舍只有三个人，齐梦家就在星洲市，国庆自然是回家，这样就留了孟蕴一个人在学校。

听到姜一绿收拾行李的动静，齐梦仰脸问床上的孟蕴："小孟孟，你国庆一个人在宿舍闲着多无聊，要不到我家去呗？"

"我可不闲。"孟蕴瞧了她一眼，"国庆体育馆那边有个演唱会，我报名做志愿者了。"

"有这种好事你不告诉我！"齐梦站起来往她床边跑，咋咋呼呼的，"还有名额吗？我也想去。"

孟蕴提醒她："这个还挺辛苦，你受不了的。"

齐梦立马反驳："受得了！"

姜一绿的东西收拾得差不多，抬头和她们说了句："我收拾完了，先走啦。"

"等等我！"听到声音，齐梦转回身来，跑回桌边，边换鞋边说，"我们一起去地铁站。"

"好。"姜一绿把手上的月饼盒放在行李箱的拉杆上，安抚她，"不急，你慢慢来。"

见姜一绿也不急，齐梦的速度也放慢了下来，拿起个背包顺便往里面装了点东西。她瞥见了姜一绿行李箱上的月饼，随口问道："你怎么还带月饼回去？”

“嗯。”姜一绿温暾地答了句。

“给你弟带的？”齐梦下意识就说了。

姜一绿刚想开口说“不是”，齐梦就收拾完毕，将包往后面一带，说：“走吧，好姐姐。”

高铁站和齐梦家是不同的两条地铁线，下了公交车两人就告了别。

29号还有很多学校、公司没有放假，高铁上的人不算多也安静。

过道人少，姜一绿很快找到了位置。坐下后她照旧剥了粒薄荷糖放入嘴里，低头翻包的时候才发现自己又忘记带耳机了。

姜一绿认命地叹了口气，将口罩拉在眼下，靠着车窗小憩。

回陵县的这趟车向来晚点，不过这次只晚了二十分钟。

到站时才刚过九点，窗外夜色浓稠，比星洲的夜晚要黑静。

出了站口姜一绿整个人还是蒙的，晕得有点分不清东南西北。外面下了点细雨，丝绒似的轻，雨丝模糊了视线，远处车灯成了彩色的线。

冷风吹起，人也跟着清醒了不少。

姜一绿缩了缩肩，抬手紧了紧口罩鼻夹，上了辆拉客的车。

夜风飒飒，晚上的雨不大，轻得看不见似的，但影响不了烧烤摊的火爆生意。

炭火星子乱飞，啤酒瓶的碰撞声，有人在喧闹中喊了句。

“林修白，有人找！”

店员忙着烤串，只高喊了一句就回头继续工作。

林修白微弓身，掀帘从后厨出来，单手扯掉了沾满调料的塑料手套，丢进了脚边的垃圾桶内。

成套的塑料桌椅坐满了食客，徐依楠不是来消费的，她小心翼翼地找了个角落站着等人出来。

少年身形挺拔，即使是穿着在夜晚最不起眼的黑色，也格外出挑。

徐依楠一眼就看到了林修白，踮了踮脚，轻喊了他一声。

林修白站在原地没动，顺着声音侧头神色冷淡地看着徐依楠。

徐依楠咬唇有点尴尬，顿了两秒小跑了过去，抬手递上校牌，说：“我捡到的，没有的话明早可能进不来。”

林修白垂眼接过，翻过校牌看了眼后面，眼皮耷拉着，头也没抬地说：

“多谢。”

很难得地，对徐依楠来说这个“谢”太过于珍贵。刚才像是被无视的酸涩一下消失，她扯唇轻轻笑了下，说：“没关系的。”

林修白没说话，徐依楠也不知道说什么，指尖捻了下，说：“那我先回学校了。”话毕又想起什么，轻声补充了句，“明天比赛加油。”

说完，她也没等他回话，直接转身快步走了。

行李箱的滚轮滑过石子地，姜一绿一路走得磕磕绊绊。她抬头往前看了眼，很意外地看到了林修白就站在烧烤摊门口。

这个时间姜无苦还没下课，她本来就是来找林修白的。这会儿看到他正要往里面走去，她脚步加快了点，最后干脆放下了行李箱跳跃着步子小跑上去。

“噔噔噔！”

被突如其来的声音拉住脚步，林修白抬眸看去。

姜一绿双手举着，细瘦的手指张开朝他晃动，嘴唇牵动双颊笑窝，一脸明媚。

见林修白看了过来，姜一绿右手朝他隔空抓了下，佯装吓他：“嘿！”

她语气轻快，熟稔得就像和老朋友打招呼。

林修白一瞬不瞬地看着姜一绿，心上像是有细小的昆虫爬过。

回了家后，屋内灯光是亮的。

听到响动，姜无苦从厨房出来，手上还握着没喝完的水。

“你回来了？”姜无苦有些讶异。

“嗯。”姜一绿懒懒地应了句，低头换鞋。

姜无苦喝完剩下的水，说：“今天不是才29号？你不用上课？”

“周五没课，就先回来了。”姜一绿抬眼看他，“你这语气，不欢迎我？”

“当然。”姜无苦欠揍地点头，“看腻你了。”

姜一绿顺手就把手上的纸巾团朝他脸上丢了过去，说：“烦人，帮我把行李箱拿进来。”

她趿拉着拖鞋朝冰箱走，开门取出了瓶果汁，她仰头喝了口问他：“你今天晚自习怎么下课这么早？”

“明天开校运会，老师提早了放学时间，让我们休息。”姜无苦提了提她的行李箱，吐槽，“装了什么还挺重。”

“就你这细胳膊，还参加校运会呢。”

姜无苦脚步停住，很诚恳地问她：“你以后能少回家吗？”

“不能。”

刚洗完澡回房，姜一绿就接到了朱贝的电话。

那边背景声喧闹嘈杂，姜一绿把手机开了免提放在床头柜上，边护肤边问她：“你在哪儿呢？好吵啊。”

“机场啊。”

姜一绿手一顿，有点惊讶，说：“你今天就去北京玩？我记得你明天上午不是还有课？”

朱贝答得理所当然：“明天上午大班课，查不到我。再说了，明天机票多贵啊，买不起。而且旅游的人还多。”

“你还挺持家。”姜一绿轻轻笑了声。

“本来就是。”朱贝嘚瑟了声，继续说，“对了，上次那画怎么样了，画完了吗？”

朱贝不提这事，姜一绿都快忘记了。

姜一绿顿了下说：“我也不太清楚，我一会儿去问问看。”

其实朱贝就是随口一提，也不着急。

“不过，我估摸着月底肯定能画完吧。”朱贝说，“到时候我表姐回来结婚，刚好顺便来你家取了。”

“应该行。”

已经轮到了朱贝登机，她往前面看了眼，说：“我马上登机了，不和你说了。对了，要不要我给你从北京带点什么特产回来啊，人肉背回，不收费用。”

被朱贝逗笑，姜一绿不和她插科打诨了：“不用了，你赶紧登机吧。”

挂了电话，姜一绿下床，披了件外套，往林修白的房间走。

他的房门半掩，房间里昏暗的光线漏了出来，姜一绿屈指轻敲，等到他应声才进去。

屋内灯光稠静，映在他脸上，他坐在书桌前勾着笔像是在画画。

姜一绿往里走了几步就停下来，解释道：“没什么事，我就来问问上次的画。”

“这里。”林修白起身，往房间的角落里走。

一个挺大的画框，用白布盖着挡灰，姜一绿跟着他走过去。

画布揭开，浓墨重彩的油画跃入眼帘。

单人的画像，色彩缤纷凝固，肌理凌厉，很好看。

姜一绿蹲下看着画，小小惊呼了声，仰脸看着林修白，说：“太好看了吧！”

姜一绿竖起大拇指夸赞他。

她的夸赞和喜爱总是直白热烈，林修白的眼神落在她头顶柔软的发旋上，一时间没答。

姜一绿自顾自地笑了声，忽然想起了件事：“对了！”

她突然站起来，脚步趔趄了下。林修白的手刚伸出，她就迈着步子往房门外跑，再进来时手上提了个礼盒。

“月饼。”姜一绿喘了口气，朝他走过来，嘴角微弯，“上次说好的回来要给你补上的。”

其实林修白已经忘记了这件事。

从十四岁开始，他就不过节，这样的日子太热切与珍贵，不属于他。

节日无非是家人团聚，但一个人有什么好团聚的。

时间久了，这个想法就一点一点成了习惯。某天发现突然所有人热闹了起来，他才反应过来——哦，今天过节。

不觉得有什么奇怪，他的生活本就压抑、乏味、枯燥也暗无天日，热闹或冷清对他而言都和平时无异。

但他没有想到有人会记得。

在人声鼎沸的日子里也会有空想起。

02

学校的运动会，对于高二学生来说就等于放假。

高三的教室是开着的，想学习的随时可以自习，但是作为高中的最后一次运动会，学生们无比珍惜，教室里学生寥寥。

这是运动会的第二天，学生们的热情降了点，但阳光催动激情，操场上仍旧是人声鼎沸，笑闹不止。

运动会期间学校管得不严，一般都能进来看比赛。

姜一绿看着年纪小，在姜无苦的带领下，便一路畅通无阻地在他们班级的观众区坐了下来。

一中历史久，学校也比较旧，操场就是最普通的。所谓的观众区也就是围着操场，用白色粉末画出的区域。

昨晚的小雨没有浇灭暑热，操场上阳光炽烈，吸一口空气入肺都是灼热烫人的。

今天班级里有项目的人很多，座位空了一大片，零零散散的几个女生坐着也没看比赛，拿着校服盖在脑袋上遮阳在看小说。

姜一绿拿着钱志给她的塑料扇子，有一下没一下地扇着风。旁边有女生拿着手机在写通信稿，她偶尔也会帮着抄几份。

钱志从袋子里拿了一瓶水和几包小零食递给她。

姜一绿摆摆手，说："没事，我不用。"

一般运动会的零食和饮料都是班费买的，姜一绿没好意思接。

"没事，姐，你别客气，我们班上的人都不怎么吃。"钱志热情得很，几次下来一口一个姐，叫得比姜无苦还亲切。

姜一绿拗不过他，只接了一瓶矿泉水。凉水滑过喉咙，温度降了不少。

拧紧瓶盖，她侧头问钱志："你没有比赛吗？"

看钱志和自己一直坐在这儿，还挺闲适的。

闻言，钱志哈哈笑："姐，你看我这身材像是擅长运动的人嘛。"说着他还站起来在姜一绿面前扭了两圈。

他人壮，这个样子像是个憨熊。

看着钱志这模样，姜一绿没忍住笑了出来。

"对了，姐。"钱志皮了两下又坐下说，"姜无苦在那边跳远呢，坐着也无聊，我带你去看看呗？"

姜一绿抬眼往操场看。

运动会上，除了运动员和每个班级的安全员，其他同学都不允许乱走，所以她一直坐在原地没动。

收回视线，姜一绿有点不确定地问："可以去吗？"

"当然可以。"钱志从旁边的空位置上拿了个红色的袖套过来，上面印着"安全员"三个黄色的字，将其递给她，"戴上这个就行。"

跳远的场地在操场另一边。

两人过去的时候，那边早就围了满满的一圈人，还是女生居多。

比赛已经开始但还没轮到姜无苦，他正在不远处活动筋骨。

姜一绿走过去两步一眼就看到了林修白。

今天他也有比赛，穿着黑色的速干衣和运动中裤，手中握着瓶矿泉水。他疏疏朗朗地站在那里，脊骨挺拔，肩线平直，气质有点冷。

“来了。”姜无苦扭动了下大臂，朝姜一绿扬眉。

姜一绿扫了一圈跳远区，问：“还没轮到你吗？”

他走过来，随口答：“还有两个。”

参加沙坑跳远的他们班有两个人，另一个是冯明希。冯明希认识姜一绿，见到姜一绿后礼貌地点头打了个招呼。

比赛很快轮到了姜无苦，他挺有把握也不紧张，上场前还有不少女生喊着他的名字加油。

姜一绿又看了眼林修白，这下才反应一个跳远怎么有这么多女生爱看，敢情是和那天的篮球赛一样，来看人的。

姜无苦身高腿长，运动能力很强，身轻如燕，三步起跳，稳稳地落地。

下一位是冯明希，姜一绿站在里侧，看得出他的状态好像不太好，最后结果也是意料之中的不理想。

他跳出了沙坑身形不稳，经过姜一绿身旁时还差一点跌倒。

姜一绿下意识扶住冯明希的手臂，问：“你没事吧？”

冯明希稳住身形，直起身子，感激地说：“谢谢啊。”

“没事。”姜一绿眼神落在他脚踝上，看他姿势有点不正常，犹疑道，“你会不会是脚崴了啊？”

“好像是有点疼。”冯明希低头瞧了眼似乎不太肯定，偏头看她又说，“不过没事，谢谢你啊，我休息一会儿就行。”

本就是举手之劳，但冯明希太过客气，反倒让姜一绿不太好意思。她弯唇笑笑，真诚道：“没关系的。”

冯明希缓慢地朝远处的空地走，抬头瞬间对上了林修白的视线。

寡冷漆黑，天寒地冻。

冯明希无害地朝他礼貌一笑。

姜一绿在原地闲着又看了几分钟比赛，无聊地晃着手臂回头，一眼看到了林修白。

她下意识地笑了下，蹦跳着走过来问他下午的比赛。

她眼角的笑意还未消散，乌黑的瞳仁很亮，和沾水的玻璃珠似的，嘴唇半张半合，殷红如花。

林修白一动不动地看着她。

她很好。

会对好多人笑。

也会对好多人好。

她可以成为好多人的朋友，照片里的人是，冯明希也是。

跟他不一样。

3000 米长跑比赛在下午。

这应该算是整个运动会看点最高的比赛。

时间久，考耐力。

观众席气氛胶着、紧张，比选手还要激动。

长跑比赛纪律更加严格，安全员也不允许随意走动。钱志带着林修白去操场检录，姜一绿握拳给他打气："加油！"

林修白看着她，轻轻"嗯"了声。

检录的人很多。

方雅一眼就看到了林修白，她有点惊喜地小跑过来，刻意放柔了嗓音："你参加了 3000 米呀。"

林修白抿着唇，沉凉又冷漠。

方雅是和朋友一起过来的，林修白眼神都没给她一个，她有点难堪。

钱志取了号码布回来后，就看见了这个场景。

"你还不去领号码布？"钱志好心提醒了句，算是缓解了方雅自说自话的尴尬。

方雅顺着话梯下，讪讪地留下句"我一会儿给你加油"，就扯着朋友走了。

钱志拿着号码布边往林修白身后别，边絮絮叨叨地和他说一些注意事项。

"哎，你听到没？"钱志别了一半，从后边探头问林修白。

林修白微垂头，眼皮懒懒地耷拉着，估计完全没在听。

得。

钱志也习惯了，别好后拍了下林修白的肩膀，说："加油。"

近日天气多变，下午忽然就飘了点小雨，不大，绒毛一般。但现场气氛燥热，一点没有浇灭同学们的热情。

枪声撕开胶着气氛，一行人迅速往前冲了过去。

一声声加油震耳欲聋，相邻的两个班似乎在比谁的嗓门大。

3000 米是长跑，一共七圈半，耗神耗力。

而且没了太阳虽然气温低下来，却起风了，快速奔跑带动的气流像是密不透风的保鲜袋，裹得人喘不过气。

难度更大。

前三圈还好，到了第四圈跑道上的选手差距开始渐渐拉开。

跑道两边尖叫声、加油声响彻操场。

广播员仿佛也被操场上的热情点燃，稿子念得铿锵有力，振奋人心。

姜一绿站了起来，手心捏着也格外紧张。

林修白一开始跑就不像其他人那样，先保持体力再冲刺。他始终保持在队伍的前端，与前面的几个人交替着排名。

到了第五圈，已经有人坚持不住，脚步慢了下来。一个男生受不了了，撑着膝盖在跑道旁边吐了出来。

这一事件令人猝不及防，两边的尖叫声更盛了。

有人开始陪跑，3000 米任务艰巨，已经进行了一半，老师们也睁一只眼闭一只眼没多管。

姜无苦早就坐不住了，先一步跨过椅子跑了出去，姜一绿跟在后面趁着没人横跨操场到另一边。

短短的一段疾跑，雨丝糊脸，她已经被冷风裹得有些喘不过气，更何况林修白要跑 3000 米。

姜一绿站在操场的内侧，回头看到林修白跑来。

他黑发湿润，眉目微敛，在雨丝零落中与她对视。

他跑来的一瞬间，风声四起，姜一绿只来得及说一声：“加油！”

她看到了他的口型，气息和风一起撞进耳里。

放心。

只剩最后一圈，姜一绿跑到终点等林修白。

人群熙攘，姜一绿回头远远地就看到林修白提速了。

跑道在少年脚底铺成直线，一寸一寸地向前延伸。

耳边风声猎猎，雨丝拂脸。

以前以后都不重要，在此刻，他就在世人目光的中心，鲜衣怒马。

林修白冲破终点线。

第一名。

场上爆发出此起彼伏的尖叫声，撕裂耳膜，激动又疯狂。

姜无苦一把扶住了林修白，握拳轻捶他肩膀，大赞他："牛啊。"

林修白面色潮红，眸色乌黑。他微微喘气，唇齿间呼出的淡淡雾气仿佛飘浮的冷冰。

姜一绿觉得自己的心被这样的氛围也感染得乱糟糟的，眼眶有点微湿。她抬手递上水，目光柔软，说："恭喜你，冠军。"

下午最后一场 4×100 米接力赛结束后，运动会就彻底落下了帷幕。

虽然是运动会，但是晚上照旧还是要上自习。

钱志扯着个黑色垃圾袋边抱怨边收拾。

姜一绿帮着他一起收拾，抬眼随口问道："那你们什么时候放假？"

"明天下午最后一节结束了，就放假了。"说到这儿，钱志想起了件事，"对了姐，明天我生日有个小聚会你也来呀。"

"啊……"姜一绿顿了下，犹疑地开口，"我去不太好吧，应该都是你们同学什么的。"

"那有什么的。"钱志这人向来大大咧咧，"姐，你和我就不用客气了。"

他话音刚落，一个空的矿泉水瓶滑过一道漂亮弧线，稳稳砸进了他手上的垃圾袋里。

"吓我一跳。"

钱志一回头就看见姜无苦靠着树，一脚往后蹬着树干，略抬头，语气吊儿郎当："你一口一个姐，喊得还真不客气。"

钱志有时候真觉得姜无苦是个"事儿妈"。

旁边的姜一绿忍不住笑道："就他事多，你别理他。"

钱志附和："就是。"

姜一绿垂头将袋子打了个结，抬头时对上了林修白的视线。她忽然间想起，他好像从来没有叫过自己"姐姐"。

东西收拾得差不多，姜无苦和钱志要回教室。姜一绿偏头问旁边的林修白："今晚你还要去兼职吗？"

林修白手插兜站在原地，微垂眼看她，声音轻淡：“嗯。”

“那你好累啊，运动量这么大还要工作。”姜一绿眼神在他脸上转了一圈，最后落在他唇瓣上，唇色很淡，有浅浅的纹路，浑身上下都散发着冷倦的气息。

姜一绿盯着林修白看了两秒，忽然觉得有点不对。她往前走了一步，微踮脚，抬手探上了他的额头。

额头滚烫，漫入掌心。

停顿两秒，姜一绿蹙眉，低呼：“你发热了。”

03

林修白睫毛微颤，额头上的温软一触即离。

“我感觉你的体温好像有点高。”姜一绿抿唇，又抬手探了探自己的额头。

她掌心微凉，可能会有误差。

“这样。”姜一绿放下手抬眼和林修白商量，“外面有诊所，我们去量量体温？”

其实姜一绿莫名感觉他会拒绝，已经在脑海里措辞了一堆说服他的话。

没想到等了几秒，林修白没有犹豫地答应了。

这附近的诊所有两三个，姜一绿随便找了家，进了门才发现是那天晚上来的那家。

医生似乎对他们俩也还有印象，打量了两人几眼，犹疑地问他们是不是上次来过。

姜一绿友好地点点头，简单和她说了下情况。

医生给林修白量了体温，说：“37.7℃，低烧。”

姜一绿下意识地抬眼去看林修白。

他坐在那里，一双眼睛漆黑倦冷，额发乖顺地垂着。平时的那种锐利疏离难得消散了不少，有点漫不经心的痞气。

注意到他黑发还有些湿，姜一绿讨了条毛巾给他。

来诊所时，外面的雨就已经从绒毛般大变成了小雨。姜一绿怀疑是他的发热是跑步出了汗，再加上淋了雨引起的。

温度高肯定是要打点滴的，姜一绿看到这种扎针的场景，就条件反射地害怕。

她看着还没拆开的针头，无声地打了个战。她咬唇指尖点了林修白一下，说：“我去帮你请假，一会儿回来。”

林修白抬眸看她，女孩秀气的眉毛拧着，一到这种场景她就成了拔了牙的猫，胆小。

他眉心微动，嗓音淡淡：“好。”

烧烤摊的老板娘见多了姜一绿，也认识了她。小姑娘性子活泼，嘴还甜，也算是熟人，老板娘想了会儿就爽快答应了。

回来的时候路过一家便利店，姜一绿脚步停下，打包了两份关东煮。

等到诊所时，点滴已经打上，冰凉的液体顺着细管缓缓流向林修白的手背。林修白靠着椅背，正在小憩。

他骨相极好，轮廓棱角分明，唇形内敛，不是现在流行的花美男长相，有很浓烈的男性气息。

这样的容貌经过时间的打磨，只会更硬朗英俊。

这个时间段是晚休时间，玻璃推拉门外不少来往的学生，偶尔有进来买药的女孩子，忍不住朝他偷偷瞄两眼。

姜一绿忍不住抿唇笑，走过去时看到林修白不知什么时候醒了，他望着她，神色惺忪。

“你挺受欢迎啊。”她走进去将东西放下，打趣道。

林修白没理她的调侃，视线落在她带回来的东西上。

“什么？”

“关东煮。”姜一绿把塑料袋解开，递了一盒给他，“空腹吊水不好。”

掀开塑料盖，眼前烟雾缭绕，视线模糊。

林修白看了下碗里的东西，缓缓开口：“怎么这么多‘福袋’？”

目测有三四个，占了本就不大的塑料碗的三分之二空间。

姜一绿被滚烫的丸子烫到了，疯狂地往嘴里扇风，好半天她才断断续续地答：“‘福袋’嘛，吃了就福气多多，好运多多。”她缓了过来，抬手擦了下眼角的泪，催促他，“你快吃，冷了就不好吃了。”

看着姜一绿漾起水色的眸子，林修白指骨收拢，没再说话。

奔波一路，姜一绿绑着的头发松开了不少，吃了一半她扯开皮筋，用手重新绑了个马尾。

她今天没化妆，碎发梳上去露出光洁的额头，肤白如瓷，唇色被热气熏得殷红，眼尾微微向下，不似平时美得有攻击性，有淡淡的温柔。

惹得旁边的男生忍不住多看了两眼。

“你好……”

姜一绿顺着声音抬头，就看见一个男生站在她面前，耳根泛红。

她眨眨眼，确定自己不认识他，犹疑地开口指了指自己：“你叫我吗？”

“嗯。”男生轻轻咳了一声似乎是在壮胆，捏紧手机有点紧张，“可以加你 QQ 吗？”

姜一绿不自觉地轻轻“啊”了声，下意识抬头往林修白的方向看。

他也抬眼看着她，模样看着有些惫懒，眼尾上扬，勾着锐利的弧度，像是在等她的回答。

姜一绿收回视线，心底措辞两秒，不想让男生太尴尬，憋了半天，最后慢腾腾地开口拒绝：“不好意思啊，我没带手机。”

男生一愣，似乎完全没有想到是这样的回答。他抬手尴尬地摸了下自己的后颈，应了两声退回了自己的座位。

姜一绿其实也很尴尬，这个拒绝方式好像又蠢又明显。

一个小插曲过去后，姜一绿认真地埋头吃东西。

打点滴的时间长，有了刚才的谎言，姜一绿又不好光明正大地拿出手机玩，手臂撑着膝盖，掩唇懒懒地打了个哈欠有些犯困。

听到响动，林修白侧头看她，她眼眶湿润，整个人软怠的模样。

顿了两秒，他淡淡开口，嗓音被病气沾染得有点哑：“你先回去吧。”

“不要。”姜一绿摇头，“我陪你。”

生病还一个人打针，实在太孤单了。

说完这句，姜一绿没忍住又打了个哈欠，她双手轻拍了两下自己的脸，清醒了几分，往林修白那侧挪了挪。

她凑近看才发现，他低着眼，单手拿着手机正在记单词。

姜一绿有点惊讶。林修白吃了东西后就一直拿着手机，她还以为他在打游戏，没想到是在记单词。

视线上移，姜一绿看向林修白的脸。他皮肤很白，此刻有点病态，眼下淡淡的乌青不重，但在他脸上格外明显。

想起姜无苦说的，林修白晚自习的时间都用来打工，但是成绩从来没有从第一名的位置上掉下来过。现在联想一下，其实哪有那么多天赋，都是在众人看不到的地方默默努力着。

注意到她不避让的眼神，林修白掀起眼皮看她。

姜一绿眨眨眼，没有一点被撞破的局促。

定格须臾，一道突如其来的铃声猛地响了起来。

因为今天运动会姜一绿怕听不见铃声，所以她把响铃调到了最大。诊所不大，虽然时而有窸窸窣窣的说话声，但大多时候十分安静，这铃声突然响起，把诊所里的人都吓了一大跳。

姜一绿手忙脚乱地挂断视频，又低头朝众人小声抱歉，抬眼的电光石火间，对上了刚才那个男生的视线。

这事本来不戳破，双方心知肚明也就还好，这会儿一下子被拉到明面上，气氛凝固。

姜一绿僵在原地两秒，在心底倒吸了口气，而后若无其事地移开了视线。

然后发现，林修白此刻正不咸不淡地看着她。

姜一绿动了动唇，还没来得及说话，下一刻，林修白忽地扯唇笑了。

极轻，转瞬即逝。

手机振动了下，姜一绿低头去看消息。

齐梦：【？】

姜一绿：【刚才有点事。】

姜一绿：【怎么了？】

齐梦：【我刚才和小蕴逛街看到件衣服，觉得特别好看！特别适合你！你不是要参加那个比赛吗？我俩都觉得它挺合适的。】

姜一绿：【你发个照片看看。】

齐梦：【照片展示不了它的美。来，视频！】

姜一绿抿唇，摸了摸口袋，才想起来自己没带耳机回来。她朝林修白看过去，试探地问："你带耳机了吗？"

林修白像是不意外，极其自然地拿出了一副白色的耳机递给了她。

"真好，你总带着。"姜一绿接过随口夸了句。

齐梦说的那件衣服，确实好看，但是更适合聚会，不太适合主持比赛这种相对端庄的场合。两人随便聊了几句，打算等回了学校再看看。

挂断视频，姜一绿把耳机摘下折好后还给他。

"林修白。"姜一绿忽然喊了他一句。

看见他抬头，她扬了下眉，开始兴师问罪："你刚才是不是嘲笑我？"

“没有……”林修白喉结微动。

姜一绿盯着他看了两秒，严肃的表情绷不住了。她轻轻笑了下，说：“我是不是说过你笑起来好看。”

林修白眼皮半垂看着她，没说话。

“你……这里。”姜一绿隔空朝他侧脸指了指，“有个酒窝，笑起来特别好看。”

“林修白，记得多笑。”

钱志的生日聚会不仅办了饭局，晚上还订了KTV唱歌。

饭局姜一绿实在不好意思去，只决定去晚上那场。

姜一绿没有送男生礼物的经验，晚上回去的时候，还跑去特意问了问姜无苦：“钱志有没有什么特别喜欢的东西？”

姜无苦往杯子里注了热水，慢悠悠地喝了口，说：“他喜欢钱和美女。”

姜一绿说：“那你打算送他什么？”

姜无苦半倚着桌台，说：“钱包啊。没钱送那就送他装钱的容器。”

姜一绿想了想接话：“那按这个逻辑，我要不……送他两张美女海报？”

姜无苦噎住，然后笑了：“也不是不可以。”

时间挺仓促，第二天姜一绿起了个大早出去买礼物。

陵县是个不大的县城，没什么高端品牌和店铺，街上最多的就是各式各样的精品店，卖的还都是一些女生用品。姜一绿跑了大半个县城终于选了家靠谱的店，买了一支钢笔。

姜无苦参加了饭局，姜一绿就不和他一同去KTV。

这几天降了温，气温也反复无常。出了楼道才发现外面飘了点小雨，风也吹得人浑身冰凉。

老旧的街区，房屋之间勾连着不少的电线，随着风晃晃悠悠地左右摆动。天空是黯淡的鸦青色，整座小县城浸润在秋季蒙蒙的烟雨中。

姜一绿冷得缩了缩肩膀，瞧着雨不太大，心底犹豫了会儿，最终懒惰战胜了凉意。她把礼物往怀里护着，绕过小水坑，往烧烤摊的方向跑了过去。

今天烧烤摊的人不算多，人手还够。姜一绿过去的时候没看见林修白，估计他还在后厨忙，她找了个角落站着给他发了个消息：【我到了。】

斜风细雨，树影摇曳，雨好像大了点，水珠顺着屋檐一串串地往下坠，落在泥地上砸出一个浅浅的坑。

她蹲下身来百无聊赖地盯着水坑，数着水滴落下的频率。

忽然光线暗了下来，姜一绿顺势抬头去看，一件黑色的外套披在了她的肩膀上。

姜一绿站起来，垂眸看了眼身上的防风外套。

他好像挺喜欢深色的衣服，大多是这个色系。

“穿上吧，有点冷。”林修白出声，嗓音轻淡。

“那你呢？”姜一绿看着他。

他病刚好，不能再着凉了。

“我不冷。”似乎怕她不信，林修白停了片刻，淡声解释，“我一直在动，所以不冷。”

他掌心极其明显的温热传到她手臂，姜一绿抿唇，信了。

他的衣服很干净，清清爽爽没有一点味道，就是太大了。姜一绿穿上后，衣服下摆盖住了大腿根部。

姜一绿微弓身低头去找衣服锁头，顺着拉链轨道往上滑，即将拉到下巴处时，林修白忽然开口：“等等。”

“啊？”姜一绿应声抬头，手上却没停，片刻后她立马感受到动作受阻，低头去看——发丝卡进锁道了。

锁道卡住的位置在她脖颈处，她低头只看得到一半。

姜一绿将衣领往前扯，力度太大卡住的发丝牵动了头皮，她疼得下意识“咝”了声。

“别动。”

林修白声音冷然，一下制住了姜一绿想要乱动的手。

“哦……”她乖乖放下手，抬头看向他。

林修白突然靠近，周身被他身上浅淡的气息包围，夹杂着雨天特有的青苔味，格外好闻。

他此刻垂着眼，腕骨线条锋利，指腹捏着拉链，认真地解着缠绕的发丝。

眼前的画面清晰，姜一绿眨了眨眼看着他。

黑睫如鸦羽，根根分明，皮肤白皙看得到淡淡的青色血管。眉骨鼻梁承载着细弱的葳蕤光线，向下敛入唇珠。

“好了。”

上方淡淡的声音响起，姜一绿稍抬头，撞上了林修白的视线。

空气停滞。

姜一绿睫毛微颤，立刻退了一步，将头发向后拢住，扯下细瘦手腕上的皮筋，扎了起来，抿唇，说：“谢谢啊。”

晚上约在日不落KTV。

离一中这边挺远，下了公交车，两人还走了五六分钟才到。

长柄伞尖点地，等水珠沥干了些，林修白才将伞收了起来。见他转身，姜一绿过来递了张纸巾给他，看向他的肩膀，说：“你擦擦。”

来的路上雨突然变大，不大的伞遮两个人有些困难。姜一绿身上只溅了一点水珠，反倒是林修白左肩膀处的衣料洇湿了一块。

姜一绿脱下外套，将衣服上的水珠擦了擦，微仰脸问他：“几号包厢你知道吗？钱志没和我说。”

林修白“嗯”了声。

进了门，前台看见了两人很热情地引着他们往楼上走。

日不落KTV是这两年新开的，一共三层，设施齐全，装潢精致，生意也一直很好，来的也是年轻人居多。

出了电梯，就不似外面，灯光一下暗了下来，五彩琉璃光线混合着压不住的音乐声，齐齐撞了过来。

在这样场景，前台的声音也不自觉提高了一度，侧脸对两人说：“2413号包厢往这边走。”

拐了两个弯，前台停在了一扇黑色的门前，留下一句“玩得愉快”就颔首离开了。

姜一绿礼节性地朝她微笑，刚转身就看见面前的大门被推开，徐依楠从里面走了出来。

突然见到两人，徐依楠也是一愣。

顿了片刻，她眼神往林修白身上扫过一圈，才落到姜一绿身上，弯唇喊：“姐姐。”

姜一绿轻轻点头，问：“你是去？”

“洗手间。”徐依楠抿唇。

姜一绿“噢”了声，而后弯眸笑，说：“我们一起吧，我刚好也想去。”说完这句，姜一绿偏头去看一直沉默着的林修白，“你先进去吧。”

林修白的视线落在她臂弯上的黑色外套，抬手拿了过来，点头道：“好。”

KTV 每一层都很大，一层一个洗手间，两人绕了半天才找到。结束后姜一绿跟着徐依楠往回走，没走一会儿前面的人忽然停了下来。

“怎么了？”姜一绿急停下来，差点撞上徐依楠。

“我……”徐依楠转回头，不好意思地开口，“我好像迷路了。”

“啊？”姜一绿神色一愣，抬眼往旁边的房号看去。

这里的房号没有规律，只能硬着头皮往前走，碰运气。

“没事。”姜一绿收回视线，安抚她，“我俩慢慢找，一会儿就能找到。”

徐依楠点头。

姜一绿说：“好。那我们一人找一边。”

KTV 里光线暗淡，每一间还得凑近了辨认。大概是觉得两人迷路是有点好笑，姜一绿找着找着没忍住抿唇无声地笑了下。

徐依楠走得慢，落在姜一绿后面几步，抬头往前看去。

女孩微卷的长发被束起，发尾凌乱地散开在后背，细瘦的手臂在两侧轻晃着，肤色极白。她脚步轻快，看着心情很好的样子。

笑靥如花，一如校牌背后的照片那样。

徐依楠想到了刚才的画面。

林修白拿衣服时，极其自然的一个动作，熟稔得毫无距离感。

徐依楠抿唇重新抬眼。前方拐角灯光昏暗，男生的侧脸隐在暗光下有点冷，他半倚着门框，微垂着头。

徐依楠嘴唇动了动，刚想开口说“找到了”，下一秒，就看见林修白抬眸朝这边看了过来，低声开口：“姜一绿，过来。”

明明还是那样毫无情绪的声音，徐依楠却从中听出了温柔。

她睫毛轻颤，忽然间想起了第一次见到林修白的情景。

那年春天她高一。

在周末补课回家的公交车上，拥挤的人群推着她撞向了旁边的男生。她感到抱歉，抬头想道歉，却在看到人的那一刻，话瞬间卡在了喉头。

林修白穿着一件黑色的外套，比她高一头，口罩上的那双眼睛疏远漠然，没有温度。他只垂眸看了她一眼，就冷淡地收回了视线。

他们在同一个站下车。

男生走在她前头，发丝乌黑，撑着把色调暗淡的黑伞，像幅安静素淡的旧画。

在七零八落的大雨声中，雨丝在她心上拉了弦。

04

姜一绿抬头愣了两秒才反应过来，小跑过去，解释道："我俩迷路了。"又问林修白，"你怎么还没进去？"

林修白眼皮垂下，正想开口，手里的手机响了起来。

手机界面上熟悉的数字倏忽跳跃，林修白沉默了两秒，掐断电话，抬眼将手上的礼物袋递给姜一绿，说："我先接个电话，这礼物给钱志。"

四周喧闹，林修白握着手机往洗手间的方向走去。

灯光惨白，洗手间里空寂无人。

林修白垂头重新将电话拨了回去，"嘟嘟"两声后，立马接通。他将手机贴向耳侧，垂眸低声唤了句："云姨。"

包厢内灯光很暗，沙发前后的两个大屏幕上还放着《朋友》的歌词。

姜一绿和徐依楠进来的动作轻，没引起其他人注意，但钱志眼尖，一眼就看到了姜一绿。

"姐，你来了！"他放下话筒，兴冲冲地走了过来。

"生日快乐。"姜一绿抬手将礼物递了上去，真诚地送上祝福。

"哇，还真有礼物啊。"钱志眼睛一亮，接下礼物。

姜一绿嘴角翘起，说："那当然，你生日嘛。"

话音刚落，沈帅丞搭上钱志的肩膀，他笑眯眯地看着姜一绿也跟着喊了声："姐姐好啊。"

姜一绿礼貌地点点头。

"对了。"姜一绿抬手将另外一个纸袋也递了上去，"这是林修白给你的礼物，他打电话去了。"

男生送礼物不像女生那样，还会要求商家特意包装好。林修白给的袋子里就是很单纯的一个厂家盒子，钱志接过纸袋低头的瞬间看到了那个大标志。

"MP4！"钱志激动地叫了出来。

"瞧你那没见过世面的傻样。"沈帅丞一掌拍在他脑门上。

钱志收了礼物高兴，嘚瑟地说："羡慕吧。"

沈帅丞做呕吐状，没理他，转头对姜一绿说："姐姐，去那边坐吧。"

他从桌角拿了一包薯片给姜一绿，“姜无苦出去买饮料了，你先吃这个吧。”

“饮料？”姜一绿接过时，愣了下。

沈帅丞说：“是啊。这里面的东西实在太坑人了，这薯片还是我们几个用包偷偷装进来的呢。”

KTV 里的东西通常比外面贵了好几倍，一般来这里玩，会偷偷用包装些零食进来。

钱志怕姜一绿无聊，一直想拉着她去唱歌。包厢里的人姜一绿不太认识，摇摇头拒绝了。

坐了会儿，姜一绿拿出手机刷了下空间。

今天应该就是孟蕴说的那个演唱会举办日，空间几乎被齐梦刷了屏，每隔几分钟就是一条。姜一绿刷下来给她每条都点了赞。

旁边沙发忽然陷了下来，姜一绿侧头看去，林修白不知道什么时候已经回来。

和他一同回来的还有姜无苦，背着一个黑色的包，气喘吁吁地放在桌台上。

“这活我以后再也不干了。”姜无苦的黑发有些湿，气息不匀，“胆战心惊的，和做间谍一样。”

这会儿钱志和沈帅丞的双人合唱已经结束，他放下话筒，说：“那没办法，谁叫你玩游戏输了呢。”

偷偷摸摸买了东西进来的姜无苦弓身从包里取了瓶水朝林修白丢过去，抬眼看姜一绿，问：“姐，给你们女生买的是奶茶，喝吗？”

“好。”

奶茶丢不得，姜无苦就让手边的人一个个地传了过去，而后就像没骨头似的往身后沙发上一躺，显得有些惫懒。

过了几秒钟，他忽然想起件事，掀起眼皮往姜一绿的方向看，正想起身就见奶茶传到了林修白手中。

林修白握着奶茶没直接递给姜一绿，而是拿起了吸管扎下去后才递了过去。

姜无苦挑了下眉，见自己准备做的事已经有人代劳了，便又懒洋洋地躺了回去。

包厢内光影变化，待久了也有点闷。钱志不知道从哪儿拿了一袋花生酥，分给姜一绿和林修白两人。

姜一绿低头看了眼，摇摇头，说：“我就不吃了。”

“好吃的。”钱志已经拆了一块吃上了，“我不骗你，我平时不吃甜的都吃了好几块了。你别客气。”

“不是的，”姜一绿顿了下，开口道，“因为我对花生过敏。”

闻言，林修白朝她看过去。

像是发现了新大陆，钱志一下坐起来诧异道：“花生这玩意儿你还过敏啊？”

“对啊。”姜一绿笑了下，“不骗你，我们班还有个姑娘对西瓜过敏，一吃就头晕起红疹，可吓人了。”

“绝了。”钱志摇摇头，“竟然还有我不知道的事！”

旁边一直没说话的林修白，突然轻哂了声：“你这智商，还竟然。”

姜一绿失笑，垂头去看林修白。

“可以啊。”她朝他竖起大拇指，“你还会怼人。”

玩了半程，包厢内气氛冷了下来。姜一绿坐得有些腰疼，从沙发上起身缓了缓。刚起身就见包厢门从外打开，一对陌生男女站在门口。

包厢内安静了一秒。

有人认出了方雅，随口问了句：“你怎么来了？”

“我们也是来参加聚会的。”方雅也有点意外，“这不玩游戏输了来隔壁玩大冒险嘛，太巧了吧！”

林修白坐在角落的暗处，方雅走进了些才发现他，惊讶道：“林修白，你竟然也在！”

她这句话惹来了不少起哄声。

方雅常来班上找林修白，班里的同学有些认识她。

林修白眼神瞥过她旁边的男生，神色冷淡，像是没听到似的。

方雅旁边的男生，猛然抬头撞上了林修白的视线。没想到见面会来得这么突然，陶齐有些难以置信地僵住。

方雅还想开口说什么，忽然被陶齐扯了下袖子。

“怎么了？”方雅疑惑地看他。

陶齐稳了稳情绪，说：“我们走吧。”

方雅莫名其妙道：“走什么？”

“先走吧。”

方雅还想说话，见陶齐神色有异，还是憋了回去。

出了包厢，方雅一把甩开被他扯着的手，有点发火了，说：“你搞什么啊？”

今天刚好放了假，方雅的表哥娄航刚好和朋友有个聚会，她就跟着过来了。陶齐玩游戏输了，被要求跑到隔壁包厢跳支舞，她自告奋勇地当监督员陪他来了隔壁，好巧不巧撞上了林修白，她还想多说两句话，就被扯了出来。

陶齐回头往包厢看了眼，收回视线。

“你喜欢那个叫林修白的？”陶齐看着方雅忽然问道。

少女的心思被直接点破，方雅噎了一瞬，随后很快又恢复了过来，扬扬眉傲慢道：“对啊，怎么了？”

“你最好离他远一点。”

方雅觉得陶齐莫名其妙，不太想理他，甩手往包厢走。

“方雅。”陶齐出声喊住她，“他是杀人犯的儿子。”

放假的时间过得飞快，假期结束，姜一绿提前买好了返程的票回星洲。

这次和暑假不一样，票是下午的。

一中国庆只放了三天假，她走的时候姜无苦还在学校上课，家里没有一个人，安安静静的。

姜一绿打量了屋子一圈，突然生出了点离别的情绪。

父母工作的原因，她和姜无苦一直都挺独立。除了刚上大学时，安秀和姜敏学全程陪着她去学校报到外，后来无论是回家还是离家，一直都是一个人，她心里多多少少有一点难过。

她吐了口气，将心底的情绪收了收，拿起鞋柜上的钥匙，拖着行李箱，关了门。

上了出租车，姜一绿把口罩拉好，手机“叮”地响了两声。

妈妈：【一一，等到学校了和妈妈说一声。】

姜无苦：【姐，顺风。】

姜一绿抿唇无声地笑了下，那点难过的小情绪也烟消云散了。

国庆结束后的生活变得忙碌而紧张起来。

姜一绿参加的主持大赛初赛很顺利地通过，复赛定在了十一月初。没课的日子里，她就会找一个没人的地下舞蹈室练习。

周三的课多，下课后姜一绿没练多久，时针就指向了九点。

还在楼道里，她就听到了宿舍里传出的叫声。

“这是怎么了？”

姜一绿推门进来，刚抬脚往里走，齐梦就两步扑了上来抱住了她，边哭边说：“小绿，我失恋了！呜呜呜！”

姜一绿手顿住，抬眼往孟蕴那边看，眨眨眼无声地问，怎么了？

孟蕴朝她摊手摇摇头。

齐梦一米七的身高，扑在姜一绿怀里和一只毛狮子似的，发丝糊了她一脸。

姜一绿安抚地拍了拍齐梦的肩膀，艰难地将她拉开。

姜一绿喘了口气，看着齐梦这梨花带雨的样子踌躇了片刻，试探地开口：“这次是因为？”

比起难过，齐梦更加愤怒。

这次她的恋爱对象是网友，她第一次网恋还挺谨慎。和对方聊了好几个月后才真正确定关系，两人也交换过照片，她是真的很喜欢这个男生，觉得也是时候可以见面了，男生扭捏了几次最终才答应。正式见面的前几天，他还特地给齐梦打了个预防针，说自己可能有点“照骗”。

齐梦也没放在心上，这年头谁还不“照骗”一下呢。但是当两人见面的那一刻，她发现自己还是太天真了。

“你说这是‘照骗’？这简直是犯罪！”齐梦拿着手机把偷拍的照片给姜一绿看，整个人都要炸了。

齐梦越说越气愤：“他说他一米七七，没说是穿了增高鞋垫一米七七！我穿个高跟鞋站在他旁边，都比他高！”

齐梦喘了口气继续说：“还有这头发，你能想到是假发！今天外面刮风他捂住头的时候，我都看到他头皮了！还有还有，他给我发的照片上面那人长得像吴彦祖，实际上呢，他两只眼睛还没人家一只大！

“这是网恋吗？这是欺骗纯洁女大学生的炙热感情！亏我还开始还觉得，我这次找到唯一真爱了！我觉得我就是个大傻子！”

齐梦骂得欢，姜一绿和孟蕴在旁边笑得欢，捂着肚子笑得前仰后合。

齐梦气死了，一个抱枕砸了过去，大喊：“你们两个死没良心！”

“好了好了，不笑了。”姜一绿接住她丢来的抱枕，收敛了点笑意，“你这也算是及时止损了。”

齐梦撇嘴，一把抱住姜一绿，说：“可是……小绿绿，我好难过啊。”

“那……”姜一绿想了下，“请你吃饭？”

“那我不难过了。”齐梦噌地站起身。

齐梦是个行动派，吃饭定在了这周末。

出去的前一天晚上夜聊，齐梦忽然说：“吃饭前，我们去洗心寺一趟呗？”

“怎么突然想着要去那儿？”姜一绿疑惑道。

“我听说，洗心寺是星洲市最灵验的寺庙，我想去给自己求个姻缘。”齐梦翻了个身，“我就不信了！我找不到自己的好姻缘了。”

说完，齐梦又问孟蕴：“小蕴，一起啊。”

孟蕴摇头，说：“我又不求姻缘。”

“不是只能求姻缘啊，求平安、学业都可以啊。”

孟蕴说：“我没空。周末还有兼职，你俩去吧。”

“好吧。”齐梦又喊，“小绿，去吗？”

姜一绿握着手机，抿唇想了想，轻轻“嗯”了声。

祈愿宜早不宜迟。

两人清早就到了洗心寺。

黄墙灰瓦，红绸祈愿，长路遥远铺满银杏，来往行人静默虔诚，随处可听到僧人诵念经文的声音。

姜一绿和齐梦沿着长坡向上走，领了香许了愿，往前走路过了解罗汉签处。

这里比起其他地方的香客多了，人声喧嚷。

“小绿，我们一起去求个姻缘呗。”齐梦搡了下姜一绿，满脸兴奋。

“我就不——”

拒绝的话还没说出口，就被齐梦打断了。

“哎呀，来嘛。”

对于求签，姜一绿其实还挺好奇，也没再拒绝，任由齐梦拉着往殿内走。

按照自己的年龄，点完了罗汉，姜一绿记住罗汉下方的编号去左侧拿了签。

求签的人多，姜一绿安静地排在后面低头看着手中的签诗。

风吹过，阳光从窗棂落进长廊，一束光影洒在签纸上方。

“或十年，或七八年，或五六年，或三四年。”

是个中签。

“这是什么意思啊？”齐梦脑袋从后面探过来，搁在姜一绿的肩膀上。

姜一绿抿唇摇摇头，说：“我也看不太懂。”

排了会儿，轮到了姜一绿，她恭敬地将签诗奉上。

解签者接过，问：“求的什么？”

“姻缘。”

解签者看了片刻，抬头看姜一绿，徐徐道：“此签福源不足，易受环境影响，姑娘还得等啊。”

姜一绿心思被吸住，定定地望着解签者：“那请问您，这等是指等多久？”

解签者淡淡一笑，平和温厚地说：“姻缘未熟，强求不可，且待机缘。”

出了殿宇，齐梦抽中上上签，整个人愉悦且满足。她侧头看着姜一绿一直没说话，开口：“你想什么呢？”

姜一绿回神，笑道：“没事，就觉得求签还挺奇妙的。”

齐梦说：“是啊。这种呢，其实就是信则有不信则无，反正我很信。”

“嗯，心中有佛自得庇佑。”

姜一绿拿出手机看了眼时间，说：“我记得洗心寺是不是有求开光福袋的地方。”

齐梦摇头，说：“这个我没注意啊，不过寺庙里应该都有，找找？”

购买开光福袋的地方是在整个寺庙的最外侧的院内。

院内一棵粗壮的榕树，树上的红绸、祈福条和木牌在风中“叮当”作响。

姜一绿早就想好了要买的东西，选得很快。

红绸金线的福袋，内里有一枚色泽细腻的平安扣。

“这是什么？”齐梦垂头盯着看了片刻，问道。

“平安扣。”

齐梦“噢”了声，问：“平安扣有什么寓意吗？就是希望平平安安？”

“嗯。”姜一绿垂眼，轻轻一笑，“吉祥平安。”

05

临近十月底，天气有了转凉的迹象。

姜一绿从寺里出来，被忽起的风迷了眼睛。

她眯眼缓了缓，听见放在裤兜里的手机响起铃声，抬手揉了揉眼，边走边接电话。

朱贝的声音一如既往的爽朗：“在干什么呢？”

“刚从寺里出来。”姜一绿走得快，气息不匀，有点喘。

“求平安去了？”朱贝随口问。

“嗯。”姜一绿没解释，又问，“怎么了，突然打电话？”

“噢。上次不是和你说，我月底得回陵县参加我姐婚礼嘛，刚好能去你家取画。”朱贝说，“不过小苦的电话号码我没存，你给我发一下，方便我联系他。”

姜一绿说：“嗯，一会儿我发给你。”

朱贝打电话来时，姜无苦刚好从厕所出来。

中午时段，校园里放着广播，喧闹热烈，教导主任偶尔冒出来在校园里巡逻。姜无苦刚走出两步，又折了回去找了个隔间接电话。

和朱贝定好了时间，姜无苦迈着步子懒洋洋地往教室走。

走廊里来往的人多，忽然有人拍了他一下。

沈帅丞表情严肃，说：“你看学校论坛没？”

姜无苦漫不经心地问：“没有，怎么了？”

“有个大事。”

姜无苦脚步顿住，说：“什么？”

沈帅丞说：“关于林修白的。”

一中有个论坛，不知道是哪届的学长建的。一中百年老校，学风严谨，从高一开始每个学生都为三年后的高考在冲刺，所以平时混论坛的人不多，冷冷清清，只有偶尔像校运会、校庆等这种重大时刻，才会小小火一下。

昨天深夜，论坛里有人匿名发了一个标题为“高三年级第一的父亲竟然是杀人犯”的新帖。

虽然平时没什么人混论坛，但帖子标题令人震惊，经过一个晚上的发酵，瞬间风言风语席卷了整个学校。

【我高一的，所以高三年级第一是谁啊？】

【我知道，叫林修白。】

【我有印象，是不是今年开学典礼演讲那个？】

【什么今年，每年都是他。】

【哇，他超帅的。】

【难怪他看着这么难以靠近，是不是杀人犯的孩子精神都有点问题？】

【也不能这样说吧，那是他爸又不是他。】

【这谁知道啊……】

世人皆有窥私欲，那些被他人用眼泪和血肉埋藏的过往，只是看客们乏味枯燥生活的调剂品。

一时间，众说纷纭。

林修白的个人资料都被贴了出来。

事情闹得有点大，惊动了校领导。

这种事情在高三的关键时刻爆出来，影响“军心”，而且林修白还是学校的重点苗子。

由于校领导的介入，帖子很快被删除，但发帖的人最后也没被揪出来。学校还就这个事件特地组织了一场品德教育大会。

事情渐渐平息，像是丢在湖里的一颗小石子，荡出一圈圈涟漪而后又恢复平静，但终究不似以前。

这个事件后，虽然明面上同学们还是忙于学业，但茶余饭后不可避免地会提及，终究是戴了一副有色眼镜在看人。

事后，方雅比平时来林修白他们班来的次数更多了，但也收敛，更像是安慰和陪伴，即使林修白仍旧没有看过她一眼，但她毫不介意。

关于这事姜无苦气得不行，但林修白一如既往的淡定，仿佛当事人不是他一样。

他撑着手肘侧眼问林修白：“你怎么这么淡定？你都不好奇这事谁干的吗？”

林修白垂睫，写字的手没停，嗓音清淡：“我不在乎。”

姜无苦沉默，忽然间不知道开口说什么。

没有人会不在乎，只是有过太多次，不想在乎了。

姜一绿知道这个消息时，刚从学校的地下舞蹈室出来。朱贝给她打电话说已经取到了画，还特意夸奖了林修白一番。

快结束的时候，朱贝忽然想起这件事，她也是听认识的学弟说的，最后发了几张截图给姜一绿。

截图的内容不太完整，但是也能大概拼凑出事件的一部分。

姜一绿看着硕大的标题，愣了一瞬，下意识地捏紧手机，一时间不知道作何反应。

直到回了宿舍，躺在床上看着天花板，她才慢慢消化了这个消息。

她侧身拿起手机点开林修白的对话框。

敲下“你还好吗”几个字，她停顿片刻，又犹豫地全部删掉。

事情已经过去了一段时间，再次提起好像又是一次伤害。而且或许林修白也不想让更多的人知道。

姜一绿咬唇，轻轻叹了口气。

高校主持人比赛的复赛定在了11月10日，星期四。

很意外的是，和林修白的生日在同一天。

之前收了林修白的礼物，姜一绿也很想给他过一个生日。

复赛的时间是下午五点，场馆定在另一所大学。

上场前选手们抽了签，姜一绿是第六个，虽然排名靠前，但复赛的结果是所有选手自由主持结束后立马就出，姜一绿仍旧得等到比赛结束。

这次比赛她一直准备得比较充分，主持下来不算紧张，发挥也正常。

下了台，姜一绿去后台拿了手机，看了看时间，刚过晚上七点。

她买的高铁票是晚上九点整，按照这个比赛速度下去，很有可能赶不上。

姜一绿咬唇，默默祈祷，只希望到时候改签还有票。

等待的期间，孟蕴打了一个电话过来：“怎么样，出结果没？”

姜一绿往台上看了眼，答：“没呢，还有两个人才结束。”

孟蕴说：“那快了。你肯定行，我们这庆功宴可都给你准备好了。”

姜一绿失笑，说：“你千万别这样说，一般这样说就会遭遇滑铁卢了。”

孟蕴在电话里笑起来，语气也欢快：“那你大概几点结束，我一会儿就下班，顺道去接你？”

说到这儿，姜一绿才想起来自己没和她们说不回宿舍的事。

姜一绿说：“忘了和你们说了。今晚我不回宿舍了，我得回家一趟。”

“啊？”孟蕴一愣，“这么突然，没出什么事吧？”

“没有。”姜一绿解释，“没什么事，不过我出来得急，宿管那里忘记请假了，一会儿你帮我请一下？”

孟蕴说：“没问题，那你注意安全，到了给我发个消息。”

“嗯，好。”

等比赛出了结果，姜一绿急匆匆地拿起东西打车赶往车站。

车外秋雨寂寂，灯光寥落。

她还穿着比赛的礼服，外面套着一件单薄的大衣，吹着从车窗缝隙里钻入的风，冻得有些发抖，跑去窗口改签了车票。

到了陵县，夜色深重，毛毛雨丝让人浑身湿冷不舒服。姜一绿坐在出租车里，低头看了眼时间。

距离十二点还有十五分钟。

窗外街景连成线，姜一绿托着下巴，抿唇，心情紧张。

“师傅，在这里停就行！”

出租车停在烧烤摊前，姜一绿急急地付了钱下车。

这个时间点，烧烤摊前的顾客已经不多，姜一绿跑近几步，看见林修白站在一圈灯光下，微弓身，在静静地收拾餐具。

姜一绿站在原地踮脚，冲他的方向喊：“林修白！”

听见动静，林修白抬起头。

不远处，夜色流光，她的碎发落在鬓角，酒窝微陷，双手放在唇边像是个小喇叭，灵动又娇俏。

林修白沉默地站在原地，下唇绷紧。

姜一绿“嗒嗒”地跑过去，一把扯着他的手腕，往前跑。

夜晚，耳边雨丝风声簌簌，暗淡的街区冷风寂寂。

林修白眼神清寂地盯着前面的女孩，发丝乌黑，长而细，丝丝缕缕被风扬起，落入眼里的画面，像是褪淡的旧画。

她很突然地停下。

林修白看见姜一绿跑进了花店，隔着一扇透明的玻璃门，听到店主说话：“你可算来了，再不来就不等你关门了。”

姜一绿肩膀上下颤动，喘气很轻地笑着答：“谢谢……谢谢您……”

从店内出来，姜一绿气息喘匀，抱着怀里的向日葵快走两步，站定在林修白面前。

“赶上了。”

赶在花店关门之前送一束花给林修白。

姜一绿眼神潮湿，嘴角微翘，将花放进了他怀里，嗓音轻轻淡淡。

“生日快乐，林修白。”

怀里的向日葵热烈明艳，高傲又肆意地开着。

林修白心脏微微震颤，一下一下不成章法。林修白抬头，在夜色中静静地看着姜一绿。

霓虹在眼底失色，这一刻，他的心在漫天秋雨中，彻彻底底地走丢了。

# 第五章

## 我捂住耳朵了

01

气氛忽然静了。

沉默几秒。

姜一绿手摸进大衣的口袋里："还有这个。"她递给他，"生日礼物。"

触及林修白掌心的指尖微凉，他抬头视线落在她脸上，才发现她今天化了妆。

下巴尖尖，皮肤白皙透亮，睫毛翘而长，眼尾上挑，她眉眼间的亮粉细腻闪烁，靡丽更甚。

注意到林修白的视线，姜一绿后知后觉地有点不好意思。她极少化完整的妆容，也不是特别适应。

姜一绿抿唇，慢吞吞地说："今天有个比赛。"

"冷吗？"林修白忽然开口，嗓音有点哑。

"这会儿有点冷。"刚才一路跑来，她浑身湿热，此刻静了下来，才慢慢开始泛冷。

她偏头看见林修白拿着那个小盒子一直没动，姜一绿眨眼问他："你不好奇我送你的是什么？"

林修白眼里情绪很重，低声回："什么都好。"

姜一绿的胳膊肘戳了下他："你现在拆开看看。"

林修白顿了片刻，慢慢撕开上面的纸质包装，里面是个精致的抽绳福袋。打开福袋一枚小巧的平安扣躺在了他掌心。

"这个叫平安扣。"姜一绿看着他掌心的物件，认真地给他解释，"可以保佑你顺顺利利，平安喜乐。”

“平安喜乐吗……”林修白低着头，沉默地看着掌中的平安扣，似乎有些走神。

好多年前他就没有了平安喜乐。

画面像是静止了，这一瞬，姜一绿突然想到第一次见到林修白的情景。学校后门，榕树苍翠，明明是生机蓬勃的一幅场景。他独自站在那里，缥缈清冷，仿佛游离于尘世之外。

从见到的第一面起，他的世界就在下雨，难得天晴。

姜一绿看着他，声音笃定：“嗯，平安喜乐。”

晚上回家时，姜无苦刚下晚自习，猝不及防看到姜一绿被吓了一跳。

他张唇愣了瞬，意外道：“你怎么突然回来了？”

“嗯。”姜一绿低头换鞋。

沉默了两秒，姜无苦抬眼才看到她身后的林修白。视线掠过林修白手中的纸盒，姜无苦眉梢扬起，语气吊儿郎当：“你别和我说——”他停顿，眼神看向林修白，拖着腔缓慢地补充上，“是因为林修白生日。”

没什么好隐瞒的，姜一绿大大方方地“嗯”了声。

姜无苦倏地冷嗤一声，说：“他面子还挺大。”

正巧赶上周末，姜一绿也没有急着回去。

晚上，宿舍群里齐梦发言：【小绿，你的比赛结果怎么样？】

姜一绿：【挺好的，过了。】

孟蕴：【我就说吧。】

齐梦：【那你什么时候回来啊，给你搞个庆功宴！】

姜一绿：【这就不要了吧！】

孟蕴：【你别理她，齐梦她就是想蹭饭，今天还撺掇了卢元哲一起。】

齐梦：【不要戳穿我！】

姜一绿：【哈哈哈，那等我周一回来一起去吃饭。】

齐梦：【好！】

结束了聊天，提起吃饭这事让姜一绿想起了林修白。

也不知道他今天生日吃的什么。

她托着下巴，指尖闲闲地点了点脸，拿起手机点开了林修白的对话框。

姜一绿：【你明天下午有空吗？就是你上班前，那段晚饭时间。】

发完后，姜一绿点开了某视频网站，继续追没追完的一部剧。没看多久，手机上方弹出了 QQ 聊天的窗口。

林修白：【有。】

姜一绿垂眸敲字：【那我明天请你吃晚餐。】

陵县经济不太发达，住在这儿的人很少会有人选择到外面吃，所以外面的餐馆不多，除了肯德基，大多是家常菜。

姜一绿挑来挑去，最后选了家不久前开的火锅串串店。

她先到了店里，给林修白发了个位置。这个时间段人本就挺多，再加上是周末，门口店家放的椅子坐了不少等位的顾客。

姜一绿站着等了会儿，才看到角落有个位置腾了出来。她坐上后，拿出手机看，林修白三分钟前已经回复了她。

百无聊赖之际，姜一绿摸了下口袋，没找到耳机，干脆玩手机上的《开心消消乐》解闷。

玩了会儿旁边坐下了几个人，姜一绿抬头瞧了眼，继续低头玩。

“人怎么这么多？”

“烦死了，外面吹着风多冷啊。”

“对了，你和那年级第一怎么样了？”

“没怎么样。”

“怎么会没怎么样，那你之前那事不是白做了。”

“这你就不懂了吧，林修白要是这么好摆弄，我不就不做这事了。”

旁边两个女生在闲聊，本来姜一绿垂头玩着游戏也没注意听，但“林修白”三个字猝不及防落入耳里，她下意识地抬头，往她们那里留意了眼。

这边聊天的两个女生是方雅和她的同伴。

“不过，说实话你这事做得缺德又厉害。”同伴笑了下说道。

方雅指尖卷了卷发梢，有点得意，说：“当然，你知道这叫什么？”

同伴顺着她的话问：“什么？”

方雅语气势在必得：“让他众叛亲离，只有我一个人不离不弃，只要我坚持的时间久，林修白就一定会被感动的。”

同伴笑了起来：“哈哈哈！”

“笑什么笑！”方雅打她，“放你包里的口红拿来，我补一下。”

姜一绿听完两人的对话，浑身发凉。

她忽然站起来，往旁边走过去一步，看着方雅，面无表情地说："论坛的事情是你干的？"

方雅一时间没反应过来，仰头看着姜一绿，一时间没有动作。

姜一绿语气平静，重复了一遍："我问你，林修白的事情是不是你放在一中论坛的？"

方雅这才反应了过来，刚才聊天的内容被眼前的人听了过去。

她紧张地蜷缩手指，没吭声。

"你敢做不敢承认吗？"姜一绿盯着方雅问。

方雅紧咬下唇，头皮发麻。眼前的人语速平缓但气息压迫，一字一句地戳破了她的秘密。

沉默两秒，方雅也不管了，猛地站了起来："对啊，是我做的又怎么样，林修白就是杀人犯的儿子，说不定和他爸一样有什么毛病，这不是事实吗？"

姜一绿说："哦，所以呢？用这种下作的手段，让所有人唾弃他，他就能注意到你了？"

方雅的表情一下变得不好看，说："关你什么事？你是不是有毛病？"

姜一绿也不生气，反而笑了，说："你说的是你自己吧。"

方雅的火气腾地起来，举起手，猛地就将口红往姜一绿脸上砸了过去，嚷道："我就做了，你管得着吗？"

口红是方形的，棱角锋利，从姜一绿脸上划过，而后贴着耳侧砸在地上，盖子碎开。

脸上瞬间火辣辣地疼，姜一绿倒吸了一口气，低头咬唇压下疼痛，抬手碰了碰脸颊，破了皮。

她站在原地没动，片刻后，弓身捡起了滚在脚边的口红，慢慢旋出里面的口红，嗓音淡淡："其实你长得挺漂亮的。"

突如其来的夸赞，让方雅瞬间没反应过来。

"什么……"

姜一绿冷笑一声，毫不客气地将口红摁在了方雅的嘴上。她力度不收敛，口红在方雅唇上碎开，压得方雅禁不住踉跄着往后退了一步。

"就是这张嘴太脏了。"说完这句，姜一绿松开手指，口红再次坠地，彻底碎得七零八落。

姜一绿没再看方雅，转身就走。

反应过来的方雅气得浑身发抖，立马往前一步狠狠推了姜一绿一把。

姜一绿被突如其来的力道推得重心不稳，晃了下就往前栽进了一个温热的怀里。

她抬眼，猝不及防地撞入一双眼睛里。

愣了两秒，姜一绿别开视线，抿唇后退了一步。

场面因为林修白的到来，再次陷入僵持。

方雅瞬间噤声。

不知过了多久，林修白忽然开口：“向她道歉。”

他声音很低，像早春溪水上的浮冰，冷肃寡淡。

方雅愣住。

林修白冷冷地看着她。

“我没有对女生动手的习惯。”

这个瞬间，方雅觉得林修白真的会出手揍人。

她握紧拳头，憋屈又难堪，死死咬唇，从牙缝里憋出了一句：“对不起。”

这个事后，饭是肯定吃不了了。姜一绿跟在林修白旁边慢腾腾地往回走，沉默了一路，气氛有些尴尬和怪异。

姜一绿看了看石子路，又抬头看了看林修白，嘴唇动了好几次，也没想好要开口说什么。

她有些怅然，抬头打算随便说点什么。

刚一抬眼，就见旁边的人停了下来，转身往旁边走去。

姜一绿跟着向前看去，这才发现他们竟走到了一个药店前。

在外面等了会儿，林修白才从药店出来，手上多了个塑料袋。他在姜一绿面前站定，声音低低的：“去那边。”

两人到一个偏僻角落的长椅上坐下。

林修白不发一言地扯开塑料袋，姜一绿看着他的动作也没说话。

他拿出一根棉签，抬头看了下姜一绿脸侧的伤口。

“我帮你？”

姜一绿停了几秒，才点头轻声说：“你轻一点……”

冰凉的棉签贴上伤口，瞬间刺激伤口，姜一绿睫毛颤了下，咬唇硬是没发出声音。

林修白低声开口：“疼就别忍着。”

姜一绿摇头，说：“其实还好……”动作牵动伤口，瞬间变成——

“哎！疼疼疼！”

给姜一绿贴上创可贴，林修白垂眸收拾着长椅上的袋子。

时值傍晚，灯火萦绕，昏黄路灯映得他的眸色浅淡。

姜一绿斟酌了下，说：“你想吃什么，还挺早的……”

“走吧。”他提着袋子站起来，垂眼看她，“回去做给你吃。”

姜无苦不会做饭，家里几乎没有开过火，所以厨房里几乎是空荡荡的，桌上只有一包面、几个鸡蛋还有两根火腿。

看着林修白熟练地洗锅，开火烧水，姜一绿觉得这个画面有些违和。毕竟在她看来，林修白看起来实在是不像会做饭的人。

本来是她要请林修白吃饭，现在却是他做饭给她吃。

姜一绿走进去，沉默了会儿，说：“要我做点什么吗？”

林修白侧头，说：“很简单，你坐着吧。”

“那我陪你吧。”

他没说话，姜一绿就当他同意了。

林修白动作很麻利，先用油锅煎了两个鸡蛋，又剥了火腿肠的包装，最后才下面条。

厨房里安静，静谧的空间里，唯有锅里的面条咕噜咕噜发出声响，飘起的热气氤氲眉眼。

这一路上姜一绿总觉得气氛怪怪的，她不知道林修白刚才听到了多少，知道这个事情是难过还是愤怒。他总是平静得让人揣测不到情绪，做得比说的多。

姜一绿抬眼看他，忽然开口：“林修白，你难过吗？”

林修白手上的动作停下，半晌，眼睫稍抬对上她的视线。

他启唇，嗓音冷倦：“如果我是他们口中所说的那样呢？”

一个杀人犯的儿子，说他骨子里就流淌着卑劣的血液，自私、冷漠，压抑在有色的视线中，从不是一个好人。

姜一绿微怔。

火苗蹿动，光影跳跃在厨房的玻璃窗上。

林修白手指无声收紧，他从未如此紧张，试探着将自己完全剥开。

其实，姜一绿从未觉得林修白是个无害的人，反而应该是个很会压抑自持的男生。不过，她不在意，每个人都有掩埋和不可提及的过去。

片刻，姜一绿抬眼回视他，一字一句地说：“你是你，你父亲是你父亲，你们是独立的个体，你也是受害者啊。”

林修白盯着她，眼眸漆黑。

她声音轻，但一直肯定和清晰：“无论如何，你始终坦荡。”

02

回学校的车票订的是周六晚上的。

白天，姜一绿在家睡了一天，醒来后简单收拾行李。她坐在沙发上计算了下时间，打算去电影院看场电影，回来直接就可以提着行李去车站了。

不是什么节假日，电影院里空荡荡的，加上她一共才四个人。她看的是部挺温暖的喜剧，看到煽情处还哭了。

出了电影院，天色暗了点，路边有老人在卖糖油粑粑，晚风催动甜腻空气。

姜一绿看得有些疲惫，买了一串，边吃边慢吞吞地往回走。

临近十二月，天黑得越来越早，一路走回来，街边的路灯一盏一盏地已经亮了起来。

姜一绿一路回着宿舍群里的消息，捏着竹扦不知不觉就快到家了。

这条路安静，姜一绿收了手机往四周看了眼，朝着一个垃圾桶走了过去。

转身走时，听见了几句说话声，她抬头看去，见到了一个熟悉的面孔。

角落里光线暗，充斥着低迷压抑。

徐依楠靠着逼仄的墙角，周围是坚硬而冰冷的青石墙。她微仰头，声音颤颤巍巍：“我……我真的没带钱……”

“没钱啊。”男人忽然流里流气地笑了起来，“没钱那你就陪陪我？”

徐依楠面前的男人，个子高挑，身体健壮，寸头理得极其干净，抬起的手上还覆盖着鸦青色的文身。

姜一绿迈出的脚收回。寸头看起来不像是学生，而是真正的混混。这条路几乎没人来往，男女力量悬殊，贸然出去她只能吃亏。

她想了想，拿出了手机，刚摁亮屏幕就听见带着哭腔的女声：“姐姐！”

姜一绿一时间愣住，抬头看着徐依楠突然从角落里跑了出来，紧接着擦过她肩膀——跑了。

事情发生得太快，姜一绿愣在原地，嘴唇微动，半天没发出声音来。

愣了两秒，她反应过来，刚迈出腿就被揪住了衣领。

一瞬间，姜一绿头皮发麻，呼吸急停。

寸头绕到她前面，视线暧昧地打量了姜一绿一圈。

“你是她姐姐？”

姜一绿手指捏紧，空咽了下，镇定地说：“不是。”

“这姐姐可比妹妹漂亮不止一点啊。”寸头像是没听懂，上前一步再次拉近两人的距离。

姜一绿下意识后退，问他：“你是要钱吗？”

“美女，你有对象没？”寸头开口，姿态散漫。

姜一绿微移目光往前看了看，前面不远处是个拐角，这个时间点，林修白应该已经上班了。

“没有啊。”姜一绿忽地歪头冲着寸头笑。

她一笑起来，整个小巷像是被一簇火光点亮，明艳蛊惑。

寸头盯着姜一绿咽了咽口水，感觉人有点恍惚。

“那做我对象？”

姜一绿像是思考了下，说：“那你是老大吗，当老大的对象才拉风呢。”

寸头本就觉得眼前的女孩像是学生，现在听她说出这话确定了，更觉得她单纯好糊弄，应道：“那是当然。”

眼前的女孩抿唇斟酌了下，慢吞吞道：“好吧。”

寸头大笑两声，上来就牵住姜一绿的手，说：“走，带你去我那儿。”

姜一绿垂眼，干笑了两声，挣开他，说：“哪有你这样的，都不先带我吃点东西吗？”

寸头愉悦得很，说：“你想吃什么，随便开口，哥都满足你。”

“奶茶！”姜一绿拐了个弯，“就前面那家的珍珠奶茶，我很喜欢。”

“可以啊，没问题。”寸头爽快地应了下来，“你们这些小姑娘就是喜欢这些甜的，人也是甜的。”

奶茶店就在烧烤摊附近，姜一绿在心中打着算盘，一会儿经过奶茶店时就直接跑过去，人多眼杂，寸头应该不会再纠缠。

走了两步，寸头又牵上姜一绿的手，她挣扎了几次，怕引起怀疑，压着恶心忍住了。

走出小巷，人声渐盛。

寸头攥得紧，姜一绿试探着挣扎，却始终挣脱不了他的手。

她脑子飞速地转，抬眼往烧烤摊的方向看过去。

人声鼎沸，她看到了一个熟悉的面孔，好像是冯明希。她抿唇在犹豫地猜测他帮忙的可能性，下一秒就撞上了林修白的视线。

他应该是刚从学校出来，后背的包还未卸下。

姜一绿眼皮一跳，紧绷的神经瞬间放松。

她张唇喊林修白，同时用力甩了下被握住的手，挣开的瞬间刚往前跑两步，猝不及防又被扯了回去，比刚才更大的力气，连着她的人被拽到了寸头的怀里。

姜一绿的脑袋磕上寸头的下巴。

寸头疼得大骂一句。

趁着这时候，姜一绿用手肘狠狠地往男人肚子上捅。

寸头吃痛地骂了句，掌心掐住姜一绿的后颈使劲往后扯。

姜一绿疼得闷哼一声，不受控地往后倒。

这个时候寸头似乎还想动手，还没等他动作，头顶传来突如其来的一声闷响。

“咚！”

寸头惨叫一声，捂着脑袋倒在地上。

姜一绿僵住，机械般地抬头。

林修白手中握着半截破碎的啤酒瓶，血顺着玻璃截面一滴一滴地往下坠。

姜一绿站在原地发愣，下一秒她看见林修白弓身，揪着寸头的领子，啤酒瓶子毫不犹豫地就要往寸头身上砸过去。

姜一绿吓蒙了，下一秒反应过来，冲上前拉住了他那只手，喊："林修白！"

她嗓子嘶哑，林修白瞬间停了下来。

酒瓶坠地，姜一绿下意识地转头去看。

下一秒，眼前忽然一片漆黑，他温凉的掌心盖在她的眼睫上。

“别看。”

医院里灯光冷稠，照得人心慌乱。

派出所的民警过来做笔录。

寸头的伤情不算重，只是额头划破了几个口子血糊了一脸看着吓人。虽然寸头有意对姜一绿动手，但是林修白先出的手，两方都有过错，加上最近有不少学生报案说在学校附近被勒索，民警对比了受害人提供的消息，寸头就是最大的嫌疑人。

也算是阴错阳差，而且林修白还是个学生，民警口头教育了几句再罚了几百块钱，就放他们回去了。

姜一绿点点头，感谢了民警两句，回头，林修白坐在医院的椅子上，面色冷倦，衣服上还沾染着星点的血迹。

他没受伤，只是掌心被划破了点，贴了一个创可贴。

林修白打架比姜一绿想象中的还不要命，姜一绿抿唇觉得有点愧疚，走过去，对着他道："走吧。"

林修白站起来，视线落在姜一绿的后颈上，冷白的皮肤上印着明显的指痕。

他哑声问："疼吗？"

姜一绿轻轻"啊"了一声，明白过来林修白说的是什么。

"没事。"姜一绿抬手摸了下，语气安抚，"不疼。"

"走吧，我们先回去。"姜一绿放下手，停了几秒，"你这手暂时不能碰水，今天老板娘那儿能请假吗？"

"戴手套就行。"林修白情绪不佳，但还是慢慢解释，"做到月底我就不做了，现在就不请假了。"

姜一绿点点头，又问："是因为高三了吗?

林修白淡淡地"嗯"了声。

两人往医院外面走，经过寸头时，民警正在给他做笔录，但他仍旧很不老实地在骂骂咧咧。

"给我老实点。"民警出声。

旁边的人似乎是寸头的朋友，见状拍了下寸头，谄媚笑着，朝民警连连抱歉。

姜一绿看了眼就转回了视线，余光看见旁边的人停了下来。

"你先去外面等我。"林修白垂睫看她，忽然开口。

姜一绿莫名，问："怎么了？"

林修白没多说什么，她也没再问。她看了他一眼，往医院外面走了。

陶齐本来在打牌，突然接到派出所的电话说表哥丁岩犯事了，连忙赶了过去。听着警察絮絮叨叨讲了半天，他心底烦躁又得憋着。

他往外没走两步，就感觉一道目光落在自己身上。

陶齐一直觉得林修白的眼神看得人浑身发麻，像极了电影中的凶恶狂魔。

静默几秒，陶齐错开视线，问：“你找我吗？”

“今天的事是你干的？”林修白问得很平静，但让人听得很不舒服。

陶齐蹙眉，问：“你什么意思？”

林修白往后瞥了眼，声音冷淡：“你的人？”

顺着他的视线回头，发现林修白指的是丁岩，陶齐蒙了瞬，随即反应了过来。

“今天那女的，是你朋友？”

林修白冷眼看着陶齐。

这下陶齐彻底明白过来了。

上次在 KTV 意外见到后，他就觉得会有点什么事情发生，看来林修白和他的想法一样。

今天发生的这事，林修白以为是他干的。

“不是我。”

确实不是他，他没必要背这个黑锅。

不过，话脱口而出后，陶齐自己都觉得没有什么说服力。

林修白眼皮略耷拉着，也不知道有没有信。

陶齐恐慌，正想再解释一句，就听到眼前的人开口，声音低沉：“无论是不是，不要碰她。”

陶齐觉得这个场景熟悉，像极了好多年前那个漆黑的巷口里。

林修白被打倒在地，极力忍痛，缓慢地从污浊水泥地上爬起，嘴唇苍白渗血，黑黢黢的眼睛空荡沉寂，一寸寸地扫过眼前的人。

少年声音沙哑。

如他所说，他会还回来的。

有了今晚这事，火车是赶不上了，只能明天再走。

姜一绿低头拉开袖子，细瘦的手腕青了一块，碰一下泛着轻微的疼。她抿唇将衣袖盖上，靠在医院外的柱子上，百无聊赖地看着来往的行人。

天色完全暗了下来。

人影憧憧，灯光岑寂。

晚风吹得有些冷，姜一绿双手插进口袋，在原地跺了跺脚，刚转身就看见了走过来的徐依楠。

姜一绿微怔，转而移开了视线。

徐依楠有些尴尬，绞着手指上前一步，喊：“姐姐……”

其实她当时跑走后有想过喊人回来救姜一绿的，但是那时她心底忽然涌出一个念头越来越大声，和她说：别回去！

姜一绿莫名觉得“姐姐”这两个字刺耳。

她理解不了。

理解不了徐依楠当场跑掉的行为，更理解不了徐依楠跑了后完全没有想过找人来救她。可以害怕，但不能无情。

看到姜一绿没说话，徐依楠开口解释：“对不起，我当时太害怕了，但是……”

“好了。”姜一绿打断徐依楠，保持着最后一点礼貌，“这么晚了你快回去吧，挺危险的。”

沉默。

徐依楠眼睫垂着，看起来一副想哭的样子。

姜一绿的视线落在徐依楠脸上。

她不喜欢应对这种事情，盯着徐依楠看了会儿，慢慢说：“你回去吧。”

姜一绿买了第二天清晨回星洲市的车票。

日子如水般流逝，每个人的生活依旧按部就班地往前走着。

因为勒索的钱财不多，再加上丁岩这边找了点关系疏通，最后只刑拘了一个月。

出来这天丁岩组了个局，也喊上了陶齐。几人在一起无非是吃饭唱歌，闹到了十点多。

“去哪儿啊？”看见陶齐站起身要走的样子，旁边一人开口问。

“不玩了，明天得早起还有点事。”

“扫兴啊。”旁边的人起哄。

陶齐笑骂一句：“明天真有事儿。”

十二月已经入了冬，夜晚气温低，风像是老旧风箱拉出似的，“咿呀咿呀”

响。

陵县没什么热闹地儿，最繁华的就是一中这条路。这个时间点学生放学有一会儿了，街道闹了片刻，慢慢归于岑寂。

陶齐尿急，缩了缩脖子，快步往旁边的小巷跑。

结束后，他拉上裤链刚转身，视线一黑，整个脑袋被麻袋给罩住。

他还未开口，就有人一拳打在了他肚子上，震得他弓下身，没站稳摔在了地上。

陶齐整个人是蒙的。

麻袋密不透风，眼前连个人影都看不见，陶齐火气上来，伸手去摘麻袋，就要动手。他刚一伸手，那人揪着他的衣领往墙上摔，“砰”的一声，他几乎整个人要散架，肺都要震了出来。

陶齐捂着肚子剧烈地咳嗽，这个人的力气是他意想不到的大，他磕到了脑袋，眼冒金星，整个人颤得厉害。

“你是……谁？”

对面的人不语，紧接着是铺天盖地的拳头。这人下手得不算太重，但拳头密集迅速，震得他又痛又麻。

陶齐倒在地上被钳制着动弹不得，他挣扎得越厉害那人下手就越重，他唇紧绷着没敢再出声。

对面的人停了下来，突然掐住他的脖子，迫使他扬起了头。

那人的嗓音不太熟悉，似乎是刻意压低模仿：“一个教训，再动她，下次就不止这样了。”

陶齐怕得厉害，虽然还没弄清楚到底发生了什么，但不敢反抗，拼命点头：“嗯嗯嗯！”

等人走后，小巷彻底落入了安静。

陶齐撑着墙根慢慢爬起来，靠着最后一点力气支撑着。他一把扯掉麻袋，呼吸粗重，忍不住狠狠啐了一口。

动作牵动嘴角伤口，疼得他直抽气。

浑身火辣辣地疼，陶齐扶墙走得极其缓慢，脑子里将最近发生的事情和遇见的人过了一遍，回想起刚才那人说的话，他根本没发现自己最近得罪了谁。

忽然脑袋里闪过一道白光，他脚步一顿，好像是有一个。

陶齐还没来得及多想，脚底就硌着了什么。他弯腰捡起，黑线坠着的是个一中的校牌。

看着上面的名字，陶齐呼吸微滞，什么东西和脑海中的想法重合了起来。

03

星洲市的天气总是反反复复。

入了冬，天气更是多变。原以为会出太阳的日子，结果突如其来下了雨，连绵不断地持续了一周，空气湿漉，人也跟着烦躁。

温度跟着降了几度，病毒性感冒频发，这几天班里有不少人上课都戴了口罩。

入夜，校园安静了下来。

姜一绿翻了个身正准备入睡，就听到孟蕴下床的声音，拖鞋拍打地板急急地往厕所里跑。

齐梦还没睡，也听到了声音，举着手机照了过来。

“怎么了？”

“不知道。”姜一绿摇摇头。

没一会儿，孟蕴从厕所出来，她整个人脸色潮红，嘴唇却干得没一点血色。

姜一绿下床看见她这样子吓了一大跳，问：“这突然怎么了？”

“腹泻。”孟蕴有气无力地摇摇头，嗓音嘶哑，“好像着凉了。”

姜一绿过去扶住孟蕴，才感觉到孟蕴整个人烫得厉害，热气一阵阵烘着她。

她掌心贴上孟蕴的额头，惊道：“好烫啊。”

闻言，齐梦赶紧翻出了宿舍常备的测温枪。

38.5℃。

发热了，还是高热。

最近感冒频发，估计是被传染上的。

孟蕴现在这个模样耽搁不得，姜一绿和齐梦忙套上羽绒服，又拿了口罩戴上，提了个保温杯，急急出了门。

外面小雨淅沥，夜深露重，天被泼墨一般的夜色给笼罩。

她们出来得急只拿了一把伞，好在校医院离宿舍不算远，小跑了一段路很快就到了。

医院灯光明亮，人不算多，零星走过几个医护人员。

医生给孟蕴做了检查，果不其然是病毒性感冒引起的发热，需要打点滴。

姜一绿问护士要了点纸，将肩膀和额发上的水珠擦干净。雨水顺着发丝往下落，顺着她脖子砸进了衣领，有点发冷。

点滴室内冷清，护士见她们是三个小姑娘，好心拿了两条毛毯过来。

其中一条盖在了孟蕴身上，她眯着眼脑袋靠在齐梦肩膀上，睡得挺不安分的。毛毯不太长，姜一绿和齐梦一人盖了一小半。

点滴顺着细长的透明管一点点落下，长夜漫漫，不知还要多久。

“太无聊了。”齐梦掩唇打了个哈欠，“平时这个点我也没睡，现在怎么困得不行。”

姜一绿抿唇笑，垂眼摁亮手机，时间才刚过十二点。

没带耳机干不了太多的事，姜一绿点开 QQ 看了眼。

先前她参加主持人大赛加了不少的群，官方群里刚才发了条链接。点开看发现是网络拉票。

这次比赛的决赛还有网络人气这一个环节，虽然最后占比只有 5%，但是也挺重要的。界面里每个进入决赛的选手，都有一个一分钟左右的现场比赛录像，用来给观众投票。

链接刚刚发出来没多久，大多数人的票数几乎还是零。选手名字是按照名字首字母排列的，姜一绿指尖滑了滑，自己排在挺前排的。

群里发出消息。

群主：【这是决赛的网络票选链接，大家也可以转发给自己拉拉票。】

姜一绿在群里回复了“收到”。想了半天，她也没想好配什么文字，干脆就直接分享到了空间。

困意来袭，转发完姜一绿就关了手机，刚一摁灭手机就传来“叮咚”响了一声。

林修白给她点了个赞。

孟蕴的烧来得快去得也快，打完点滴没几天就恢复了活蹦乱跳。倒是姜一绿，自从上次从校医院回来后，她就出现了和孟蕴一样的症状，不过没有发热。

齐梦看她好几天了还是这个样子，有点放心不下：“小绿，要不你去校医院看看吧。”

“不想去。”姜一绿抱着杯热水，整个人蔫蔫的，“吃点药就好了。”

齐梦说：“你这都吃了多久了，你看你这嗓子说话和驴叫一样。”

姜一绿反驳：“你才是驴！”

孟蕴本来愧疚得很，一下被她俩逗笑，说：“小绿你去校医院看看吧，你不是下周还要比赛吗？万一你这拖着下周还没好，不就耽误比赛了。”

姜一绿厌恶医院的原因主要是要打针，她一脑补那个场景就头皮发麻，所以一直抱着侥幸心理。

“唔……”姜一绿咬唇，还想开口拒绝，就被两人带去了校医院。

一阵折腾下来，姜一绿整个人都没了生气，软趴趴地抱着孟蕴一句话都不想说。

盐水冰凉，顺着细管进入手背，姜一绿整只手都冷得毫无温度。她蜷了蜷微僵的指尖，从孟蕴肩膀上起来，问：“几点了？”

孟蕴看了眼表，答：“五点半。”

姜一绿有气无力地“嗯”了声，倏忽间，她想起了一件事。

她拿出手机看了眼，不知不觉已经 26 号了。

糟糕!

姜一绿从通讯录里调出姜无苦的号码，立马打了过去。

手机“嘟嘟”响了半天才被接起。

姜一绿喊了声，对面一时间没有动静。

过了会儿，她刚想开口，就听见低低的一声：“他出去了，没带手机。”

“哦……”姜一绿轻应了句，“那他回来你告诉我一下。”

“嗓子怎么了？”林修白忽然问。

沉默。

这句话让姜一绿想到了齐梦今天说的，她现在的声音像驴叫。

姜一绿睫毛轻颤，觉得脸热，突然间不想说话了。

问完这句，对面也始终安静着，像是在等她的回答。

姜一绿咬唇憋了会儿，还是诚实地回答：“就……感冒了。”

林修白没说话，过了会儿她似乎听到了点笑声，浅得难以捕捉。

一瞬间，姜一绿炸了!

她想起了每次她狼狈时，林修白就垂眼笑。

“你再笑！”姜一绿声音微扬，带着点娇气威胁。

“不笑。”他声音淡淡的，像是妥协。

姜一绿还想说话，就听到电话对面有开门的声音，紧接着传来一阵细微的嘈杂声。

“姐。”姜无苦的声音落入了耳中。

姜一绿抿唇，浅浅地“嗯”了声。

“怎么了？”姜无苦往厨房走，提壶在玻璃杯里注满了水。

姜一绿还挺正式地说：“生日快乐。”

“我还以为你忘了。”姜无苦懒懒地笑了笑，半倚着流理台仰头喝了口水，低头时手忽然顿住。

“你嗓子怎么了？”

她没答，姜无苦自顾自地继续说：“你知道你现在的声音像什么吗？”

姜一绿生气，喊：“你闭——”

点滴的效果比吃药要好得多，姜一绿感冒好了不少，但嗓子仍旧微哑。

决赛的时间定在了31号，刚好是跨年那天。姜一绿一行人每年跨年都是一起过，早早就定好了计划，就等着姜一绿比赛完一起去。

即将元旦，星洲市作为旅游大市，来跨年的人格外多。比赛的场地离星洲大学很远，姜一绿提前在场地附近订好了旅馆，结束后卢元哲带着齐梦她们一起过来接她。

比赛前一天，姜一绿一个人去了旅馆。

2012年的春节格外早，这个时间临近期末考试，齐梦和孟蕴专业考试格外难，忙着在宿舍争分夺秒地复习。

收到她到旅馆的消息后，齐梦和孟蕴给姜一绿发了好几个“加油”“第一”的表情包。

比赛过了很多轮，终于到了最后一关，姜一绿心里很没有底，再加上感冒还未完全好，嗓子还哑着。

看着两人的消息，姜一绿心情缓了点，弯唇回复：【嗯嗯！】

她在旅馆的床上坐了会儿，才开始收拾东西，只住一天也没带太多。

将比赛的衣服从袋子里拿了出来，找了一个衣架挂上。刚挂好，安秀就打了个电话过来。

安秀问：“一一，到了没？”

“刚到一会儿，妈妈。”姜一绿边往床边走边答。

“别紧张，到了这一步就已经胜利了。”安秀语气轻柔，“你感冒还没好，晚上把空调开高点，别着凉了。”

一听这话，姜一绿就鼻子酸酸的，娇娇气气地撇嘴“嗯”一声。

安秀想着自家姑娘这时的模样，就心软想笑，说：“行了，妈妈要回班级了，今天早点休息少玩点手机。”

“好。”姜一绿瓮声瓮气地应了声。

挂了电话没一会儿，就听见隔壁房间传来了点细弱的声音，而后越来越大。

姜一绿的动作僵住，后知后觉地察觉到那是什么声音。

临近元旦酒店、旅馆都紧张，她订得晚，所以只有这家旅馆有空房。旅馆年头有些久了隔音效果差，再加上元旦很多情侣入住，姜一绿没有想到的情况猝不及防地就出现了。

晚上姜一绿睡得不安稳，没几个小时就会被隔壁的声音吵醒。

比赛虽然在第二天下午，但选手上午就要去现场。

早上起床姜一绿走去洗手间，镜子里的人眼皮有些肿，整个人憔悴了不少。姜一绿出声轻轻“啊”了声试探，嗓子仍旧微哑。

她心底有点不安，撑着洗手池慢慢叹了口气。

洗漱完，姜一绿换了衣服化了妆，才出门。

决赛的现场相比前几次隆重了不止一点，偌大的演播厅，灯光明亮，恍如白昼。

有个姑娘叫白娆，从复赛开始就和姜一绿一起，时间久了也比较熟悉。

后台人员繁杂，姜一绿安安静静地坐在一个角落里，看起来格外乖巧。她今天穿了条红色的裙子，上面有极窄的亮片，身段玲珑，衬得肤色极白。

白娆进来时，一眼就看到了姜一绿。

她走过去递了瓶水给姜一绿，问：“怎么一个人坐着？”

“有点困。”姜一绿不好意思地抿唇浅笑。

白娆是个很爽朗的东北女孩，说话有趣，等待的时间不知不觉地就流逝了。

决赛的比赛结果仍旧是当场出，当听到自己名字的那一刻，姜一绿鼻尖酸涩，喉咙发紧。

今天她整个人状态不佳，阐述时出了好几次简单错误。最后的结果对她来说意外又不意外，不管怎样最开始每个人都是抱有幻想的。

白娆和姜一绿一样在五强之外，不过她参加比赛主要就是为了体验感，走到这一轮已经是意外。

两人出了会场，白娆观察了下姜一绿的情绪，说道："你是回学校吗？一会儿我男朋友来接我，我送你回去吧。"

"没事。"姜一绿扯了个笑容出来，"一会儿我朋友也来接我。"

白娆沉默地看了她一会儿，说："那行，你也别难过了，提前祝你新年快乐。"

"嗯。"姜一绿点点头，"新年快乐。"

等人一走，姜一绿的情绪就有点绷不住，眼泪不受控制地往下掉。

其实结果也没有那么难以接受，不过一直以来的准备与期待忽然落空，心里就好像空荡荡地吹着冷风。

2012 年的最后一天，整座城市都笼罩在热切的欢愉中，大街小巷，人声鼎沸。唯独夜风轻轻的，腻腻的，心口潮湿。

姜一绿的脖子往羽绒服里缩了缩，格外疲倦，鼻尖埋在领口里，她吸了吸鼻子，抬起了头。

毫无征兆地看到了林修白。

男生站在姜一绿面前，比她高一个头，浑身上下一身笔挺的黑，眉目矜冷。

黑色的羽绒服，黑色的鸭舌帽，唯有那张脸白皙矜冷，眼尾敛着静静看着她，脸上看不出太明显的情绪。

姜一绿怔住，轻喘着气，缓慢眨了下眼。

街边车灯闪过，几道暧昧光影落在他脸上，让姜一绿回神。她停了下，刚想开口问他怎么在这儿，突然想起来自己现在的模样。

肯定是满脸泪痕，狼狈不堪。

姜一绿抿唇，将脸往衣领里埋，她侧过了身，瓮声瓮气地开口："你怎么来了？"

她声音轻，压在厚重的羽绒服里，闷得几乎听不清。

姜一绿眼皮耷拉着，鼻尖被雾气沁出汗，半天没听见回答。她眨眼脚尖动了下，忽然头上一重，有什么东西盖在了她头上。

"姜一绿。"

林修白低缓的声音，在这样喧闹热烈的夜里格外低沉。

"嗯？"

"我捂住耳朵了。"

我捂住耳朵了，所以你可以一直骄傲。

04

头上帽子温热，有浅淡的檀香。

姜一绿睫毛颤了下，将突然冒出来的眼泪憋了回去。她轻吸鼻子，调整好情绪。

姜一绿用指尖抵了下帽檐，声音细弱：“你怎么来了？”

她鼻尖红红的，模样有点可怜。

林修白喉结微动，说：“有点事。”

姜一绿“噢”一声，问：“一中放假了？”

“嗯。”

她情绪不高，没有多问，迷迷瞪瞪地听见有人在叫她。

姜一绿看过去，卢元哲从车上下来，正往她这边走过来。

见姜一绿看了过来，他招了招手，又喊了句：“小绿！”

姜一绿轻轻“哎”了声，踮脚也冲他挥了挥手。

林修白抬眸顺着她的视线看过去。

卢元哲正在过马路，姜一绿侧身瞥见林修白，忽然间想起了今晚的跨年。

“你着急回去吗？”姜一绿问他。

林修白有稍微的停顿，气息很低，说：“不着急。”

“那我们一起跨年吧，大家一起。”姜一绿看着他眼神比刚才亮。

“好。”

车上的人挺多，齐梦、孟蕴都在。

两人看见林修白都是一愣，姜一绿简单地跟她们解释了下。

“哇！”姜一绿和林修白坐在第二排，齐梦从后排起来，扒着姜一绿的靠背，小声说，“你弟的同学都这么帅吗！”

姜一绿顺着她的视线看过去。

车内灯光昏暗，衬得林修白有种清冷的白。

也不知道他听到没。

姜一绿把帽子摘下，轻声道：“你小点声。”

看着她，齐梦轻轻“呀”了声：“你眼睛怎么了，红红的？”

姜一绿没说话，但齐梦一下就猜到了，捧着姜一绿的脸，将人转过来亲了口。

“我们小绿在我这里，就是第一名。”

姜一绿被逗笑，打她，说：“你占我便宜。”

齐梦说：“那怎么了。在不知道哪个男人得到你之前，我必须先占！”

她声音不小，惹得孟蕴笑了起来，旁边的林修白也闻声看了过来。

一下被所有人瞩目，姜一绿不自在地垂眼，下意识地舔了舔唇。

万白是最后一个上车的，回来时提了一袋子奶茶，他看见林修白时愣了下。

齐梦先一步解释道：“小绿的朋友。”

万白嗷嗷两声，将手中的奶茶递给了车里的女生，姜一绿的那杯万白插好了才递了过去。

“小绿你的。”

姜一绿点点头，说：“谢谢。”

大家太熟悉了，彼此之间都相互了解。姜一绿也没客气，接过来慢慢啜了口。

甜丝丝的奶茶洇在舌尖，她的心情也渐渐好起来。

她慢吞吞地嚼着珍珠，稍抬眼睑，和林修白的目光撞在一起。

林修白只平静地看了她一眼，就移开了视线。

跨年的行程是卢元哲定的，他向来是他们这群人里最细心的。

一行人率先来了一家日式自助烤肉店，卢元哲提前订了位置，虽然人多但他们几乎没等，很快落了座。

烤肉店生意很火爆，一进门就被喧嚣扑了个满面。

卢元哲订的是大桌，刚好是个六人桌，虽然多了一个人但也完全坐得下。

一群人坐下，姜一绿的对面是卢元哲，斜对面是林修白。

女生们都有奶茶，卢元哲就周到地替两个男生倒上了饮料。

服务员动作很快，没一会儿工夫就将几人点的食物端上了桌。

“来，这个放你这边。”

卢元哲贴心地将孜然鸡翅和厚切五花肉换了个位置，将鸡翅放到姜一绿面前。

她酷爱鸡翅，但不吃肥肉，一点都吃不了。几个人常常出来吃饭，除了齐梦就她最小，平时就和照顾妹妹一样待她。

“好。”姜一绿心情好起来，美滋滋地冲卢元哲笑。

林修白抚着杯壁，不着痕迹地看了他们一眼。

烤肉店里香气四散，姜一绿比完赛早就饿得不行，她直勾勾地盯着烤盘里的烤翅有点忍不住了。

看着肉变了色，姜一绿立马伸出筷子去夹。

“干吗呢。”见她这动作，卢元哲打了下她的筷子。

旁边的孟蕴好笑道：“还没熟呢，你着什么急。”

“都变色了。”姜一绿反驳。

卢元哲拿起旁边的剪子将鸡翅剪开了点，取笑她：“里面还是生的呢，你就看表面，饿死鬼一样。”

姜一绿咬着筷子，不服气地撇嘴。

等了一小会儿，卢元哲才将彻底烤熟的肉夹进了姜一绿的盘子里。

入口是浓烈的孜然香和滚烫的气息，姜一绿被烫得直吸气又舍不得吐出来，半天才咽了下去。她喝了口奶茶降温，抬头看见林修白吃得安静又少，就喊了他一声。

林修白沉默地抬头，就看见她冲他笑。

“别客气，多吃一点。”

一顿饭吃得很欢乐，几个人都不是话少的人，插科打诨着，时间一下就过去了。

结束后，一行人去了 KTV 唱歌。

车内放着音乐很舒服。

齐梦在后排懒洋洋地刷着空间，时不时发出“啧啧啧”的声音。

“哎，你们说，我就不明白了，怎么什么节日都能被这些小情侣过成情人节呢。”

孟蕴说：“你羡慕就直说。”

齐梦噎住，说：“羡慕什么羡慕！”

大家笑起来。

“就这姑娘。”齐梦直起身来把手机递给孟蕴看了眼，又拿给姜一绿看，“一年 365 天，她有 366 天在秀恩爱！”

万白从副驾驶回头，老实地问：“多一天哪儿来的？”

齐梦吐槽：“这是夸张用法！你个老实人。”

照片上的人有点眼熟，姜一绿不确定地问：“她是叫白娆吗？”

“嗯？”齐梦意外，“你认识？”

姜一绿点点头，说：“我们一起参加比赛的。”

齐梦说：“那太巧了。她是我高中同学，这不今天又跑去游乐园跨年了，这人都要挤死了。”

“哪有，多浪漫呀。”姜一绿认真地看照片，“我就特别喜欢游乐园。”

齐梦看着她，打趣道：“小女生！”

KTV 不算太远，过了一个十字路口，车就在一家装修金碧辉煌的门店停了下来。

包厢是个大包，一坐下来，卢元哲就让服务员上了酒水。

“哎，等等！”齐梦喊住了要出去的服务员，把手机递给了她，“麻烦帮我们拍张合照。”

这是他们几个的习惯，每年年底都会留一张合照。

全部坐沙发上画面太宽，女生们就抱着膝盖坐在了男生前面的地板上，铺着柔软的地毯倒也不凉。

姜一绿坐在了林修白的前面，她回头看了他一眼。

他还是那个模样，脸上没什么多余的表情，寡淡冷漠。

姜一绿用手肘推了下他的膝盖。

“怎么了？”林修白垂眸。

看着他的样子，姜一绿轻笑。

“一会儿拍照了。”她指尖点了点自己的嘴角，示意他，“笑一笑。”

结束了拍照又唱了会儿歌，齐梦提议来玩游戏。

“来玩折手指游戏怎么样，折的人就喝一杯酒。”

大家没什么意见，姜一绿朝林修白那儿挪过去点，轻轻说：“你输了别喝酒，喝饮料就行。”

林修白点点头：“好。”

游戏的规则很简单，一共十根手指，每个人轮流说出一个问题，做过这件事的人就折一根手指。

几人围着圆桌坐成了一个圈，掷了骰子，按顺时针方向从齐梦开始。

“我来了啊。”齐梦思考了会儿，“初吻还在的折一根手指。”

话一出，孟蕴就开口：“我怀疑你是故意的。”

齐梦嘻嘻笑道："这游戏本来就是陷害游戏嘛。"

于是，现场除了齐梦和卢元哲都喝了一小杯酒。

齐梦眨眨眼，没想到自己问的第一个问题杀伤力这么大。她飞快地看了林修白一眼，然后偏头问右手边的姜一绿，说："没想到你弟的同学这么帅，竟然都没有谈过恋爱。"

姜一绿不会喝酒，一杯下肚秀气的眉毛都拧在了一起。她舔了舔唇，慢吞吞地说："你以为大家都和你一样，人家要学习。"

第二个人是万白。

秉承着报复的心理，他盯着齐梦开口："长头发的折一根手指。"

"算你狠！"齐梦瞪了万白一眼，豪气地拿起杯子喝了下去。

见她喝了酒，万白得意地笑了下，这才发现齐梦旁边的姜一绿也是长发。他光顾着报复齐梦，只看见了短发的孟蕴，忘记姜一绿了。

"小绿。"万白又好笑又抱歉，"我忘记你了。"

于是，姜一绿苦兮兮地又喝了一杯。

后面几个人的问题都正常了点，但姜一绿还是中了不少招。

游戏结束后，大家唱歌的唱歌，打牌的打牌，姜一绿一个人窝在沙发的角落里，晕乎乎地睡觉。

她平时很少喝酒，多数时候也就一小杯，对自己的酒量没什么概念，没想到原来喝鸡尾酒都能喝醉。

她喝酒上脸，脸颊红扑扑的。刚开始微醺的感觉还挺舒服，过了会儿就开始有点头晕恶心。

她迷迷瞪瞪地睁开眼，看见前面有人在晃，抬手没力气地扯了下，也不知道是谁，只喊着："我想上厕所……"

嗓音里含着浓浓的酒意。

林修白问："你走得动吗？"

"嗯……"姜一绿眨眨眼缓慢地应。

林修白小心翼翼地扶住她往洗手间去。

他不放心姜一绿一个人进去，但也不能跟着进女厕，扶住她的肩膀叮嘱小孩一样，语气难得温柔："上完就马上出来，听到没？"

姜一绿乖乖地点头。

看着姜一绿进去后，林修白倚着墙在外面等。

不知过了多久，姜一绿仍旧没有出来，林修白不放心，刚直起身就听见很响的一声“咚”。

他慌乱地朝里面走去。

只见里面的女孩额头抵着墙面，撞在了白墙上。

听见声音，姜一绿缓慢转过头来，额头红了，眼角也红了，一副可怜兮兮的模样。

林修白瞧着她，几秒后轻笑出声。

唱歌结束后已经过了一点。

因为要开车，所以卢元哲没有喝酒。除了齐梦酒量好，其他几个人都已经醉倒了。

上了车后，他们商量了今晚的住宿问题。

卢元哲和齐梦都是本地人，万白晚上自然是去卢元哲那儿，姜一绿和孟蕴去齐梦家，只剩下林修白。

齐梦问：“你订的酒店在哪儿啊，开车送你过去。”

林修白看了眼睡着的姜一绿，摇摇头，淡淡地开口：“不用了，我该回去了。”

“啊？”齐梦惊讶，“小绿说你来这儿是有事的，这么快就办完了？”

“嗯。”

齐梦说：“那我们送你去车站吧，太晚了不是很好打车。”

林修白没拒绝，只说了一句：“多谢。”

即使再黑的夜，车站永远灯火通明。

候车室里熙熙攘攘，喧闹不止，恍如白昼。

林修白重新买了车票，提步往检票口去。

等到了陵县，已经过了凌晨两点。

听到玄关传来的声响，姜无苦推门出来。

听到动静，林修白换鞋的手停下，看姜无苦一眼才继续动作，问：“你还没睡？”

“刚准备睡。”姜无苦掀了下眼皮，看起来格外疲倦，“你今天去哪儿了，打电话也没接，我还以为你被拐卖了。”

“有点事。”林修白径直往里走。

“噢。”姜无苦懒洋洋道，“那你收拾，我先睡了。”刚走出两步，像是想起什么，他又回头，“对了，今天钱志捡到你的校牌我给你拿回来了，丢客厅里了，你自己去看。话说，你不是前几天刚补办的，又掉了？”

林修白没什么情绪，说：“不记得了。”

“行吧。”姜无苦打了个哈欠，没再管他，转身进了房间。

今晚的月色格外好，皎皎如水，漫入室内。

林修白手臂撑着微凉的书桌桌面，不可抑制地想起了姜一绿。

# 第六章

## 以后生日许愿贪心一点

01

元旦一过时间就变得快了起来。姜一绿对喝醉那晚的事情毫无记忆，还是齐梦和她说了林修白当天就回家的事。

期末临近，姜一绿整天窝在自习室里学习背书，等考完了最后一科，她觉得整个人都脱了层皮。

2012 年的春节很早，在 1 月份。

但高三放假向来晚，今年也是要等到过年的前五天。所以这段日子里姜一绿仍旧是每天一个人在家。

这期间她做了个决定要考研，空闲时上网查了资料还买了一堆教材。下午一个人窝在房间看了部恐怖电影后，已经过了晚上八点。

姜一绿起身，趿拉着拖鞋去厨房喝了杯水，随后拿起了鞋柜上的钥匙出门觅食。

南方的冬天又湿又冷，前几天淅淅沥沥下了好几天的雨，地上的水洼蓄满了浊水，乌墙黑瓦氤氲在朦胧水汽中，有摇摇欲坠的错觉。

年关将至，街上行人不多，稀拉的几个也都行色匆匆地往家走。

姜一绿捞起帽子戴在头上，缩着脖子往烧烤摊的方向跑。

老板娘和她已经熟悉，还免费给她加了串豆腐。

姜一绿笑眯眯地对老板娘说了声谢谢。

回去的路上，羽绒服兜里的手机忽然叮叮咚咚响个不停。

姜一绿咬了口牛肉，拿出来看。

齐梦：【啊啊啊啊啊！】

齐梦：【我窒息了！！】

齐梦：【我文学史挂科了！】

孟蕴：【你不是说挺简单的嘛。】

齐梦：【呜呜呜呜呜！】

齐梦：【所以我没怎么复习，我错了。】

姜一绿：【这么早就出成绩了？】

孟蕴：【对，你也查查吧。】

姜一绿：【我看看去。】

姜一绿将最后一口牛肉从竹扦上咬下，退出 QQ，打开了教务系统的网址。

输入了学号和密码，弹出个框：

【学号或密码输入错误，今日还有四次机会。】

姜一绿又尝试了几次，仍旧是错误的，看着最后的一次机会，她暂时放弃了，打算回家后慢慢再想。

乌云掀了一个角，一束月光漏在了地上，忽然起了风，吹得姜一绿后背发冷。

她将手机放进衣兜里，脚步停顿了下，身后的声音也消失了。她抿唇继续往前走，神经绷着，仔细听后面的动静，猛地回头。

安静空荡，什么也没有。

姜一绿舒了口气，自顾自地笑了下，真是电影看多了。

到家后时间还早，姜一绿慢吞吞地吃完了剩下的烧烤，最后又试了下密码。

失败，然后被锁定了。

她捏着手机愤愤地叹了口气，然后将它丢在了沙发上，去洗澡了。

等她从浴室出来后，将电脑从房间里拿到了客厅，打算试试用密保找回来。刚开机，林修白和姜无苦恰好开门进来。

“回来啦。”姜一绿探着脑袋往门口瞧了眼。

姜无苦边脱鞋边瞥她一眼，问：“在干什么呢？”

“查期末成绩。”姜一绿输入教务网站，随口答。

姜无苦走进厨房倒了两杯温水，递了杯给林修白，往沙发这边走，挺有兴致的模样，说：“我倒要看看你考了多少分。”

“哼。”姜一绿也不看他，“不是第一就是第二。”

姜无苦玩味地看了眼电脑屏幕上的问题：“你这是忘记密码了？”

姜一绿懒得理他点开密保问题。

这密保问题是大一刚入学那会儿就设置的了，其实姜一绿都已经记不得内容了。

第一个。

【你的生日？】

还挺简单。

姜一绿很快输入了答案。

第二个。

【你最爱的人？】

看着这个问题，姜无苦笑了声，说：“你这什么破问题，还‘你最爱的人’？”

闻言，林修白一顿，垂眼朝姜一绿看了过去。

姜无苦往后靠在沙发上，懒洋洋地说：“你输‘姜无苦’试试？”

姜一绿冷笑一声，说：“‘最不要脸的人’倒是可以输入你的名字。”

不过对于这个问题，姜一绿真不记得答案是什么了。

她犹疑地输入了安秀的名字，答案错误。

她又试了试姜敏学，答案错误。

她又把朱贝、齐梦、孟蕴的名字都试了一遍，还是错误。

“要不你试试我的呗，万一正确呢。”姜无苦坐在她身后，吊儿郎当地开口。

姜一绿回头瞪了姜无苦一眼，才看到林修白不知道什么时候也坐在了姜无苦旁边，他轻轻扫了眼她的电脑屏幕，似乎也在等答案。

她转回头，手托着下巴，仔仔细细回想了下当时设置时的场景。按照她的逻辑肯定不会是什么正经答案。

她放下手，犹豫了会儿，试探地输入“蜡笔小新”四个字。

姜无苦笑道：“你怎么不写‘奥特曼’呢？”

“闭嘴！”姜一绿气愤地回头，转眼撞上了林修白的视线。他神色仍旧轻淡，但眼波微动看着似乎想笑。

姜一绿闷闷回头，不想理他们俩。

她抿了抿唇，锲而不舍地继续回想。

不应该啊，最爱的人除了爸妈还能有谁呢。她正胡思乱想着，忽然间有什么想法在脑海中炸开。

答案在脑海出现的瞬间，姜一绿僵住，有点不好意思地咬唇，随后极其缓慢地输入了三个字：【我自己。】

旁边两人有些无语。

果然，成功了。

与此同时，身后响起了一声轻笑。

姜一绿窘迫，没好意思回头，硬着头皮继续答下一题。

【你的狗叫什么名字？】

瞧着这个问题，姜无苦直起身莫名其妙："你什么时候养过狗？"

"一直都在养啊。"姜一绿语气轻快，心情一下愉悦了起来，"你看着啊。"

说完，她自然地敲下了三个字：

【姜无苦。】

姜无苦："……"

今年春节，姜一绿一家照旧还是去乡下陪外婆过年。谈及过年的问题，姜一绿想到了林修白，一直没听他说起过年的去向，也不知道他在这儿有没有亲戚。

树德中学高三年级比一中放假还晚一天，安秀和姜敏学也自然放假得晚。

一中放假这天晚上，姜一绿路过林修白的房间，恰好撞见他在收拾东西。

姜一绿脚步顿住，出声："你……"

闻声，林修白回头看她，淡淡地解释："在收拾东西。"

"噢。"姜一绿抿唇想了想，下意识地问，"你是去亲戚家过年吗？"

林修白手上的动作停了下，没说话像是默认。

姜一绿从没听林修白说起过他的亲戚，本来想开口问是谁，出声前又觉得不妥，还是憋了回去。

正巧这时候她手机响了起来，是快递的电话。

"嗯嗯，好，你先帮我放那儿吧，我马上下来。"

挂了电话，姜一绿又瞧了林修白一眼，说："那你收拾吧，我下去取快递啦。"

"好。"

姜一绿家这边没有快递柜，但附近就有个快递点，所以收件地址都填在那儿。

货架上的东西挺多，姜一绿找了半天才在角落看见了她的快递。一个挺大的纸箱，看了快递单她才记起是前些天买的专业课考研资料。

她蹲下抱起纸箱，远远比自己想象的重。她吸了口气，拖着步子慢慢往回走，刚走了没一会儿，口袋里的手机就响了起来。

她找了个角落放下箱子，接起电话："喂。"

"快递，来拿一下。"

姜一绿"噢"了声，说："好，我马上来。"

她将手机熄屏后，小跑起来往回走，签收完看了眼，是英语考研资料。

这次的书不多就三本，但是极厚，加起来有她一个手掌那么厚，还挺重。

走回去后，姜一绿看着地上的箱子有点发愁。

盯着它看了好一会儿，她低头拿出手机给林修白打了个电话。

电话"嘟嘟"响了两声，很快就被接通，林修白淡凉的声音传了过来："怎么了？"

"快递太重了，我一个人有点拿不动。"姜一绿动了动脚尖，"你可以下来一下吗？"

林修白没有任何犹豫，说："好。"

"我在巷子这边等你。"

挂了电话，姜一绿就着这个纸箱坐了下来。出来得仓促她就随便套了件外套，夜晚温度低风吹起来还挺冷。

姜一绿垂眸，动了动脚，抬手笼住嘴，轻轻哈了口气。

这条巷子寂静，冷冷清清的，没有人，好久之前坏掉的路灯还没修好，整个小巷笼罩在阴暗寒冷的气息中，唯有前面的拐角处洒了点光亮进来。

坐了会儿，姜一绿莫名觉得有点不安，恍惚间总感觉身后有什么异样。

她没敢立即回头，捏紧手指，屏着呼吸，听了听动静。

"呼呼"的风声，穿堂而过像是乌鸦的怪叫。

她心里的不安感越来越大，蔓延到神经，心脏提到了嗓子眼。

她极轻地喘了口气，屏气回头的瞬间，忽然腰上一重，巨大的推力从后方袭上她，整个人不受控制地往前跌去。

脸磕在了坚硬的石子地上，硌得生疼，她还没反应过来的瞬间，一把刀倏地立在了她的耳边。

冷白刺眼晃得人心颤。

她身后的人无言，片刻后刀面无声地贴上了她的脸，停留了几秒，忽然离开，连带着人一起迅速走了。

姜一绿撑着地面回头，只来得及看见一个融在夜里的背影。

林修白来时见到的就是这样一个画面，姜一绿缓慢地撑着地面爬起来，背影细弱瘦小，看着有摇摇欲坠的脆弱。

听到脚步声，姜一绿僵硬了一瞬，下意识地抬头，以为那人去而复返，见到林修白后，她肉眼可见地松了口气。

“林修白……”

她声音中带着不可抑制的颤抖。

对上姜一绿眼神的那一刻，林修白呼吸变沉，唇线渐渐拉直，视线上移，定格在她额角。

女生皮肤白皙，红色的痕迹格外明显，细小的伤口还能见到血。

他眼神有很明显的波动，压抑着不正常的情绪，问：“怎么弄的？”

姜一绿吸了吸鼻子，慢慢开口：“刚才……有人袭击我。”

话音落地的瞬间，林修白眉心动了下，眸色漆黑，隐在着冗长的夜里。

他声音又冷又硬：“你看清楚是谁了吗？”

姜一绿摇头，嗓音有点哑：“他很奇怪，只踢了我一脚，用刀恐吓我后就走——”

她话还没说完，林修白忽然喊了她一声：“姜一绿。”

姜一绿没反应过来，讷讷地“啊”了声，抬眼看他。

“还走得动吗？”林修白看着她。

姜一绿垂眼，活动了下脚，有点疼应该是刚才不小心扭到了。她抬头，说：“好像还行……”

林修白像是没了耐心，她话音刚落，就感觉到他靠了过来，背影宽阔。

“你……”姜一绿怔了瞬。

“上来。”林修白没看她，“带你去医院。”

他情绪一直怪怪的，姜一绿舔舔嘴角，还是把那句“不用了”给咽了回去。

伤势不严重，主要在额头和脚踝。怕家人担心，姜一绿只说自己是取快递时不小心摔了一跤。

安秀和姜敏学放假后，就开着车带着姜一绿和姜无苦去了乡下。走的那天是个晴天，没看见林修白。

车子慢慢驶离城区，姜一绿拿出手机给林修白发了条消息：【我们今天走啦。】

收到消息的那刻，林修白正拖着行李回了家。

从初中开始他一直住宿，只有在这种节日，无处可去时才会回来。

长久不住人的房子，阴冷潮湿，没有一点人气。林修白从洗手间拿出一条不知什么时候的抹布，简单打扫了下。

看着差不多后，他在沙发坐下，拿出手机才看到一个小时前姜一绿发来的消息。

他盯着信息看了片刻，正打算回复，手机“叮”地响了一声。

他垂眼点开来看，看清的瞬间动作顿住。

那是一张照片。

拍摄于那个姜一绿受伤的晚上。

风俗几百载。

乡下的年味远远要比城里浓。大街小巷，各种摊位红彤彤一片，挂着各式各样的春联、灯笼，喜气洋洋的。

年夜饭大人操办着，姜一绿和姜无苦两人舒舒服服地躺在家里的沙发上看电视。

门外狗吠人闹，燃着浓稠烟火气。

吃完了年夜饭，安秀拉着姜敏学出去串门打牌，姜一绿和同村小孩打了几场扑克就回去看春晚。

“回来这么早。”姜无苦大剌剌地躺在沙发上，百无聊赖地换着台。

“不打了。”姜一绿气不顺，捞起个橘子一下坐到了沙发上，“都输完了。”

姜无苦哼笑一声，说：“明天我帮你赢回来。”

“但愿吧。”姜一绿剥了瓣橘子塞进嘴里，含含糊糊地指挥他，“你别换了，看春晚。”

姜无苦侧头瞧她一眼，遂了她的意。

其实姜一绿也没有多爱看春晚，这节目一般就是当作聊天的背景音，更主要的是一种氛围感。

此刻电视上正好播到了魔术表演，她唯独对这个有兴趣，津津有味地看了半天。

魔术结束后就是歌舞，姜一绿盯着看了会儿，实在不太感兴趣，她侧脸，伸脚踢了下姜无苦，说：“我饿了，你给我煮碗汤圆呗。”

姜无苦扬眉，看了眼墙上的钟，语气疑惑：“这才吃了多久？”

“哎呀。”姜一绿解释，“我嘴巴寂寞。”

“胖不死你。”话是这么说，姜无苦还是起身往厨房去了。

细嚼慢咽地吃完了汤圆，她又和朱贝打了个视频。

聊到一半，朱贝突然喊了一声：“呀！”

这突如其来的声音把姜一绿吓了一跳，说：“怎么了，一惊一乍的？”

“十二点了！新年快乐！”

朱贝话音刚落，门外忽地鞭炮声四起，噼里啪啦，在这格外寂静的夜里震响天际。

辞旧迎新，新年到了。

收到那条消息，林修白如约来到了陶齐约定的地点。

乌灯黑火的小巷，无声无息。

林修白迈进巷子的第一步，就被突如其来的棍棒打在了脊背上。

他毫无防备，甚至没有弄清楚陶齐约他的目的。

林修白以为至少会有一个交谈，没想到陶齐的目的不在于此，第一步就是动手。

来的人很多，棍棒没有间隙地，此起彼伏地落在林修白的身上，密密麻麻如雨点般。

有人踢了他一脚，随后他被拉到了墙根。

喉头腥咸，有黏稠的血。

林修白倒在泥泞的地上，肩膀被人狠狠踩着，摁进泥里。

“哈哈哈哈哈哈，林修白，我果然没猜错啊，你还真来了！”陶齐嘲讽的声音在头顶响起。

林修白半边脸被血模糊，他极力忍痛，喉咙里攒着极度的愤怒。

他呼吸深重，脖颈青筋暴起，嗓音哑得厉害：“你想干什么？”

“很简单。”陶齐冷冷地看着他，“今天你让哥们儿我出出气，不然，”陶齐站了起来，语气轻飘飘，“在陵县你保得住她，那星洲呢？”他停顿片刻，“下一次可就不是受伤这么简单了。”

话音落地的那瞬，林修白紧握着的拳头倏地松了。

他很重地吐了口气，半晌开口，阴沉窒息，一字一顿道：“陶齐，你最好说到做到，否则——”

天空“轰隆”一声，一道雷电劈裂昏黑的天，惨白的光照在林修白脸上，若隐若现。

对上林修白的视线，陶齐不可抑制地颤了下，因为他知道林修白什么事情都做得出。

陶齐头皮发麻，怒不可遏，举起棍子狠狠地砸在林修白身上。

所有人都像是上了瘾，一下一下，不知停歇。

当年陶齐一群人欺凌林修白的时候，没有想到有一天也会被林修白堵在巷口打得痛不欲生。

但林修白也应该没有想到过，时间再次轮回，他又一次被人踢翻在角落，折磨凌辱，无可奈何。

恐惧与畅快像两条毒蛇攀附上陶齐的心智，他突然就笑得酣畅淋漓。低头那瞬间，他猝不及防对上了林修白的那双眼睛，一如当年黑得吓人，蛰伏野兽一样的凶狠戾气。但这一次，他不怕了。

陵县这座城市不下雪，只有淅沥且冗长的冬雨。

大雨覆城，兜头而下，一群人走得无声无息。

林修白闭眼，感受得到血和水混合在一起，染红了衣服。

他撑着一口气，拿出手机，这种时候只有一个人会发消息给他。

她干净、热烈，是永远不应该落地的玫瑰。

【林修白！新年快乐！】

林修白伸手，暴雨如注，砸入他掌心。

今年的冬雨也热烈。

他无声喃喃：“新年快乐，姜一绿。”

02

姜一绿再一次见到林修白是一中开学的前两天。

还有不到四个月的时间就是高考，一中初七就要开学。树德中学和一中的开学时间差不多，安秀和姜敏学也要提前回学校。

走之前，安秀在房间里拿包，整理到一半，她想起个事儿，喊：“小苦！”

在卫生间的姜无苦应了一声："哎！"

"小苦！"

"干吗？"

"姜无苦！"

"我应了呀！"

姜一绿听不下去了，没忍住笑了两声，起身从客厅走来房间，手里还捏着个剥了一半的橘子，"他在厕所呢。"她垂眼瞧了下行李，"怎么了，妈妈？"

"这个臭小子，喊他半天不搭理。"安秀拉上拉链，谴责道。

"就是。"姜一绿点点头，附和道，"没礼貌的臭家伙。"

安秀将包提起，走过来，说："一一，你弟那同学相处得还好吧。"

"嗯。"姜一绿边点头边说，"挺好的呀。"

"那就好。"安秀笑笑，"这离高考也没多久了，还是让他来咱们家住。"

姜一绿对这个没有意见，点头。

"你给人家打个电话，也让人家早点来，过两天不就开学了嘛。"说到这儿，安秀停了下，唠叨道，"姜无苦这臭小子，一有事叫他就是在厕所。"

姜一绿掰了一瓣橘子放进安秀嘴里，佯装愤愤，说："一会儿我帮你揍他一顿。"

安秀指尖点了下她额头，嗔道："你个小丫头。"

姜一绿送安秀和姜敏学下楼，上楼时正好撞见姜无苦从卫生间里出来。

他将纸巾丢进垃圾桶，瞧她一眼，问："爸妈走了？"

"嗯。"姜一绿趿拉着拖鞋往客厅走。

姜无苦视线跟着她，说："那刚才妈叫我什么事？"

"说你——"姜一绿扯起沙发上的抱枕坐下，"懒。"

姜无苦直接忽略了她这句，问："真没什么事？"

姜一绿抬头，说："没什么事，就说让我打个电话给林修白，让他早点来我们家。"

"噢。"了解了情况，姜无苦人又懒了下来，吊儿郎当地应了声，就回了房间。

姜一绿坐在沙发上，拿出手机给林修白打了个电话。

电话接通了。

耳边寂静，时而有很淡的风声掠过，一时间姜一绿忘记了开口。

“姜一绿？”

“哎。”姜一绿回神，立马应声。

算起来，他们有快半个月没有联系，忽然不知道寒暄什么。

她顿了下，慢慢开口：“马上开学了，你早点来我们这儿吧。”

“嗯，我明天来。”林修白嗓音淡淡的，仔细听还混杂着不清晰的倦意。

“好。”姜一绿舔舔嘴角，犹豫了两秒，“你在哪儿呢，怎么这么安静？”

对面人的呼吸隔着电波一点一点传到耳里，姜一绿莫名其妙地有点紧张。

她无意识地捏了下手指，就听到对面响起又沉又低的声音。

“墓园。”

姜一绿的动作瞬间停住，嘴唇下意识微张，半天没说出话来，为他的直白与毫无隐瞒。她心跳加速，呼吸却屏着，不知多久才很轻又安抚似的喊了他一声。

林修白是在第二天下午来的。

此时姜无苦和钱志一行人出去了，只有姜一绿一个人在家。

半个月没见，他似乎刚剃了头发，鬓角短了些。

碎发垂在额头略微凌乱，黑色冲锋衣拉链拉到头，竖着的衣领抵着下颌，看着有些许的倦。

姜一绿注意到他嘴角的瘀青，动了动唇想开口，想了下又默默咽了回去。

想到昨天的电话，姜一绿忧思很重。

她坐在沙发上，时不时偷瞄一眼在房间里收拾的林修白，想不出来什么安慰的话。

她一直都觉得林修白这人情绪很淡，浑身上下总是透着一股子寡淡的劲儿，所以极少的情绪外露让她不知所措。

姜一绿托着下巴，苦兮兮地叹了口气。

告别了春节期间的连绵阴雨，这几天天气格外好。

夜晚，窗外是漫长无垠的夜，室内月光落了一地清辉。

姜一绿在床上翻来覆去快四个小时了，仍旧没有酝酿出睡意。

过年时，买不到奶茶，所以奶茶店一开业，姜一绿就报复性地喝了好多杯，这样的结果就是——

失眠了！

姜一绿夹着被子翻了个身，捞起手机。

莹白的光骤然亮起，刺得她眯了眯眼。

她点开和朱贝的对话框。

姜一绿：【呜呜呜！我失眠了！你睡了吗？】

半天没有收到朱贝的回复，姜一绿又往宿舍群里丢了个消息：【还有没睡的吗？我失眠了！】

照旧毫无回应。

姜一绿丧气地丢了手机，把被子往脸上一蒙，等到实在呼吸不了，才将脑袋伸了出来。

她又在床上躺了会儿，才爬起来从衣柜里拿了件厚外套，去客厅喝水。

出了房间，客厅黑漆漆的，姜一绿借着屋内的灯光摸到冰箱，开门取了一瓶冰水。

水冰冷沁骨，她整个人更精神了。

抱着水瓶往沙发上一坐，她不挣扎了，打算挑部电影看到凌晨。

墙上时针指向两点，姜一绿挪开抱枕，找了找遥控器，视线微移才发现林修白房间里的灯是亮的，昏黄的光从微小的缝隙中透出来，浅浅淡淡。

她还没来得及收回视线，就听见房门轻响了声，而后被拉开。

大约是没想到这么晚了还有人在客厅，林修白滞了一瞬，提步往姜一绿的方向去。

姜一绿眨眨眼，仰脸，问："你怎么还没睡？"

夜间氛围松散，冲淡了他平时的冷硬，衬得他整个人都有些慵懒。

林修白也从冰箱里取了瓶水，边旋瓶盖边答："失眠了。"

他仰头喝了口水后，喉结微动，问："你呢？"

姜一绿肩膀下榻，叹了口气，说："和你一样喽。"

空气沉默了两秒。

姜一绿盯着林修白看了片刻，忽然开口："那你一会儿继续回房间酝酿睡意吗？"

林修白旋瓶盖的手停顿，说："没有，在画画。"

闻言，姜一绿拖腔噢了声，又想了想问："明天一中还没上课吧？"

"嗯。"林修白微微点头。

眼前的人忽然笑起来，歪头眉眼微弯，像盛着碗糖水，说：“那我带你去个地方。”

凌晨两点的陵县，寂寥无人。茫茫夜色像是一张大网，将整座城市兜头罩下。

姜一绿不知道从哪里找出来一个黑色的摩托车头盔，递到林修白手里，说：“快戴上。”

嘱咐他后，姜一绿又拿出了一个白色的扣在自己脑袋上。

林修白看着手上的东西微顿，问：“你要骑车吗？”

“对呀。”姜一绿边系扣边抬眼看他，语气颇为嚣张，“怎么，不相信我的车技？”

“不是……”

“你放心吧。”姜一绿“咔嗒”一下扣上帽子，歪头冲他保证，“绝对包你平安啦！”

她笑起来很好看，很像雾里的玫瑰，朦胧多情，又软又艳，总是浓烈得让人窒息。

林修白收回目光，抿唇轻轻“嗯”了声。

夜风淡凉，贴脸而过，稀疏错落的灯光一闪而过。

林修白坐在车后，手指扶着车座，静静地看着前面的女孩。

脖颈润白，背影细瘦，微风拂起头盔外的碎发，丝丝缕缕扬起带来不明的温柔香味。

“林修白！”

茫茫夜色中，她的嗓音细柔，带着涉世未深的肆意。

“抓紧了，我要加速了！”

风在疾驰，掠过他的脸，同这漫天夜色一样，成了他记忆里一清二楚的画面。

车在一个老旧的公园停下。

姜一绿找了一个停车位，将摩托停下，领着林修白往公园里面走。

影子踩着影子，一路向前，两人在一张木制的长椅坐下。

夜漫四处，昏黄街灯清寂地笼着。长椅前方是个偌大的湖，白浪翻涌，皎洁月色给它镀上了一层淡淡的银光，这是深夜冷清街道里唯一一点响动。

“冷吗？”姜一绿坐下，将外套的拉链往上提了提。

林修白摇摇头，回答：“不冷。”

姜一绿笑了下，指着前面的湖，说：“你知道吗，这里我常来。”

“常来吗？”林修白应声。

“对呀。”姜一绿点点头，“就我读高中的时候。”

“那会儿我特别贪玩，每次晚自习都和朱贝偷偷拿手机看电影，要么就是看小说。”姜一绿顿了下，弯唇继续说，“然后有一次晚自习，我们语文老师讲了一篇和亲情有关的古文，为了效果老师特地配上了一首煽情的音乐。”

姜一绿说：“那会儿我看小说正好看到主角死了，本来眼泪忍着没掉出来，结果那音乐一响起，我就控制不住了。结果呢，声音没控制好一不小心哭了出来，全班同学瞬间全部回头看向了我，连老师也是。”

林修白安静地听她说。

“然后我们语文老师就开始说：‘我们姜一绿同学太能共情了，来！给我们讲讲你读了这篇文章的感受。’

“那时候我都还没反应过来，整个人愣愣的，还真以为老师让我说这本小说的读后感。我就乖乖站起来，抹了下眼泪，哽咽地开口：‘男主角死得太惨了。’”

林修白微怔，似乎是没有想到。

姜一绿轻轻笑了下，说：“然后班主任就请家长了。后来晚自习只要是语文老师坐班，我就和朱贝逃课，一逃课就来公园这里玩。”

她抬脚踩着椅子边缘，看着眼前平静的湖面，嗓音淡淡的，很温柔：“夏天的时候，天上星星特别多，人也多，有好多老人在这儿跳广场舞，有时候跟着乱跳一遍，一天的烦恼就全部消失了。”

姜一绿环着膝盖，盯着前方，几秒后侧头去看他，喊：“林修白。”

“嗯？”

“等今年夏天你高考结束，我们一起来跳舞呀？”

空气中是黏腻的水汽，周围的一切都在拉远。

林修白眸色漆黑，定定地看着她。

半晌，他垂眼低笑，声音缓慢温柔，和她约定。

“好，这个夏天，我们一起来。”

姜一绿看着他嘴角的笑，愣了瞬。

她眨眨眼，眉眼弯起来，说：“你终于笑了。”她语气愉悦，“现在有没有开心一点？”

林修白微怔。

他在很多时候总是装作安然无恙，但姜一绿不经意的一句话、一个举动就能让他的情绪瞬间溃不成军。

心脏好像坏掉了。

时间越久，林修白就觉得自己沉得越深。

但他知道的，这份爱慕对他来说是无可救药，但她对他一直都是如同朋友一般的关怀与怜悯。

她眼神澄澈明亮，对谁都一样。

不知过了多久，虚幻的世界尘埃落地，林修白目光垂下。

“姜一绿，你想知道我的事吗？”

03

那年夏天，林修白十四岁，是陵县重点初中里的一名品学兼优、出类拔萃的学生。

好多人艳羡他的样貌、他的成绩，一句句毫不吝啬的夸赞伴随着他的成长，只不过回到家后一切都是不一样的。

破旧灰败的水泥墙，暗淡无光的老旧灯泡，暴烈家暴的赌徒父亲，哀叹无奈的可怜母亲。

生活压抑、枯燥也暗无天日。

虽然日子总是伴随着谩骂与拳脚，但生活终究是有盼头的。

他努力学习，一心只想快点考上好大学，快点通过自己的能力带着母亲离开。

但生活总是这样，困难不会轻易结束。

那是一个窒息闷热的傍晚。

林修白放学拿着刚出来的成绩单，兴高采烈地回家。

他一只脚踏入拐角巷口的那一刻，血腥的画面犹如致命的刀尖，毫无防备地戳入他瞳孔。

家门口人群奔散，地上躺着血流不止的母亲、好心劝架的邻居，以及此时此刻高举屠刀疯了似的乱挥的父亲。

父亲好像失去了理智。

忽然不知谁高喊了一句：“赶快报警！”

没有理智的父亲猛地扭头，眼睛红得充血，喉咙含糊着发出野兽一样的声音，朝着声音的方向砍了过去。

那个瞬间林修白像是被扼住了喉咙，浑身冰冷，冷汗浸透衣服，差点就要跌倒在地。

有路过的大娘伸手捂住他的眼睛，那手明明是暖的，却冻得他发颤。

他喉间发涩，吐不出一点声音，泪水从眼眶砸下，无声蔓延。他嘴唇动了动，终究一个字都说不出。

在那个兵荒马乱的下午，空气中血腥味瘆人，而他只希望与这个世界一起毁灭。

可一切只是开始。

“杀人犯的儿子”像是个致命的枷锁，牢牢禁锢住他。

嘈杂的议论声，残酷的校园暴力，他无法选择地挣扎在无边堕落的阴暗里。

那年林修白十四岁，在阴暗逼仄的学校后巷里，被打到跪下，脸被摁进泥里像狗一样。

他偶尔会挣扎着抬眼看天，天气总是晴好，阳光却照不到这里。

好多时候他真的觉得疲惫，真希望就这样被打死……

“你怕死吗？”林修白浑身泥泞，血染衣裳，突然无波无澜地问陶齐。

“神经病。”陶齐啐了他一口，揉了下酸软的手腕，对后面的小弟们开口，“你们先去烧烤摊那边把东西点了，我得先回家拿个东西。”

一群人浩浩荡荡地走了，陶齐垂眼看着地上的人冷笑一声，一脚踹在他肩胛骨上，转身走了。

他还没迈两步，忽然后背刮起一阵风。

陶齐还没来得及转身，就感觉到脖颈被压弯了，随后像是垃圾一样狠狠砸在了水泥墙上，震天的响声，骨头像要断裂。

林修白掐住他的脖子。

明明林修白才是被欺负的那个，但林修白毫无落败情绪，眼神轻蔑地瞧着他：“你怕死吗？”

陶齐双腿打战，哆哆嗦嗦说不出一句完整的话：“怕……怕……”

听到陶齐的回答，林修白忽然轻笑了声，攥着陶齐的手指慢慢往后，很轻很轻地说：“可是我不怕啊……”

他什么都没有只有一条烂命，不怕死那就不怕活着。

后来，母亲儿时的朋友张云琼从国外回来，处理了这一切事情。在派出所里林修白面无表情地听着张云琼的话。

“你成绩很好，也有天赋，跟我出国吧，你会有更好的发展。”

林修白抬头。

女人很年轻也很温和，母亲曾经在她落难时帮助过她，如今馈赠到了他的身上。他移开目光，情绪很平静，说：“谢谢云姨，但我不想走。”

张云琼没有勉强他，留了电话，只说如果有一天他愿意，随时可以来找她。

春夏秋冬流转，树枝密了又疏，树叶绿了又黄。校园里的日子恢复平静，一切好像又回到了正轨。

林修白总会整夜失眠，在凌晨时被吊诡的画面惊醒，盯着窗外淡薄昏暝的月亮发呆。

他每天像是正常人一样生活，但骨子里冷漠无趣、愤世嫉俗。世界黑白无色，灵魂囿于深海，岑寂无声，像是提线木偶沿着固定的轨道行进。

人生漫长孤寂，一眼也看不到尽头……

林修白说话时情绪很淡，平静得像是在说一个虚构的故事。姜一绿的情绪与他声音一样，抽丝剥茧地消融。

她眼眶湿热，微微瞪圆眼把泪憋了回去。

姜一绿仰脸看天，月光轻薄，淡淡一层笼罩着世人。

“林修白。”姜一绿看着天喊他，声音又轻又远。

“嗯？”

灰尘在半明半昧的灯光下飘，摇摇晃晃，没有终点。

姜一绿侧头，少年的轮廓清瘦，染着沉沉夜色，那双眼睛漆黑，藏着很多不为人知的故事。

吃了太多苦，他不常笑，但一笑就能看到唇边的酒窝，浅浅的，很温柔。

姜一绿突然觉得心好堵，堵得她喘不过气来。她倾身过去，伸手拍了拍他的肩，给他安慰。

“林修白。”

“嗯。”

她的嗓音隔着夜色，很轻远。

“以后生日许愿贪心一点。”

“什么？”

夜幕盛大，墨色的夜空零散地飘着几片云，世界静得只剩下他们两人。

“不止要今年幸福，你要幸福一辈子。”

开学后姜一绿一头扎进了考研复习，繁忙的课程和紧迫的学习，时间像是赶着走。

入春天气回暖，还没穿多久的长裤衬衣，又立马被裙子短裤代替。

这年的高考在周四周五。

在他们家每个成员人生的重要时刻，都一定会有人陪伴。安秀和姜敏学为人师，陪伴着班级的孩子，姜一绿就请了三天的假回去陪姜无苦。

到了陵县已经是下午五点，奔波了会儿姜一绿整个人饥肠辘辘，下了出租车在外面的炒粉店打包了一份才往家走。

正值放学的时间点，背着书包回家的小朋友格外多。一群小孩你推我搡地从前面欢快地跑了过来，一不小心就撞到了姜一绿的小行李箱。

她正想弯腰扶，旁边的人就先她一步出了手。

“谢谢。”姜一绿连忙道谢，一抬眼却撞见一张熟悉的脸。

冯明希也很意外，愣了一瞬才反应过来，笑着打招呼：“姐姐你好。”

姜一绿脑中回想了下，记起了冯明希是谁，友好地朝他点头笑：“你好。”

“姐姐你放假了？”冯明希随口寒暄一句。

“没有。”姜一绿摇摇头，“回来陪姜无苦和林修白高考。”

闻言冯明希嘴唇微张，慢了半拍才“噢”一声，客套了一句：“那姐姐我还有事，就先走了。”

“嗯。”

高考前的晚上，为了让学生们仍旧保持着学习的状态，一中晚自习照旧上着，不过比平时早放学了一个小时。

临近考试，家里的氛围很安静，姜无苦也早就洗漱完回了房间。

姜一绿敲开林修白的门。

他黑发湿漉漉的，发梢上的水珠顺着下颌往下滴，砸在深色衣领里洇湿了一小圈，毛巾挂在肩上，应该是刚洗完澡。

林修白抬眼看向姜一绿，问："怎么了？"

"这个。"姜一绿朝他摊开掌心，是几颗巧克力，"明早可以带去，万一饿的话可以吃一颗。我高考那会儿就吃的这个。"

林修白垂眼看了瞬，顺从地接了过去。

"那你早点休息，明天加油！"姜一绿抿唇，掌心握成一个拳，给他鼓劲。

他眼波微动，轻轻地应："好。"

6月7日的早晨，全国高考。

出了门，姜一绿跟着两人往学校的方向走。

一路上人群熙攘。这场决定大多数人命运的考试，在这样一个炎热紧张的夏季慢慢拉开帷幕。

被这氛围渲染着，林修白和姜无苦倒是淡定，反而姜一绿紧张了起来。她没有多说什么，送两人到了校门口，而后目送着两人走了进去。

考试时间将近，喧闹的街道渐渐安静下来。姜一绿在校门口站了会儿，才慢慢提起步子往回走。

早上起得早，又跟着心惊胆战了一阵，她后知后觉地感觉有些饿了。

姜一绿走进一家米粉店，点了碗辣椒炒肉粉。等待的期间，拿出手机看了下，关系不错的同班女生昨天给她发了上课时老师留下的课后任务。

米粉的制作很快，热水烫熟加点料就上了桌。姜一绿拆开一次性筷子拌了拌，刚吃上一口就听见桌椅碰撞的声音。

闻声，她转头。

一个身材清瘦的男生背对着她，像是不小心被绊到，身形不稳地晃了两下。

姜一绿只看了一眼，正要收回视线，就见男生回了头——冯明希。

一瞬间，姜一绿呆住，嘴唇张了张，卡了壳。

冯明希也看到了她，有些失神落魄地走过来喊了她一声。

姜一绿眨眨眼回了神，出声："你……"

怎么没去考试？

话还没说出来，冯明希像是料到姜一绿要说什么，极为难看地扯了扯嘴角，镜片后的眼神没有光，说："迟到了。"

完全没想到是这样的情况，姜一绿惊住，一时间不知道开口说些什么。

高考的重要性不言而喻，这三个字让人连上场的机会也没有。

姜一绿无意识地搅了搅眼前的粉，虽然知道没用，但还是安慰道：“下午和明天好好考，万一呢。”

冯明希没说话。

姜一绿也说不下去了，沉默了两秒，问：“你吃早餐了吗？”

冯明希摇头。

姜一绿点了下墙上的菜单，说：“那先吃东西。”

一顿早餐吃得食之无味，气氛有种绝望感。

门外的天忽然就暗了下来，遮蔽了灼热的阳光，阴沉沉的，但对于考场的考生们，却算是个不错的好天气。

姜一绿结了两人的账，回来时看了眼桌前的冯明希，踌躇了半天不知道怎么开口道别。

就见冯明希扯了张纸巾擦了擦嘴角，站起来对上姜一绿的目光，说：“你可以陪我散散步吗？”

他语气轻得缥缈，含着无奈与悲痛，姜一绿不可能拒绝。

两人不熟，也就偶尔在学校里见过几次。一路上沉默得让人尴尬，姜一绿想了好几次也没找到可以聊天的话题，实在是怕一开口就踩到了话题雷区。

时间晚了点，街上逐渐热闹了起来。

本就是陪着冯明希散心，姜一绿老实地跟在他旁边走，也没有问去哪儿。

人影渐稀，姜一绿脚底踩了颗碎石踉跄了下，回了神。

她抬眼看了周围一圈，场地空旷，灰色的墙壁，看着像是个工厂。

姜一绿脚步停住，问：“我们走到哪儿了？”

冯明希侧头看她，毫无情绪地笑了声：“一个重要的地方。”

姜一绿沉吟，有点奇怪。

“姜一绿。”

眼前的人忽然开口喊她名字，嗓音疏离低沉。

姜一绿有点没反应过来，刚吐出一个“你”字，就毫无防备地被一块湿毛巾覆盖住了口鼻。

在陷入冗长的黑暗前，姜一绿听到冯明希冰冷冷地开口说：“别怪我。”

04

梦境诡谲奇异，全身被死死扼住，麻绳勒进身体，深入血肉，皮裂骨烂，血淋淋一片。

姜一绿猛地睁眼，胸口剧烈地起伏，空气却进不来。

她后知后觉地发现身上的束缚感不是梦境，她此刻真实地被反绑着，躺在毫无温度的水泥地上。

麻痹的脑神经慢慢接续上，她撑开眼皮看清周围的景色。

色调暗淡的废弃工厂，前面杂乱地放着生锈的钢筋，脏乱的汽油桶堆了一地。

周遭死寂无声，静得能听得到风声。

姜一绿脑子“嗡”了一声，昏迷前的意识慢慢回到脑中。

她被绑架了。

“醒了？”

猝不及防的声音从她后面传来。

姜一绿整个人头皮发麻，像是被兜头浇下一盆冰水。

头痛欲裂，她闭了闭眼，再睁开时就看到冯明希走到了面前，蹲下身平静地看着她。

姜一绿盯着他，浑身发颤，嘴巴被胶布贴住，发出的声音就变成了含糊的呜咽。

下一秒，她被人从地上拽了起来，拖着走了两步，接着被摔在了一根寒凉柱子上。

僵硬的石头撞得她浑身发疼，骨架似要碎裂，她死死咬着牙，疼得后背不受控制地开始冒冷汗。

冯明希扯住她一只手，解开了她手上的绳子。

应该是怕她逃跑，他的力气极大几乎要捏碎她手骨，钻心地疼。他从裤腰解下别着的另一条麻绳，将她的双手别到柱子后反绑了起来。

他在姜一绿脚上重复了同样的动作，做完了这些，他抬眼一把扯掉了粘在姜一绿嘴上的胶带。

空气大口灌进嘴里，姜一绿疼得已经没有力气，眼前模糊，连呼吸都是间歇的。

她现在的模样狼狈憔悴，看着像是被蹂躏过的可怜。冯明希瞧了她一眼，拿出她的手机让她解锁，而后对着她拍了一张。

姜一绿从来没有想象过，绑架这样的事情会发生在自己的身上。

眼前的人她其实没有见过几面。

他穿着质朴的校服，戴着黑框眼镜，像个纯良的好学生，却绑架了她。

姜一绿咬唇深吸了口气，强迫自己镇定下来，指甲嵌进肉里，但声音仍旧是带着生理性的颤抖，艰难地开口：“你要干什么？”

冯明希发完了消息，抬头看向她，目光平静如常，嘴角甚至带着愉悦的笑意，将手机收进袋子里。

“不干什么，等一个人。”

理智渐渐回笼，姜一绿反应了过来，问：“你故意错过高考的是吗？”

故意错过高考，假意让她陪着散心，最后将她引到这里绑架。

一切都是预谋。

“对。”他很坦诚，转身从旁边拖过一把木制椅子坐下。

姜一绿内心泛起绝望，心脏被可能死亡的恐惧占据。

冯明希抬头看她，语气轻松得像是聊天：“你还想问什么？”

此刻姜一绿喉咙发涩，尽量让自己冷静，但浑身发软，只能勉力靠着石柱不让自己滑下去。

她深深喘了几口气，嗓音嘶哑：“我们之间有什么仇恨，可以让你连高考都放弃的吗？”

她实在记不得自己哪里得罪过他。

“没有。”冯明希的笑容收了。

姜一绿嘴唇发白，问：“那你想干什么？

“要钱？

“或许……姜无苦得罪过你？”

冯明希没说话，姜一绿就一句一句地问。

听着她的话，冯明希看着她莫名其妙地笑了起来，诡异疯狂。

“我说，林修白也是够惨的，为你做到这个地步，结果你呢？”他停顿，“什么都不知道。”

“什么意思？”姜一绿抿唇。

时间还早，冯明希倒是很有耐心地回答她的问题。

“还记得过年前某天晚上的那次袭击吗？”

姜一绿怔住，回想起了那个事件。她晚上去取快递，然后就被人踢倒了。

“是你？”她声音发颤。

“我可没有这么多闲工夫，只不过利用了一个人。”冯明希佯装惊讶地“啊”了声，“他叫陶齐，你应该认识。”

“他和林修白之间有仇，轻轻设置点陷阱陶齐就掉了进去。”冯明希抬眼，“你不知道吧，除夕那晚林修白为了你可是被打得半死不活。”

姜一绿怔住，回想起那晚她没有收到林修白的回复，还有那天看到他嘴角的伤。

“其实，我也在赌，赌你对林修白的重要性，赌那天他会不会来。”冯明希站起来，一点一点地朝她走近，声音幽冷，“我赌对了。”

“你说，”冯明希指腹捏住姜一绿的下巴，“林修白今天会不会来？”

脑中一道白光闪过，姜一绿忽然间明白了什么。

“刚才的照片你发给林修白了！”

冯明希冷笑一声，指腹狠狠下压，像是夸赞她：“聪明又漂亮，难怪林修白为你付出这么多。”

眼前一阵一阵发黑，姜一绿疼得眼眶蓄泪，被冯明希的那句话砸得没有反应过来。

眼泪掉进她嘴里又苦又涩地化开。

“今天高考，他……不会来的，你别做梦了。”

“姜一绿，”冯明希像是在笑，语气轻飘飘的，“不要这么快就下结论。”

姜一绿的视线被泪水模糊，断断续续地开口：“你……你是在用……你的人生在赌吗？”

冯明希的动作瞬间僵住，手无力地从姜一绿下巴滑下，踉跄退后一步失神反问她：“人生？”

像是听到一个极大的笑话，冯明希仰天大笑，笑出了泪。

“我的人生，”他点着自己的胸口，一下一下晃晃悠悠，吼道，“早在十四岁就已经毁了！”

上午的考试如期结束，校园一下热闹了起来。

姜无苦和林修白的考场隔得比较近，两人一起去食堂吃了午饭，又给姜一绿带了一份才回家午休。

姜无苦在门口换鞋，听到屋子里安安静静的，疑惑道：“我姐人呢？”

林修白往屋内看了眼，也不清楚，说：“可能有事吧。”

“可能吧。”姜无苦把饭放在餐桌上，“你给她打个电话，我先上个厕所。”

林修白回了房间拿起床头的手机，调出通讯录拨通却无人接听。

想了想，他垂眸打开和姜一绿的对话框，里面躺了一条消息。

一张刺目的照片。

时间到了中午，空气闷热，令人窒息。

废弃工厂温度低，不热，但是姜一绿筋疲力尽，嘴唇干得裂开。

她挣扎着动了动身体，麻绳绑得很紧，反绑的手麻木得快没有了知觉。姜一绿一会儿握拳一会儿松开，舒缓神经，手腕用力挣了下毫无反应。

姜一绿闭了闭眼，开始时的恐惧震惊已经过去，疲惫感铺天盖地地蔓延至她全身。她无力地睁开眼，再次握拳，忽然间指尖触及绳结，心口一震。

她屏息往周围看了眼，冯明希在旁边的椅子上坐着，正闭眼小憩。

姜一绿咬住唇，没敢轻举妄动。

她悄悄松了口气，心底生出一点希望。

上次被袭事件后，她存了一点自保心思，学习了遇到坏人时稳定心理的方法，也学了被人绑住时解开绳索的方法，现在只能尽力试试。

姜一绿浑身无力，站不稳脚跟，好不容易摸到了绳结，忽然就听到了一阵急促的脚步声。

手上的动作戛然而止，姜一绿猛然抬眼，就看见林修白冲了进来。

“别动！”

冯明希猛地站起来，大步走到姜一绿旁边，不知道从哪里拿出一把刀，寒光逼人的刀抵住了姜一绿的脖子。

刀剑锋利，瞬间扎破了她细嫩的皮肤。

鲜红血珠，明晃晃地扎进林修白的眼里。

林修白面色暗沉，太阳穴突突地跳，汗水顺着他额角往下滴，哑声道：“好，我不动，你把刀放下。”

冯明希毫无情绪地笑了出来，用刀背拍了拍姜一绿的脸。

“我说对了吧。”

从看到林修白的那一刻，姜一绿的视线就已经模糊，眼泪不受控制地往下掉，死死咬着唇没有出声。

林修白垂在裤边的手不受控制地颤抖，嗓音哑得厉害：“冯明希，你放开她，无论有什么事她都是无辜的。”

“无辜？”冯明希突然间五官扭曲，疯狂起来，“那我呢？我妹妹呢？我妈妈呢？我们不无辜吗？”

林修白不知道到底发生了什么，但听到冯明希说出这句话后他猜到了。

“你妈妈是叫何红之？”

“你闭嘴！”听到母亲的名字，冯明希几乎癫狂，面目狰狞地盯着林修白，语气却突然放轻，“你——”他摇头，“不配叫她的名字。”

冯明希手上的刀随着他的动作，又慢慢抵进了姜一绿的脖子。林修白明显地看到姜一绿疼得忍不住拧眉颤抖。

林修白呼吸渐渐变粗，拳头收紧，安抚他：“好，你冷静。”

空气黏稠焦灼，星点火花就能燃烧。

冯明希像是陷入了回忆里，慢慢垂下手往旁边走，脸上浮现诡异的笑容：“我妈妈这么善良的一个人，她明明只是好心劝架。”

“可是呢！”他猛地回头，声音扬起，“你的爸爸却一刀，不！那个畜生……”刀尖随着他的声音下落，划在姜一绿的手臂上，登时鲜血直流。

姜一绿脸色骤然发白，血色瞬间全无。

“冯明希！”林修白怒吼，不受控地往前迈了一步。

“站住！”冯明希盯着林修白的眼里充满了仇恨杀戮，然后缓慢地接上刚才的话，看着姜一绿，笑着，“像这样捅死了我妈妈。”

林修白看着姜一绿的样子几乎要失去理智，他痛苦地闭了闭眼，艰难地启唇，毫无生气地往后退了回去。

“好。”

那年林修白的父亲犯故意杀人罪，被判了死刑。受害者中除了林修白的母亲，还有一个年轻的女人和一个男人。

林修白记得他们的名字，但他不知道他父亲做的恶，还到了他的头上，成了现在他最不想看到的结局。

“除了伤害她。”林修白看着他，语气妥协又绝望，“你想要什么都可以，包括用我以命抵命。”

姜一绿张着嘴说不出话来，眼神空洞地对上林修白的视线。

她睫毛颤动，拼命用手继续拆绳结。

“林修白，你知道这么多年，是什么撑着我过来的吗？

“是恨，是每一天都深入骨髓的恨。因为你爸爸，我家破人亡、寄人篱下，我活着就是为了报复你。”

冯明希声音缥缈，在这空荡的废弃工厂里，却震进耳膜。

“我想看到你前途尽毁，看到你重要的人因为你而死，看到你像我一样痛苦一辈子，后悔一辈子。”冯明希笑出声，难听到刺耳，“看到你永永远远都活在悔恨里！”

他一字一句像是命运倒计时的敲击，让人灵魂消散。

冯明希根本不是要等林修白的回答，自顾自地还在说。

下一秒，忽然他脖颈卡住一道力，绳子收紧死命地勒住了他——是姜一绿解开了手上的绳结，套住了他。

“林修白！”

姜一绿喊，嗓音哑得像老旧的风箱。

一瞬间，林修白冲了上去。

姜一绿的脚还被缚着，冯明希挣脱的力气太大，她刚喊出声就被冯明希猛力撞开。

手肘着地，钻心的疼痛直击大脑，姜一绿的脑袋空白一瞬，就被人从后方翻了过来。

寒冷刺眼的刀裹挟着风朝她刺来。

电光石火间，一双手生生截住了刀刃，殷红血珠滴落在姜一绿的眼皮上。

林修白反身，腾出一只手死命砸在冯明希的胸上。

那一拳他用了全力，冯明希后退跌在了地上。

林修白冲上去，钳制住他，双目猩红。

姜一绿慌忙解开脚上缠着的麻绳，站起的瞬间听到冯明希喉咙里发出粗重的低吼，他眼球充血，用尽全力翻过身，然后抬起了手——

那个瞬间世界是静止的，所有声音像是慢慢消失。

刺目黏稠的血，像是流不完一样，彻彻底底染红了眼睛。

姜一绿冲上去拿起砖块，对着冯明希的后脑勺狠狠一砸。

“砰”的一声。

是砖块砸地碎裂，肉身倒地的声音。

姜一绿喉咙发涩，腿软地摔倒在地，她失神地朝林修白爬过去，颤颤巍巍地抱住他。

死寂的心突然狂跳起来，姜一绿发不出声音，浑身血液发冷，一下一下地擦林修白脸上的血。

林修白气息微弱地看着她笑，惨白无色，说话十分吃力：“你痛不痛？”

姜一绿拼命摇头，哽咽着，眼泪滑落。

林修白腹部的血无止境地流，姜一绿无法抑制地颤抖着，死命咬着唇吸气，艰难地逼着自己说话：“林修白，你……你坚持住，我马上就叫救护车。”她手忙脚乱地翻找着衣服，指尖颤抖，“手机……我马上找到手机。”

“姜一绿……”林修白握住她的手。

“我在。”姜一绿终于忍不住崩溃大哭，眼泪重重砸在林修白的脸上。

她从来没有一天这么怕过，怕有一天再也听不到这个声音叫她。

姜一绿。

他身上沾染着浓厚的血腥味。

遇见姜一绿是林修白的人间极致，但姜一绿遇见林修白却是好多噩梦的开始。

姜一绿应该永远快乐，不应该是这样的。

林修白慢慢抬手，覆上姜一绿冰冷的脸，嗓音沙哑，笃定自嘲：“姜一绿，我好像是你的……下下签……”

## 05

刺鼻的消毒水味，满目的苍白。林修白被送进了医院抢救，从天亮到天黑。

姜一绿瘫坐在急救室门外的椅子上，无神地看着前面抢救室的灯。

安秀是在下午收到消息赶到医院的。看到姜一绿苍白没有血色的脸，她几乎吓得丢了魂，跑上去将人揽进了怀里。

姜一绿绷了很久的情绪，在看到安秀的那一刻溃不成军。她伏在安秀的肩上大声哭了出来，慌乱、恐惧、窒息的情绪铺天盖地地涌向了她。

就在这一瞬间，她好似觉得一切都已经烂透了。

深夜，姜一绿做了一个梦，所有的场景都是光怪陆离的碎片。她从梦中惊醒，抚着胸口大口喘气，咸湿汗水从额角滑落。

这天是 6 月 8 日，高考结束。

窒息盛夏，蝉鸣盘旋。

幢幢楼宇之间的天空像是一块深色的幕布。

姜一绿抱膝咬住手指，眼泪随着洒入房间的清辉无声无息地落下。

这个夏天在今天彻底结束了……

姜无苦是在高考结束这天的晚上，才知道了所有的事情。他怒气冲冲地赶到医院后，看到林修白那张苍白至极的脸，瞬间熄了火。

林修白还睡着，脸上没有一点血色。

说到底，他也是个受害者。

姜无苦仅存的那点怒气也没有了，抿唇深深看了他一眼便转身走了。

姜一绿的病房在不远的另一边，姜无苦去的时候她正从床上起来。

见到姜一绿，姜无苦脑中的那根弦又绷紧了。

“姐。”姜无苦走过去，神色担忧，看着情绪不太好。

姜一绿扯了扯唇，没什么笑意，说：“我没事。”

林修白受的伤虽然在腹部，但很幸运地避开了重要器官。住院的这段时间，姜一绿去看过他几次，每一次他都睡着了。

这样的场景让姜一绿觉得庆幸。经过这些事后，她还没有调整好情绪，不知道应该怎么面对他。

林修白没什么朋友，来看他的人除了钱志和沈帅丞就没有了。

这天天气晴好，清冷的病房里多了一个人。

听到了在陵县朋友的消息，张云琼推掉了工作从加拿大特地飞回了国。

眼前的少年寡淡苍白，眉目仍旧犀利深邃，一如当年。

张云琼看着林修白的样子无声地叹了口气，在床边的椅子坐下，问：“要不要吃个苹果？”

他没什么情绪地摇头，半晌还是说了声“谢谢”。

张云琼知道林修白这人有骨气，经历了这些事虽说算不上什么良善之人，但也知恩图报，对她这个姨还是有几分礼貌。

张云琼也没有勉强，开门见山道：“我这次来除了看你，还有一件事。”

他没说话。

张云琼没在意继续说：“你应该猜到了，和我出国。”

“我拒绝。”林修白嗓音淡淡的，却坚定。

盯着他，张云琼慢条斯理地开口：“你先别忙着做决定。”

张云琼又说：“刚才我看到她了，很漂亮的一个女孩，你喜欢她吧。

这次如果是因为那个女孩，就更应该好好考虑。”

林修白抬眼看她，眼神冷得没有丝毫温度。

“别误会。”张云琼温厚地笑了下，“我不是故意监视你，是答应过你的母亲要好好照顾你。”

“我不需要。”

张云琼无声地笑了笑，顿了下，换了个话题：“因为这次的事情错过了高考，遗憾吗？”

林修白情绪莫测，说：“没什么遗憾的。”

“也是，高考不止一次。”张云琼点头也赞同，又问，“那你打算复读一年吗？”

她话里有话，林修白听出来了，问：“您想说什么？”

“你大概知道我是个商人，但应该不知道我开的是什么公司。你喜欢游戏吧。”张云琼坦白，“我知道你从好多年前就在设计一款 3D 游戏，而我开的也正是一家游戏公司。”

林修白微怔，终于认真地对上了眼前人的视线。

四十多岁的女人保养得体，内敛毓秀，岁月没有在她的脸上留下痕迹，端庄大气，让人看不出年纪。

“你有没有好好计划过的你未来。游戏设计的资金是你想象不到的庞大，一个游戏的设计合伙人、投资商、资金这些都是你未来要考虑的东西。你再读一年高中，即使上了国内顶尖的大学，那一切也都是有风险的。”张云琼说，“国外的游戏行业现在优于国内，你出国会接受更加优质的教育，我们也可以合作，我为你提供资金，你设计游戏，双方得利这是你最佳的选择。”

“况且，更加优秀的你，才能真正给那个女孩你想要给她的一切，不是吗？林修白。”

最后的这句话直戳林修白内心，他好像再也没有拒绝的理由。

姜一绿是最好的女孩，一直善意热烈，在家庭与朋友的呵护中成长。

他不能让她因为他的喜欢，他的受伤，他失败的高考而一直有负担。

即使姜一绿也喜欢他，但他们之间横隔的不只是两年，成功的时间是计算不了的。在这个过程中的艰难与苦涩，不应该让姜一绿也尝到，不应该让现实磨碎她的生动与自在。

他想给姜一绿的不只是爱，还有无论怎样都有永远对生活的欣喜与情怀。

良久，林修白像是做出了巨大的决定，沉沉地“嗯”了一声。

林修白出院这天是个晴天，阳光和煦，透过稠密的树叶，影影绰绰落了一地。

姜一绿敲开林修白的房门时，他正安静地在收拾行李。

听到声响，他回头。

空气沉默。

姜一绿舔舔嘴角，说：“听说，你要出国了……”

“嗯。”林修白眼神落在她脸上，很轻地描摹。

“噢。”姜一绿抓了抓衣角有些无措，睫毛颤了半天，不知道开口说些什么。

两人对视一秒，姜一绿忽然平静下来，露出真诚的笑，说：“那祝你一路平安。”

“姜一绿。”

姜一绿无意识地“啊”了声，注意到自己反应过大，她抿唇小声开口：“怎么了？”

林修白眸色漆黑，定定地看着她，忽然，说了一声：“对不起。”

姜一绿怔住。

“还有……”林修白喉结上下轻滚，气息很淡，像是被早晨没有温度的阳光照得缥缈，“你不要有任何负担。”

他垂下眼，嗓音低哑得像是说给自己听，喃喃着：“因为……冯明希他骗了你，我从来都没有喜欢你……”

一切手续都办得很快，陵县没有机场，张云琼和林修白提前几天去了星洲。

出国的前一天，林修白独自一人去了洗心寺。

星洲的夏天闷热，寺庙的石板蜿蜒出了路，耳旁钟声深沉而悠远。

林修白跟着行人沿着长路往上，跨过门槛，踏进宝殿。

都说神爱世人，从前林修白不信，现在他信了。

姜一绿是神赐给我的。

林修白屈膝叩拜，满目虔诚。

此生第一次求神拜佛。
一不许功名，二不求钱财。
唯愿她此生所得皆所愿。

时至暑假星洲国际机场人潮拥挤，无数学生家长出游旅行。
张云琼公司有些急事，先林修白几天回到加拿大。
林修白取了登机牌，托运了行李，拿着证件平静地往安检处走去。
“林修白！”
嘈杂喧闹的机场里，林修白瞬间捕捉到了姜一绿的声音。
他回头，就看见姜一绿站在离他几步外的地方，发丝凌乱，喘着气，见他回头眉目带上了笑。
姜一绿在原地缓了三秒，小步走上去，说：“还好赶上了。”
“你怎么来了？”林修白没反应过来姜一绿突然出现在这里，心脏绷紧一瞬。
“当然是来送你啊。”姜一绿提起手上的纸袋，“还有这个，上了飞机再看。”
林修白没立即应她的话，垂眼看她细弱手指上拎着的纸袋。
“拿着。”姜一绿怕他不接，扯过他裤边的手递了过去。
离别的情绪在机场会百倍千倍地放大，广播里变动的登记提示听得姜一绿眼眶泛酸。
她犹豫了会儿，还是上前一步双手搂住了眼前的人。
突如其来的动作让林修白卡了带。
他睫毛颤了颤，感受得到怀里女孩温热柔软的气息，偏头就是她略凌乱的发丝、泛红的耳尖。
林修白喉结动了动，哑声道：“姜一绿。”
“嗯。”她的声音带了点哭腔，轻得几乎捕捉不到。
但林修白听到了，垂在裤侧的手缓缓收紧。
姜一绿吸了吸鼻子，将眼眶的泪憋了回去，扯出一个笑容，仍旧是那句话：“一路平安。”

飞机轰鸣，离开地面。
林修白低头拿出袋子里的东西，是一个很大的档案袋。

拆开缠绕着的棉线，里面放着好几个厚厚的信封，每个信封里都是红色的百元大钞。

他怔了下，才反应过来这是什么。

这一年来他给的所有生活费。

几个黄色的信封之间夹着一张白色的信纸，格外明显。

上面字迹娟秀，秀丽颀长——

“好好生活，无处不荣光。”

忽然间，林修白无比庆幸在医院和姜一绿说了那些话。

她值得的。

玫瑰值得永远自由与坦荡。

# 第七章

## 牵手需要身份

01

星洲市的夏天永远闷热冗长，空气黏稠。

昨晚下了一夜的暴雨，今天又连着淅淅沥沥下着点太阳雨，空气中一直是一股湿漉漉的味道。

姜一绿从快递点回了工作室，刚打开空调喝了口水，桌上的手机就响了起来。

她拿起手机看，是齐梦打来的电话。

“怎……”

后面两个字还卡在喉间没说出来，就被齐梦“噼里啪啦”地打断。

“小绿快来‘不在’救我！”

齐梦声嘶力竭的声音把姜一绿吓了一大跳，她脑子空白一瞬，还没开口对面的人就挂了电话。

姜一绿慢一拍地往墙上的挂钟看去，才刚过晚上七点，就去酒吧了？

她来不及多思考，拿起椅子上的包，匆匆关了店门就往“不在”赶。

晚上有点堵车，等姜一绿下车时已经过去了半个小时。

一路上她坐立不安地给齐梦打了好几个电话都是“正在通话中”，唯独收到了齐梦一条具体卡座位置的消息。

在看到这条消息后，姜一绿就冷静下来了，根据以前的经验，最坏的结果估计就是齐梦喝酒忘带钱了。

她松了一口气，付了车费下车。

外面还在下着绒毛小雨，马路还是湿漉漉的，姜一绿避过小水坑小心翼翼地往“不在”的方向走。

夜晚城市拥堵纷扰，酒吧一条街各色的霓虹融在烟雨中，给周围建筑染上了一层朦胧暧昧的颜色。

姜一绿拐了一个弯就到了“不在”门外。

“不在”是星洲市一家有名的清吧，名字有趣来的人也多。

酒吧内灯光偏暗，荡着爵士乐，店内有面满是酒瓶的墙，折射出琉璃光线。驻唱歌手在台上扶着话筒一曲又一曲地唱着，安静有格调，走的是复古风情调调。

姜一绿照着齐梦给的位置走，一进卡座就被满屋的气球撞了满怀。

极其浪漫梦幻的布置，冷白灰的色调。沙发上、半空都飘荡着各色的气球，墙上的气球拼起巨大“HAPPY BIRTHDAY（生日快乐）”，礼物、玫瑰铺了满桌。

“生日快乐！”

齐梦不知道从哪个地方跳了出来，将一束巨大娇艳的白玫瑰塞进了姜一绿的怀里。

她后面还跟着一群人，笑闹着祝姜一绿生日快乐。

姜一绿愣在原地，看着这情景半天没说出话来。

“怎么，吓傻了？”朱贝从后面走上来，打趣地在姜一绿面前打了个响指。

姜一绿后知后觉地开始眼眶发热。

“憋回去！”

眼瞧着姜一绿感动得立马要哭了，朱贝两根手指按住姜一绿的脸颊，将她的嘴角提了上去。

姜一绿“扑哧”一下被逗笑，瓮声瓮气地“嗯”了声。

大学毕业后除了孟蕴回了老家工作，大学的那些好朋友都留在星洲。今天的生日惊喜是齐梦、朱贝还有工作室里的施小宛，三个女生一手操办的，看见姜一绿的样子就知道效果不错。

朱贝拉着姜一绿在沙发上坐下，从旁边拿出一个黑色的礼盒给她，说：“生日礼物。”

“还有我的！”齐梦兴冲冲地从桌上拿了两个礼盒，塞到了姜一绿怀里。

见到两个黑金包装的大礼盒，万白惊叹：“豪气啊，两份礼物呢。”

齐梦嘚瑟一声，笑得意味深长：“别羡慕啊，下个月你生日，我也送你两份。”

“算了。”万白摆手，顺便将自己和卢元哲的礼物递给了姜一绿，“你能送什么好东西。”

几个人中，只有朱贝的对象易池和姜一绿不太熟悉，将礼物递给她后客客气气地说了句：“生日快乐。”

平时大家工作都忙，这样人数齐全的聚会十分难得。过生日是其次，更重要的是大家聚在一起玩。

姜一绿抿了一小口果酒，从包里拿出手机。

微信上消息很多，是爸爸妈妈还有姜无苦发来的生日祝福。

研究生毕业后，姜一绿和朱贝一起开了家店叫“一氧”，是家线上线下同时运营的服装工作室，开了几年宣传到位，生意也越来越好。

朱贝前段时间刚刚领了证，这段日子一直忙着婚礼的事情，施小宛是个兼职的大学生，所以工作室的任务几乎全部落到了姜一绿身上，常常忙起来没有时间吃饭看手机，完全忘记了今天是自己的生日。

“好日子看什么手机。”齐梦从旁边靠了过来，抱怨她。

“不看了。”姜一绿摁灭屏幕，“回了个消息。”

“哎。”齐梦神神秘秘地看着姜一绿，笑得莫名其妙，“其实我还有一个礼物。”

闻言，姜一绿表情略显诧异，犹疑地开口：“你该不会是前几天新闻上那个，一亿三千万的中奖者吧？”

齐梦翻了个白眼，说：“我看起来这么像散财童子？”

姜一绿慢慢点头。

齐梦反驳：“我是月老！”

齐梦看了眼四周，没再和姜一绿废话：“我前几天才知道，这家酒吧的老板是我高中一好哥们儿的大学室友。”

姜一绿莫名，问：“所以你看上人家了？”

“是帮你看上了好嘛！”齐梦想到了什么，捧着胸口故作迷恋模样，“我和你说我见过这老板，是个无敌大帅哥。”

说到这里，齐梦忽然停下定定地看着姜一绿，语气颇为语重心长：“我们几个中朱贝都结婚了，就你还是单身！我都替你着急了，这次你一定要试试。”

姜一绿沉默了会儿，眨眼，说：“你说得这酒吧的老板和唐僧肉一样。”

齐梦摇头，说：“孺子不可教也。”

没一会儿，齐梦突然用力搡了下姜一绿的肩膀，压着嗓音说：“看那边。”

姜一绿顺着齐梦视线的方向看过去。

琉璃灯光拉出光线，落在走进来的男人身上。

乌发朗眉，衬衫向下掖进裤中，隐约透出肩宽腰窄的好身材。

模样矜冷慵懒，虽然笑着但整个人透出一股漫不经心，就差把“风流浪子”打在他脸上了。

陈砚走过来将果盘放下，朝着齐梦的方向淡淡地笑：“听耿杰说今天是你朋友生日，送个果盘，祝你们玩得愉快！”

齐梦说：“谢谢啊。一起坐下来喝点？”

“不了。”陈砚嘴角礼貌地扬起，“还要接个小孩，你们玩。”

等人走了，齐梦侧头问姜一绿，疑惑道：“小孩？这老板该不会都结婚有孩子了吧？”

姜一绿对这事实在不感兴趣，从包里翻出一包纸巾，说：“我去上洗手间，你慢慢思考吧。”

洗手间的人不多，姜一绿很快出来。

洗手台灯光明亮，她低头冲洗双手，结束后扯了一旁的纸巾擦拭，抬头看向镜子里的人。

下巴尖尖，眉目秾秀。

这段时间的忙碌在她眼下留了淡淡的乌青，人瘦了不少。

姜一绿在心底叹了口气，微凉指尖摁了摁眼下皮肤，转身走了出去。

走廊灯光比里面暗，姜一绿埋头边走边想事情，不小心撞到了别人。

她抬起头，“抱歉”二字只开了个头，就不上不下地卡在了喉间。

空气凝滞住。

重逢总是突如其来，没有征兆。

分别已过六年。

时光把眼前的人打磨得熠熠生辉。

少年五官褪去青涩，眉目硬朗凌厉，气质内敛了许多。

始终没有变的是那双眼睛，漆黑淡漠，隔着满屋的喧嚷清寂地看着她。

在对视中，姜一绿先败下了阵。

她有点乱，睫毛不自觉地颤动，在脑子里搜索着打招呼的话。

走廊琉璃金色的墙壁，影影绰绰晃出光影。

姜一绿挣扎几秒，稍抬眼睑，对上林修白的目光，尴尬又生疏地扯出个极其俗气的开场。

“好巧。”

外面似有若无的歌声飘进来，丝线一样缠绕，细细密密地震着耳膜。

林修白眼神微动，视线缓缓下移定格在她清澈潮湿的眼里。

良久，他低声开口：“好久不见。”

02

“你怎么去了这么久？”齐梦咬了一颗圣女果，果汁溢了满嘴，说话也含含糊糊。

“没事。”姜一绿摇摇头，注意到旁边一个陌生男人，顿了下转头问，“那是谁呀？”

“噢。”齐梦随口答，“刚才恰巧遇见的，好像是卢元哲以前的同学，叫孔星驰，最近刚回国。”

“回国”二字，让姜一绿下意识地想到了林修白，想到了刚才的落荒而逃。

林修白是什么时候回国的呢？

齐梦装作不经意地往那边看，压着嗓音和姜一绿说悄悄话：“那个男生长得也挺帅，你要不要个联系方式？”

姜一绿实在好笑，打趣道：“你以后改行做媒婆算了。”

齐梦“嘁”了声，撇嘴说：“不懂我的良苦用心。”

大概是注意到她们这里的动静，孔星驰抬眼看了看姜一绿这边，客气地笑了下。

姜一绿也礼貌地笑了笑，收回视线，从果盘里插起一块木瓜。

水果很新鲜，甜丝丝的。

吃了几块后，忽然听到卡座里有人打电话。

“林修白，你一会儿来卡座这边，我遇到老同学了正在叙旧呢。”

闻声，姜一绿拿着牙签的手停住，愣愣地抬头。

这么巧？

“这里！”孔星驰朝林修白挥了挥手示意。

卡座里的几人循声看过去。

“怎么觉得你这朋友有一点眼熟？”卢元哲收回视线，看向孔星驰。

“是吗？”孔星驰惊讶，“我俩前几天才回国，难道你们以前见过？”

卢元哲还没想起来，接话：“可能吧。”

卡座很大，林修白走过来后淡淡扫了眼姜一绿，径直在孔星驰旁边坐下。

孔星驰是个大嗓门，林修白刚坐下，他就开口问：“我同学说见过你，你俩认识？”

林修白轻抬眼皮还没开口，反倒是旁边的齐梦惊讶了起来。

“你是小绿弟弟的同学吧，有一年我们一起过元旦来着！”齐梦看了下朱贝，“我没记错吧，那年小绿刚好参加了个主持人大赛。”

朱贝比齐梦多见过林修白几次，印象更加深刻，点点头：“是的。”

齐梦大大咧咧地拍掌：“太巧了，我说今天简直就是一个变相的各类同学聚会啊。”

“巧了！”孔星驰笑，“本来我还多少有点拘谨，这下一点没有了！”

大家“哈哈哈”笑了起来。

卡座里热闹的气氛没有因为多了两个人而终止，反而因为孔星驰的自来熟更加热切起来，唯独姜一绿觉得气氛有些停滞。

她往林修白的方向看了眼，有些怅然。

时间这东西太奇怪，再熟稔的人都能被拉扯得陌生，极熟又极生疏，连寒暄都不知道要如何开口，生怕一句话就是一个雷区。

手机适时地振动了下，姜一绿低头看了眼。

前段时间在公交车上遇见了个女孩，差点被小偷划了包，姜一绿提醒了一句算是帮了她。

这个女孩叫顾念，挺热情，硬要请姜一绿吃顿饭，知道姜一绿也是星洲大学毕业后，还经常来光顾“一氧”，一来二去，两人就熟悉了。

顾念发的是个生日聚会邀请，在下周。

正值暑假，“一氧”忙得不行，她肯定是去不了的，况且顾念的同学，她也不熟悉，去了也是徒增尴尬。

姜一绿：【不好意思啊，我最近真的太忙了，不过生日礼物一定不会缺席！】

顾念发了个委委屈屈的表情包：【我没有哭，只是眼睛不听话。】

表情包太过可爱，姜一绿没忍住笑起来。

“哎，别看了，一看那姑娘就是有对象的了。”孔星驰拍了下林修白的肩膀，为他兄弟还没开始就枯萎的爱情惋惜。

林修白收回视线，目光沉沉。

“虽说你枯木逢春、老树开花，难得对一个女生感兴趣，但还真倒霉啊，人家有对象了。这么看来，你是有那么一点惨。

“但是，那姑娘对象也不是我，你倒也不必用这种眼神看着我。”

孔星驰讪讪地收回手，好心好意给林修白解释：“一般姑娘们拿着手机傻笑，不是和闺密聊天就是和对象聊天。你看那姑娘——”孔星驰朝着姜一绿的方向扬了扬下巴，“长得那么漂亮，怎么可能没有男朋友？”

林修白一直没说话，像是在走神。

孔星驰识趣地闭上了嘴。

玩乐的时间向来过得很快，有孔星驰和齐梦在，一个晚上几乎没有冷场的时候。

结束的时候，朱贝和易池两人散步回家。齐梦家司机来接，顺带捎上了一条路上的万白。

卢元哲喝得有点醉叫了代驾，又想起了旁边还有两个女生开口说道：“上我车吧，一起送你们回去。”

“算了，算了。”孔星驰先开了口，揶揄道，“你这醉醺醺的模样，还是先照顾好你自己吧，这俩姑娘我来送。”

卢元哲说：“你不是刚回国？”

孔星驰说：“开玩笑。你忘记我家是星洲的了，一回国我就回家住了，车自然有。”

都是熟人，卢元哲也放心，没再多说什么。

孔星驰滴酒未沾，充当司机。

在原地等孔星驰开车过来时，姜一绿脑子里疯狂乱想万一林修白坐了后排，那她是坐副驾驶还是也坐后排？

今天她除了在洗手间门口干巴巴地说了句“好巧”，以及他主动交换的微信后，两人就再也没说过话，一起坐后排要怎么寒暄，那岂不是要尴尬死。

不过转念一想，这是他朋友的车不管怎么说，林修白也应该会坐副驾。

想到这里，姜一绿放松了点，恰好孔星驰的车慢慢开了过来。

他摇下车窗，喊：“上来吧。”

姜一绿点点头，正想朝后排走过去，就看到林修白先她一步径直走向了后排。

见状，姜一绿的步子生生顿在了原地。

还没等她有下一步反应，一直没说话的施小宛小步走到姜一绿旁边，突然开口：“小绿姐，那我就坐副驾啦？”

施小宛不好意思地说：“主要是你这朋友看着不太好接近，和他坐一起我有点不知道说什么。”

姜一绿眨眼，想说其实我也是。

半天，姜一绿扯唇笑了下，艰难地开口：“好。”

车内空间静谧，姜一绿弓身坐进车里，稍抬头就能撞上林修白的视线。

他目光浅淡，望向她的时候总是温热抓人。

姜一绿朝他弯唇笑了下。

施小宛在校外租了房子，离这边比较近，孔星驰就先送了她。

车子开得不快，窗外路灯光晕交融在暗夜里，丝丝夜风吹来让人有点懒洋洋的。

孔星驰闲不住地开口：“要不要放点音乐啊，你们实在安静得瘆人。”

“扑哧！”施小宛被逗笑，“你说话怎么这么有意思。”

“那当然。”孔星驰看了眼后视镜的路况，不要脸地答，“我可是星洲市头草。”

后排的林修白抬眸，不咸不淡地开口：“你这是什么比喻？”

孔星驰嘚瑟道：“羡慕了？”

林修白垂眸，没理他。

听着几人的对话，姜一绿没忍住浅浅笑了一声。

孔星驰朝着后视镜看了眼，开口道：“哎？你是叫姜一绿吧。”

姜一绿蒙蒙地“啊”了声，才反应过来是在说她，点点头：“对。”

“你别觉得我在搭讪啊。”孔星驰笑，“我觉得你挺眼熟的。”

听罢，姜一绿开玩笑道：“可能是大众脸吧。”

孔星驰大笑，说：“那大众脸的标准太高了。”

玩笑了几句，车内的氛围没有刚才那么沉寂了。

天上半掩着不明亮的弯月，姜一绿喝了半杯酒还残留着轻微的眩晕感，但心情变得很好。

正胡思乱想着，掌中的手机忽然猝不及防地响了起来，吓了车内人一跳。

姜一绿低低地抱歉两声，手忙脚乱地低头翻着口袋找耳机。

她真的没有随身带耳机的习惯，刚想开口求助，一只修长的手伸过来。

掌心中躺着一条缠绕整齐的有线耳机。

姜一绿微愣，抬眼看向林修白，眨眼笑了下，接过耳机插在了手机上。

注意到动静，孔星驰损林修白："也就是你了，一直用有线耳机。"

连上耳机，嘈杂的视频铃声瞬间闯进姜一绿耳里，没注意到孔星驰刚才说了什么。

视频接通，屏幕里出现了姜一绿放大的脸，她将手机拿远了点，眼尾带笑，声音一如既往的软甜："妈妈。"

"这么晚了怎么还没睡？"

安秀将手机放在茶几上的纸巾盒旁固定。

"刚刚结束聚会。"姜一绿甜甜笑道，"正在回家的路上呢。"

安秀笑道："那我就放心了。一会儿回家再给妈妈打个电话。"

林修白靠着后座，眼神落在视频小框里姜一绿的脸上。只有在这样的时候，他才可以肆无忌惮地看她。

这么多年她没有多少变化，模样仍旧温驯艳丽，眼瞳剔透，像沾水的玻璃珠，笑起来时总有化不开的湿软靡丽，像是一碗微醺的桃子酒。

她不知道自己在和亲人朋友说话时，总是会不自觉地撒娇，不刻意，是含在骨子里她独有的娇俏与可爱。

像只伸出爪子的小奶猫。

林修白喉结上下微动，细浪像小虫子一般爬过心脏，随即不动声色地移开了视线。

车子开了会儿，很快到了姜一绿家的小区。

下了车，姜一绿冲车内的两人招了招手，很愉悦地转身走了。

车子往回开，孔星驰突然想起了什么，看了眼后视镜问："你不是说今天有什么事吗，着急忙慌地在7月赶回来。"

车内灯光暗淡，周身仿佛还残留着旁边人温热的甜腻。

林修白视线落在窗外，嗓音哑淡："没有了。"

到家，洗完澡，还没过十二点。

姜一绿看了眼一地的礼盒袋子，虽然已经困得眼皮打架，但还是抵不过礼物的诱惑，坐在地毯上盘腿开始拆礼物。

大家送的礼物都很用心，是她平时的喜好。齐梦送的两份礼物，姜一绿随手揪过了离她最近的那一份。

是个快递盒装在了黑色的礼物袋里。

姜一绿爬了两步，从床头柜的抽屉里拿出一把小剪刀，割开了快递纸盒，随意往地上倒。

她想过按照齐梦的性子，送两份礼物肯定会有一份不同寻常，但也完全没往计生用品方向想。

看着满地的东西，姜一绿惊得表情出现了裂缝，愣了一秒后手忙脚乱地抓起东西往盒子里塞。

胡乱收拾了下，姜一绿爬上床，拿出手机给齐梦发消息。

姜一绿：【你送的是什么乱七八糟的东西！】

齐梦还没睡，秒回消息：【哈哈哈哈哈哈！你看到了！】

姜一绿：【明天你给我拿走！】

齐梦：【别呀，以后用得上的，这是好姐妹送给你的不时之需。而且我还考虑了一下数量，够你哪天突然要用时，可以用好久了，不用出去买！】

姜一绿：【照你这么说，那我是不是还得谢谢你？】

齐梦：【好说，好说。】

看着这消息，姜一绿疲惫又无奈，退出聊天界面没再理齐梦。

姜一绿翻了个身，仰面朝着天花板，随手滑了滑微信对话列表，指尖忽地停住。

林修白的微信头像一如当年还是黑色，两人今晚刚加上的微信，现在对话框里孤零零地只躺着一句：【我通过了你的朋友验证请求，现在我们可以聊天了。】

回想起今晚毫无防备的重逢，姜一绿抿了抿唇，实在不知道怎么开口聊天。

她退出微信翻了翻手机日历，最近的节日只有刚过去的建党节，连找个借口说“节日快乐”的机会都没有，总不能来一句“祝你建党节快乐”。

姜一绿在床上边翻滚边哀号，心情莫名其妙有点闷。

六年的时间他们没有发过短信，也没有打过电话，不仅因为时差更因为人、物的变化。唯独的一次，就是在姜一绿二十岁生日那年，收到的一份礼物——周杰伦的一张唱片，叫《寻找周杰伦》。

她不太常听音乐，但因为是礼物，所以收到那天还是放进了 CD 机里。

虽然音乐很好听，但姜一绿一首都没听完就没什么耐心地关了。

想到这儿，姜一绿从床上坐起来，扯了扯凌乱的头发，叹息了声。

真是讨厌极了这种原本的朋友，因为时间变得疏远，那种不安与隔阂像是卡了根鱼刺一样，不上不下。

有机会的话，下次请他吃个饭也不是不行。

她静静地坐了会儿调整好情绪，理好被子准备睡觉。

揿灭了灯，屋内一切落入静谧。

她还没来得及放下的手机，在掌心忽然响了声。

她顿了下，点开微信微愣。

在生日这天的最后一秒。

林修白：【生日快乐。】

03

发完那条消息，林修白缓缓走到落地窗前。

天色沉郁，整座城市被霓虹灯覆盖像是璀璨的银河，和加拿大的夜晚很像。

一样的孤寂，一样的和他无关。

他回来之前考虑过很多，但独独没有算过感情是不可控制的。

她会爱上别人……

会对别人撒娇……

会对别人笑……

觊觎爱慕了太多年，他义无反顾地将自己放在最低的位置，第一次违背自己的欲望，退让隐忍，让她能一点点慢慢注意。

但是他太过投入让自己优秀，以至于忘记了，这份爱慕一直以来知道的只有他自己。

嫉妒、不甘又无可奈何，让他不成章法，甚至连表面的平静都快要维持不住……

手机振动了一下，林修白眼睑低压，垂头去看。

那个名字瞬间占满了他的心。

姜一绿：【谢谢。】

姜一绿：【好久没见了，过几天有空吗？我请你吃饭！】

看了那几个字不知多久，林修白无意识地捏紧手指，又慢慢松弛，他像是说服自己似的，最后回了两个字过去：【不了。】

正值暑假，大小学校的学生老师都放了假。“一氧”的门面在文艺街最好的路段，每天的客流量都很大。

好不容易到了中午，姜一绿在玻璃门外挂上了“午休时间”的牌子，才有空坐下来好好休息。

忙碌了一上午再加上这段时间都睡得比较晚，姜一绿整个人很是疲惫，头也疼得厉害。

她慢吞吞地拆开外卖的塑料袋，吃了两口就没了食欲。

刚将餐盒盖上，就听见大门响了下。

她抬头，看见朱贝收了太阳伞从外面进来。

“今天怎么有空来了？”姜一绿抽纸把工作台溅上的油渍擦了擦，给朱贝腾出了个位置。

朱贝拉开椅子，环着手臂愤愤地坐下，说：“吵架了。”

姜一绿把纸巾攥成小团丢进垃圾桶，弯唇习以为常地问：“这次又是因为什么？”

“场地。”朱贝直起身，语气愤慨，“你说男人都是这么俗的吗？我说要教堂，他偏偏觉得草地婚礼好，简直俗死了！”

姜一绿托腮看她，说：“不挺好的吗，有花有草的。”

朱贝说：“哪里好了。你不觉得像古堡婚礼特别梦幻吗？”

读研那会儿，浪漫至极的古堡婚礼在朱贝心里就种下了种子，从那时候她就嚷嚷着以后结婚一定要在教堂里办。

朱贝还在絮絮叨叨地抱怨，姜一绿安静地听着，嘴角扬着浅浅的弧度。

朱贝自顾自地吐槽了会儿，往工作室里看了圈，问：“今天怎么就你一个人在？”

“小宛说学校有个比赛，做志愿者去了。”姜一绿拿起手边的表单，“好像是有学分加。”

“唉。”听姜一绿说到这儿，朱贝撑着下巴像是在感叹逝去的年华一样怅然，“还是年轻好啊，生活中就忙着学分这点小事了。这段时间我总觉得不真实，感觉我昨天还在学校里，今天竟然就要结婚了。”

“小绿。”朱贝下巴朝她点了下，“过来人建议，晚点结婚多享受一下快乐的单身生活。”

姜一绿说：“你真该和梦梦打一架，看看谁赢。”

朱贝撇嘴，说：“对了，你那合租室友找得怎么样了？”

姜一绿摇头，说：“没什么进度。”

毕业后一直是姜一绿和朱贝合租在世博壹号，现在朱贝和易池领了证自然是搬了出去。

租的这个房子挺大，三室两厅，姜一绿一个人住实在是有点浪费，况且房租也是一笔开销。

自从前几个月朱贝搬出去后，找租户这个事情就提上了日程。不过姜一绿不太习惯和陌生人合租，所以找室友的事也一直没有放在心上，拖着拖着就到了现在。

其实朱贝挺不好意思的，总有种自己背叛了好友的感觉。她挠挠脸，说：“你一天找不到，我就愧疚一天。”

姜一绿失笑，说：“哪有这么夸张。”

朱贝突然说：“不过，说实话，那天酒吧里不是遇见了林修白了嘛，他刚回国应该还没地方住，反正是老朋友了，你可以问问他啊。”

朱贝还半开玩笑道：“说不定日子久了，还能上演一段都市男女合租奇幻情缘。

“你觉得怎么样？”

噎了半天，姜一绿总算出声：“不怎么样。”

“以前又不是没一起住过。”朱贝原本只是提议，现在越发觉得可行，“况且熟人合租不是更安全一些嘛，我也放心。”

姜一绿笑容收了点，轻声道：“以前怎么能和现在一样。”

那晚收到的消息有显而易见的疏离，莫名其妙让她怅然了好久。

大约是从小到大她几乎所有的朋友都一直在身边，没有经历过分离，唯独的一两次给了林修白。所以再次见面时，虽然他们之间有着六年没见的陌生距离，但姜一绿终究是开心的。

不过时间终究是会弥散一些东西。

朱贝说："我就是提议，主要还是看你。我回去和他们几个说一下，人多一下就找到了。"

"嗯。"姜一绿弯唇，"没事，不着急。"

停了几秒，朱贝想起件事，说："前几天秦津给我打电话，下个月他就回国了。"

姜一绿眨眼，难得有个不错的好消息。

"真的？"

"对啊。"朱贝也开心，"这人高中毕业就跑去了国外，这下总算舍得回来了。等他回来一定要往死里宰他一顿。"

姜一绿笑着附和："必须宰！"

晚上姜一绿比平时早了点关门回去。

等出租车开到了世博壹号，那种头重脚轻的感觉也加重了。

明明是闷热的盛夏，晚风吹起姜一绿偏偏觉得有些冷。她缩了缩脖子，意识到自己应该是感冒了。

姜一绿叹息一声，加快步子，想赶紧回去洗澡睡觉。

经过小区门口保安室时，保安大爷从窗口探出个脑袋，和和气气地喊她："小绿。"

在这儿住得久了，大都也熟悉了。姜一绿眨眼笑了下，朝他走过去，问："大爷，怎么了？"

"今天早下班啊。"保安大爷看着她，笑容慈祥。

"嗯。"姜一绿点点头，"今天不怎么忙。"

保安大爷突然"哎"了声，低头在抽屉里拿了个东西出来。

"前几天我休假，忘记把这东西给你了，正好今天遇见你，赶巧了。"他边说边将一个不大的纸袋朝她递了过去。

姜一绿犹疑地接过，问："这是什么？"

"前几天晚上我值班一个年轻的小伙拿来的。"保安大爷解释，"说是看到你了就给你，没看到就算了。"大爷一乐，"还说随我处置。"

姜一绿微愣，问："您还记得他的模样吗？"

"当然。小伙长得可端正了，我第一眼看到还以为哪个明星来咱小区了。"说到这里，保安大爷停顿了几秒，笑得意味深长，"男朋友吧，吵架了吧？”

姜一绿抿唇否认：“不是，不是。”

保安大爷笑得见牙不见眼，说：“还和大爷狡辩。你们现在的小姑娘呀，就爱耍这种小性子。我看那小伙儿人挺好的，精精神神，可得抓紧了，不然好多姑娘等着抢呢。”

姜一绿头晕得很，干脆放弃解释，只说：“那谢谢您了，我就先回去了。”

“好嘞。”保安大爷摆摆手，她临走前还不忘叮嘱一句，“记得大爷的话啊。”

这个点回来的人挺多，电梯走走停停像是没有边际一样。

姜一绿站在轿厢的角落里，看到显示屏上才跳到数字“5”，干脆低头打开了手中的纸袋。

纸袋里躺着一个纯黑色的长方形小礼盒，淡金色的丝带在盒盖上系了一个小小蝴蝶结，看起来典雅低调，又带着莫名的俏皮。

盯着东西看了两秒，姜一绿小心翼翼地掀开盖子。

发带。

她很喜欢的发带。

墨绿色的丝绒材质，尾段用极细的银线绣着几朵白色的雏菊，雏菊的旁边有比发带颜色稍浅的英文字母。

姜一绿抬手，仔细看了眼。

Green.

绿色。

姜一绿迟钝地用指腹蹭了蹭发带，心脏有些潮。

或许是名字的缘故，她很偏爱绿色，连带着所有需要 ID 的社交软件都只会用 Green 做昵称。

这个礼物很容易让她莫名想到一个人。

她抿唇将盒子盖上，心有些静不下来。

恰巧到了十二楼，姜一绿收回思绪，走出电梯。

摁亮楼道的灯光，姜一绿从包里翻出钥匙正要开门，低头就看见门口堆了一个大箱子。

她蹲下去看了眼，快递单上写的是从陵县寄来的，寄件人是“你老妈”。

姜一绿笑起来。她一个人在星洲工作，安秀常常有事没事给她从家里寄些东西过来，就像这里没有卖一样。

箱子比姜一绿想象的重太多，她一下竟然没抬起来。她打开大门把钥匙收好，连拖带拽地把箱子扯了进来。

姜一绿卸了力道瘫在门口的软垫上，头晕呕吐的感觉更加强烈了。她抬手捏了捏脸，清醒片刻才慢吞吞地从地板上爬起来。

刚进房间拿好睡衣，就接到了安秀打来的电话。

“妈妈。”姜一绿低着头，有气无力地接起。

安秀问：“怎么声音蔫蔫的？”

怕安秀大晚上担心，姜一绿随口撒了谎：“没事，刚才搬纸箱累到了。”

安秀语气松弛了点，问道：“东西收到了？”

“嗯。”姜一绿问，“你这次又寄什么了呀？”

安秀笑道：“一些腊味。前段时间隔壁张奶奶回了乡下一趟，专门让她给咱们熏的。”

姜一绿一顿，抬眼往客厅看了下，慢吞吞地开口：“这离过年还早呢，而且寄来这么多我也吃不完。”

“这次可不是给你一个人的了。”安秀解释，“小白前段时间不是回来了，你拿点给人家送过去。在国外待久了，这家乡味道就是最想念的。”

姜一绿嘴唇微张，有点发愣，半天才反应过来，问：“妈妈你怎么知道他回来了？”

“他回来看过我呀，还拿了不少东西来。”安秀语气欣慰，“这小孩长大了，懂事，知道感恩，你在那边也多照顾照顾他。”

姜一绿抿唇，不知道在想什么，半晌应了声好。

挂了电话，姜一绿头仍旧发晕，她摇了摇脑袋撑起身子往浴室里走。

因为不太舒服，姜一绿只迅速洗了个澡。结束后吃了感冒药，就裹着被子上床。

她迷迷瞪瞪地拿过床头的手机调了个闹钟，准备摁灭时想起了安秀的话。

姜一绿咬唇想了想，还是觉得打电话直接说比一来一回的消息来得快。

这么想着姜一绿就调出通讯录，迷糊地翻了半天才想起来自己没有林修白的电话号码，于是点开微信打了个语音电话过去。

冗长的铃声响到了自动挂断。

困意来袭，姜一绿没什么心思闭着眼等，等到铃声断掉才后知后觉地睁眼。

她打了个哈欠，怕半夜林修白打回来，还是撑着精神简单解释了句，打完字就抛开手机蒙头睡觉。

晚上多伦多那边来了个紧急会议，一开就是两个小时。

那边刚过早上八点，星洲市已经被浓重的夜色席卷。

结束后林修白摘了耳机，摁了摁太阳穴，抬眼往墙上的钟看去，已经是晚上九点。他起身走到桌边取了一瓶水，微仰头喝了口。

林修白垂睫看到桌边的手机，随手拿起解了锁，拨开铃声键。

他的手机从来都安安静静，没有消息。

他性格冷淡，不热衷于任何社交，习惯于独处，即便收到消息，读了后都是直接左滑删除。

唯独姜一绿的那条消息列表。

所以大片空白界面上的两个红点，就格外瞩目。

林修白有些微的迟滞，犹豫了几秒才慢慢点开。

两条消息。

一条是未接通的语音通话。

另一条是文字：【妈妈急（寄）了点辣（腊）味来，你大概什么时候有空，我给你送过去。】

不长的一句话，却有两个错别字。

姜一绿是一个打错一个字都会补发正确文字的人，这次却没有。

一丝不安萦绕在林修白的心头。

他抿唇，将语音电话拨了回去。

姜一绿浑身发热，睡得很不安稳，眉头蹙着，止不住地小声呓语。

手机响起时她正睡得迷糊，脸埋在软趴趴的枕头里，手机响了半天才慢吞吞地伸手接起。

还没有反应过来是何时何地，姜一绿张唇软声软气地喊了声：“妈妈。”

软糯疲哑的声音让林修白太阳穴突突地跳。

他眼睑压着，声音沉闷地喊她名字。

姜一绿没什么力气地应了声。

听出她的不对劲，林修白声音低了些，边说边拿起了桌上的车钥匙。

“姜一绿，你是不是不舒服？”

“……”

“姜一绿。”

对面的声音越来越急促，姜一绿从梦中醒了点，眼皮微微撑开，半睁不睁地看了眼手机。

微信语音通话界面。

备注“林修白”。

盯着手机界面看了好几秒，她整个人还处于刚醒的迷茫期，眨眨眼思绪半天才连接上。

“姜一绿。”

“哎！”正巧对面的人喊她，姜一绿急急应了声。

听到她清醒的声音，对面的人等了会儿，很轻地松了口气。

半晌他开口，嗓音很淡：“你有没有不舒服？”

工作后姜一绿长大了不少，每次生病能自己解决都不会去麻烦别人，突然听到这种关心，她瞬间觉得鼻酸，瓮声瓮气地“嗯”了声。

对面的人突然沉默了。

姜一绿抬手摸了摸自己的脸，很烫，让她心里七上八下的，她握着手机很小声地说：“好像有点发热……”

林修白声音很哑，但带着点不易察觉的温柔：“地址告诉我，别睡着。”

姜一绿唇张张合合，问了个很傻的问题：“你要来吗？”

“嗯，很快。”

姜一绿不知道林修白说的很快是多久，但是她现在非常困，是那种生理上和心理上双重的困。

在这样万籁寂静的深夜里，生病的姜一绿情绪很脆弱，甚至神志都有些涣散。

她很想挂电话睡一会儿，等到林修白来再给他开门。

但是林修白怕她睡昏过去，一直引着她说话。

姜一绿很烦，甚至有点无厘头地生气，她以前没发现林修白的话怎么这么多。

“林修白，我想睡觉！”

她脾气上来了。

电话对面安静了一会儿，林修白好脾气地说：“再坚持一下，我马上到了。”

“你刚才也这么说。”姜一绿眼皮已经完全撑不开，闭着眼胸膛微微起伏，有点烦闷。

“这次是真的。”林修白拐过一个路口，看到了世博壹号的标志。

姜一绿嘴一撇，没什么力气，说：“那你快点，我真的好累。”

车子开进小区，林修白下车疾步往里走。

周围的景色迅速变换，楼道、电梯、走廊，最后是房门。

姜一绿难受了太久，浑身火烧一样烫，她赤脚下床，在把房门打开那一刻，终于支撑不住地倒进了林修白怀里。

车子一路疾驰。

路上，林修白拨通了孔星驰的电话。

去医院麻烦又费时，林修白联系了孔星驰，让他给私人诊所打电话。

孔星驰接起，慢慢地调侃：“你几百年不求人帮忙，今天就为了这事破例？不会旁边有个妹子吧？”

林修白声音冷淡得不近人情：“帮不帮？”

孔星驰吐槽：“你这是求人的态度？”

“挂了。”

孔星驰炸了，说：“帮！帮！你真是我大——”

后面那个字还没说出来，“吧嗒”一声，对面就给挂了。

一个字卡在喉间不上不下，孔星驰憋了半天，终于慢一拍地吐出了那个“爷”。

夜色寂静，闪烁着葳蕤灯火，车很快在私人诊所前停下。

林修白解了安全带，垂眸去看姜一绿。

开了一路，她不知道在什么时候已经睡着了。

漆黑发丝落了一肩，唇色淡红，脸上是脆弱的病态，黑色外套裹着纤瘦的身体，看着瘦骨伶仃。

林修白本想叫醒她，恍然间想到了什么，轻轻下车，弓身抱起了车内的人。

04

诊所里很安静。

林修白跟着医生进了病房，轻轻地把姜一绿放在床上。

旁边的女医生是孔星驰的朋友，看了眼两人，调侃道：“这么紧张，女朋友？”

林修白眼皮动了动，没说话，黑色碎发略凌乱地垂在额头，沉默地看着姜一绿。

姜一绿睡得很不安稳，即使在梦里，眉头也始终蹙着。

林修白抿唇，心跳得乱七八糟，最终也只是握住她隔着衣料的手，动作温柔细致，一点一点慢慢地哄着她。

这样的感觉大概就像，林修白可以毫不犹豫地为姜一绿挨打，却不能牵她的手，因为牵手是需要身份的，而他没有身份……

姜一绿再次醒来时房间漆黑稠静，没有开灯。她低头往存在感极强的左手看，手背贴着止血贴，掌心下垫着一个暖宝宝，温温的。

姜一绿有些反应不及，好一会儿才明白过来现在身处何方。

刚清醒，她还有些疲惫，眼神没有焦点地胡乱飘忽。

旁边黑黢的阳台上，有一个人影，看得并不真切。

姜一绿迟钝地眨眨眼，借着屋内黯淡光线才看清，是林修白。

她下床穿上鞋，小心翼翼地往房间里的洗手间走。

忽然后面响起了一声，是阳台玻璃门拉开的声音。

姜一绿脚步滞住回头去看。

林修白朝她走过来，问：“怎么醒了？”

姜一绿舔了舔下唇，有点不好意思，说：“想上厕所。”

她抿唇不自在的模样，和从前几乎一样。

即使时间过去这么多年，但有关姜一绿的画面，每一帧他都记得清清楚楚。

她很怕疼，只要一打针眼眶就红，但偏在他面前忍着，像只拔了牙的奶猫，特别乖。

她乌黑的瞳仁又湿又亮，像是浸在江南烟雨里的冷月。

她的头发也很好看，漆黑细软用绿发带缠着，风扬起来就一丝一缕地扎进了他的心里。

林修白经常会失眠，在无数个难以入睡的夜里，都会着魔一样地拿起笔，细致隐忍地勾勒姜一绿的样子，只有在这样的时刻他才会觉得，她是属于他的。

见他半天无言，姜一绿小声喊他名字。

林修白瞬间回神，垂眼看她，嗓子有点沙哑：“怎么了？”

“就……”姜一绿挺不好意思的，磕巴一下才慢吞吞地开口，“你可以先去阳台待一会儿吗？”

太安静了！

一想到和林修白待在一个空间里，上厕所就太奇怪了。

姜一绿有点忐忑，万一林修白问她“为什么”，她开不了口解释……

不过林修白没有多问，顺从地走到了阳台，带上了推拉玻璃门。

从洗手间出来后，姜一绿把林修白喊了进来，盘腿坐在床上。

她嗓音绵软：“林修白，你困不困呀？”

林修白，你困不困呀。

她总喜欢这样问他。

看着那张合的红唇，林修白压抑着开口：“不困。”

“噢……”姜一绿心里还哽着他拒绝自己请吃饭的事，有点纠结不知道要不要开口。

“那你今天有时间吗，等天亮了我把腊味给你，顺便……顺便请你吃个饭？”怕他拒绝，姜一绿又补充了句，“我妈说的，一定要。”

说完，姜一绿有点心虚，感觉自己太卑微了！

如果林修白这次再拒绝，她就真的不理他了，不就是生疏远离嘛，她又不是不会！

月色入户，照得他眉眼微微变形，唇色水红。姜一绿盯着他又在想，如果他真的拒绝，她可能还是会没有原则地理他……

林修白看着她轻撇的嘴角，半晌，似乎很轻地叹了口气，无奈般地开口：“好。很晚了，快睡吧。”

得到肯定的回应，姜一绿心情瞬间明媚起来，愉悦地朝他点点头。

早晨，浓烈的阳光穿过薄薄的浅色窗帘透进来，晒得眼睛有些不舒服。

姜一绿抬手揉了揉眼睛，清醒过来，侧头就看见林修白站在一侧的床头柜前，弓身收着桌上的杂物。

林修白系上塑料袋，偏头看她，嗓音淡淡：“醒了。”

“嗯。”姜一绿点点头，似突然想起了什么，问道，“一会儿一起去吃早餐吗？”

“好。”

早晨诊所里安安静静的，姜一绿慢悠悠地走了一小会儿才发现旁边没了人。她回过身，走廊空荡荡的，没看见林修白。

姜一绿脚步停下，蹙眉去拿口袋里的手机，就听见有人喊她。

她顺着声音抬头，就看见一身白大褂的顾临。

姜一绿看着人一时没反应过来，蒙了半天：“你在这儿工作？”

“对。”顾临大约也是没想到在这儿能遇见姜一绿，神色意外，“你来这儿是看病？”

“嗯。”姜一绿点点头，“昨天有点发热。”

顾临免不了有点担心，脱口而出：“现在怎么样了？”

“当然好了啊。”姜一绿笑，“不然还能和你在这儿闲聊。”

看到她的笑容，顾临有点心跳加快，抿唇笑道：“也是。”顿了一秒，他有些犹豫地开口，“你下周末有空吗，我想请你吃个饭。”

姜一绿没明白过来，问：“怎么突然请吃饭？”

“替小念感谢感谢你。”顾临笑得温和，“小姑娘不懂事，平时挺麻烦你的，其实我还挺不好意思的。”

顾临是顾念的哥哥。

因为姜一绿在公交车上帮了顾念那一次，两兄妹感激地请她吃饭又送她礼物，拒绝都拒绝不掉。姜一绿挺不好意思的，所以只要顾念在店内买衣服都会给最优惠的价格，又或者帮她点小忙，只希望赶快把这人情还掉。

“不用不用。”姜一绿摆摆手，“没多大事。”

顾临说：“应该的，不然我心里会不安。”

姜一绿有点无措，继续这样推辞也挺奇怪的，便在心底叹了口气。

“那最后一次请我吃饭啊，不然你们和我做朋友总感觉你们亏了。”

她半开玩笑的语气让顾临笑了，说：“应该是你亏了。”

两人又寒暄了两句，顾临就先离开了。

这时，一个男人迎面走来，顾临下意识地颔首礼貌地微笑。

但男人有些冰冷，看了顾临一眼，就移开了视线。

姜一绿在原地站了会儿，动动脚转身过去，就看到了林修白。

他目光淡远，手垂在裤边，白皙分明的指节上钩着一个透明塑料袋，里面装着好几个方形的药盒。

“你去拿药了吗？”姜一绿朝林修白走了两步，嗓音很愉悦。

一切太急太仓促了，以至于让他忘记了，她是有对象的人。

“嗯。”

林修白目光微微下垂，有些沉默。

姜一绿没注意这么多，晃了下细瘦的小臂，小声抱怨：“那我们快去吃早餐吧，我快要饿死了。”

林修白将手中的塑料袋递给她，忽然开口：“我还有点事，你先去吧。”

“啊？”姜一绿一愣，“怎么了吗？”

林修白还是温柔地解释：“工作上的事。”

“噢。”姜一绿莫名蔫了点，“好吧，那你先去吧。”

“对了，”姜一绿想起他还没拿的东西，又问，“那你什么时候来我家拿东西呀，或者我给你送去也行。”

林修白微愣，片刻后缓缓开口：“再说吧。”

林修白的“再说吧”，就和微信上的那句“不了”一样让姜一绿心烦。

她甚至不知道自己为什么有点生气，觉得林修白在敷衍，几天下来心情都被气得乱七八糟的。

朱贝忙了一段时间总算空闲了下来，来了工作室让姜一绿好好回去休息两天。

“怎么愁眉苦脸的，感冒还没好吗？”朱贝把包放在椅子上坐下。

“没事，可能这几天太累了。”姜一绿托着下巴，有气无力地答。

朱贝本就觉得愧疚，自己忙了这么久的事情都丢给了姜一绿。

闻言，她凑过去抱住姜一绿的胳膊晃了下，说：“周末有空没，请你吃大餐犒劳犒劳我们宝贝。”

姜一绿扭头看她，真诚地发问：“结婚后语气都会变恶心吗？”

朱贝抬手不客气地捏她脸，气哼哼道：“说什么呢。”

姜一绿被捏得脸颊红红的，慢吞吞地开口：“不过，我周末还真没有时间。”

“怎么？”朱贝扬眉，开玩笑道，“有约会吗？”

“什么约会啊。”姜一绿解释，“顾医生因为他妹妹的事要请我吃饭。”

“哟嚯。”朱贝有点意想不到的惊讶，不理解地笑，“他这都请多少回了。”

“就是啊。”姜一绿也觉得苦恼，“但又推不掉，不过这真是最后一次了。”

一时间朱贝没说话，直勾勾地盯着姜一绿像是在想事情，突然神神秘秘地开口：“我说一一，你有没有想过一个问题。”

姜一绿莫名：“什么啊？”

朱贝笃定道：“顾医生有没有可能是在追你。”

姜一绿惊讶道：“怎么可能！”

“怎么没可能！你这么好看，我是男生我就追你。”

姜一绿吐槽：“你以为大家都和你一样，以貌取人。”

吃饭的地点是家西餐厅。姜一绿没有想到来的人只有顾临，她下意识地以为顾念也会来。

这样的环境和情况，忽然间让姜一绿有点不自在。

顾临是个很绅士的人，全程贴心地为姜一绿服务，姜一绿几乎每嚼几口就要说一句“谢谢”。

本来她没觉得有什么，只觉得是朋友之间相互体贴罢了。但是自从朱贝开玩笑说了“顾临在追她后”，她就后知后觉地有点不自在。

她之前一直没往这个方面想，经过朱贝这么一说后，她又会不自觉地去注意，但又想到万一人家顾临没这个意思，故作客套岂不是很尴尬。

所以，一顿饭吃下来姜一绿有点疲惫又无措。

见她客套的模样，顾临笑道：“怎么今天有点拘谨？”

“哦。”姜一绿喝了口水，平静地扯谎，“可能是这几天上班太累了。”

顾临叉了块牛排，语气温和：“看来工作室的生意很好。”

“也没有很好。”姜一绿谦虚，“就是暑假到了人比较多。”

“刚好附近有家电影院，或许吃完了饭我们可以一起去看个电影放松？”顾临抬头自然地说道。

姜一绿一顿，适时地掩唇打了个哈欠，说：“抱歉……”

他微愣，笑了下，说：“没事，是我考虑不周，还是早点休息好，一会儿我送你回家。”

姜一绿眨眨眼，心虚地“嗯”了声。

世博壹号离吃饭的地方不远，车子开了没多久拐过一个十字路口，很快就到了。

姜一绿解开安全带，礼貌地说了声：“今天谢谢你。”

“太客气了。”顾临解开安全带，伸手从后排车座拿来一个包装精美的礼盒，“这个你带回去吧。”

姜一绿垂眼一看——花生酥。

“前段时间小念去俄罗斯带回来的，特意给你带了一份。”顾临说，“不贵重，这个就别推辞了。”

姜一绿说：“那你替我谢谢小念。”

看她的表情带了点苦恼，顾临以为她为难，半开玩笑道：“你总这么客气，让我觉得很生疏啊。”

不知道说什么，姜一绿点点头把那句“谢谢”咽了回去。

顾临的车停在了小区对面的马路，姜一绿绕到前面的斑马线等红绿灯。

垂头看到提着的那盒花生酥，姜一绿有点苦恼，人家好心带回来的礼物，总不能说自己对花生过敏，徒增别人的尴尬。

心里盘算着明天拿到工作室给贝贝和小宛分一分，只不过她们好像也不太爱吃。

她出神时，就被人轻轻拍了下肩膀。

“真是你啊！我还以为我认错了呢。”见真的是姜一绿，孔星驰大大咧咧地开口。

姜一绿浅浅笑了下，微偏头注意到了旁边的林修白。

快一周没见，他好像剪了头发，两鬓有些短，干净利落。他穿着简单的白衣黑裤，五官清隽，眉骨挺括。

看到姜一绿手中的东西，孔星驰笑道：“男朋友送的？”

“啊？”姜一绿回过神，顺着孔星驰的视线低头，才明白孔星驰说的是自己手中的花生酥。

“不是。”姜一绿连忙否认。

“哎呀，害羞什么，我刚才都看到你从他车上下来了。”孔星驰一副了然的样子，“这牌子的花生酥我吃过，味道很好。”

姜一绿正想开口解释，冷不丁地听到一句——

“你很想吃？”

怔忪片刻，姜一绿慢一拍地抬头朝林修白的方向看过去。

“没有啊。”孔星驰才反应过来林修白在和自己说话，挠了挠头有点莫名地回答。

林修白忽然朝姜一绿靠近两步，微弓身，指腹无意地擦过她的手指，有些发烫。

手上的花生酥被林修白拿了过去，而后他没什么情绪地将其抛向孔星驰。

孔星驰没有防备，手忙脚乱地接住，一脸蒙，问：“什么情况？”

林修白看着他，嗓音冷淡：“你喜欢吃，就拿回去吃。”

05

空气凝固了一秒钟。

姜一绿捻了捻手指，不好意思地开口：“因为……我对花生过敏。”

孔星驰恍然大悟，哪有男朋友能不知道自己对象不能吃花生的。

想到这里，孔星驰讪讪地开口：“抱歉啊……不过你这朋友也不靠谱，还给你送你吃了过敏的东西。”

“没关系。”姜一绿不介意地摇摇头。

难怪！

孔星驰回头，抱歉地看着林修白，是自己耽误了好兄弟的感情之路！

场面静止了会儿，空气中流动着一点点小尴尬。

看着眼前的这尊大佛，孔星驰无声地吐了口气。过了会儿，他说：“那什么，你们聊着我就先走了。”

一句话说得和完成任务一样，也没等姜一绿回答，连花生酥都忘了还，孔星驰三步并作两步逃也似的走了。

孔星驰走后，气氛更奇怪了。

之前的事姜一绿也不生气了，就是觉得有些闷，脑袋里酝酿半天也不知道要开口说点什么。

她觉得自己脑子里绷了一根弦，随时随地都会断掉。

姜一绿微抬眼往前面看，视线落在林修白的喉结上，那里有一颗痣。看着看着，她就有点走神。

下一秒，那颗痣忽然轻轻滑动了下。

她睫毛颤了下，听见他说：“现在方便吗？”

姜一绿迟缓地回神，莫名有点脸热，她愣了会儿，抿唇对上他的视线，问：“你刚才说什么？”

林修白盯着她，声音低低的，语气很自然：“方便的话去你家取一下东西。”

“啊？”姜一绿张唇呆呆地应声，片刻后反应过来他说的是什么，稍微迟疑了下，“方便的。”

短暂的时间里，红绿灯变换了一轮。

姜一绿盯着对面的红绿灯的倒数时间，在心里默念着秒数。

三秒。

两秒。

一秒。

绿灯！

她刚抬脚迈出一步，忽地手腕一热，整个人被往后一带。

力道不重甚至有点松松垮垮的，但是存在感很强。

面前刮过一道风，骑着单车的男孩衬衫被风鼓起，飞快地从姜一绿眼前骑了过去。

姜一绿站在原地，后知后觉地反应过来。

她侧头，目光下滑，盯着自己被林修白握住的手腕。

他骨节分明的手将她细瘦的手腕圈至掌心，他掌心温热的温度染烫了她的皮肤。

她还没来得及做出反应，就看到手腕被放开，头顶的声音如常：“走吧。”

林修白一直情绪都挺正常，姜一绿恍然间觉得是不是一直是自己想太多，也许前两次确实人家真有事呢。

她想着想着就走到小区门口，恰好有辆车从大门进去。正方便不用刷卡开闸门，姜一绿领着林修白跟着车往里走。

经过保安室时，保安大爷探头出来朝姜一绿打了个招呼。

“回来啦？”

“嗯。”姜一绿笑着点点头。

保安大爷和蔼地看她一眼，目光又注意到了她身后的林修白。盯着看了几秒，他忽地转回视线落在姜一绿的脸上，笑眯眯地说：“大爷说得对吧。”

姜一绿有点疑惑，在看清保安大爷意味不明的笑容时，瞬间想到了那天晚上他说的话。她一愣开口就要解释，随即想到保安大爷又没点明，而且当事人还在自己旁边，说了岂不是增加不必要的尴尬。

解释的话卡在嘴边不上不下，姜一绿憋了半天扯出个惨淡的笑容，然后带着林修白快步往小区里走。

到家后，姜一绿从厨房找出剪刀、塑料袋还有一次性手套。

东西寄来到现在姜一绿还没打开过，一拆开大纸箱扑鼻而来就是烟熏咸香的肉味。

腊肠、腊肉上一层灰黑的炭灰，呼出的气息就能扬起淡淡的一层灰。姜一绿动作顿了一秒才套上一次性手套去拿。

林修白低眸，眼睫动了动，说：“我来吧。”

姜一绿仰脸，迟疑地摘下了手套递给他。

灯光垂垂，窗外蝉鸣喧闹，却奇怪地让人觉得心安。

姜一绿蹲在旁边，看林修白慢慢地从箱子里拿出东西。

她抱着膝盖，下巴放在上面，盯着他的动作，问：“这个你会做吗？”

“会。”林修白的手没停，但回答她的语气很认真。

“我想起来了。”姜一绿揪了揪牛仔裤上的线，“你好像还挺会做饭的。”

姜一绿歪着脑袋，有点无聊地问：“你今天怎么会在这附近？”

“酒店就在这附近。”林修白扯下透明手套揉成了小团，微侧身将其投进了一侧的垃圾桶。

姜一绿惊讶，嘴唇微微张开，说：“啊，你住酒店？那多不划算呀。”

“还好。”林修白话不多，但总是很耐心地回答。

他先一步站起来，朝姜一绿伸出手，说：“起来吧。”

这个动作让姜一绿有点微微意外，愣了一秒，还是将手乖乖搭了上去。

蹲久了头就晕得很，姜一绿眯眼缓了缓，等她站稳了睁眼，林修白才将手放开。

不知道是不是她的错觉，姜一绿觉得今晚的林修白好像和从前的他变得一模一样了。

寡言少语，但偶尔会很温柔。

她看着林修白弓身系袋子的模样，突然鬼使神差地开口：“你这次愿意让我请你吃饭吗？”

说出口的那一刻，姜一绿就有点后悔了。

这个语气有点责怪之前他的拒绝。

姜一绿默默抿唇，难得有些忐忑。

听到这句话，林修白身形微顿，回头看着她漆黑的瞳仁，嘴唇紧抿。

不知过了多久，林修白开口：“这次我请你。”

“那……”姜一绿试探地问，“这次不会有突发的工作了吧？”

他眸色深深，沉沉地盯着她。

“不会。”

休息的几天，姜一绿每天在家瘫着。

这天，姜一绿照旧睡到了十点起床，想着在家待了好几天，也该出去晒晒太阳了。

她在房间里换了套衣服，然后去洗漱。

姜一绿把手机立在洗手台前靠着，点开音乐软件放了首歌。

这首歌怎么听怎么像牙疼，姜一绿腾出手忍不住切换了一曲，刚点了“下一曲”手机界面就跳到了朱贝的来电显示。

姜一绿滑动屏幕，直接开了外放。

“你猜猜有什么好事！”朱贝先一步出声。

姜一绿正在刷牙，嘴里全是泡沫，话都说不清楚：“你中奖了？”

“你怎么这么庸俗！”朱贝虽然无语，但是掩不住地激动，“你再猜猜！”

“中奖不是你的梦想吗？”姜一绿手没停，温暾地回答，“不然还有什么事儿，值得你这么高兴？难道易池中奖了？”

朱贝简直想翻白眼了，说：“你是不是还没睡醒？”

“嗯。”姜一绿吐掉嘴里的泡沫，诚实地回答，“还在刷牙。”

水龙头打开，朱贝这才听见确实有“哗啦”的水声。

懒得再和姜一绿绕弯子，朱贝直截了当地说：“秦津今天回国了！十一点左右的飞机就到了！”

这下换姜一绿呛到，咳了两声：“怎么这么突然？”

“听说是给我们的惊喜。”朱贝笑眯眯地开玩笑，“我觉得是惊吓。”

姜一绿扯了扯唇，掬了捧水，洗掉嘴角沾上的泡沫。

朱贝说：“哎。快到点了，一会儿我来接你，一起去机场。”

“嗯。”姜一绿扯下旁边的毛巾，应声。

挂了电话，姜一绿用微波炉温了杯牛奶，喝完后洗干净杯子，没玩一会儿手机，朱贝就发来消息说到了。

姜一绿下了楼，远远就看见朱贝降下车窗，心情很好的样子。

其实她心情也很好，从高中毕业到现在，快有十年的时间没有见到秦津了。

小时候他们几个在一个院子里长大，朱贝和秦于性格都比较稳，姜无苦又太小，所以大院里就数她和秦津最顽皮。像掏鸟蛋、捉蝌蚪这些事姜一绿都是和秦津学的，姜一绿小时候格外娇纵任性，干坏事被发现就都推到秦津头上，秦津为此没少挨家里的打。

不过这些年，距离的缘故几人倒是很少联系了。

姜一绿恍然间又想到了林修白。这样说起来，她和林修白之间也因为距离隔出了六年的光阴。

上了车姜一绿才发现驾驶座上的人是齐梦。

“梦梦怎么在？”姜一绿扯过安全带扣上，随口问。

朱贝回答：“她正巧在店里玩，就被我抓过来当苦力司机了。”

齐梦戴着墨镜，启动车子：“要不是说你们这发小是帅哥，我才不愿意来呢。”

朱贝忽悠她：“我和你说，他可是当时我们大院里男生中第三帅的。”

“听起来好像还不错。”齐梦拐了个弯，偏头有点兴奋地问，“那你们大院里有多少男生啊？”

朱贝拿起手边的话梅糖拆开，继续忽悠：“没有三十个也有二十个吧。”

“那他的颜值很高啊。”齐梦扬眉，“哎，到时候给好姐妹我一个微信？”

朱贝拍拍胸脯，说：“那肯定没问题啊。”

姜一绿在后排听着朱贝不着边际地扯谎，没忍住笑出声。

机场偏僻，车开过去也要好一段时间。

坐车玩手机姜一绿就容易晕车，正想着听个音乐打发时间，垂头摸了下右侧的口袋，还是忘记带耳机了。

她想，干脆睡一觉得了。

刚找了个舒服的姿势准备闭眼，手机就响了声。

姜一绿打开微信，点开了对话框。

林修白：【有没有想吃的店，我先预订。】

思索了下，姜一绿切出微信点开了点评软件。平时晚上很饿又不敢吃东西的时候，她就会打开点评软件然后疯狂地搜索好吃的店铺，以至于“收藏”里屯了一堆还没来得及去探的店。

她往下滑了滑，琳琅满目的店铺让她犯了纠结症，犹豫了半天还是选了家烤肉店。

把店铺名字发过去后，对面很快就回了消息：【周六我来接你。】

姜一绿想了下，林修白走路来接自己，然后两人再去烤肉店，好像有点多此一举。

姜一绿打字道：【不用了，我自己去就行，不然太麻烦啦。】

林修白：【不麻烦，到了给你打电话。】

姜一绿盯着屏幕看了两秒，回：【好吧。】

放下手机，姜一绿转头往车窗外看，天气晴爽，晴空中有几片云。

莫名地，姜一绿心情有些愉快。

中午堵了会儿车，等到了机场已经过了十一点半。

接到秦津时，他几乎都等烦了。

朱贝先她们两步往前跑过去请罪，落在后面的齐梦忽地脚步一顿。

“怎么了？”姜一绿奇怪地偏头问。

“我现在非常好奇你们大院里第一和第二帅的男生到底有多帅了。”齐梦嘴角带笑，眼神几乎要发光，“他也太帅了吧！”

姜一绿噎住。

秦津长得很精致，薄唇、桃花眼，朱贝从小就烦男生这个长相，所以一直觉得秦津丑。

现在这个情况貌似是，歪打正着了。

上了车，齐梦和秦津都是话多的人，回去的路上倒是比来的时候热闹。

“哎。”秦津没骨头似的躺在后排，“约个时间呗，你们什么时候有空，咱们聚聚。”

“可以啊！”齐梦比她俩激动，满口就答应了。

朱贝笑了下，转身回头，说：“下周呗，我这周忙得很。”

“不是吧，还得晾我一周。”秦津坐起来，“有没有一点革命友情了？”

“你着什么着急。”两人从小怼到大，朱贝瞥他眼，“你又不是只在这儿待一天。”

秦津说："我买的周日的票，得回陵县看我奶奶。"

"难道你回去了就不回星洲了？"朱贝驳他。

秦津气乐了，说："我真是和你说不了半句话。"

"噢。"

"我找别人。"秦津懒得再理朱贝。

"一一。"秦津侧头看姜一绿，"一起啊？"

姜一绿停顿片刻坦然道："我也没空。"

听她说完，秦津忽然冒出一句："周六你也忙？"

姜一绿一滞，而后心虚地点头。

"你又是忙什么？"秦津哼笑。

姜一绿舔舔唇，在看到秦津那副黑脸的样子，生生把那句"约了和别人吃饭"给憋了回去。

"就……一点小事，嗯。"姜一绿煞有介事地点头肯定自己。

秦津盯着姜一绿看了两秒，吐出一个字："行。"他揉了揉眉心，"两个没良心的。"

第二天就是周六。

林修白来得很快，姜一绿收拾完在客厅坐了没一会儿，就接到了他的电话。

坐了电梯下楼，姜一绿走出小区门一眼就看到了他。

他和从前一样偏爱深色，简单的黑衣灰裤穿在他身上，总有种淡淡的桀骜感。

傍晚有凉风吹散了些暑意，林修白半倚在通体漆黑的车旁，头微垂着露出侧脸看着很安静。

姜一绿在原地站着。

下一秒，林修白看到了她。

上了车，姜一绿系好安全带，侧过头去，有点好奇地问："这是你的车吗？"

林修白启动汽车，分神看了她一眼。

"嗯。"

在一座城市买车就和买房一样，不是轻而易举的事，需要手续和时间。这样看起来，林修白好像是早就做好了留在这里的打算。

姜一绿“噢”了声，也没多问。

傍晚时分，天空云彩翻涌，街边行人如织。烤肉店位于星洲有名的商圈里，车子驶入停车场，两人坐着商场内的电梯上了五楼，一出电梯就看见了烤肉店的招牌。

黑底白字的招牌，就在电梯对面，明晃晃的灯光很引人注意。

因为是在商场里，所以店内的人很多，服务员引着他们往里走，在角落一个小桌坐下。姜一绿接过服务员递过来的菜单，刚翻了一页就听到了熟悉的一道女声。

“小绿？”

姜一绿愣了下，抬头看去。

就见到齐梦从不远处的拐角，朝她这边走了过来。

“你来吃饭的？”齐梦看了眼林修白，视线又转回姜一绿身上。

姜一绿扯唇笑了下，说：“是。”

“你说巧不巧，秦津约的饭也是今天。”齐梦笑着朝前面扬下巴，“走，过去，我们几个一起吃啊。”

姜一绿看过去。

隔壁桌上坐了三个人，估计也是刚开始吃，桌上只上了几盘牛肉。秦津坐的位置靠里面的沙发，这个方向正好对着姜一绿。

此刻他正低着头在翻菜单，姜一绿只看了一眼就略心虚地收回了视线。

齐梦又说了声：“走吧。”

姜一绿有点为难，抬头，视线撞上了对面的林修白。

顿了会儿，她开口：“可以吗？”

林修白对上她的眼睛，没什么犹豫，嗓音轻淡地答：“可以。”

他们坐的本就是个大桌，齐梦喊来服务员多加两个座位。

姜一绿手搭着椅背正准备坐下，一抬头就看见一直没说话的秦津，此刻正神色莫名地瞧着她。

座位上的秦津样子松散，慢条斯理地扫了眼姜一绿，突然开口：

“你不是周六没空？”

# 第八章

## 你脸红了

01

姜一绿卡壳，脑子里有一瞬间的空白，感觉到全桌人的视线都投到了她身上。

她自我安慰，确实是没空，这不是先答应了别人的饭局，总不能推迟。

“噢。”姜一绿格外淡定地说，“忙完了。”

“所以刚好就来吃饭了？”秦津接她的话。

闻言，姜一绿拖着腔“哇”了声，故作神色惊喜，掌心拍了拍，赞他道：“秦津，你出国回来后变聪明了好多！”

秦津冷笑一声，说：“你最好是。”

姜一绿看他这嘚瑟模样，忍不住踹了他一脚，说：“闭嘴。”

桌上除了秦津、齐梦和一个不认识的男生，竟然还有孔星驰。点菜期间听他说起，姜一绿才知道秦津和孔星驰是校友，早在国外就已经认识了。

姜一绿往林修白那边靠了点，好奇地问：“所以你认识秦津吗？”

“听过名字，不算认识。”林修白淡淡地答着，垂眸把刚拿上来的碗筷烫洗干净，放在了姜一绿面前。

极其自然的一个动作。

“有句歌怎么唱来着？”孔星驰拍桌激动道，“有缘千里来相会，无缘对面不相识。”

“行了。”秦津嫌弃地塞了块哈密瓜进他嘴里，“你再唱下去，今天这顿饭不用吃了。”

想着刚来还没洗手，姜一绿把手机放下，和桌上的人说了声去了洗手间。

烤肉店的东西来来回回就那么几样，刚才齐梦他们已经点得差不多了。合上菜单正准备递给服务员，就听到林修白的声音。

他神色依旧冷淡，声调未变，轻描淡写地开口：“加一份鸡翅。”

齐梦也才想起来，说：“啊对，加一份。”

店内喧嚣，桌上也很热闹。

几人天南地北地聊。

姜一绿吃饭时不爱说话，偶尔他们说到自己时才会插上一两句。

几人聊着聊着就到了工作上，孔星驰喝了口手边的果汁，脸上露出追忆往事的表情，突然感慨：“我想起我的那些日日夜夜了。”

孔星驰“啧”了声，接着刚才的话题，顺便扯到了林修白身上：“哎，你们别看林修白这副生人勿近的样子，对游戏他可——”一激动他就想爆粗口，到了嘴边又憋了回去，“太热爱了，真的没日没夜地构图设计，我有时候都怀疑他以后要和游戏结婚。”

“也不是不行啊。”秦津闻言开玩笑，“日本不就有这种类似的嘛。”

姜一绿眨了下眼，将嘴里的东西咽下，突然开口：“你们是从事游戏行业的？”

“对啊。”孔星驰答，“设计师。”

“哇！”齐梦惊呼，“看不出来你这么酷！”

孔星驰眼皮微跳，说：“听你这话我怎么不觉得像夸我的？”

听着他们的打闹，姜一绿无意识地戳了下碗里的鸡翅，偏头往林修白的方向看。

发色乌黑，轮廓极其英俊冷淡，这么多年他的模样几乎没有改变太多。

时间好像在这瞬间倒转，又回到了那个不大的房间里，灯光照着满桌的游戏书籍。他认真地成了自己想要成为的那个人。

那年失去的高考没有毁灭他的命运，就像她送他的那句话一样，在别的地方成了荣光。

吃完了饭时间还早，孔星驰提议去酒吧玩一下。刚好“不在”就在附近，大家也没什么异议。

到了酒吧在卡座落座，孔星驰让服务员送了酒水和一副真心话大冒险的卡牌。把桌上的酒水分了分，孔星驰开口：“来玩游戏啊，输的人就来抽卡牌，看看是真心话还是大冒险。”

旁边的另一个男生开口：“怎么输了不喝酒？”

“这不是照顾女生嘛。”孔星驰颇为绅士地说道。

秦津揭穿他：“是你酒量不行吧。”

孔星驰翻了个白眼。

玩的游戏是“七八九”，游戏规则很简单。骰盒里放两粒骰子，玩家轮流摇骰，摇出的点数为“7”就要加酒，“8”就喝掉一半，“9”就全部喝掉。

孔星驰建议道：“既然我们都不喝酒了就变一下游戏规则，摇到‘9’就是大冒险，‘8’就是真心话，‘7’就两个都来，不愿意的今晚请客啊。”

改了规则数字对应了固定惩罚，反而变得有趣了点，齐梦率先响应。

游戏从她开始顺时针转。

第一轮。

两个“3”。

“运气，运气。”齐梦嘚瑟，将骰盒传给了旁边的男生。

第二轮。

“1”和“4”。

第三轮……

第四轮……

就这样轮了一圈，都再次轮到了秦津还是没有摇出一个“7”“8”“9”。

“我服了！”孔星驰拍桌，“这游戏不行啊，一个都摇不到。”

齐梦喝了口手边的鸡尾酒，悠悠道：“我和你说，你这样说下一轮就是你了。”

“你可得了。”孔星驰说，“闭嘴吧。”

大概是命运使然，下一把孔星驰开盒——

一个“3”，一个“4”。

孔星驰难以置信道：“我这是什么运气！第一个‘7’就落我手里了？”

他还不信了，齐梦这嘴开了光了，立马嗓门老大地吼：“齐梦，你是不是暗箱操作了？”

原本齐梦也就是随口一说，看到骰子时她也愣了，反应过来后笑得前俯后仰：“来来来！姐姐，我给你抽冒险卡，说不定运气会好点。”

“别——”

孔星驰还没说完，齐梦就从旁边替他抽出了一张冒险卡，翻开一看——在舞池上热舞一支。

秦津拍手夸赞他："老孔，你这手气可以啊。"

看着这结果，姜一绿也没忍住笑了，光影摇摇晃晃，落在她乌黑瞳仁里，有不设防的致命温柔。

她嘴角还漾着笑，往林修白那靠过去点，问："孔星驰一直都运气这么差吗？"

这话对孔星驰来说比直接问他羞辱性还大，嚷嚷着佯装就要打起来。

林修白喉结微滚，错开姜一绿的视线落到后方，冷冷地看着孔星驰，声音低缓："做惩罚吧。"

孔星驰莫名还委屈上了，他们的嘲笑让他觉得受了极大的侮辱，承担了所有酒水费就是不上场跳。

见状，秦津毫不客气地嘲笑他。

从孔星驰开始，游戏好像才正式进入了正轨。

第十轮，姜一绿摇到了两个"4"。

齐梦替她抽了冒险卡——请对全场长相最抱歉的异性说：抱歉。

这个卡有点得罪人，姜一绿抿唇，抬眼看过去，和她对视的秦津立马移开了视线。

姜一绿太为难了，原本想着得罪一个最不怕的人，没想到秦津一点都不配合！

她大脑转了一圈，往秦津旁边看了过去。

孔星驰正在吃西瓜，抬眼猝不及防对上姜一绿的视线，差点噎到，说："不是，你看我干吗？"

"抱歉啊——"后面的那句"因为你和我对视了，所以我要选你了，就先和你道个歉"还没说出口，就听见孔星驰跳起来说了一句脏话。

"你的意思是我丑！"

"不……"姜一绿想解释，但好像确实是阴错阳差了。刚才的那句"抱歉"是她下意识地口头禅，没想到恰好就是冒险卡上的话。

姜一绿眨眨眼，尽力把笑忍了回去，轻吐一口气，真诚地道歉："抱歉啊，我——"

孔星驰吼："你还说两遍！"

"啊？"姜一绿微愣，反应过来，"我的意思是，'对不起'。"

她话音刚落，就看见孔星驰站起来嚷嚷："林修白，你笑什么笑！"

孔星驰炸了，走了两步，一掌拍到了林修白的肩膀上。

姜一绿表情滞住，立马侧头朝旁边看了过去，抓住了林修白嘴角边转瞬即逝的一个笑容。

下一秒就见他抬眼，两人四目相对。

其实“温柔”这个词，很难用来形容林修白，但他笑的时候除外。

偶尔冒出来的，不动声色的。

像是早春溪水里融化的浮冰，不同寻常的湿润温柔。

第十一轮，林修白。

一个“3”，一个“6”。

孔星驰对这个结果相当满意，按刚才他的冒险卡程度，估计不会轻松。

“可算是有人陪我大冒险了。”孔星驰笑嘻嘻道，“来来来，我给你抽。”

——说出给旁边异性的微信备注。

林修白旁边的异性是姜一绿。

看到卡牌结果，姜一绿也微愣，随即心底升出了点好奇。

“啥玩意儿！”孔星驰蹙眉，整个人快要接近崩溃，“这也叫大冒险，敢情今天就我一人最倒霉？”

秦津和齐梦笑倒，异口同声道：“认命吧！”

孔星驰怒喝了一口酒，气息不顺地说：“来来来，给我们看看。”

头顶的光线昏暗，林修白垂眸，掌心握着手机，没有打开看。他睫毛很长，唇色浅红潮润，像是坠入回忆，让人有种错觉。

半晌，他指节微松，手机上被调出画面——

W’ism.

02

“这是啥玩意儿？”孔星驰磕磕绊绊地念出来，“也不像英语啊？”

齐梦瞥他一眼，说：“没见识，现在好多人备注都不按本名写。”

孔星驰迷茫地“啊”了声，问：“那你们都写什么？”

“我一般就用亲昵的称呼。”说到这里，齐梦想到了什么，开始笑，“备注这种东西，就数小绿的最好玩。”

孔星驰起了兴致，侧头瞧了姜一绿一眼，问：“你一般都怎么备注？”

姜一绿从林修白对自己备注的猜测里回过神，抿唇想了想，老实地回答：“按照每个人的特点吧。”

“对！知道朱贝吧。”齐梦接话，“她这人和别人聊天有个毛病，打个字要半天，所以每次微信顶端都是‘对方正在输入’，看得人就特别急。”

齐梦停顿了下，继续说：“所以后来小绿直接就把朱贝的备注改成了这个。有一次我看小绿发消息时才发现的，连字后面的省略号都加上了。按照小绿的话说就是，知道这是备注后，猜不到朱贝在不在输入，就再也不会着急了。”

孔星驰愣了下，随即大笑了起来，说：“还真是这么个理啊！你聪明啊！”

姜一绿有点不好意思，扯唇笑了下。

“哎，说起来我们几个上次遇见后好像没加微信吧。”孔星驰说，“现在加一下吧，我想看看姜一绿怎么给我备注！”

说着他有点兴奋，抬眼时，恰好撞见林修白冷淡的目光。

于是在孔星驰的提议下，现场突然就变成了交际会，大家都站起来互相加微信。

姜一绿垂眸，点开验证消息，正想在备注那栏输入“孔星驰”，就听到他的大嗓门：“你给我备注什么呀！我看看。”

其实对于不是太熟悉的人，她都是打全名。这下太突然一时间她想不到要给孔星驰怎么备注。

姜一绿抿唇思考了几秒，眨眼，指尖在键盘上按了一个“7”。

孔星驰眉心跳了下，扯出个不情愿的笑，夸她：“你还挺会玩梗哈。”

姜一绿没接话。

孔星驰苦巴巴地坐回自己座位，拿着手机一一通过，像是自言自语地说：“你们女孩子的头像怎么都这么花哨？”

他随意备注好齐梦的名字，又顺手点进她朋友圈看了眼，眼花缭乱。

他漫不经心地划拉了下，正准备退出就看到了条“招室友”的朋友圈。

孔星驰从手机里抬头，随口问：“你在找室友啊？”

“啊？”齐梦正在和秦津说话，闻言抬头，顿了下才答，“不是我，给小绿找的。”

“一一？”秦津有点意外，没正行地靠在沙发上抬了下眉，“你不是一直和贝贝一起住吗？”

“嗯。”姜一绿点头，慢慢地解释，“她不是领证了嘛，就搬出去了。”

秦津也反应过来，说道：“那你来我家住呗。室友也不好找，我妈也在，你们一起住也可以做个伴。”

姜一绿摇摇头，拒绝道：“没事，我一个人住也挺好的。”

听他俩的对话，孔星驰大大咧咧地开口：“你们关系这么好？”

姜一绿坦然地说：“我们几个从小一起长大的。”

“真好。”孔星驰感叹一句，掰了瓣橘子塞进嘴里，瞥见侧边的林修白，脑子里灵光一闪，突然间蹦出了个想法。

“哎，姜一绿。”孔星驰把嘴里的橘子咽下去，突然开口。

“怎么了？”姜一绿抬眸。

孔星驰问：“你介意和男生合租吗？”

姜一绿手上动作一停，有点没懂他的意思。

“是这样。林修白他回国半个多月了一直住酒店呢，最近也在找房子。”孔星驰解释，“反正你们也认识，可以合租啊，也有个照应什么的。”

没想到是这个提议，姜一绿微愣，下意识地偏头往林修白的方向看。

他的性格本就寡冷，所以一直安静大家也已经习惯了。

他在剥橘子，修长的手虚攥着橙黄的橘子，细致缓慢地剥开。

神情专注，指尖湿润。

“我觉得也不错啊。”齐梦听完觉得认可，“不然别人我还不放心呢，林修白不是小绿弟弟的同学嘛，挺好的。”

沉默了片刻，林修白轻轻地将橘子放到姜一绿面前。

姜一绿无声地张唇，慢一拍地垂睫看向眼前那个剥好的橘子，突然鬼使神差地问：“你愿意吗？”

林修白看她，没有立刻答话。

他知道有些太急了……

就这样和她做室友，太急了。

但是，他快忍不住了，几乎下一秒就会忍不住……

因为克制太久了。

所以他想的，想要在最为亲近的时空里，一点一点地占据她的心。

半晌，他嗓音低低哑哑地答：“愿意的。”

已经过了晚上十一点，夜风温柔，云朵挪了一角，露出清淡月光。

车在世博壹号小区门口停下，透亮的光沿着车玻璃落进来。姜一绿迷迷瞪瞪地打了个哈欠，眼角沾泪，侧头问：“到了？”

林修白解开安全带，轻轻“嗯”了一声。

“噢。”姜一绿懒洋洋地揉了下眼睛，有点累。

晚上玩了太久，兴奋过后就是铺天盖地的疲倦。她趺趺撞撞地下车，关上车门时，看见林修白从车头绕了过来。

姜一绿冲他摆摆手，说：“不用送了，很晚了你快回去吧。”

夜幕之下，星洲处处繁华。

她漆黑的发丝凌乱地缠绕柔颈，藕粉色的圆领上衣，眉目娇艳但倦懒地耷着，乖得有点像只小猫咪。

林修白沉默了会儿，音调平缓：“走吧，我送你到楼下。”

他顺从地跟着姜一绿的步伐慢慢地走着。

月光落拓，风吹了会儿，姜一绿清醒了点。

走到楼下，她的脚步停住。

姜一绿侧身朝林修白挥了挥手，说：“那我先上去了。”

嘴唇张合，唇瓣殷红如花瓣。

林修白克制着自己，对上姜一绿的视线，微凸的喉结上下滚动了下。

“姜一绿。”

“怎么了？”姜一绿迟疑地抬眼。

“今晚的饭不算。”林修白看着她，神色朦胧，“下次再请你。”

回家洗漱完毕后，仅存的那点困意也被流水冲散了。

姜一绿去厨房热了一杯牛奶，在等待的过程中，拿着手机刷了下一天没看的朋友圈。

齐梦把今天拍的所有图片凑成了一个九宫格，配上了文字，此刻下面的共同好友点赞也有了三四排。

照片大多是一些食物和酒吧环境的照片，姜一绿点开一张张往后滑。最中间的那张是个大合照，最后结束时在酒吧里拍的。

她把照片放大了点，下意识地在人群中找自己。

片刻，她指尖停住，呼吸微滞。

拍照的位置是齐梦安排的，男生站一排女生站一排。

照片里她发丝随意披着，肤色胜雪，笑起来眸色水润，嘴角弯弯，剪刀手比在脸侧，笑容热烈温柔。

头顶彩灯拉出层叠光影，星星点点地落在每个人的脸上。

林修白站在离她最远的第二排左侧，清冷眉目沾上浅淡笑意，视线越过满屋哄闹，旁若无人地看着她。

姜一绿看着照片微微发愣，点点奇异的感觉抽丝剥茧地从心里冒了出来。

微波炉发出轻快的一声“叮”，将她的思绪拉了回来。

姜一绿抿唇，退出界面，拿出牛奶小心翼翼地喝完，冲洗了杯子，回了房间。

第二天，姜一绿休息结束回了“一氧”。

七八月正值服装业的旺季，每年热销季或者换季她们都会出去进货一趟。之前几次一直都是朱贝去，这次自然就是姜一绿。

广东这个季节颇热，随便动一下就会大汗淋漓，更何况还得奔波考察货品。

出门的前天晚上，姜一绿盘腿坐在地上收拾了好几件衣服在行李箱，整理琐碎杂物时，瞥见了随手放在腿边的家门钥匙，忽然想起了件事。

那天晚上孔星驰提合租的事，虽然林修白答应了，但是他也一直没有具体问自己。这几天她不在星洲，或许还是先问问他比较好。

这样想着她就拿出了手机，给林修白发了条消息。

发完后她也没有特地等，继续往行李箱里放护肤和化妆品。

大约半个小时后，一切都整理结束。姜一绿后知后觉地开始感觉到饿，她拿出手机点外卖，才发现她给林修白发的微信一直没有得到回复。

她看着聊天窗，没情绪地发了几秒呆，就切出去点开了外卖软件。

等外卖的期间里姜一绿顺便洗了个澡，出来时，手机铃声和林修白的消息一同跳了出来。

拿了外卖，姜一绿又从冰箱里拿出瓶果汁，拆开包装袋，在客厅的茶几前盘腿坐下后，才点开了林修白的消息。

他发了两条。

林修白：【抱歉，刚才在开会，手机静音了。】

林修白：【看你方便，我随时都行。】

不知道为什么，姜一绿总觉得这样的感觉有点神奇，好像以前发消息时话题还是学习，而现在已经是工作。错失的时间让她现在还在慢慢消化所有人都长大的事实。

姜一绿握着手机垂眸打字：【没关系。不过我明天要去广州进货，要不我把家里的钥匙放在“一氧”，你随时搬来都行。】

他回得很快，只问：【哪天回来？】

姜一绿思索了下：【应该是大后天吧。】

林修白：【好，住酒店记得锁门，别乱跑，注意安全。】

姜一绿看着这串话忽然想笑。

其实，林修白话也挺多的。

姜一绿在广州待了两天半，累得每天一回酒店倒头就睡。忙了几天终于一切结束。

下了出租车，姜一绿整个人有点憔悴，困得眼皮直打架，回家后迷迷糊糊地洗了个澡就回到房间睡觉。

累了几天，在梦里姜一绿都在到处奔跑。

等再次醒来时，窗外天色已暗，窗外有很幽淡的光，轻柔的微风吹得树丫嘎吱作响。

姜一绿迷茫地揉了揉眼睛，经过了刚睡醒的空白期，慢一拍才反应过来自己在哪里。

睡了太久，嗓子干涩得发不出声音，她抚着脖子，轻咳了声，扯得有些疼。

姜一绿下床套上拖鞋，径直走向了厨房喝水。端着杯子出来时，她才注意到屋子里有浅浅的水声。

一瞬间，她的心脏提到了嗓子眼。

进贼了？

姜一绿愣在原地，好几秒后才反应过来，应该是林修白搬过来了。

她顺势往洗手间的方向看。

水声停了，有窸窸窣窣的声音。

姜一绿在原地站了几秒，刚想往房间走，就见到浴室的门猝不及防地打开了。

下一刻，林修白黑发湿润，带着一身潮气，裸着上身直接走了出来。

灰色松散的家居长裤，往上腹肌线条优美流畅，精瘦的肩膀上搭着一块白毛巾。

这个瞬间，姜一绿的脑袋是空白的，呼吸停滞，脑子里的那根弦顷刻间绷断。

她忘记了移动，仿佛有个定时炸弹绑在了她的眼皮上，一动，就会把她炸得粉碎。

见姜一绿一直愣在原地，林修白忽然喊了她一声。

时间在这一刻开始流动。

姜一绿瞬间清醒过来。

而后脑袋里的炸弹爆炸。

啊！

她看见了什么！

03

姜一绿皮肤白皙，眉眼间还有刚醒的慵懒，柔软的头发凌乱地披在肩上，不知道是不是睡觉压的，头顶有一撮毛立在了脑袋中间，像根呆毛。

此刻她的脸蛋沾染桃红，模样看着有些可怜。

林修白目光微垂，喉结滑动，盯着她看了好一会儿。

“你脸红了。”他低声说。

“……”

一瞬间就像是辛苦吹出来的泡泡被毫不留情地戳破，这样直白地点明，姜一绿的脸蛋像是瞬间被烧着，有种极为强烈的热感，就连时间都像被拉长一般。

姜一绿空咽一下，若无其事地眨眼，说：“刚睡醒，有点热。”

林修白没说话也不知道信没信，几步走到沙发，扯过黑色薄T穿上，这才慢一拍地开口：“抱歉，我不知道你回来了。”

他穿衣服的工夫，姜一绿的神志已经恢复正常。

被看光的是林修白，怎么想好像吃亏的都是林修白。再说，成年人看个裸上身怎么了！

这样自我安慰了半天，姜一绿脸上的热气散了点，握着杯子转身，格外淡定，说：“没关系。”

空气又静止了。

姜一绿站在原地，有点进也不是退也不是的感觉，胡乱想了下还是往沙发走了过去。

她把杯子放下，随便扯了个话题：“你什么时候过来的？”

“今天早上。”林修白也坐下，淡淡回答。

话毕，姜一绿偷瞄了他一眼。

可能是刚洗完澡，林修白身上的气息比平时柔软，没那么锐利冷肃。刚才的事情他反应甚微，似乎不太在意。

姜一绿无意识地咬了下唇，彻底放心了。

从中午到现在姜一绿一口饭都没吃，睡醒后本就有点发昏，经过了刚才的惊吓，稍稍清醒了会儿，现在后知后觉地又有些无力。

正想着回房间拿个手机点外卖，就听见静谧的客厅里“咕噜”响了一声。

姜一绿表情微滞，缓慢抬头，对上林修白的视线，莫名有点脸红。她张张唇，慢吞吞地开口：“我饿了。”

林修白沉默着，眼神潮潮地看着她。

姜一绿气息有点不顺，突然开口，挺凶：“你是不是又想笑我？”

他不常笑，但每次笑都是在她出糗的时刻。姜一绿都摸出这个规律了，娇气劲儿上来了，就想生气。

林修白眼波微动，嗓音湿哑：“不是。”

“我才不信。”姜一绿皱眉反驳。

对她的顺从几乎成了骨子里的习惯，林修白默认，目光落在她身上，看了片刻忽然间开口：“上次，是不是说过要请你吃饭。”

姜一绿有些茫然，下意识地“啊”了声。

林修白看着她，语音稍稍停顿：“就现在吧。”

夜色溶溶，晚风催动街边甜腻的奶香。

两人沿着路边的灌木丛，慢慢地往公交车站走。

出门前姜一绿随手从茶几上拿了包曲奇饼干，拆开后有两块。她塞了一块进嘴，顺手拿起另外一块举到旁边，含含糊糊地说了声：“喏。”

她的动作是下意识的，林修白却没有防备，不知所措了一瞬。他睫毛轻颤，俯下身咬住了那块饼干。

见他咬住，姜一绿拍了拍手上的饼干屑，嚼着东西，慢吞吞地开口：“我们吃面条怎么样，晚上吃太多了消化不好。”

林修白吃得很安静，听到她的话，问：“就吃面条？”

“嗯。”姜一绿吃完了饼干，嗓音清透，“别小看我，吃面条我也能吃穷你。”

乘坐公交车六七站的样子就到了，下车后姜一绿絮叨地和林修白说了会儿话，不知不觉间面馆近在眼前。

面馆里的人有点多，两人在外面等了会儿才进去。

可能是有点饿过了，姜一绿看着面前的牛肉面胃口不太好，小口地吃了半碗就有点饱了。

他视线和她对上，又看了眼她几乎还剩大半的面。

想起了自己放的大话，姜一绿停了一秒决定先发制人，眼睛黑亮，特真诚地把碗推了下，说：“你是没吃饱吗？”

回去的时候，公交车上人多了点。

车内灯光昏暗，街边红绿的车尾灯像一颗颗琉璃宝石，光影在车窗上晃过，小尾巴似的，看得姜一绿又有点犯困，但车上吵她有点睡不着。

两人坐在后排的双人座位上，姜一绿扯了下林修白的衣摆，说：“我好困，但这里有点吵，你有带耳机吗？”

他侧过头看她，轻轻点头。

姜一绿眼神一亮，说：“我就知道你有！”

以前的时候出门她总记不得带耳机，但只要问林修白就一定会有。

她接过他掌心的细线，拿出手机插上，戴上一只后又问他：“你听吗？”

林修白专注地看着她，很想捏捏她的耳垂，低语：“好。”

听见他的回答，姜一绿直接把右耳机戴在了他耳里，闭眼前还不忘说一句：“到了叫我一下。”

耳机里不知名字的音乐缓缓流动，旁边的人呼吸均匀，头顺着车的颠簸一点点滑落在林修白的肩膀上。

林修白无声地看着前方虚幻的光影，抬手抚上胸膛，抿唇，心跳得有点快。

他很喜欢这样的时间。

很安静，很缱绻。

这么多年来，他一直都喜欢有线耳机，因为姜一绿记性不好总是忘记，所以每一次和她共用一副耳机，成了他年少记忆里最隐秘的欢喜。

不知过了多久，姜一绿在迷糊的睡梦中被突然喊醒，整个人吓了一大跳。她脑子里一片混沌，条件反射地跟着人流迷迷瞪瞪地下了公交车。

刚睡醒她的脚步都是虚浮的，姜一绿在原地站了会儿，感觉世界都在晃。

林修白跟在她后面几秒下车，看着她蒙蒙的状态，低声喊她："姜一绿。"

听见声音，姜一绿回头，思绪慢慢连接起来，后知后觉地有点晕车，直犯恶心。她徐徐呼吸，晃了晃脑袋，才慢吞吞地嘟囔："回家吧。"

她有起床气，现在心里莫名憋着一口郁气，走得特别慢。

她这种模样林修白太过熟悉，轻瞥她一眼无声地弯唇。

走了会儿，姜一绿越来越清醒，抬起手背贴了贴微烫的脸，刚想开口说话，就一脚踏空重心不稳地往旁边摔了过去。

电光石火间，她只来得及抓住林修白的手臂堪堪稳住自己，而后脸一下撞进了他的胸膛。

她的嘴唇磕碰上他的衣衫，一瞬间，干干净净的衣皂气息混着浅淡的檀香，侵占了姜一绿所有的感官，脑子里仅存的那点困意彻底被撞飞了。

时间被按了暂停键。

姜一绿呆愣两秒，倏地抬头。

林修白下意识地往下倾身。

两人的距离在顷刻间拉近。

她的鼻尖蹭到了他的下颌，接触的地方就和他的呼吸一样，是滚烫的。

男人熟悉的气息近在咫尺，姜一绿忘记了眨眼。

这个角度，可以清清楚楚地看清他乌黑的睫毛，微敛的眼皮，皮肤接近透明的白，眼皮下有淡青色的脉络，还有此刻近得可以看见他瞳仁里倒影的自己。

她整张脸以肉眼可见的速度变红，回过神，一下弹开了。

姜一绿低头往下看，人行道上她所站的地方缺了一块地砖。

就这样神经兮兮地盯着地面看了几秒，姜一绿感觉头顶都要被视线烧穿了。她深呼一口气，握了握拳，抬起头，温暾地解释："没站稳……"

林修白无声地看着她，脸上看不出太明显的情绪，模样比她淡定，只淡淡"嗯"了声。

受到"侵害"的当事人都没什么特别反应，倒是显得自己有点反应过激了。姜一绿视线下移，目光落在林修白的衣服上，她刚才磕碰到的地方，洇湿了指甲盖大小。

姜一绿空咽了下，决定无视。

出了这点小意外，两人一路无话回到了小区。

进了电梯，姜一绿站在前面点，视线一直盯着面前的电梯门，总感觉气氛有点诡异。

口袋里的手机忽然响了下，姜一绿得救一般连忙拿出来看。

朱贝：【听梦梦说，林修白和你合租了？】

姜一绿：【嗯。】

朱贝：【怎么样？】

姜一绿：【什么怎么样？】

朱贝：【和男生住的感觉啊。】

姜一绿顿了下，大脑又提醒着她想起了今天看到的画面。

最开始见面时姜一绿不觉得，但今晚过后她发现了林修白是有变化的。

从前的时候他住在她家，姜一绿把他当弟弟、朋友，因为他的那些往事，所以对他总有一种不自觉的同情怜悯的照顾。但现在两人的感觉似乎有了调换。

虽然对她好像还是和从前一样，但姜一绿知道他不再是从前那个清寂沉冷的少年，他在成长、蜕变，在她没有参与的六年里，沉淀打磨，成了侵略锐利的男人，这是一种有点陌生又熟悉的感觉。

以至于突然合租后她才有点意识到，怎么相处确实成了一个问题。

姜一绿慢慢打字：【好像是有点不方便了……】

朱贝：【正常。穿衣服、晒衣服什么的肯定都得注意，不过你们这么熟了，随便说说相互提醒一下就行了。】

姜一绿自觉地点头：【你说得对。】

收了手机，姜一绿在脑子里寻找着对应的话，回过头去，看着林修白开口：“有个事想和你商量一下。”

似乎是没想到她会突然说话，林修白慢了一拍才转回视线对上她。

“你说。”

“以后在家里的公共场所不要裸露。”

“……”

04

姜一绿这句话说完，空气莫名静止。

她后知后觉地反应过来，这句话好像带了点歧义。

一股谴责对方不知羞耻，故意裸露的感觉。

她噎了一瞬。

林修白眸色漆黑，正直勾勾地看着她。

姜一绿顿了下，解释道："这条针对我俩。"

"……"

林修白抬眼看了下电梯上方的数字，没有对她这句话产生什么多余的情绪。他喉结上下滑动，嗓音依旧平淡："到了。"

姜一绿回头，电梯门正巧打开，只"噢"了声就先走了出去。

进了屋，姜一绿脱了鞋就奔向冰箱，刚才睡了一路，嗓子有点干，总算是可以喝水了。

一拉开冰箱门，扑面而来的凉意，让人神清气爽。姜一绿拿过橘子汽水拧开瓶盖，正要仰头喝，一双手就先一步出现在她的视野里。

姜一绿眼睁睁地看着林修白把汽水拿走又拧紧，最后放进了冰箱里。

她盯着林修白的动作，有点莫名其妙地抬头问："你干什么？"

"太冰。"他眉眼平静，说得很自然。

姜一绿不爽道："你比我还小两岁呢，怎么过得和老干部一样。"

林修白有稍微的停顿，低声说："温水比冰水更加解渴。"

说了会儿话，姜一绿这会儿嗓子更干了，也没和他争辩，无理取闹地开口："那你给我倒。"

头顶的小吊灯啪地打开，姜一绿窝在沙发上打开手机计算器，开始算钱。

这几天事太多，房租的事情一直没有和林修白算。

她拿着手机噼里啪啦输入了一堆数字，水电费加房租和押金一共是四千五百元。

这房子还带了一个书房，之前被她和朱贝改成了衣帽间，这会儿还没来得及恢复原状，也不知道林修白用不用，想到这儿姜一绿停顿了下，抬头就见他端着杯水走了过来。

"先喝水。"

虽然林修白对人总是一副冷漠寡然的样子，但对自己一直挺温和顺从的。

这会儿脾气散了，姜一绿又开始愧疚了，小声地说了句“谢谢”。

喝完了小半杯水，姜一绿嗓子润润的，舒服了不少。她舔了舔嘴角的水渍，缓了下才进入正题。

姜一绿把手机朝林修白移过去了点，温声开口解释：“主要是想和你说一下房租的事。”

“房租是按月交的，因为我的房间带了一个卫浴所以贵一点，比你多了一千。水电费方面，因为我是女生，可能用得比你多，所以也比你贵，你给三百就行。”姜一绿说，“然后之前我和朱贝将书房改成了衣帽间，不知道你用不用，如果你用的话这两天我把它收拾出来。”

说到这儿，姜一绿忽然想起件事，问：“对了，你现在还画画吗？”

如果画画的话，颜料、画板、器材应该还挺多的。

林修白一直安静地听她说着，闻言只是摇摇头，说：“现在很少画了。不过还是和你平分吧，也许哪天就用了。”

姜一绿点点头，说：“我都可以，那我明天把它收拾出来。”

“不用。”林修白嗓音没什么起伏，很温和的语调，“你先用着，等我要用的时候再说吧。”

姜一绿迟疑道：“那你会不会太亏了点。”

林修白似乎是在想事情，眼尾微耷，瞳仁很纯粹，安静了会儿，用很轻的语气说：“从来没亏过。”

睡觉之前，姜一绿在床上收到了林修白的转账——

60000。

看到数字的那刻，姜一绿有点蒙。

她算了下，是整整一年的房租！

她顿了片刻给他发消息：【怎么这么多？】

对面回复得很快：【一年的。】

姜一绿：【我知道。但是不用一次性给这么多呀，你可以一个月一个月地给。】

她继续解释【万一之后你找到离公司更近的房子，也比较方便搬过去。】

这次他隔了片刻才回，简单的三个字：【不会的。】

时间不慌不忙地流淌着。

林修白平时好像特别忙，姜一绿很少在家里见到他，只有偶尔早上时才会看到他正要出门。

听齐梦说过，好像是林修白和孔星驰最近在忙着做新游戏，她平时也少和孔星驰出来玩了。

周五那天是七夕节。

傍晚的时候，姜一绿打发朱贝让她早点回去。

朱贝边收拾东西，边说道：“你今天也早点回去呗，正好当放假了。”

姜一绿啃了下手里的苹果，说：“我早回去干吗，这种日子顾客最多。你看，”她停下，掰着手指给朱贝数，“小情侣们吃了饭，正好就能陪女朋友来买衣服了，买完再去看电影，多赚钱啊。”

朱贝笑道：“你还考虑得挺全面啊。”

姜一绿点点头，毫不客气地夸赞自己：“聪明吧。”

朱贝眉头稍稍一挑，问：“今天怎么顾医生没约你吃饭？”

“他没事约我干吗？”大概猜到朱贝要说什么，姜一绿嚼着嘴里的苹果，含含糊糊地率先开口，“你别操心我了，赶紧去约会吧。”

朱贝还想说什么，就听见工作室外面停车的声音，走之前还叮嘱了姜一绿两句，晚上回家注意安全。

晚上确实如姜一绿猜测的一样，顾客很多，虽然不一定都买，但来来往往几乎没有停歇的时候。人流大概集中在八九点，工作室内就慢慢冷清下来。

从中午到晚上，姜一绿只吃了一个苹果，忙的时候没感觉停下来后才觉得饿。

她瞧了眼墙上的钟，估摸着应该不会再有人来，拿上了钥匙关门走了出去。

夜晚的街道很繁华，灯红酒绿，人群熙攘，空气中也飘浮着散不开的欢闹。

姜一绿抿唇呼了口气，格外疲倦。

她正准备往前走，忽地听到有人喊她。

她怔了一秒，侧过身子慢慢回头。

林修白站在离她不远的地方，神色冷倦，握着手机，他穿着黑色的衬衣，差点融进了潋滟的夜里。

很恍然的感觉，特别像某一年跨年的那个夜晚。

在原地呆站了几秒，姜一绿才回神，走过去有点意外地问：“你怎么在这儿？”

林修白微垂头，看着她，说：“下班了，刚好就过来接你。”

他没怎么掩饰，倒是姜一绿有点没想到，双眼弯弯地笑道：“今天很早嘛。”

“嗯。”林修白应了声，“吃饭了吗？”

“没有，今天人可多了。”姜一绿开始抱怨，“不过收益也很好。”

说到这儿，她抬头，说：“你吃饭了吗？没吃的话，我请你呀。”

“回家吧。”他嗓音清清冷冷的，和冬天淅沥的小雨似的，“回家做给你吃。”

晚风轻腻腻的，又湿又潮。

姜一绿坐进车里，百无聊赖地看着飞速滑过的景物，往窗户上哈了口气，又无聊地转回了头。

抬手将碎发捋到耳后，她看了眼驾驶座上的林修白。

他的眉目很凛冽，带着与生俱来的锋芒，总觉得他不沾半点烟火气。大约是近段时间太过忙碌，他眼下的皮肤留了点淡青，在车内的灯光下，莫名有点慵懒。

或许是姜一绿的视线太明显，下一秒，林修白侧了头。

姜一绿：“……”

回到家后，换上室内鞋，姜一绿下意识就要往客厅沙发走。走了一半才想到做饭这件事，她绕到林修白面前，问：“需要我做什么吗？”

林修白放下钥匙，说：“不用，你坐着就行。”

“我不会做饭，那我帮你洗菜吧。”姜一绿是决心要帮忙的，没答应他的话，自觉地给自己安排了工作。说完，她就先一步跑进厨房，蹲下挑着地上的蔬菜，“做土豆还是西蓝花？”

看着她的模样，林修白挪步往里走，有点无奈地答：“我来吧。”

林修白做事的时候总是很认真，眼睑低垂，脊背微弓，食物在他修长的手指下慢慢烹熟。姜一绿帮不上什么忙，洗完了菜就在旁边看着他不停操作。

一顿饭吃得安静，林修白话不多，一直是姜一绿在絮絮叨叨。

偶尔说到需要回应的话题时，林修白也会极其配合地说一句。这个时候姜一绿就会极为满足地点头：“是吧，是吧！”

饭后，姜一绿自告奋勇地要去洗碗，手刚碰到油污的瓷碟就被林修白捉住，而后自然地放开。

“你去看电视，我来。”

她低头扫了眼桌上的碗碟，油腻腻的。

很少做家务的姜一绿开始犯懒，不好意思地说：“那就辛苦你啦！”

楼层高，外面的喧闹传不进来。

姜一绿打开电视机，拿着遥控器随意地摁着跳到了电影版块。

摁了两下，在恐怖片的分类停下。

她很喜欢看恐怖片，但是不太敢一个人看，以前都是拉着朱贝一块儿看，自从朱贝搬走后她就再也没有看过了。

正想着，林修白就洗碗从厨房里出来。他手还湿着，皮肤沾水，水珠悬而未落。

姜一绿连忙扯了张纸巾给他，看他接过后，又殷勤地把刚才剥好的小橘子推到他面前，说：“吃这个。”

林修白看着桌上的橘子，眼神动了动。

安静了会儿，姜一绿微仰脸看他，问：“想看电影吗？”

“嗯。”

“那你想看什么类型的？”姜一绿说，“喜剧？动画电影？还是恐怖片？”

林修白瞧了眼电视机，平静道：“恐怖片吧。”

他的意见和姜一绿的不谋而合。

姜一绿瞬间开心起来，视线转回到电视机前，眉眼间笑意隐隐，说：“我也想看恐怖片。”

电视机上的恐怖片，姜一绿大都看过。她不断往下摁着，挑了个年代久远的片子。

为了配合气氛，姜一绿还特地把客厅的小吊灯关了。

清白月色透过剔透玻璃窗落进来，影影绰绰汇成错落的影。

忘记拿喝的，姜一绿又摸黑起身从冰箱里拿了两盒黄桃酸奶，光线微弱，回来时她的膝盖不慎撞到了茶几。

一瞬间，痛觉直击神经，她疼得快要哭出来。

听到声响，林修白比她更快一步，走到墙边揿亮客厅灯。

姜一绿歪歪扭扭地坐在沙发上，疼得脸颊发红，眼瞳似沾了水，水雾蒙蒙的。

林修白的动作滞了一瞬，接过她手上的东西，低声说了句："别动。"然后走到电视柜下面的抽屉里拿小药箱。

茶几边角锐利，她的膝盖被磕破了皮，渗出了点血。

取出碘伏，林修白膝盖微弯半跪在姜一绿面前，垂下眼睛，小心翼翼地处理她的伤口。

姜一绿这才发现，林修白的表情冷了下来，抿着唇，很严肃。

凉意触上皮肤，姜一绿太阳穴跳了下，手指抠着沙发套，忍不住地喊："疼……"

他的动作有稍微的停顿，语气安抚："忍一下。"

怕她疼得太久，林修白动作很快，但又顾及着她，等处理完后鼻尖沁了点细汗。

冰凉的触感消失，姜一绿拿过林修白递的酸奶喝了一小口，紧绷的神经才慢慢舒缓下来。

她视线飘到电视机上，电影已经开始了十分钟。她吸了吸鼻子，看向林修白，声音有点闷："你快坐下来吧。"

林修白将东西丢进脚边的垃圾桶，倦淡地"嗯"了声。

吊灯又被灭掉，姜一绿咬着吸管，看着电影慢慢进入正题。

姜一绿盯着画面看了半天，越看越觉得这部电影有点熟悉。

她歪头想了想，回头："林——"

后面的话一下卡在了她嘴边。

屋内灯光半明半昧，林修白靠在她旁边的沙发上，合眼好像睡着了。

漆黑碎发搭在额角，五官侧影明晦，衬衫领口的扣子松了两颗，喉结上的那颗痣更是若隐若现。

有种性感。

姜一绿慢一拍地眨眼，挪回脑袋把电影声音调到了最小。

就着字幕看了会儿，姜一绿可算是想起来为什么眼熟这部电影了。

好像也是和林修白一起看的，只不过地点是电影院。

想到这儿，姜一绿又回头往后看去，眉梢动了动。

林修白忙了很长一段时间，今天又是做饭又是洗碗的，是真的太累了。

姜一绿无意识地捻了捻指尖，起身瘸着腿把电视机关了，又屏着呼吸，蹑手蹑脚地往房间里走。

躺在房间的床上，姜一绿拿着手机无聊地刷着微博，不知不觉间时间就过了十一点。

她猛地从床上坐起，感觉什么都没干一个小时就过去了，她懊恼了会儿，才下床去衣柜里翻找睡衣。

她找了半天才想起，昨天把两套衣服一起丢洗衣机里洗了，此刻还晾在阳台没收。

姜一绿在原地站了两秒，才踩上拖鞋打开门往客厅走。

夜深了，屋外一片昏暗。

姜一绿趿拉着拖鞋，往阳台方向走。

走了没两步，才发现阳台上有一点光。

夜雾浓重，光影切割出分界线，林修白的黑色衬衫被风吹鼓，身高腿长，背影清桀。

“林修白？”她慢慢走过去，喊了他一声。

姜一绿站定在他面前，有点犹豫地想问，又不知道从何开口。

斟酌了两秒，她舔舔嘴角，小声问：“你不开心吗？”

林修白没说话，手指轻轻搭在阳台边缘，看着她嗓音哑哑的：“嗯。”

姜一绿张唇“啊”了声，忽然不知道说什么。

“因为工作吗？”

林修白眼睛盯着她，无声无息。

她今天穿着 身红，发丝垂在月牙般的锁骨前，好看得有点不像话。

忽然，姜一绿被扯了过去，下一秒被箍进了林修白的怀里，不大的力道但她却有点不敢动弹。

他的衬衫被夜风吹得有点凉，脸贴着它又被慢慢渗透过来的体温熨热了脸蛋。

脑子发蒙，浑身被檀香味笼罩，姜一绿一时间忘记了说话。

林修白呼吸微沉，有点克制不住自己……

压抑偏执的情感被束缚太久，一旦找到一个豁口，就会难以自抑地倾泻而出，只能借着这样的谎言肆无忌惮地抱住她。

姜一绿整个人有点乱糟糟的，眼瞳盯着远方的霓虹灯，没有焦点。

不知过了多久，她轻轻开口，小心地问：“是遇见很糟糕的事了吗？”

他嗓音很哑，溃散得没有边际：“很糟糕……”

姜一绿一直觉得林修白是个特孤独的人，无论遇见什么事总是自己咬牙承担，只有在最为寂静柔软的深夜，才会偶尔控制不住地露出一点脆弱。

那一定是很难的事，姜一绿有点苦涩地想。

她不知道该说什么安慰他，只是抬起手臂抚摸他的背，很轻很轻地安抚："会过去的。"

林修白合眼。

他什么都不怕，唯独怕姜一绿不爱他。

05

八月过了一大半，天气依旧燥热难耐。但最近星洲市台风来袭，雨势变大，淅淅沥沥下了一周没有要停的意思。

雨天，天色暗得早。

姜一绿托着下巴朝玻璃门外看，有点出神。

豆大的雨点砸在屋檐、地面上，噼里啪啦发出巨大声响。

玻璃门上氤氲了一团雾气，世界都是模糊的。

这种天气很少有人出门，所以这段时间"一氧"关门得也早。

今天朱贝走得早，姜一绿收拾了工作台，打扫了下工作室，才拿出手机给林修白发消息。

雨天很不方便，最近这一周林修白忙完了工作，常会开车来接她。

发完了消息，她下巴搁在桌面上，百无聊赖地玩了几盘《消消乐》。

时间一点点地过去，注意到外面的雨声渐小，姜一绿抬起头往外看了一眼。她还没锁门，只在门口挂了个"正在休息"的小木牌。

这会儿，有人正要推门进来。

姜一绿起身，正想说已经打烊了，就看见那人已经推门进来。

姜一绿愣了下，开口："顾念？"

一进门，顾念就可怜兮兮地喊："小绿姐姐。"

姜一绿拿了几张纸，给她擦了擦脸上的雨水："这是怎么了？"

顾念苦着脸，说："和室友吵架了。"

"所以就这样跑出来了？"

顾念点头，顿了下忽然说："小绿姐姐，我今晚可以和你住吗？"

姜一绿有点意外，问："和我住？"

“是的。”顾念耷拉着眼，小声说，“我真的不想回去，太难过了。”

闻言，姜一绿抿唇有点为难，说：“可是我现在不是一个人住。”

顾念拖着腔“哦”了声，看起来挺难过的。

见她这样子，姜一绿怕她误会，开口温声解释：“我是和别人合租，如果要带朋友回来的话，需要和他商量。”

姜一绿又说：“他一会儿就来了，我和他说一下，他应该会答应的。”

顾念弯唇点点头。

恰好在这个时候，门外有喇叭声响起，姜一绿抬眼看过去。

林修白拿着把色调暗淡的红伞，肩上稍稍打湿了些，雨水顺着伞尖往下滴，他正慢慢往这个方向走。

他收伞进来时，顾念扯了下姜一绿的衣袖，声音有点惊喜：“小绿姐姐，这是你的合租室友吗？”

姜一绿点头。

“我的天，好帅啊！”顾念压低声音，“他有女朋友吗？”

听到这话，姜一绿一顿，老实地答：“我不知道……”说完像是脑中有什么东西被点开，因为她确实第一次想到这个问题。

所以林修白到底有对象吗？

大致和林修白说了说顾念的事，他没什么意见，看着姜一绿点头。

见他们都同意了，顾念兴奋地说了句“谢谢”，然后自来熟地爬上了副驾驶。

姜一绿愣了一瞬，也没说什么，自然而然地往车后排坐。

雨势渐小，天有逐渐放晴的迹象。

顾念是个话痨，一路上停不下来，叽叽喳喳地一直在问林修白问题。

林修白情绪看着不高，面色沉冷，出于是姜一绿朋友的缘故，他偶尔会礼貌地“嗯”一声，次数多了后连“嗯”也没有了。

车内的氛围压抑得让人喘不过气，姜一绿实在是替顾念尴尬，嘴唇动了动，忍不住开口：“那个顾念……”

喊了这句后她又不知道该说什么了，闲扯好像也有点奇怪。

停顿了几秒，姜一绿舔了舔唇，干脆说起住宿的事：“家里就两个房间，你今晚要和我睡。”

“没关系呀。”顾念转回脑袋笑眯眯的，“我都可以的！”说完这句，她手机忽然响了，她接起时嘴里喊着“哥哥”，大约是在和顾临打电话。

姜一绿在心底松了口气，眼神挪向窗外总算觉得缓解了点。

电话结束后，顾念安静了没五分钟，又开始扯起了话题。

这次姜一绿实在不知道说什么了，干脆拿起手机低头玩单机游戏。

顾念叭叭叭说了一堆，看着林修白突然开口问道：“所以，你有对象吗？”

姜一绿动作一顿，慢一拍地抬头。

这句话结束后，有短暂的安静。

姜一绿无意识地咬唇，眼睛直直地盯着后视镜，莫名其妙地有点紧张。

后视镜里，林修白眼神冷寂，细密睫毛覆于眼上，看着冷倦疏离。

她手指动了动，下一秒，撞上了林修白的视线。

他眼神动了动，像是穿透镜子直直对上她的眼睛在和她说。

“没有。”

到家后，姜一绿从衣柜里拿出了新睡衣，递给顾念，说：“这是我前段时间刚买的，才洗过。”

顾念接过，甜甜地说了声：“谢谢！”

“没关系。”姜一绿点点头，“你先洗澡吧，我去客厅打个电话。”

她的手机一直是静音状态，回来后才发现安秀给她打了两个电话。

客厅里没人，姜一绿在沙发上坐下回拨了过去。

估计是在看电视，电话对面闹得很，一接通噼里啪啦的声音齐齐撞进了耳朵。

姜一绿把手机拿远了些，声音稍扬：“妈妈？”

“一一。”安秀像是把电视暂停了，耳边瞬间清净了不少，“刚才怎么没接电话？”

“回来的时候手机静音了，才看到呢。”姜一绿揪着沙发上的一绺丝线，声音不自觉地放软。

安秀疼惜地说了她几句，又问：“快中秋了，今年还是回家的吧？”

“嗯！”提到回家，姜一绿整个人都兴奋起来，嗓音轻快，“回家呀！好想你呢。”

旁边的姜敏学听了，突然插了句：“光想你妈了，爸就不用想了？”

姜一绿被逗笑，人懒洋洋地往沙发靠背躺，说：“想！那肯定想！”

她眼睛弯弯，一抬眼就看到了从房里出来的林修白，没防备地冲他弯唇浅笑。

林修白看着她的模样，喉结滚动，然后缓慢地移开视线。

母女俩东拉西扯了会儿，快结束时安秀突然问：“这段时间和小白有没有联系啊？中秋叫他一块儿回家吃饭吧，上次他来得匆忙也没来得及留他吃饭。”

姜一绿这才想起还没有和安秀说过两人合租的事情。

她抬眼，视线大概扫了圈，林修白不知道去了哪里，她“嗯嗯”地应：“我一会儿问问他。”

“好。”安秀笑了笑，“早点休息。”

姜一绿边点头边说：“好嘞！”

挂断电话，姜一绿起身伸了个懒腰，边往房间走，边左右看了眼。

她脚步一停，瞥见了林修白站在餐桌，手里握着个透明玻璃杯。

“站着干吗呢？”姜一绿走过去。

杯子被放下，发出“噔”一声，林修白声音平静：“没事。”

“哦。”姜一绿想起了刚才的事，“马上中秋了，到时候我们一起回家呀，妈妈说想见你了。”

他垂首，眼神看着她，喉结滚动，轻声问：“回家开心吗？”

“开心啊！”姜一绿嘴角翘起，歪歪脑袋喜悦都写在脸上，“一起一起！”

“不了。”林修白摇摇头，“中秋要加班。”

“啊——”姜一绿一下子蔫了，她对这种节日团圆执念太深了，语气一下就带上抱怨，“你们公司好剥削，团圆的节日还要加班。”

“老板难道不用过节吗？不对，老板肯定是自己过节留着卑微的员工加班！”

说到这儿，姜一绿有点怅然：“那你中秋怎么过啊？”

林修白很喜欢听她的声音，特别是笑着和抱怨的时候，声音微软，不自觉地像是撒娇。

心脏湿湿的，忽然就反过来变成了安抚她。林修白声调未变，听着莫名温柔：“我没关系的。”

“噢……”姜一绿点点头，对他说，“没关系，我中秋和你聊天！”

持续的暴雨，在最后一个晚上的肆虐后终于烟消云散。

早晨醒来时，天气已经放晴，推窗泥土草香扑面而来，朦胧清新。

姜一绿要上班，顾念也要上课，两人收拾了下就准备出门。

走到玄关处准备换鞋，林修白正巧从房间走了出来，看了眼姜一绿说：“我送你吧。”

姜一绿回答：“不用不用。今天天晴了，我自己可以去。”

让他当了几天司机，还挺辛苦他的。

林修白还未说话，旁边的顾念开口道：“小绿姐姐一会儿我哥过来接，一起送你吧，反正店和我学校也挨得近。”

姜一绿迟疑，脑子突然蹦出了昨晚在房门口听到的话。

那时候姜一绿正要推门进去，指尖刚握上门把，就听见从里面传出来的声音：“哥！这次是不是要感谢一下我，又给你制造了一次约见小绿姐姐的机会。”

对面不知道说了什么，顾念有点生气，语音带上恼意：“难怪你单身，人家对你没意思你就放弃了啊，我不管明天你必须来接我！”

从思绪里跳脱出来，姜一绿正要拒绝，林修白开口，声音不瘟不火：“没事，我送你吧。”

两相对比，姜一绿没再犹豫，答应下来。

三人一起往楼下走。

顾临的车在门口登记后，已经根据顾念说的方向停在了楼下，一出楼道门便看到。

顾念欢欢喜喜地跑过去，喊着：“哥！”

车窗全降了下来，顾临看了眼顾念，视线一移对上了后方的姜一绿，淡淡笑了下。

出于礼貌，姜一绿回视着他，微微一笑。

“姜一绿。”林修白忽然喊她。

“啊？”姜一绿回头，“怎么了？”

林修白微垂眼，瞳色漆黑，目光平静地看着她。

看了片刻，他忽地冒出一句：“你脸上有东西。”

“我吗？”姜一绿一愣。

林修白“嗯”了声。

在他的注视下，姜一绿抬手试着擦了擦右脸颊，问：“这里吗？”

“左边。”

姜一绿又往左脸摸去，问：“这里？”

“不是？”

她又动了动，问：“那这里？”

林修白盯着她，没吭声。

等了会儿。

“这里。”林修白垂目，指腹擦过她右脸左侧。

温温热热的，离开时，她脸上还犹带余温。

突如其来的动作让姜一绿愣神，慢一拍地才反应过来。

林修白直接帮自己擦掉了？

她睫毛动了动，温暾地说了句：“谢谢。”

林修白收回目光，嗓音平静如常：“不客气。”

# 第九章

## 老夫老妻

01

中秋节在九月下旬。

姜一绿买了中秋节前两天的车票，收拾行李走的时候林修白还在上班。姜一绿就只在微信上和他说了句。

自从毕业后，每年只有过节的时候才能回陵县一趟。

夜色溶溶，晚风带着眷念的味道，亲切的乡音，熟悉的景色，让人怅然又怀念。

回到家后，安秀开了门，姜一绿一秒甩掉了行李箱，扑进了她怀里。

“你妈这老腰都要被你这姑娘撞断了。”姜敏学在旁边拿着蒲扇，摇啊摇。

姜一绿嘴角一撇，忽然间眼泪都要掉出来了。

回家的日子就是闲适惬意的，安秀扶着姜一绿左右看了圈，心疼姑娘瘦了不少，铆着劲地做好吃的给她养。

晚上吃了饭，姜一绿陪着安秀下楼散步。

小区里老人成堆扎着，说着方言聊着家长里短。偶尔也有年轻的小男生踩着滑板从身边飙过去。

姜一绿出门时摸了两个橘子，走了会儿就和安秀坐在小区的小石凳上，剥着橘子聊天。

小县城里的空气好，漆黑夜空星星很亮，缀在上面像是发光的钻石。

忽然刮过一小股风，吹着地上的叶子轻轻打了个旋儿，枝丫也吱吱地响。

姜一绿剥完一个橘子放进安秀手里，安秀尝了口，说：“甜啊。”

“当然呀。”姜一绿献宝一样，“也不看是谁剥的。”

“德行。”安秀拍了下她的手又握进掌心，感叹道，“你们都长大了，小苦这逢年过节也难得回来一趟。”

姜一绿嘴里嚼着东西，嗓音含含糊糊地说：“他这次又跑哪儿去了？”

“他上次打电话回来说是跟着导师又去了什么山里。”安秀转头问，“你说这考古真能挖到点东西？”

姜一绿短促地笑了声：“那我就不知道了，隔行如隔山，电视剧看多了我还总以为考古是跟着去挖墓呢。”

安秀也跟着笑，嘴里念叨起来：“这次在家待久点，你齐阿姨的儿子也回来了，刚好你俩见一面。”

闻言，姜一绿被橘汁呛得咳嗽了几声，感觉有点荒唐，说：“妈妈，你这意思怎么有点像相亲那味道呢？”

“就是啊。”安秀面不改色，也不否认，“你也该好好考虑一下人生大事了。”

“不要。”姜一绿皱了下鼻子，“现在提倡自由恋爱！”

“还自由恋爱！”安秀屈指往她脑袋上一敲，“你这都恋了二十多年了，也没见你恋出一个名堂来。”

姜一绿不敢接话。

安秀念叨起来：“也不是让你就定下来，就是认识认识多个朋友也好，他也在星洲当医生，是不是也有个照应。”

“星洲地方朋友太多了……”姜一绿揪了下橘子皮，小声反驳。

“什么？”安秀没听清。

“没事没事！”姜一绿嘻嘻笑着把话题扯开，“对了妈妈，还有件事忘记和你说了。”

安秀瞧着她，问：“怎么了？”

姜一绿把扯碎的橘子皮握进掌心，说：“朱贝不是结婚搬出去了嘛，然后现在我和林修白合租呢。”

听完安秀倒是没有太惊讶，现在年轻人思想都开放，合租倒不是什么新鲜事儿。她问：“你俩一起住倒也有个照应，不过会不会不方便。”

姜一绿解释道：“这倒没什么，我们商量过合租的注意事项，刚开始会有点，不过现在还挺好的。”

“这也是，都是熟人。”安秀和煦地笑了笑，“这要是换个男生你也不会愿意了。”

她这句话落音后，姜一绿心口微微一滞，恍然想到了一个问题，她当初是为什么答应合租的?

如果换一个异性，她可能真的不会答应。

中秋佳节，阖家团圆。

白天安秀几乎在厨房待了一天，锅碗瓢盆叮叮作响。姜一绿想进去打下手，刚推开厨房门就被安秀赶了出来。

“你就别进来了，好好在客厅玩，把你爸给我喊来，一天天的就知道偷懒。”安秀手上边打着鸡蛋，边絮絮叨叨地抱怨一堆，“没个带头作用，一天我得念叨他八百上千次。”

“得令！安长官！”姜一绿倚在门口笑得歪倒，听完立马又站直，“保证完成任务！”

虽然只有三个人吃饭，但安秀做得并不含糊，满座菜色让人垂涎欲滴。

姜一绿找了个好角度拍了两三张，通通给姜无苦发了过去。

五分钟后。

姜无苦：【？】

姜一绿：【就问你羡慕吗？】

姜无苦：【……】

发完这句他还丢了张照片过来。

灯光很灰暗，右下角一双黑色的男士靴子入镜，上面覆着暗沉细碎的薄灰，大约是刚从野外回来。

姜一绿应景地给他发了一串可怜兮兮的表情包过去：【哦！好惨呀！】

姜无苦：【呵。】

下一秒，姜无苦发了条语音：“对了，过些天我去星洲一趟，好好迎接我。”

骚扰完姜无苦后，姜一绿心情大好，退出和他的聊天界面。她划拉了一下消息列表，满屏的红点，都是还没来得及处理的中秋祝福。

视线缓缓向下，目光停在了那个熟悉的头像上。姜一绿想了想点进去发了条消息：【中秋快乐！吃饭了没有？】

“还看手机，菜都要冷了。”安秀见姜一绿捧着手机看了半天，嗔责了一句。

“我错了。”姜一绿不好意思地吐舌，“立马吃！”

月色溶溶，风从窗户飘进来也带上了些许月饼香。

年纪大了就有点熬不住夜，吃了晚饭没过多久，安秀和姜敏学就回了房间，留下姜一绿一个人窝在沙发上无聊地看着中秋晚会。

歌舞盛大，但她不太感兴趣。

斜躺在沙发上揪着发丝玩了会儿，姜一绿摸过茶几上的手机。

晚上发给林修白的那条消息仍旧没有收到回复，她莫名其妙地有些气闷。

闲下来无事可做，姜一绿干脆回了房间，躺在床头拿出枕头边的平板电脑，懒洋洋地找了一部喜剧片。

片头的绿底龙头标志刚刚滚过，旁边的手机就振动了起来，猝不及防的声音把姜一绿吓了一大跳，匆匆扫了眼屏幕就立马接起。

电话对面很静，不像这边的喧闹。

沉默了两秒，姜一绿憋不住先开了口：“你在干吗呢？”

林修白静静地靠在阳台边，往上天空布着几颗星星，往下路灯昏黄，明亮格子窗口透出欢声笑语，他眉目透着点疲惫。

“刚回来。”他嗓音带着倦意。

姜一绿“啊”了声，将手机从耳侧拿开看了眼顶部的时间，快要接近晚上十点。

“怎么这么晚啊？”

他“嗯”了一声。

“噢。”姜一绿往被子里滑了滑，整个人窝了进去，脸被枕头压着微微下陷，嗓音不自觉放松，软绵绵的，“那你吃饭了吗？”

“吃了。”林修白依旧答得简单。

很奇怪。

林修白话不多，通话时也大多是简单的一个字，姜一绿却不会觉得无聊尴尬。

她微抬眼，视线看到窗外的月亮。

玉盘圆润，月色很美，仿佛近在咫尺。

手机贴着耳边有很轻浅的呼吸声，姜一绿目光闪了闪，喊：“林修白。”

“我在。”

姜一绿轻轻地笑了下，心情很好地说："中秋快乐。"

她稍带笑意的声音，落在他耳里，清晰可闻。

此时此刻，他们看的是同一轮月亮。

林修白垂眸，嗓音含笑，一字一句地低喃："中秋快乐，姜一绿。"

中秋一过，星洲突如其来下了几天的雨，气温忽地暴跌了好几度。没几天"秋老虎"一来，再次回了温。

姜无苦是在国庆后某天夜晚来的星洲。

国庆后"一氧"的生意变得不瘟不火，姜一绿和朱贝常常早早地就关了店。

门铃响起的时候，姜一绿正在客厅里涂着清洁面膜。她手忙脚乱，赤脚下地，匆匆往大门跑了过去。

姜一绿隔着猫眼往外看了下，门外站着两人，透镜照着人的眉目有些微微变形，她愣了下才屈着手肘摁下了门把开门。

屋内亮白的光线漏了出去，照着门口明亮了一小块。姜无苦一身纯黑色的冲锋衣，拉链拉到头抵着瘦削下颌，模样散漫冷淡。

他也没直接进来，就站在原地，眼神在姜一绿脸上晃荡了一圈，又慢腾腾地落在了身旁的林修白身上。

前些天，姜一绿发了世博壹号的地址给了姜无苦。今天下了火车，姜无苦直接就从车站打车过来。正在小区门口登记信息，就听到了保安大爷热情地冲身后打招呼。

他回头瞧了眼，一下就看到了正要进门的林修白。

突如其来的见面，姜无苦蒙了一瞬，跟着他一路往小区走，越走越不对劲。

直到电梯停在十二楼，以及停在同一扇门前。

被姜无苦的眼神看得心底发毛，姜一绿提膝，毫不客气地往他小腿上踹了一脚。

"看什么看呢。"

姜无苦吃痛地"嘶"了下，啧声，语气依旧带着痞劲儿。

"不是，姐，"姜无苦纳闷，"你的合租对象是林修白？"

听着这话，姜一绿莫名地问："所以？"

姜无苦沉默一瞬，说：“他是个男人。”

02

话音落地，姜一绿一噎，有点词穷，说：“不然呢？”

姜无苦侧着身往里走，边换鞋边直白地说：“不会不方便吗？”

闻言，姜一绿这才反应过来他的意思，指尖戳了戳脸上的白泥，有点发硬，边往客厅走，边小声吐槽：“你还真是和妈妈心有灵犀。”

因为有人回来，姜一绿没好意思再在客厅继续涂面膜，手捏着罐身，丢给姜无苦一句“进去了”，就趿拉着拖鞋进了房。

客厅灯光明亮，倒影微微投在大理石茶几上。

姜无苦大剌剌地躺在沙发上，看着姜一绿的背影兀自笑了声，而后，不客气地接过林修白递过来的水，出声道：“我姐还真是——”说到这儿，他停顿片刻似乎在措辞，最后慢悠悠地吐出了一句，“一如既往。”

说完，他抬眼看向前面的林修白。林修白面容寡冷，周身笼罩在温和光线里，一点没变。

“你也一样。”姜无苦喝了口水，随口问，“你回来多久了？”

林修白在旁边的单人沙发坐下，淡淡地答：“三个月。”

闻言，姜无苦怔住一秒，一下子坐直，说：“你在保密局工作吧，我一点都不知道！”

“你要知道干什么。”林修白把杯子放下，眼睛瞟到旁边的姜一绿落下的杂志，花花绿绿的封面，他随手拿起来翻了翻。

“啧。”姜无苦不满地摇摇头，语气不太正经，“这态度。”

杯子放下后，姜无苦闲闲地问：“你现在在干什么呢？”

“游戏设计。”

姜无苦有点诧异，又觉得在意料之中。

他笑了两声，随意调侃道：“在国外待得怎么样，这么多年怎么一点都没有联系。”

林修白翻书的手顿了顿，声音低低：“那时手机被偷了。”

“嗯？”姜无苦盯着林修白，有些莫名其妙地挑眉，“补办呀。”

林修白有些走神，一言不发。

他走得干净，六年的时间没有给姜一绿打过电话发过消息。他克制地守着，想以一种新的身份，脱胎换骨般重新站在她身边。

看着林修白脸上的表情，姜无苦忽然间有些感慨：“其实我一直很好奇一件事儿。”

林修白眼皮动了动，问：“什么？”

“高中那会儿你到底为什么和我做同桌，按照你这性格不应该啊。”姜无苦靠着沙发背，漫不经心地瞥他一眼，拖着腔，声音格外悠长缓慢，“而且，我听班主任说，好像还是你特地去办公室和她要求的。”

原本就是导师回来探亲，姜无苦跟着来一趟。所以他没待太久，第二天中午就离开了星洲。

天气慢慢转凉，街边的银杏叶不知不觉中落了满地。路口街边时常出现吆喝叫卖的烤红薯摊贩，夜晚偶尔架起灯光幽黄的馄饨铺，热气腾腾。

十一月，入冬了。

临近期末，施小宛要忙着准备期末考试，来“一氧”兼职的时间也少了，大多时候都是姜一绿和朱贝两人在。

朱贝的婚礼定在明年的一月，为了结婚时穿婚纱好看，她提前了三个月开始减肥。

中午时分，饭菜飘香四溢，朱贝地拌了拌眼前的蔬菜沙拉，哭丧着一张脸。

“你吃一片吧。”姜一绿见她这副模样觉得怪可怜的，从自己的盒子里夹了片牛肉给她。

“不行！”朱贝摆出义正词严的模样，“你不要诱惑我。我绝！对！不！吃！猪！肉！”

“我知道。”姜一绿点点头，“可这是牛肉，吃了不长胖。”

朱贝直勾勾地盯着姜一绿筷尖上色泽诱人的牛肉片，眼神纠结，犹豫了十秒，她闭了闭眼，一口吃下。

吃完，她还不忘双手合十祈祷一句：“拜托神！如果长肉就给姜一绿吧！她还没结婚，谢谢！”

姜一绿有些无语。

朱贝实在没什么胃口，随便吃了两口就放下了筷子。

姜一绿吃东西向来很慢，满盒的牛肉饭才吃了一小半。注意到朱贝盯着她吃饭，她浑身不自在。

姜一绿说：“你别盯着我。”

“我太无聊了嘛。”朱贝撑着下巴，人懒洋洋的，随便扯了个话题，有一搭没一搭地和姜一绿聊天。

“对了。”朱贝恍然间想起件事，“最近那个顾医生怎么没来找你吃饭了，他不是有事没事喜欢找借口约你嘛。”

说到这里，她还笑着拍了拍姜一绿的肩膀。

姜一绿拿起手边的水喝了口，缓缓地开口：“国庆时他找过我，然后我和他直说了。”

“啊？直说什么了？”朱贝稍稍直起身子，顿了下想到什么，“你不会直接就拒接他了吧。”

“对啊。”姜一绿解释，“你上次不是说，他可能喜欢我吗，然后我发现他好像……确实有这个意思。”这话她说得有点不好意思。

被姜一绿这模样逗笑，朱贝捏了捏姜一绿的脸，说：“你倒是直白，一点机会都不留给别人。”

姜一绿认真道：“那我又不喜欢他，见面挺尴尬的。”

“不过，我觉得顾医生人还挺好的。”朱贝放下手，煞有介事地说，“不是有一句话这么说来着。”

“什么？”

朱贝顿了下，说：“不孝有三无后为大，其中不找医生、老师、公务员为大中之大。”

姜一绿失笑道：“后一句是你编的吧。”

“反正是这个理。”

“哎，反正都说到这儿了，你说说呗，你到底喜欢什么样的男人？”朱贝嬉皮笑脸地凑过来，“和你认识这么久，我还真没摸清楚。”

姜一绿舔舔嘴角，老实地说：“也没有很特别吧，主要还是看感觉。”

“你这也太宽泛了。”朱贝吐槽，“稍微具体点嘛，比如外貌、性格什么的。”

姜一绿垂眼，第一次认真地想了想这个问题。

停了好几秒，她才慢慢开口，声音轻轻：“嗯……外貌都可以吧，性格的话希望安静冷淡一点，但要愿意听我唠叨吐槽，容忍度高一点，可以陪我玩闹……”

“一一。”听了一半，朱贝突然开口，“你觉不觉得周围有个人挺合适的。”

姜一绿眨眨眼，下意识地“啊”了声。

朱贝沉默了下，说：“你说的人，像不像林修白？”

下午的时候，齐梦来了店里一趟。

那时候店内没客人，姜一绿正在扫地，见着她有点意外。

“今天你怎么有空过来了？”

齐梦喘了口气，把购物袋丢在沙发上，一下瘫倒，整个人有气无力的，说：“刚好在附近逛街就过来看看。”

齐梦朝着工作室左右看了圈儿，随口问：“贝贝呢？”

“她在楼上。”姜一绿用纸杯给她倒了杯纯净水，“和易池打电话。”

“噢。”齐梦拿起杯子喝了两大口，大大咧咧地抹了下唇上的水渍，气息喘匀，“刚才在商场遇见孔星驰了，他说后天约我们几个一起吃饭。”

姜一绿手上的动作顿了下，拿起桌边的手机看了眼，才说：“后天吗？”

“对呀。”齐梦问，“怎么了？你没空吗？”

姜一绿微抿唇，思考了片刻：“有空。”

“到时候他说来接我们几个。”齐梦眼尾稍扬，有些兴奋，“我最喜欢这种聚会了！”

聚会的时间定在后天的下午。

朱贝坚持着减肥任务，婉拒了邀请，一个人留在了“一氧”。

中午的时候，蛋糕店的老板就把姜一绿前些天订的蛋糕送了过来，虽然不知道今天会不会已经有蛋糕，但总不能浪费掉。

她估摸着时间刚将蛋糕从店内的小冰箱取出来，就听到了外面孔星驰的呼唤声。

她拿着东西走出店门，林修白已经从车后排下来。

他穿着纯黑色的长款大衣，额发柔软地垂着，有种斯斯文文的感觉。

林修白替姜一绿拉开了车门。

车内温暖，姜一绿轻轻呼了口气，将蛋糕小心地放在腿上。

前排的孔星驰扫了眼后视镜，注意到姜一绿腿上的蛋糕盒，有些莫名地问：“你买蛋糕干什么？”说完，他顿了下猜测，“今天你生日？”

听他说这话，姜一绿眨眨眼，有些没明白。

“没有啊。”副驾驶的齐梦回过头，先回答了，“小绿的生日在夏天啊。”

听着一串的话姜一绿有点蒙，她侧头看向林修白，嘴唇动了动，慢一拍地反应过来一个问题。

“那个……”姜一绿转回头，犹疑地问，“所以，你今天为什么请客啊？”

孔星驰笑，挺高兴的样子，说：“前段时间不是一直忙着完善游戏嘛，总算是搞好了，这不开心呗。”

“啊——”姜一绿往林修白脸上看了眼，老实地说，“我以为今天是为你庆生才搞的聚会……”

车内有一瞬间的寂静。

好几秒钟后，气氛被孔星驰一句粗口打破。

他大力地拍了下脑袋，像是才想起来。

“好像还真是！”孔星驰回过头来，“不是，林修白！今天你生日怎么没说啊！”

林修白很诚实地回答：“忘记了。”

孔星驰也不意外，认识林修白这么久就没见他正经过过一个生日。林修白的生日好记，在双十一的前一天，孔星驰偶尔一次看过他身份证就记住了。

不过读书和工作时都忙，不像女生那样会特意记住，很多次孔星驰想起来时早就过了三四天了。

“哎！不过也怪我。”孔星驰回过头，“我也给忙忘了。今天我请客，必须好好过一个。”

听完几个人说话，齐梦也后知后觉地笑起来，爽朗地朝林修白说了声：“生日快乐。”

车子慢慢往前开着，姜一绿小心地抱着蛋糕，挪了个眼神往旁边看去。

林修白神色清寂，模样看着有些倦。

注意到旁边的视线，林修白微侧头，姜一绿干净的眼神就撞进了他瞳仁里。

只见她很轻地眨了下眼睛，嘴角漾起，小声地说了句：“生日快乐噢。”

03

一行人去的是家火锅店。

正值吃饭的时间点，人来人往的，很是喧嚣热闹。

服务员领着几人去了个四人座的小方桌。

姜一绿在沙发处坐下，齐梦正想在她旁边落座，猝不及防地就被孔星驰扯了一把。

“你干吗？”齐梦趔趄一步，有点火大地瞪向孔星驰。

“哎呀。”孔星驰笑得讨好，“我这不是看这儿离小料台近，方便你嘛。”

齐梦眼神不善地盯着他看了两秒，半天才吐出一句：“你最好是。”

有了这个小插曲，最后的座位变成了姜一绿和林修白坐一排，齐梦坐在姜一绿对面。

蛋糕肯定是要在饭后吃，服务员很热心地将盒子先拿到后厨冷藏。

点完菜后，齐梦去了洗手间，桌上只留了他们三人。

林修白周到地替姜一绿洗好筷子碗碟，放在了她面前。

对面的孔星驰见了意味深长地叹了口气，说：“下辈子我也想当个女孩子。”

姜一绿莫名有点尴尬。

以前在家和爸妈出去吃饭，烫碗这类的活儿要么是姜无苦做，要么就是爸爸做。后来每次出来也是和朋友们一起，被他们照顾习惯了，姜一绿后知后觉地有点不好意思。

她抬手抵了抵鼻尖，看着孔星驰像是羡慕的眼神，顿了下慢慢将碗挪过去，试探地问：“那你用？”

林修白不咸不淡地抬头看了孔星驰一眼，一副“你有事吗”的表情。

孔星驰：难道，我不是在做好事？

饭桌上有齐梦和孔星驰在，几乎就没有冷场的时候。

姜一绿吃饭不爱说话，大多数时候都是安静地听着。

话题乱转，莫名其妙地聊到了孔星驰的感情史上。

“不得不说我的前任那叫一个漂亮，又嗲又娇的，我可太喜欢这款了！”

齐梦送了口肥羊卷入口，问道：“那还分手？”

沉默几秒，孔星驰克制着力气，忽然拍桌，说：“你们敢信！她给我戴绿帽子！还不止一次！”

万万没想到是这个理由，姜一绿被橙汁呛到，随后剧烈地咳嗽起来。

果汁呛进气管，她边咳边忍不住笑，眼眶和嘴角红了一片，沾上水渍，浅红湿润。

诱人又可怜的表情。

林修白递纸的手微顿，抿抿唇，轻轻移开视线。

齐梦爆笑，边笑还边不客气地使劲拍打孔星驰。

孔星驰的胳膊被她抽打得生疼，无语地翻了个白眼，说：“你是不是有点毛病？”

“对……对不起啊，不过真的太好笑了。”齐梦笑得眼泪都要出来了。

孔星驰懒得再理她，抬起眼看到姜一绿，顿了下感叹道：“不过呢，我见过这么多人，老实说还是数你最好看。”说到这儿，他想起了什么，“姜一绿，说实话，我真觉得你特别眼熟。”

姜一绿嘴角还带着没有收回去的笑，听到他的话也只是稍愣了下，点点头，说：“第一次见面的时候，你有说过。”

“行了。”这会儿齐梦已经笑得差不多了，用纸巾轻拭了眼角的泪，毫不客气地道，“就你这老套的搭讪方式，难怪分手了。”

一顿饭笑笑闹闹，时间在不知不觉中慢慢流逝。

蛋糕盒子刚打开，林修白就接到了个电话，他们三个人就在桌上随便闲聊着。

好歹是过生日，孔星驰点了几瓶酒上来，给每人的杯子里都注入了点。

“这酒度数不高，你们女生也可以喝点。”

今晚心情不错，姜一绿顺从地接过来扶着杯壁抿了一小口，淡淡的桃子味，口感很好。

“你们这工作还挺忙啊。”齐梦酒量好，豪气地喝了一大口，“下班时间还有工作电话要接。”

“反正不太轻松。”孔星驰说，“最近刚好赶上游戏更新，开了一个新的模块，还有好多小问题要磨。”

听他们聊着，姜一绿也跟着插一句，有点好奇，问：“是什么样的游戏？”

孔星驰笑道：“射击类的，还带点环保的主题。”

对游戏方面姜一绿向来不太了解，听完她也只是点点头。

孔星驰视线放在她身上，脑袋里转了一圈，忽然开口问道：“哎，话说你和林修白认识多久了啊？我可是难得看到他和异性这么熟稔。”

姜一绿沉吟了会儿，说：“大概七八年了……”

“难怪以前学校里那么多女生追他都没有答应。”孔星驰了然地点点头，带着气音喃喃一句。

“什么？”姜一绿没听清。

“没事。”孔星驰摆摆手，故作自然地回忆起以前，“就是突然想起来，我们当初做游戏时的辛苦了。”

姜一绿安静几秒，语气有点轻：“可以说说吗？”

孔星驰要的就是这个效果，他顿了下才慢悠悠地开始讲。

“我们当时做的那个游戏，也就是最近正在更新的这个，里面的任务故事其实几乎是林修白一个人写的。生态系统非常庞大，世界观丰富，里面主要的任务、道具，他特别执着地要亲力亲为。”

“我当时知道的时候，完全不敢相信这是他一个人策划的。”孔星驰语气有些感慨，“他经常干到夜里两点，白天还得起来上课。他作息很不正常特别拼命，有种想要快速完成什么的执念一样。有一年圣诞节下大雪，我们都出去聚会了，只有他一个人在公寓里写游戏，回来的时候发现他躺在床上发了高烧，几乎要晕了过去。他断断续续烧了将近一周，慢慢发展成了肺炎，也治了一段时间。”

孔星驰讲了很多他们以前的事，一件件的，听得姜一绿有些出神。

等林修白打完电话回来后，就见姜一绿面色酡红，眼神有些涣散，嫩白掌心还握着一个喝掉大半的果酒瓶。

看着他时，她的模样有些呆滞，明显是喝醉的样子。

林修白这个电话打得稍稍有些久，孔星驰没想到姜一绿酒量这么差，聊着聊着多喝几口，人就醉了。他撑着桌子身体往前倾了下，有些惊奇道：“不是吧，你这就醉了？”

姜一绿有点蒙，红唇微张，有些呆地“啊”了一声。

后领被人抓紧，孔星驰回头，看着林修白。

林修白的表情有明显的不耐烦，说：“你干什么？”

“不是，她自己喝的我又没灌！”孔星驰狡辩。

齐梦倒是心大，说：“没事，小绿这酒量也该练练了，果酒都能喝醉。”

姜一绿还坐在原地，脑袋有点晕，身形轻晃。

看着她的模样，林修白抿唇，朝她的方向走了几步，气息很淡，但嗓音低低哑哑很温柔：“回家。”

见两人要走，齐梦也收拾了下随身的包准备起身，刚刚起来一点就被旁边的孔星驰给摁了下去。

齐梦："？"

孔星驰笑眯眯地说："蛋糕还没吃，我俩把它吃完。"

吃个饭莫名其妙的，齐梦实在不耐烦了，说："今天你的脑子是不是有毛病？"

天色早就暗了下来，夜空中飘浮着一层幽幽的冷气，街边霓虹灯光美得惊心动魄。

酒意上头，姜一绿脸蛋发热，神志也不太清明。

但她酒品很好，不哭不闹，就是话有点多。

林修白扶住她，抬眼往街边看了圈。

这边有些寂静，一时间倒是看不到有空的出租车。

晚上有风，姜一绿手指头冰冰凉凉，她吸了吸鼻子微仰脸看着他，有点不满地说："你还没回答我呢。"

她今天穿了孔雀蓝的薄毛衣，唇红齿白，柔软得像是陷入冬雪。她眸光湿润，纯粹得没有一点防备。

林修白身子微微压低，眼睑垂着，视线从她嘴唇移到瞳仁，明知故问："刚刚问了什么？"

见他没有认真听自己说话，姜一绿有点生气，但还是很乖地重复一遍："我说……你今天开不开心？"

夜色里，他声音带着笑意，低低地说："开心。"

"真的吗？"姜一绿有点不信，看着他很认真地又问，"你今天开心吗？"

这一刻，林修白忽然很想很想抱她。

他克制着自己，轻轻地叹了口气，低声道："很开心。"

得到了确切的答案，姜一绿心满意足地笑了下，安静地站在他旁边乖得像只小猫咪。

前方有绿光微微闪了下，是一辆空的出租车。

上了车后，姜一绿就开始睡觉，脑袋歪靠着后座，突然的颠簸让她猝不及防地撞向了旁边的玻璃车窗。

车内灯光昏暗，姜一绿疼得眼睛湿漉漉的，一副马上就要哭的模样。

见她的样子，林修白恍然间就想起了那年的跨年，他没说话，黑色大衣领口敞着，微微垂眼看着姜一绿。

那双眼睛里有很潮湿，黏稠的爱意。

不知看了多久，林修白指腹温柔地碰了碰她的额角，低哑地问：“疼不疼？”

“嗯……”姜一绿娇气地点头，抱怨，“你的手好冰。”

林修白不禁笑了下，声音有些妥协：“抱歉。”

听着他的声音，姜一绿迷迷瞪瞪地仰脸看他，指尖用力地戳了下他的嘴唇，没头没脑地傻笑一句：“你的声音好好听啊。”

她的细瘦指尖触及他的嘴角，酥麻感来势汹汹。林修白微愣，捉住她的指尖轻轻拉下。

车子在小区大门处停下。

下了车，姜一绿整个人已经处于半梦半醒之间，走路摇晃，根本站不稳，林修白干脆弓身将她背了起来。

月光透过树叶空隙投在地上。

姜一绿下巴搁在林修白肩膀上，酒气弥漫开，一呼一吸间都是熟悉的味道。

知道她不舒服，林修白一路走得慢而稳。

姜一绿似睡似醒很不安稳，趴在他背上呓语：“林修白……”

“嗯。”林修白低声应道。

她嗓音软怠，带着小心翼翼，忽然间问了句：“这些年你过得开心吗？”

陌生的城市，陌生的国度，只身一人，就连生病都无人察觉，你应该不开心吧……

林修白一直在走，脚步没有停，心脏潮润得有些说不出话。

感情的事好像就是这样，说不清楚。

一开始就鬼使神差地主动成了姜无苦的同桌，他也不知道自己要做什么，没有目的，好像在期待什么。

姜一绿给他的感觉像股烟，神明一样，抓不住也不属于他，产生了一种很扭曲隐秘的占有感。

那种他缺失的热情与真实，一点点渗透进他的灵魂里。

想让她对自己好，又害怕失去这种好。

以至于后来他才发现这是一见钟情，而后，随着时间积累加深，成为让自己深陷于无法自救的爱慕。

“姜一绿。”

他背上的人很安静，呼吸清浅，好像睡着了。

“其实那年在医院，我骗了你。”

夜风带着雾气，微凉湿润，一点一点扯远周围的一切。

——骗你说，我从来都没有喜欢过你。

04

第二天早上，姜一绿睡眼惺忪地醒来，从床上坐起来时她整个人还有点蒙。她坐在原地，思绪渐渐清明，回想了下昨晚的事情，然后发现——

什么都不记得了！

记忆只停留在，林修白打完电话后带她回家。

她喝醉的次数五根手指都数得过来，好在听齐梦说自己酒品很好，所以应该……没有做什么乱七八糟的事情吧？

姜一绿略烦躁地揉了把自己的头发，吐了口气，下床套上拖鞋慢腾腾地往门外走。

出房门前，姜一绿没有想到林修白会在家，平时这个时间点他应该去上班。所以在看到他的那一刻，她整个人是蒙的。

姜一绿愣住几秒，然后僵硬地低下脑袋，视线在自己身上飞速地扫了一圈，还好没有衣衫不整。

林修白的表情一如既往的淡然，垂眼看她，说：“洗漱完，来喝粥。”

厨房光线暗淡，林修白眼睫低垂，盛了碗软糯的粥放在姜一绿的面前。

雾气氤氲在眼前，姜一绿指腹碰了碰碗壁，好烫。

应该是刚刚煮好的。

姜一绿握着勺子有一下没一下地搅动，有点忐忑地喊：“林修白。”

“嗯。”他坐下，眼前放着和她一样的粥。

“那个……”姜一绿舔舔嘴角，“我昨天晚上喝醉后……没做什么奇怪的事情吧？”

林修白停下，看着她，语气轻描淡写：“没有。”

姜一绿特别相信林修白，听他这么一说姜一绿瞬间就放心了。她嘴角扬起，心情明显轻松了不少。

“就是——”

林修白忽然又开口，让姜一绿毫无防备地“啊”一声，猛地抬眼突然紧张起来。

他顿了顿，低声开口：“话有些多。”

碗里的粥凉得慢，姜一绿半趴在桌上，用勺子搅着它，时不时还会碰出点声音。

她发着呆，忽然间想起了件事，说：“对了！我礼物还没给你呢！”她起身的动作大，衣袖碰到瓷碗，一下就带翻了粥碗。

黏稠微烫的粥粘在手上，姜一绿还没来得及做出反应，林修白忽然间捉住了她的手。

她嘴唇微动，想说“不是很烫”，还没开口，林修白就扣着她的手腕，一路进了厨房，他将水龙头打开，拉着她的手放在水下冲洗。

一系列的动作快而急。

被烫到的地方红了一小块，水流从手背冲下，冰冰凉凉，姜一绿忍不住蜷缩了下手指。

姜一绿盯着从指尖滑落的水珠，有点出神，眨眨眼侧头往旁边看去。

林修薄白唇抿着，眉眼冷硬，看起来不太高兴。

看着他的侧脸，姜一绿忽然鬼使神差地说：“你笑一下。”

林修白很纵容她，没有问为什么，轻轻叹口气，嘴角缓慢扯出浅浅的弧度。

然后，姜一绿就看到了他脸颊上的那个酒窝。

微微低陷，像个小小的旋涡，好漂亮呀……

随着几场淅沥的冬雨，气温降了好几度，星洲市彻彻底底入了冬。

朱贝的婚礼在一月中旬。

婚礼的前一周，朱贝莫名紧张得不行，最后干脆提着行李箱搬过来和姜一绿住。

林修白没什么意见，简单收拾了下自己的行李，暂时去了孔星驰家。

住在这儿的几天，朱贝整天心不在焉，每天说得最多的一句话就是“我好紧张”。

姜一绿把洗干净的苹果递给她，有些奇怪地问：“你紧张什么，你俩证都领了，办婚礼怎么还紧张？”

“我也不知道。”朱贝机械地咬了口苹果，嚼了嚼开口，“其实领完证后倒是没有什么太大的感觉，就觉得办完婚礼才能算是真正结婚了。我现在莫名有种丢失了什么东西的感觉，你懂吗？”

姜一绿眨眨眼停顿了片刻，尽量去理解她的感觉，最终还是摇摇头：“不明白。”

“算了。”朱贝摆手，“以后等你结婚了就明白了。”

闲着东拉西扯了半天，不知不觉中一个苹果就被解决，朱贝将果核丢进垃圾篮，擦了擦手，问：“一一，你和林修白合租得怎么样？”

“啊？”姜一绿反应过来，“挺好的呀。”

朱贝好奇地说：“我之前总听人说，有好多租客，特别是男生，经常不洗碗不拖地，卫生也很少搞，林修白应该不会吧？”

闻言，姜一绿摸了下耳后，有点不好意思地说：“我怎么感觉……你说的更像我。”

平时工作比较忙，极少在家里吃饭。偶尔的几次都是林修白下厨，而她从来没有洗过碗，现在想起来，也不知道自己是怎么心安理得的。

朱贝抱臂懒洋洋地靠在沙发上，抬眼看向姜一绿，没有由来地笑了声。

被她笑得有点窘，姜一绿辩解：“我这不是没有这个习惯嘛。”

朱贝说：“不是笑你这个。”

“啊？”姜一绿蒙蒙的，“那你笑什么？”

朱贝整个人凑过来，眼睛微弯，直勾勾地看着她，语速缓慢：“你觉不觉得你俩这状态特像一种情况。”

姜一绿舔舔唇，总觉得她有点不怀好意，迟疑了下才问：“什么啊？”

“老夫老妻。”

姜一绿怔住，心脏突然涌起一种奇怪的感觉。

“逗你的！”见她这愣住的呆样，朱贝有些好笑。

“噢。”姜一绿片刻怔忪后慢吞吞地应了声，若无其事地扯开了话题。

05

2019年的一月下旬，常年不落雪的星洲奇迹般地下了今年的第一场雪。

好久不见雪的城市，被白色沾染出极致的快乐。

春节在二月初，来得不早也不晚。

婚礼结束后，朱贝和易池赶在春节前去度蜜月，兼职的施小宛也放了假回家，“一氧”里就只留了姜一绿一人。

临近春节，街上人来人往格外热闹，生意也很好，忙到了除夕的前一周才终于关店。

回家后屋子里的灯光是亮的，厨房里有抽油烟机轰隆的声音。

姜一绿换了室内鞋，快步走进厨房就看到林修白低垂着眼，手上握着银色的锅铲，在做菜。

听到动静，林修白回头看着她低声道：“去洗手，一会儿就可以吃饭了。”

这个画面莫名有种违和感，就像是十指不沾阳春水的仙子给你做饭了。但可能是因为次数多了，姜一绿看着还挺正常，有种普通且温馨的感觉。

姜一绿盯着他的侧脸看了两秒，脑海里突然蹦出了朱贝说的那几个大字。

老夫老妻。

她被这个莫名的想法惊到，忽然就觉得脸有些烫。

她抿抿唇，不自在地“噢”了声就跑出去了。

虽然只有两个人吃饭，但是林修白做得很用心，荤素搭配，还有热汤。餐桌上菜肴热气腾腾，香气扑鼻。

两人吃饭都很规矩，没有说话的习惯。

结束后，姜一绿自告奋勇地要去洗碗。

厨房离热水箱远，冷水放了半天也不见热，姜一绿怕浪费戴着手套就直接开始洗。洗着洗着水开始变烫，姜一绿朝旁边看了眼，林修白正拿着一颗沥水的塑料筐在洗冬枣。

注意到她的视线，林修白从筐里拾起一颗，问：“要吃一颗吗？”

姜一绿弯唇点点头，然后又纠结地朝他晃了晃戴着手套的手，说：“可是我手脏。”

“张嘴。”林修白眼睫微垂，视线落在她的唇瓣上，低低地说，“我喂你。”

枣子挺大一颗，姜一绿凑过去点，粉脸低垂，张唇把一整颗都含了进去。

林修白的指尖没有收，似有若无地碰到了她的嘴唇，像是微凉的冬雪。

窗外雨雪摇曳飘荡，被夜色染得缱绻。

嘴里含着很大一颗枣子，姜一绿说不了话，嚼了半天才把它咽下去。吃完后，她动了动唇，觉得腮帮子都有些酸。

她嘴里还含着果核，说起话来含含糊糊的：“对了，你什么时候放年假呀？”

林修白很自然地把手摊开在她唇边，睫毛动了动，示意她吐出来。

姜一绿微愣，没好意思，眼珠瞥向门边的垃圾桶，两步走过去，吐出了果核。

碗已经洗得差不多了，林修白冲洗了最后一个瓷碟，说：“还要过两天。”

“啊？”姜一绿走过来，替他抱怨，“好辛苦。”

林修白极浅地弯唇，没说什么。

姜一绿摘下手套，从筐里又拿了颗冬枣，边吃边说：“妈妈说今年让你和我一起回家过年，等你放假了，我们一起回去。”

闻言，林修白手上的动作一顿，说：“过年吗？”

“是呀。”姜一绿慢吞吞地补充，“人多热闹嘛。”

她没把那句你一个人怎么过年说出来。

林修白将碗碟放在水槽边沥干，回头看着她，表情淡淡的，不知道在想什么。

他大约能猜得到安秀的原话，无非是见不得他一人过节，便多多照顾。

他们一直都是很好心的一家人。

姜一绿和林修白对视片刻觉得有点不自在，若无其事地移开眼后，听到他说：“不了。”

她转回视线，有些没想到，嘴唇张张合合半天才问出：“为什么啊？”

注意到她低落的情绪，林修白的心有些发软，温浅地解释：“云姨身体不好，我得回多伦多一趟。”

说到这儿，姜一绿想起他好像确实有一个阿姨。

酝酿了半天姜一绿还是有点泄气，撇唇，没劲地“哦”了声，说：“那我不等你了，明天就走了。”

看她的模样，林修白微微露出点笑。

他像安抚小孩儿一样，说：“那今天早点休息。”

从星洲回陵县的距离近，车次也很多，票买得容易。

傍晚时分，窗外晚霞清晰，街边小摊炊烟飘荡，像老电影里的画面。

前一天孔星驰正巧来找林修白办事，见姜一绿要回家就热情地充当起了司机。

车在星洲南站停下，来往熙攘。林修白先一步下车，从后备厢提出了行李箱。

外面寒风吹得厉害，姜一绿缩着脖子往羽绒服里躲了躲，露出的上半张脸表情可怜。

她动了动冰凉的手指，不死心地又问：“你真的不回去啊？”

其实她也不知道为什么，但就是很想问。

林修白凝视着姜一绿娇艳的脸，目光缓缓上移，对上她乌黑的眼瞳，有些忍不住。

他嗓音低低哑哑，轻轻“嗯”一声像颗小石子震动空气，麻麻的，好听得不得了。

“行吧。”姜一绿抬了下手朝他挥了挥，干巴巴地吐出了个，“再见”。

等姜一绿彻底消失在视野，林修白才回到了车里。

孔星驰单手撑着方向盘，朝旁边看，戏谑地问：“舍得上来了？”

林修白没理他，情绪有点低落。

孔星驰瞧着林修白的模样，略微有些不懂，说：“哎，我说，你既然这么舍不得怎么就不愿意跟人家回去呢？”

怎么会不愿意呢。

林修白眼底深沉，冷风呛进嘴里忍不住有点微微咳嗽。但新年是和家人一起过的，而他唯一想成为她家人的身份，是丈夫。

春节和往常的日子区别不太大，年味越来越淡，反倒是小孩们过得比较欢乐。

今年的春节照旧是回乡下。

乡下的日子闲适惬意，姜一绿整天穿着厚重的睡衣，窝在家里不出门。

因为头发的缘故，再加上安秀总说起去年年末星洲的一个还未抓到凶手的刑事案件，她就更加不想动了。

见她整日无所事事的样子，姜无苦走过去，扯了下她后颈的衣服，说：“闲着干什么呢，带你出去走走。”

“不去！”姜一绿烦躁地拍下他的手。

姜无苦笑着“呵”了声，收回手在她旁边坐下，语气悠悠的：“你这脾气还跟着年龄长啊。”

他视线往姜一绿头上移了下，恍然间想到点什么，斟酌了下，说：“不会是因为这头发吧。”

“你还有脸说！”姜一绿拿起一个枕头毫不客气地砸在了姜无苦身上，“这就是你推荐的理发师！”

一到冬天洗头发就成了件痛苦的事，况且姜一绿很久没有剪头发了，黑发几乎要及腰就想着剪短一点。但是乡下的理发师的技术她着实有些担心，犹豫了好久，最后在姜无苦的担保下，她还是去了。

但最终的结果变成，要求剪到锁骨的头发变成了剪到脖子，要不是姜一绿阻止恐怕还能到下颌。

闻言，姜无苦扯唇笑起来，靠着沙发有些吊儿郎当的，难得夸她：“挺好看的，你这张脸剪什么发型不好看。”

姜一绿直直地看着他，冷嗤一声：“你、给、我、滚！”

他们家的年夜饭在晚上，檀木圆桌上菜色丰富。夜幕之下，家家户户尽是热闹温馨。

一家人在桌上闲聊着，话题不知怎的，突然就从姜无苦的工作扯到了姜一绿的对象上。

安秀喝了口手边的果汁，瞧着姜一绿缓缓道：“一一，等过完年，和你齐阿姨的儿子见见。”

突如其来的话题让姜一绿噎了下，差点被鱼刺卡住。她拿出嘴里的鱼刺，皱皱眉，小声抱怨：“妈妈你怎么还记得呢。”

“你可别想糊弄我啊。”安秀嗔她，又继续说，“齐阿姨那儿子小苦前几天也见过，人挺好，工作也好，在星洲当医生，你俩就当认识认识。”

“对呀。”姜无苦看热闹不嫌事大地在旁边帮腔，颇有一副报当年饭桌上姜一绿帮腔说他成绩的样子的仇，“见见未来姐夫呗。”

姜一绿嘴角扯了下，用力踹上他的腿。

这种事还涉及了两家关系，最后姜一绿还是点点头，极不情愿地答应下来，最多就是到时候麻烦点和他说清楚。

晚饭后，长辈们都出去串门扯家常。

和姜一绿他们同龄的人闹到家里来，春节晚会当背景音放着，几个人围着个麻将桌在打牌。

夜色模糊，欢声笑语，灯光垂垂，但姜一绿莫名其妙地有点心不在焉，心里空荡荡的。

好像，很突然地，有点想林修白了……

她愣住，眨眨眼，将掌心贴在自己的心口上，感受到怦怦的声音，有些宁静的安稳感。

不知不觉中和林修白也住了半年多，时间快得不得了，几乎已经习惯了他的存在。今晚的这种感觉，特别像那年夏天他出国时的感受，但好像又有点细微的不同。

姜一绿舔舔嘴角，从睡衣口袋里拿出手机，看了眼多伦多的时差，那里应该才是早上。

她在心底默默纠结了下，还是给他发了条消息：【你起床了吗？】

看到消息时，林修白正从楼下唯一开着的商店买了袋水饺回家，收了伞进电梯，伞尖点地，水珠顺着轻轻滚落。

林修白拿出手机看了眼屏幕上的消息，有些出神。

他骗了她，其实他根本没有要去多伦多。

收到回复时，姜一绿正好被姜无苦扯出去放烟花。

乡下不像城里严格，这样的团圆节日里，烟花升天，璀璨热烈。

姜一绿躲在鞭炮炸不到的角落里低头打字：【方便视频吗？我这儿放烟花了！】

文字里都透露着兴奋。

下一秒视频界面响起，姜一绿立马接通。

她的脸蛋跳出在画面的那刻，让林修白有些恍然。

屏幕上的人头发短了些，乖顺地贴着柔颈，看着他的瞳仁湿漉漉的，异常温柔。

林修白顿了几秒才开口：“剪头发了？”

姜一绿太兴奋了，以至于忘记了这件事，她不好意思地扯了下发尾，吞吞吐吐地开口：“你别笑，有点丑。”

“不丑。”他面容沉静透着点疲惫，但声音温温哑哑的，很好听。

姜一绿瞬间心情明媚，眼珠在他周围的布景转了转，说：“你在哪儿呢，怎么后面是堵白墙？”

“房间里。”

她“哦”了声，忽然间听到“砰”的一声。

烟花腾空，周围的声音淹没在这巨大的灿烂中。

明灭光影，焰色缭乱，拓落在她精致柔软的眉眼上。

“放烟花了！”姜一绿语气里有掩不住的兴奋，将镜头掉转微抬，对着焰火，“你看！”

窗外的雨岑寂地下着，漫天破碎光晕，一声声像是炸在他心尖上。

林修白指节轻轻收拢，忽然有些忍不住。

恍惚间，姜一绿似乎听到林修白说话的声音，她掉转回镜头，眉眼仍旧弯着。

“你刚才说话了吗？”

林修白在夜色中无声地回望着她。

“说了。”

“说了什么？”

“明年想和你一起看烟花。”

# 第十章

## 我一直很爱你

01

春节过后，姜一绿又在家里待了几天才回星洲。

刚出高铁站大厅，就看见齐梦那格外嚣张的跑车停在外面。

她踩着高跟鞋“噔噔噔”地迎过来，一把抱住姜一绿，说：“小绿绿，我想死你了！”

姜一绿被她箍得有些喘不过气，退后两步挣脱出来，问：“怎么这么高兴？”

齐梦指腹抵着墨镜往下一拨，很诚实地回答：“因为我无聊啊！过年你们一个个不是度蜜月就是回老家，我都要闲得长蘑菇了。”

刚好是午饭时间，齐梦开车带着姜一绿先是去了餐厅吃午饭，接着拉着她在商场逛了一整圈。

等终于从商场出来时，姜一绿整个人已经困乏至极，好不容易终于找到了个奶茶店坐下休息。

甜腻奶香浮动，拉着她走了一天，齐梦很殷勤地去了前台排队。

街边霓虹灯闪动，影影绰绰地映在透明玻璃窗上，像宇宙里的小行星。

姜一绿百无聊赖地托着下巴，看着窗外来往的人出神。疲惫的思绪让人有些恍然，脑袋微扬，忽然间她看见了个熟悉的人影。

春节后工作继续开始，任务还很繁重。

下了班，孔星驰拉着林修白在外面吃晚餐。正往停车场走，就听见林修白的手机忽然响了。

他有些漫不经心，拿出手机那刻微顿了下才接起。

“你在干什么呀？”

人行道的红灯亮起，周围站了好些人。发丝被风扬起，林修白看了眼对侧的指示灯，如实地答：“在等红灯。”

夜色不浓重，车灯拖着迷离的光线在林修白清隽的脸上闪过，不甚清晰。

姜一绿坐在原地眨眨眼，没头没脑地来了句：“林修白，你想看烟花吗？”

“什么？”

“你抬头看向马路对面两点钟的方向。”

见林修白看了过来，视线相接，姜一绿嘴角漾起，举起右手缓缓张开五指，很轻地配上“噗”的烟花声，俏皮地说：“这是上一个问题的答案。”

林修白笑得很突然，嘴角牵动酒窝，眼神里有藏不住的愉悦，像是忍着不小心泄露出来的一点笑意。

“林修白，你是笑了吗！”第一次看见他这样自然至极致的笑容，孔星驰都是蒙的。

下一秒，林修白的笑容就敛了，他淡淡睨了孔星驰一眼，寡淡冷寂，恢复如初。

绿灯亮起，刚过了十字路口，就看见姜一绿和齐梦提着大大小小的购物袋，朝他们的方向走过来。

孔星驰张唇无声地“啊”了下，耸肩轻笑道：“难怪。”

几人本就是都要回家了，在街边闲扯了两句就各自告别。姜一绿转身时孔星驰忽然叫住她。

“怎么了吗？”她问。

孔星驰笑了下，说：“过几天你有空吗，约你出来喝杯咖啡。”

姜一绿歪头，打趣道：“怎么，有事求我？”

孔星驰挑挑眉，不置可否地“嗯”了声。

“你随时找我就行。”姜一绿正经地说，“我哪天都空的。”

林修白没有开车来，在街边等到了辆出租车。晚风吹得有些冷，呼出的冷气像是飘荡的浮冰。

车一路往家开，林修白偏头看姜一绿，问：“孔星驰找你说了什么？”

“说是要请我喝咖啡。”姜一绿摇摇头，“看起来好像有事要找我帮忙。”

林修白眼神掠过她飘起来的碎发，提醒道：“他不靠谱，他的话你听听就好。”

闻言，姜一绿抑制不住地笑起来，说：“你很损哎。”

他抿唇，掌中的手机振动起来。

电话打得有些久，姜一绿不可避免地听到了些内容，大概是工作上的事情。

在听到林修白下周要出国的消息时，姜一绿下意识侧头看过去，表情看起来有些许的震惊。

车在世博壹号停下，下了车姜一绿第一句话就是：“你不是刚回国？你又要出国了？”

林修白手上的动作微顿，慢一拍地接过她的购物袋，解释道：“总部公司有点事。”

姜一绿眼皮耷拉着，忍不住再次吐槽：“你这个公司太压榨了！”

年后的工作有条不紊地进行着。

朱贝比姜一绿晚了几天回的星洲。新年新气象，她也剪了头发还换了个颜色，看起来年轻生动，气色特别好。

“扑哧！”看到姜一绿的第一眼朱贝没忍住笑起来，抬手摸了摸她的脑袋，“怎么和小狮子一样？”

姜一绿快烦死了，愤愤地拍下她的手，说：“还不是静电，丑死了！”

“不丑。”朱贝边笑边把包放下，“这发型挺适合你的。”

也不管朱贝说的是真是假，姜一绿还是对着头发愁得很。

注意到施小宛，朱贝讶异道：“今天不是才元宵吗，小宛你就开学了？”

“还没有。”施小宛倒了一杯纯净水递给朱贝，解释道，“前些天有个面试，所以就提前来了。”

说到这儿，她继续道：“贝贝姐，小绿姐，因为我大三了，所以如果面试成功了，我可能就要辞掉这个兼职了。”

朱贝点点头，说：“没事，以后想来玩随时都可以。”

姜一绿笑了下点点头，又说：“贝贝，今天元宵节你怎么也来了，不用回去和易池过节呀？”

“蜜月加过年看了一个多月，看腻了。”朱贝极为嫌弃地摆摆手，说着又冲姜一绿挑挑眉，“之前准备婚礼你一直管着‘一氧’，从今天开始你就好好休息，没事少来。”

“你这怎么……”姜一绿忍住笑，“一副赶我的样子。”

“是啊。”朱贝顺着她的话接，“你赶着看看这美好世界，谈谈恋爱吧。”

到了晚上下班时间，朱贝让姜一绿和施小宛先回去，她留下收尾。

二月的天气很不规律，这会儿的工夫，整座城市都被大雨笼罩住，噼里啪啦的雨声淹没了一切声音。

姜一绿看了眼外面雨雾弥漫的天，偏头问：“你是回学校吗？”

“不是。”施小宛摇摇头，“还租在外面呢。”

今天元宵，一会儿林修白会来接姜一绿。

姜一绿想了下和施小宛说：“雨好大，要不你和我一起等一会儿吧，顺便载你回去，我记得你租的房子离世博壹号好像还挺近的。”

施小宛抿唇，犹豫了下，说：“那谢谢小绿姐了。”

“小事啦。”

林修白来得没有那么快，姜一绿在店内等了会儿。

玻璃门外雨珠连成了线，一串串地顺着屋檐掉下来，溅起一簇簇小水花。

街上人影朦胧，五颜六色的伞花一样游走。姜一绿随便往外眺了眼，视线就被黑色的车身占据。

上了车，车一路向前开，不知不觉中就到了施小宛所住的小区。

这个小区年份有些久了，门禁也不严格，保安室里漆黑一片，也没有人在。

施小宛住的那栋楼离大门特别近，进了小区左拐走几步就到了。车直接开了进去，在单元门前停了下来。

她住在二楼，也没带伞，姜一绿从旁边的置物盒里取出把雨伞，下车走到后排顺道送她进门。

用门禁卡打开单元楼大门，施小宛侧身，说：“小绿姐谢谢你啊，到这儿就行了。”

“没事啦。”姜一绿瞥了眼楼道的灯似乎是坏了，半天没有亮黑黢黢的一片，“反正才二楼，我送你上去吧。”

施小宛也没拒绝，打开手机的电筒慢慢爬了上去。

老小区楼房都不高，楼梯平缓，二楼的层高和别的小区一楼差不了太多。

两人过了拐角，正往上走抬头忽然看见施小宛的家门口站了一个男人。

注意到身边人停顿了下，姜一绿偏头问：“怎么了？”

施小宛没说话。

顺着她的视线，姜一绿朝前面看过去。楼道里灯光昏暗看不清眼前男人的模样。

听到动静，男人看过来，迟滞一下忽然冲了上来，一把抓住了施小宛的手臂。

“小宛！”

姜一绿后退两步还没反应过来情况就见施小宛挣扎起来，脸色不太好看。

“你放开我！”

男人样子急切，语速飞快：“你为什么不见我，我找了好久才找到这里！”

“我们已经分手了！”施小宛脸上惊恐不安，“我要报警了。”

“你还报警？”听到这句，男人脸色瞬间变了，甩手就给了她一巴掌。

被这突如其来的动作吓蒙了，姜一绿后知后觉地才反应过来，也不知道哪来的力气一把将施小宛扯到了自己这边，厉声道：“你干什么！”

这声音像是惊醒了男人，男人一下又换了一副面孔，表情自责，上前一步要拉施小宛，说：“对不起小宛，对不起……我不该打你。”

姜一绿很不安，还没开口，施小宛抿唇，侧脸躲开男人的手，扯住她往楼下走。

“他……”施小宛气息很喘，“他有病不用理他，小绿姐，你先走。”

男人的步子很大，她们两人刚到一楼单元门口，他就追了上来，虎口卡住施小宛的手腕，她瞬间就动不得，旁边的姜一绿连带着被牵制住动作。

注意到动静，车内的林修白侧头，一眼就看清了这边的情形。

他神情冷淡立马开门下车，撑伞快步朝他们的方向走了过去。

“跟我回去！”男人面目狰狞，力气很大，使劲地把施小宛往他的方向扯。

“我不去！”施小宛踉跄一步。几番动作下来，她已经被吓得不行，声音都带了点些微的颤抖。

大概摸清楚了情况，姜一绿抱着施小宛的手臂没放，看着男人，严肃道：“你们已经分手了，你现在找她算是骚扰，我们会报警的。”

她这多管闲事的样子，让男人瞬间火大，突然上前推了她一把，说：“关你什么事？”

姜一绿没有防备地向后跌，林修白迅速上前扶住她的肩膀。她回头仰着脸，视线被他的侧脸占据，唇线抿直，寡淡冷然。

林修白看着男人，眼神没有温度，语气冷淡：“放手。”

一个两个的都来阻挠，男人蹙眉骂骂咧咧：“你又是谁！”

“好啊！”没等林修白回答，男人的视线转向施小宛，“你是不是看上这男的才和我分手的？”他冷笑一声，“旁边这女的长得可比你好看，你也不看看——”

男人话音未落，林修白就一脚狠戾地踹在了男人的腹部。

林修白眉目敛起，眸色漆黑升起戾气，这一脚使了十足的力。

男人直直地往后跌去，尾椎骨撞击在台阶上，吃痛地大叫起来。

林修白睨了地上的人一眼，扯住姜一绿的手把两人拉至伞下就往车里带。

门锁“咔嗒”咬上，他还没转身就听到身后的脚步声。

“你们给我站住！”

就见林修白敏捷地侧身，男人没有防备地撞击在车身上，发出沉闷的声响。他神色不耐烦地扯住男人的后衣领，烂泥一样地把人摔在地上。

雨丝斜飞，视线被氤氲得并不清晰，雨伞歪斜，林修白的衣服和额发沾湿了一片。

外面的动静大得很，姜一绿在车内不安极了，手颤着拿出手机报了警。她放下手机那刻就听到一个急促高扬的声音。

“干什么呢？”

小区保安不知道从哪里冒了出来，打着伞，拿着个亮白的电筒急匆匆地跑了过来。

闻声，姜一绿慌慌张张地去摸车门。

车门刚被打开点缝隙，就被微微推了回去。

林修白垂眼看她，鬓角微湿，轻声安抚：“坐好。”

片警来得很快，几个人被带到派出所做了笔录。

事情不复杂，主要是施小宛的私事。前段时间她和男人分了手，男人不甘心就一直在骚扰她。

没有闹出太大的事，也不太好定义结果。男人被警察口头教育了几句，又罚了点款，最后被放走了。

等到施小宛的室友接到了她，姜一绿才放心地离开。

回到车里后，窗外的雨还在下。纷飞的雨丝悬浮在车窗上，汇聚成细小的水珠。车内开了暖风，有种熏热的潮湿感。

安心释放后，紧张的情绪得到缓和，姜一绿整个人被卸力后的疲惫包裹，懒洋洋的，丝毫不想动弹。

她靠着副驾座椅，拨了拨耳侧的碎发，往旁边看过去。

刚才的雨水淋湿了林修白的黑发和肩膀，在派出所待了一小会儿，水汽蒸发了不少，但仍有些潮意。

林修白将厚重外套脱下，里侧是件纯黑色的衬衣，眉骨疏淡，轮廓在稀疏的夜色中英俊好看。

姜一绿眨眨眼，视线往下落，被他锁骨上的一小截黑色细线吸引住。

“这是什么？”她略抬头，忽然问了句。

林修白偏头。

姜一绿指尖隔空朝他凸起的锁骨处点了点，说：“那根线。”

林修白睫毛动了动，微垂眼，他抬手钩住那根细线，缓慢地将其从领口里扯了出来。

圆润清白的玉石落在黑色衬衣上，有种很寂静肃穆的味道。

看着那个平安扣，姜一绿稍稍有些发愣。

很久了……

久到她一时间都忘记了这是自己送给他的礼物。

姜一绿的心莫名有些震荡，像是被小鼓槌轻敲了下，嗡嗡地响，又有些发颤，像是在融化酸酸甜甜的跳跳糖。

她抿了抿唇，小声问：“你还戴着啊……”

“嗯。”林修白目光垂下，敛着睫毛轻声答，“一直戴着。”

姜一绿无意识地抠了下座椅，觉得脸蛋有些微微发烫，略轻地“哦”了声。

一路无话，车内温度略高，让人有些昏沉，姜一绿摸了摸小腹莫名地有些下坠感。

车没有直接往世博壹号开，行驶了一会儿在一家 24 小时营业的便利店停了下来。

姜一绿抬眼往车窗外眺了眼，转回头问林修白：“来这儿干吗？”

林修白垂头解开安全带，说：“不是说要买汤圆。”

“啊，对！”

一堆乱七八糟的事情后，她都快忘记今天是元宵节了。

“我们一起去。”姜一绿解了安全带，刚刚动一下，就觉得小腹涌出一股热流。

见她停顿，林修白侧头问：“怎么了？”

姜一绿停顿几秒，咽了口唾沫，哭丧着脸，小声开口：“我例假好像来了……”

这会儿的时间不早不晚，下着雨又是过节，便利店里除了前台的女店员，就没人了。

林修白视线朝店内扫了圈，径直往放着卫生巾的货架走了过去。

卫生巾种类繁多，让人有些眼花缭乱。他指尖悬停在卫生巾上几秒，扫了眼，随便挑了几包。

他又走了几步绕至冰箱前，取了包芝麻馅的汤圆，随后才走到收银台。

女店员笑盈盈道：“一共三十五元，现金还是手机支付？”

他拿出手机，淡淡地答：“手机支付。”正准备结账，视线掠过货架上的红糖，他拿了盒过来，“一起。”

大雨在此刻终于停了，空气中泛着泥土和青草的味道。姜一绿找了个地方换好卫生巾后，揪了下衣领，小跑着往车的方向走。

远处灯光昏暗，林修白站在车门旁，头微微垂着，瘦白指节间捏着个烟盒，随手翻转着。

他轮廓明晰，喉结突出，有种冷冷的斯文感。

他旁边来了个女孩，背对着她，看不到脸。

姜一绿脚步顿在原地，朝着林修白的方向看。

两人不知道说了什么，林修白被女孩的身影挡着脸，看不到表情。

等了一分钟，女孩转身离开，回头的那一瞬间撞上了姜一绿的视线。

姜一绿站在原地稍稍愣住片刻。

回到车里，姜一绿拿过手边的矿泉水，慢腾腾地喝了口。

她的视线从林修白拉着安全带的那只手缓缓移开，若无其事地嘟囔：“你们刚才说了什么？”

她声音有些轻，林修白慢一拍地抬头，顿了顿答：“她说认识我。”

“就是啊。”姜一绿拧紧瓶盖，嘴巴微嘟，也不知道为什么要开口，“人家高中还喜欢你呢。”

空气有一秒的停滞。

林修白眼神动了动，微侧头，似乎是在思考这件事。

见他的样子，姜一绿莫名有点气闷，放下水瓶，说：“快开车吧，我饿了。”

下一秒，她听见林修白说话：“可我记不得她。”

“她是你高中同学。”姜一绿提醒。

“记不得了。”林修白看她，嗓音清淡，“不重要的人和事，我都记不得。”

愣了几秒，姜一绿眨眨眼，心情突然变得快乐。

她舔了舔嘴角，没再说话。

不远处的路灯下。

一个长发女人咬了口手里的小面包，问同伴徐依楠：“刚才那人谁呀？”

徐依楠收回视线，轻声答：“高中同学。”

“哦。”长发女人笑了下，“你记性真好，一下就认出来了。我们班的同学我名字都记不住了。”

“是啊。”徐依楠睫毛颤了下，扯了扯嘴角喃喃，“记不住了……”

这么多年林修白几乎没有太大的变化。

就和当年一样，她总能在周一都穿着校服的学生中一眼认出他，可即使她一个人站在他面前，他都记不得她。

她好久之前就知道，林修白也可以随和温柔，但对象只会是姜一绿。

他的冷漠和温柔一样，从来都没有余地。

02

元宵节过后的第二天，林修白就飞去了多伦多。

年后“一氧”的大小事情朱贝一个人揽了下来，她把姜一绿赶回家让姜一绿好好休息。

周末的时候，姜一绿睡到了早上十点才慢吞吞地从床上爬起来。

今天是个好天气，几天的暴雨后，星洲迎来难得的晴天。

洗漱完后，姜一绿径直走到沙发边瘫下，摸出手机点了份午餐。结束后又点进了微信，看有没有未读消息。

过了一个晚上，界面上跳出的都是些系统消息，以及宿舍群里乱七八糟的聊天记录。姜一绿大致扫了眼，一个个清除。

最后，她的目光落在了一个对话框上。

消息是早上七点发过来的，是那个相亲对象。

自从两人加上微信后几乎就没有聊过天，不知道是他太忙，还是也对相亲这事不太感兴趣，反正态度也挺客套疏离的，反倒让姜一绿放松了不少。

发来的消息是询问她有没有什么忌口，好订过两天一块儿吃饭的店。

姜一绿想了想，敲字：【我对花生过敏，别的都随意。】

发完这条，对面也没有立即回复，他是个医生好像还挺忙的。

姜一绿丢开手机，摸出腿边的遥控器，盘起腿，闲闲地打开电视机。

她的眼神在屏幕上流连了好几分钟，正准备停在一个综艺上，放在茶几上的手机就响了。她还以为是外卖到了，连忙起身穿鞋去拿手机。

接通后，孔星驰熟悉爽朗的嗓音一下在耳边响起："喂。"

姜一绿刚迈出的步子停住，泄了口气才收回，一下坐到沙发上，下意识就说："怎么是你？"

孔星驰呵笑一声，说："不然你以为是谁？"

"外卖。"姜一绿蹬掉拖鞋，老实回答。

姜一绿拿过遥控器，把选中的综艺点开。

"你怎么突然打电话给我了？"

孔星驰理所当然地说："当然是有事找你。"

闻言，姜一绿微愣，忽然间想起了前些天在街上遇见的事。她顿了顿，半开玩笑道："上次你说求我的事？"

孔星驰笑了两声，语气不太正经："就当是吧。"

"你不是说请我喝咖啡，怎么变电话里说了。"姜一绿把电视的声音调小了些，打趣他。

"唉。"孔星驰叹气，"这不是我最近太忙了嘛，给你打完这通电话还有别的事。"

姜一绿轻笑："说吧。"

沉默三秒，孔星驰开口："我是不是之前一直和你说，觉得你特别眼熟。"

听他提到这事，姜一绿确实想起来了，调侃道："对啊，怎么了，你想起来为什么了？"

"是的。"

姜一绿微愣。

“你还记得我和你说过的那个游戏吧。”孔星驰笑。

姜一绿眼皮动了动，轻轻“嗯”了声。

“它的名字叫 Greenism。”

姜一绿有点蒙，接道：“环保主义？”

“也是吧。不过，其实这款游戏上架后一直用的是原本的英文名字，大家也都翻译为‘环保主义’。”孔星驰笑了声，“虽然作为其中一个设计者，我也是这么翻译的。直到那天参加朱贝的婚礼，我看到你手上的那串英文。”

朱贝的婚礼是在星洲一个电影小镇的教堂里举行的，很复古的风格。

婚礼上的细节设计都是朱贝亲自操办，其中一个就是每一位来宾的手腕上都会戴上一条丝质的腕带，上面有朱贝亲手绣上的宾客名字。但因为工程量巨大，所以都是英文。

姜一绿回想了下，试探着说：“Green……绿色？”

“对。”孔星驰顿了下说，“不过这个 green 解释成姜一绿，应该更加合适。”

姜一绿眼睫颤动，一时间没说话。

“这个名字其实是林修白取的。”孔星驰又说，“这款游戏我记得和你提起过，它是款 3D 团队射击游戏，不过也有环保的意味在里面，所以自然而然地，我们就会把它的名字理解成‘环保主义’。”

忽然间，姜一绿的心脏跳得快了起来，莫名地有点紧张。

“所以，为什么会是绿色的意思？”

孔星驰笑，不急不徐地解释：“这个游戏的规则是团队每击败一个人就可以获得一片绿色的树叶，收集成功十种树叶各十片就会获得一粒种子，而每一粒种子就会为环保事业注入钱。”

“一局游戏结束后，存活的团队必须要在规定时间里赶到游戏地图的最中心，一座古堡里。”孔星驰说，“古堡里有个黑色的箱子，箱子上坐着一个捧着向日葵的绿裙少女，所有人的武器交给她后，才能得到游戏奖励，最终安全离开。”

姜一绿对游戏一知半解，还是疑惑，说：“怎么感觉有点麻烦？”

“是的，很麻烦。”孔星驰继续说，“一般的游戏处理掉对手后直接就能走，而 Greenism 是强制要求用户来到古堡。所以古堡这个问题也被很多用户反映过，但是一直没有更新处理。因为这个游戏的任务几乎都是林修白设计的，特别是这个古堡，他执拗地绝对不改。但是因为问题不大，游戏又确实很受欢迎，所以用户们一直也没有太计较。我开始也没有太放在心上，后来回国后我才慢慢发现了，这是他的私心。”

“私心？”姜一绿眨眼。

孔星驰点头，说：“对，因为你手腕上的英文让我想起来了，为什么觉得你眼熟。”

恍然间想到了什么，姜一绿嘴唇动了动，没有说出话来。

孔星驰笑开了，说：“那个少女的脸是你的。”

“所以，”孔星驰说得笃定，“可能都不是‘环保主义’，而是‘绿色主义’，又或者‘姜一绿主义’。”

“姜一绿，还不明显吗？林修白他喜欢你，很喜欢你。”

这句话成功地让姜一绿僵住。

她所有的思绪在这刻开始中断。

电视机里的笑声像是来自另一个世界，虚空缥缈。

心脏上一簇一簇地炸开了火花，让她猝不及防又不知所措。

半晌，姜一绿很迟钝地眨了下眼睛。

电话那头没了声息。

孔星驰也不着急，嗓音带笑，有点怡然自得的样子。

“截图一会儿我发给你。今天告诉你这件事就是因为我是个急性子，实在看不了林修白这副啥也不说的样子，喜欢就追嘛。哎，对了。”孔星驰挑眉，“还有件事要问你，你喜欢他吗？”

她的心脏被这突如其来的问题，问得停滞一秒。姜一绿无意识地揪住衣角，觉得呼吸有点不正常。

诡异尴尬的沉默被敲门声打破，姜一绿急急挂断了电话，跑过去把外卖接了进来。

窗外灰尘飞舞，偶尔可以听闻楼下小孩儿欢闹的笑声，衬托得室内更加寂静。

姜一绿直勾勾地盯着眼前的外卖盒，有些失神。

不知道这样坐了多久，三分钟、五分钟，又或者十分钟，茶几上的手机终于“叮”地响了声。

姜一绿缓慢地拿过手机，微信上孔星驰发了一张图片过来。

一张游戏截图。

画面上的宫殿富丽堂皇，被众多的蔷薇藤蔓围绕。中间的位置上有一个巨大的箱子，箱子上坐着的女孩穿着及踝的绿色长裙，怀里一束向日葵明艳高傲地开着。

姜一绿视线缓缓上移，目光定格在女孩的脸上。

眉目清晰，很像她。

03

朱贝从柜子里拿了包薯片坐下撕开，表情兴奋得不得了。

“真的啊？”

“你小点声。”姜一绿从桌上抬起头，看了她一眼。

“又没事。”朱贝摆摆手。

下一秒，姜一绿又无力地趴在了桌子上。

朱贝觉得好笑，微弯腰，问她：“说说呗。”

“说什么？”姜一绿慢吞吞地挪过脑袋看朱贝。

“什么感觉啊？”朱贝塞了片薯片进嘴里，含含糊糊地开口，“突然发现认识这么久的人竟然喜欢你，是不是感觉很震惊？”

“嗯。”姜一绿老实地应声。她觉得自己的状况现在有点乱糟糟的，太突如其来了，太令人猝不及防了。

像是一团缠在一起的毛线，线头马上就要找到了。

“不过，其实我倒是没有那么震惊。”朱贝偏头看着姜一绿笑，“有件特别好玩的事。”

“什么？”

朱贝轻声笑了下，说：“很久以前我和卢元哲聊天，不知怎的就聊到了林修白。卢元哲说，第一次见到林修白时就被他的眼神吓到了。”

朱贝嚼了嚼薯片继续说：“那种眼神特别像是草原上的野生动物，它的领地被人侵犯了。现在回想起来，我倒是觉得林修白每次看你的眼神有那么一点——”

姜一绿舔舔唇，微仰脸，等待着她接下来的话。

“不清白。”

“……”

“一一，”朱贝停了下，忽然开口，“你想过接下来要怎么办吗？”

姜一绿嘴唇微动，不知道要说什么。

“其实很简单。你仔细地想想……”朱贝说，“说不定你也喜欢他的。”

这两天，姜一绿满脑子都被“林修白喜欢自己”这件事情占据，干什么都没心思。

洗衣机发出欢快愉悦的声音，姜一绿从失神中惊醒，慢腾腾地抱起湿衣服往阳台上走去。

潮湿的衣物沾染着清淡的薄荷香味，湿漉漉的气息缥缈又存在感极强，很像林修白身上的味道。

姜一绿想静下心来，但她有点做不到。

她拿出手机，点进微信忽然间又不知道要干什么。

一长串的消息界面，她给每个人的备注都不一样。唯独林修白的，她自始至终写的都是：林修白。

连名带姓。

这是一个连她自己都不太能明白的习惯，就像林修白一样，从见第一面起他就叫自己“姜一绿”，字正腔圆，听起来不生疏反而有一种奇怪的熟稔。

她恍然间想到了那天林修白手机界面上给她的备注。

W’ism.

这个瞬间她好像猜到了它的意思。

所谓的相亲定在周五的下午。

见了面后果然如此，男人的兴趣不大和她一样，但说开后反而更加轻松，像是普通朋友间的下午茶时光。

等出了饭店后，天空灰蒙蒙地暗了下去，云层肆无忌惮地翻滚，猝不及防地下起了大雨。

“你住哪儿，我送你回去吧。”男人瞧了眼外面鸦青色的天，很绅士地开口。

空气中有黏腻的水汽，地面满是斑斓伞影。

姜一绿收回视线，朝他摇摇头，说：“谢谢，不用了，那边有个咖啡书店我要去逛逛。”

男人也没有强求，和她告了别就往停车的方向走了。

雨天书店的人不多，顾客稀疏地窝在不同的书架前。

姜一绿在门口蹭了下湿漉漉的鞋底，慢慢地往旁边的一个角落走去。

玻璃窗被星点的雨珠粘连，一颗颗像是剔透的珍珠。楼群之间天色黯淡犹如深蓝色的幕布，弥漫着一股又湿又冷的气息。

她点了一杯热可可，刚坐了一小会儿就有服务员送了上来。

闷蒸的咖啡湿香格外好闻，姜一绿盯着它，拿起浅浅地啜了一小口。

她的前面是一对小情侣。女孩明媚活泼，伸着手指在起雾的玻璃窗上写字。

朦朦胧胧。

姜一绿眨眼，慢慢偏头，细瘦指尖碰了上去，下意识地就写出了“林”。

她稍稍停顿，直勾勾地盯着这个水汽四漫的字，有点蒙。

其实，姜一绿一直都是一个对感情很迟钝的人。

她从小性格活泼，长得又漂亮，大家对她都特别好，所以她很难感受到这些爱里有哪些区别，不同的爱又分成了哪些重量。

以至于她一直忽略了林修白对她的感情，还有自己还没有意识到的，对林修白不知不觉种下的依赖与爱。

姜一绿觉得胸腔有些微微的酸。

她脑海里混乱一片，像是放电影一样把和林修白认识以来相处的一切放映了一遍。

好像从年少的时候就是这样，林修白总是沉默寡言地跟着她。

他眼睑的形状特别好看，睫毛很长，笑起来就看得见唇边的酒窝。

他总是在她看不见的地方，不计较一切地为她做着好多事情，一直都是付出的那个人。

虽然他性子冷淡，但会记得每一个寻常的节日，都温柔认真地和她说：“节日快乐，姜一绿。”

屋外雨声渐大，仿若吞噬一切声音。

姜一绿收回手指，在这个瞬间，她忽然确定了一件事。

她也喜欢林修白。

她特别想和他过每一个节日，特别想和他说话、抱怨，也特别喜欢他。

这一秒钟，姜一绿的心脏忽然不受控制地跳了起来。她轻轻吐了口气，看了眼桌上熄屏的手机，拿起，调出林修白的电话号码。

就这样看了几秒，姜一绿咬唇，鼓起勇气按了拨通键。

电话只响了几秒就被接起。

气氛有片刻的沉默，几秒的时间后，姜一绿小声地喊了句：“林修白……”

对面很安静，安静得甚至可以听见他清浅的呼吸声。

姜一绿舔舔嘴角，手指无意识地收紧，像是给自己打气一般捏了捏。她第一次干这种事，明知道对方心意但仍旧不可自抑地紧张。

这次她要主动，要比林修白快一步地告诉他自己的心意。

不知道停顿了多久，姜一绿眨眼，说：“我有件事想和你说。”

“嗯。”

“游戏的事情我知道了……”

话音落地，对面忽然就没了声音。

姜一绿嘴唇抿了抿，尽量平静地开口：“我想说的是，我喜欢你的……”

时间像是被拉长，安静得让人忘记了它的存在。

不知道过了多久，林修白突然开口：“你在哪儿？”

姜一绿思绪有些接续不过来，呆了一秒才温暾地开口：“书店……”

听筒中安静的氛围忽然喧闹起来，有雨滴坠落的沉闷声响。林修白似乎在走路，耳边有细碎的风声，敲着耳膜酥酥麻麻的。

“姜一绿。”他忽然喊她。

“嗯？”姜一绿睫毛颤动，紧张得不行。

“往玻璃窗外看。”

窗外是漫天的大雨，氤氲着浓厚的水汽。

姜一绿抬手缓慢地擦干眼前玻璃上的一小块雾气，抬眼的瞬间就被林修白的身影全部占据。

他穿着黑色的外套，掌中握着一把色调暗淡的红伞，发色乌黑，眉眼被洇的潮，他平静地站在那儿，目光落拓，视野里全是她。

事情来得太过突然，姜一绿愣在原地半天，才后知后觉地走了出去。

她有些无措，嘴唇动了动，半天憋出一句：“你回国啦……”

“嗯。”林修白把她罩在伞下。

这见面来得一点预料都没有，姜一绿这会儿还有点没缓过来，干巴巴地“哦”了声，就跟着他往雨里走。

大雨淅淅沥沥地砸在伞面，脚边炸开一朵朵银色的小花。伞下气氛安静，犹如浸泡在一个幽静的玻璃罩子里。

姜一绿眼皮动了动，偷偷抬眼朝林修白的方向看过去。

微弱的光线勾勒出他的轮廓，白皙锁骨皮肤上缀着颗黑痣，半点烟火气都不沾。

忽然间他脚步一停，低了头，视线没有防备地和她对视上。

他清眉黑目，看她的眼神潮湿，沉默且克制。

林修白盯着眼前的人看了好一会儿，甚至觉得此时此刻像极了幻觉。

他低低地喊她的名字。

“嗯？”姜一绿还有点偷看被抓包后的窘迫，声音又轻又软。

“那年在医院，我有一句话是骗你的。”

“……”

“所以现在，我打算再说一次。”

下雨的傍晚，行人稀少，像极其有质感的旧画。

姜一绿呆呆地看着他，微微张唇没有说出话来。

“其实，”林修白垂睫看着她，嗓音淡而温和，伴随着外面淅沥的雨声，不大不小，刚好落进了姜一绿的耳朵里。

“我一直都很爱你。”

04

周身的景物像是水汽一样，轻飘飘地扯远。姜一绿怔怔地看着眼前的人，鼻息一动，瞳仁被水光占满。

林修白低头看着她，抬手，指节忍不住轻轻碰了下她的脸。这张烂熟于心的脸，这么多年没有一个时候像此刻一样清晰。

他有所顾忌地、克制隐忍地、毫无回应地爱了她好多年。

这天星洲下着阵雨，伞檐水滴如柱，连同他这颗赤诚的心，终于一同稳稳落入了她怀里。

姜一绿轻轻吸了吸鼻子，抬手抓住身侧的手，然后一点点分开他的手指，握了进去。

手指干燥，掌心温热。

她看着他，眼瞳清澈，认真又正式地和林修白说：“以后，换我多喜欢你一点。”

虽然已经到了三月，但温度仍旧很低，再加上最近多变的天气，此刻天阴沉沉的，世界被水汽包裹，地上雨水漫延，踩上去有细微的“嗒嗒”声。

突然间的身份转换，让姜一绿有点不自在，一路走得格外安静，偶尔也会莫名其妙地弯唇笑。

下着雨的傍晚，路边来往打车的人多了点，各色的伞撞在一起难免会迸溅出细碎的水花。

姜一绿瞧了眼林修白被雨水染湿的外套，晃了晃两人握住的手，提醒：“你躲进来点，衣服都湿了。”

林修白稍稍低头看她，顺从地说好。

雨有变小的迹象，姜一绿微微探头看了眼天空，忽然说：“我想走路回去。”

他温热的指尖动了动，嗓音低低：“为什么想走路？”

没想到他会反问，姜一绿有点措手不及地愣了下，而后老实地回答：“因为想和你多待一会儿。”

这样恶劣的天气，她的心情却极好，心脏上像是用细线挂着一颗糖，摇摇晃晃愉悦极了，然后就很想在这样的环境下多待一下……

她站在他面前，模样很乖，睫毛轻颤，眼瞳沾了水一样干净。

“过来。”林修白握住她的手腕，将人往怀里拉了点，垂睫看她，“饿不饿？”

“不饿。”姜一绿摇头，“刚才吃过了。”

闻言，林修白一顿，像是想起什么，问：“和你的相亲对象？”

姜一绿呆住，尴尬地舔了舔唇，问：“你怎么知道的？”

刚才太乱太突然了，这会儿姜一绿才想到，林修白怎么就突然出现在这里的。她说了地址后，林修白立马就赶到了。

看着她这副蔫蔫的样子，林修白眼神动了动，缓缓开口解释：“孔星驰和我说了游戏的事，朱贝和我说了你见相亲对象的事，而且今天我本来就要回国的。”

姜一绿忽然抬头看他，目光撞进他的眼睛里，长睫毛忽闪忽闪，小声说：“对不起啊，我来见他只是为了走一个过场的。”

“是我要谢谢你。”林修白视线睨着她，喉结微微滚动，“谢谢你也喜欢我。”

雨在他们回家的路上就慢慢地停了，一路上两人都没怎么说话。

林修白还没来得及吃饭，觉得麻烦也不愿意再往饭店走一趟。路过一家便利店的时候，姜一绿停下来，买了好几个饭团、面包装在塑料袋里。

“这么多？”林修白垂眸，目光落在袋子上。

大约是心情还在慌乱振奋的原因，姜一绿也是一下没收住，她不好意思地抬眼，说：“好像是有点……”

姜一绿觉得自己一路上高兴的样子好像有点太明显了，思维缓慢，连买东西都控制不住数量。她有点忍不住地问：“你会不会觉得我有点过？”

他修长的手拨开她湿润红唇上粘连的黑发，林修白低低地笑了声：“怎么会。”

雨天地湿，回家后，姜一绿的鞋面上不可避免地被雨水洇湿了点。一路上风带着冷意，除了被牵住的那只手，她的另一只手被风吹得有些冰冰凉凉。

姜一绿换了室内鞋，往客厅的方向走。她抱着沙发上的抱枕，试图从熟悉的空间里找到一点实感，但仍旧有点失败。

她正抿唇出着神，就听到一点脚步声，林修白从厨房里倒了一杯温热的蜂蜜水走了过来。

他垂眼瞧她，说：“喝一点。”

“噢。”姜一绿乖顺地接过杯子，小口啜了下。淡淡的甜腻渗入口腔，有点缱绻的感觉。

走回来的路上景物在变换，倒也没有那么奇怪。回到家后，这种不知道说什么的感觉慢慢扩大，越来越局促，但又很怪异地觉得喜悦。

她舔了舔嘴角的水渍，总觉得要说点什么。一抬头就看见，林修白微弓身，拾起了她早晨从阳台收回随意丢在沙发上的袜子。

“那个……”姜一绿放下水杯，有点窘迫地解释，“没想到你今天会回来，忘记收回去了。”

林修白“嗯”了声。

转身，他的目光落在她细瘦的脚踝上，走过来低声道：“袜子湿了，换上。”

姜一绿顺着他的视线垂眼，脚踝处的袜子被雨水染湿了些，颜色深了下去，成了一个不规则的圆。

原本她觉得一回家就直奔房间有点太明显了，现在换完了袜子，姜一绿觉得火候差不多了。

她动了动指尖，侧头看向林修白，小声说："你慢慢吃，我先回房间了。"

林修白看她，说了声"好"。

回到房间后，姜一绿整个人卸力一样趴在床上，翻过身，盯着天花板有些飘飘然。

过了好半天，她突然扯过旁边的被子罩在脸上，不可抑制地翻滚起来。

她的脸埋在厚重的被子里，所有情绪到了此刻才缓慢地清晰起来，丝丝缕缕渗透出来，然后忍不住地傻笑起来。

她第一次谈恋爱，不知道要怎么相处，麻木地跟着感觉走，又有点手足无措的感觉。

在被子里闷了一会儿，直到呼吸不畅她才掀开被子把脸露了出来。姜一绿翻身趴下，拿过旁边的手机点开了微信。

手机一下午一直静着音，此刻点开，红点布满了整个屏幕，几乎都是来自同一个人。

朱贝：【我告诉了林修白你相亲的事了，怎么样？他来找你没？】

朱贝：【听孔星驰说他今天回国了，你俩见上面没？】

朱贝：【你在干什么呢？回个消息啊！】

朱贝：【所以你们是好了还是分了？】

朱贝：【林修白发朋友圈了？他怎么还会发朋友圈？】

朱贝：【饭团你买的？？？［截图］】

姜一绿被这一串信息看得眼花缭乱，抿唇想了想，慢吞吞地敲下：【好了。】

消息刚发出去，朱贝就秒回：【啊！！！】

朱贝：【你终于有对象了！有种嫁女儿的快乐！！！】

朱贝：【不行！我要在宿舍群里号！！！】

姜一绿：【你的感叹号有点吵……】

退出了和朱贝的对话窗，姜一绿点开林修白的头像，戳进了他的朋友圈。

他的朋友圈常年空白一条杠，连背景都是系统自带，和他这个人一样寡淡。

所以，此刻那唯一一条图文展现在眼前，让人有些猝不及防。

配图很简单，是随意拍的一张从便利店买回来的饭团。

【很好吃。】

姜一绿点开图片，指尖拨着微微放大看了下。

很随意的一张图，边缘都有晃动出来的模糊影子，但她很莫名地觉得开心，因为这是她买的。

大概是常年不发圈的人突然发了这么一条，这条朋友圈下面炸了开来。

一些还不明情况的共同好友几乎是统一口径的：【？】

唯有姜无苦。

【？】

【饭团有什么好拍的？】

【这款有这么好吃，值得发个朋友圈？】

下一秒，界面上跳出了林修白给他的回复：【对象买的。】

微凉的晚风吹得人清醒，夜色有雨后的潮湿，让人有种眩晕感。

林修白站在阳台边，看着雨中的城市。

在多伦多的六年里，他总会在午夜惊醒，颓坐着看窗外的月亮，每一天他都很想回去，回到陵县，回到姜一绿的身边。

他一直没有很喜欢的城市，唯独陵县，虽然小而拥挤，不发达，没有繁华的街道，夏天的风也总是闷热的，裹得人透不过气。

但，这座城市有她。

他幻想过无数次姜一绿站在自己身边，完完整整属于他的样子。他的心情会是激动澎湃的，还是难以置信的？真正实现后才发现，是尘埃落地般的平静，恍惚得像是一场大梦。没有烂掉，而是从泥泞里走了出来。

林修白睫毛微颤，从恍惚中回神，握着手机低头点开。

最新的动态还停在昨晚的八点。

“喜欢姜一绿的第2788天。”

林修白垂睫，目光向上滑过看不到尽头的动态，很轻地弯唇笑了下。

3月1日，星洲大雨。

他更新了最后一条仅自己可见的动态。

“她喜欢我了，我抓住她了。”

以后此生没有愿望了。

已经得偿所愿了。

# 第十一章

## 我也得到了童话

01

翌日是个阴雨天，雨不大绒毛似的。

经过一个晚上的消化，姜一绿已经慢慢能够接受自己有对象，而且这个对象还是林修白的事实了。

她从洗手间出来的时候，林修白也正巧从厨房出来，手中端着两个瓷碗，正冒着氤氲的热气。

姜一绿眨眨眼，小跑过去在餐桌边坐下，说：“你起得好早呀。”

他把勺子放在她碗边，声音还混着点含糊的低沉：“吃完了送你去上班。”

喝完了粥，两人下楼梯出了小区。

车子一路平稳地开到“一氧”，姜一绿解开安全带，偏头顿了下，说：“那我下去了？”

“嗯。”林修白点头，声音温和，“晚上来接你。”

朱贝来得比姜一绿要早，姜一绿进门时店内的东西已经收拾得差不多了，正准备营业。

早上的顾客不多，空闲时间一大把。

姜一绿刚在椅子上坐下来，朱贝就兴奋地滑着椅子过来了。

“怎么样？”

姜一绿把手机从包里拿出来，有点蒙，问：“什么怎么样？”

“谈恋爱的感觉啊！”

听完，姜一绿食指抵着朱贝的额头将她稍微推远了点，说：“你的样子怎么这么像看猴。”

“哪有你长得这么像人的猴。”朱贝笑眯眯地问，“昨天怎么样？亲了没有！”

她问得太直白，姜一绿一噎，长睫毛扑闪扑闪的，说：“哪有那么快。”

“快什么快！”朱贝说，“易池不也喜欢我好久了嘛，然后我和他刚确定关系那天，立马亲得死去活来！”

姜一绿连忙捂住她的嘴，说：“细节就不必对我讲了。”

朱贝扒拉下姜一绿的手，喘了口气教育她：“有爱才有欲望，你要正视它。”

这个话题没有持续太久，因为一个顾客的到来就被打断了。

等送走了顾客，姜一绿坐回椅子，拿起桌上的手机随便看了眼。

安秀在十分钟前给她发了条微信：【一一，昨天和小裴聊得怎么样？】

小裴，那个相亲对象。

姜一绿看着消息发了几秒的呆，后知后觉地想起来，还有这事没和安秀说。

这要怎么解释？

刚相亲结束，就成功有对象了？

她纠结了两秒，还是觉得打电话比较容易解释清楚。

“妈妈。”电话接通，姜一绿略忐忑地喊了句。

安秀正在和姜敏学逛市场，周围环境嘈杂，还听得到她嗔责姜敏学又要买多肉的行为。

制止了姜敏学，安秀往旁边走了点，问：“怎么了？”

姜一绿舔舔唇，顿了下才说：“我想和你说一下昨天的事情。”

“哎？”安秀带点惊讶，感觉自己姑娘这语气、状态和平时不一样，试探地开口，“不会是成功了吧？”

“嗯。”姜一绿眨眼，“不过不是你介绍的……”

闻言，安秀糊涂了，又往安静的地方走了点，微靠着根柱子，没太明白地问：“这是什么意思？”

姜一绿无意识地揪了下裤子，琢磨了一会儿温暾地开口：“妈妈……你还记得我和谁合租吗？”

“小白啊。”安秀随口答。

“就……我对象是他……”

话音落地，对面突然没了声音。

等了几秒，姜一绿担忧地把手机从耳边拿开，界面还显示在通话中。她又拿着手机贴回耳朵，自顾自地补充一句："是有点突然……"

不知过了多久，对面的人似乎叹息了声。

姜一绿手心攥了下，试探地问："妈妈，你叹气是什么意思呀？不会是不同意吧？"

"没有。"安秀无奈地笑了下，"只是觉得突然。一一，你怎么就和小白在一起了？"

姜一绿支吾了下，说："可能是……日久生情？"

安秀对年轻人的交友倒是没什么意见，但事情来得太突然她一时间消化不了，没和姜一绿说几句就先挂了电话。

挂了电话后，姜一绿还觉得有点恍恍惚惚的，在椅子上没坐一会儿，手中的手机忽然响起来。

看着上面的备注，姜一绿随手接起，"喂"了声。

"你行啊。"姜无苦冷冰冰的声音猝不及防地冒了出来。

姜一绿皱眉，莫名其妙地问："你说什么呢？"

"你谈恋爱了？"

她愣住。

"对象还是林修白？"

姜一绿嘴巴张张合合，半天憋出了句："你怎么知道的？"

"呵。"姜无苦冷笑一声，"果然是真的。"

她无话可说。

又安静了几秒，姜无苦突然出声，腔调冷淡得没有边际，赞道："林修白可真牛。"

说完这句，还没等姜一绿反应，他就"啪"的一声把电话给挂了。

"谁啊？"朱贝把顾客试过的衣服从试衣间里拿出来，一下就看见了姜一绿微撇的嘴唇。

姜一绿转过身子看她，老老实实地说："姜无苦。"

"他说什么了，"朱贝抬眼看她，"你这副表情？"

"他问我，对象是不是林修白？"

朱贝一顿，眨眨眼，问："他什么反应？"

姜一绿苦着脸，说："他把我电话给挂了。"

停顿两秒，朱贝忽然大笑起来，弯腰幸灾乐祸地说：“小苦肯定没想到，这回同学变姐夫了，哈哈哈！”

“你别笑了。”姜一绿可怜兮兮地揪着朱贝的袖子，“你说他挂我电话这是什么意思？”

“哎。”朱贝拍拍她的手，“给孩子一点时间消化吧。”

时值傍晚，阴雨蒙蒙，空气中悬浮着一层浅淡的凉意。

路上行人不太多，大都撑着伞行色匆匆。

姜一绿坐进车里，身上还带着工作室里隐约的柑橘香。她扯过安全带小声抱怨：“都三月了还这么冷，天天下雨好烦呀。”

“今晚吃什么？”系好后，姜一绿抬头看向旁边的人，神色又忽然愉悦。

她头发剪短了，到锁骨处，披散着蓬松凌乱像只小狮子，脸上细小的绒毛缀了点雨珠，亮晶晶的。

林修白看了几秒，抬手掌心覆盖上去，很轻地摩挲了下她的脸蛋。被这突如其来的动作惊到，她脸上自然而然地浮上一层红晕。

“有点湿。”林修白声音低低地解释。

“噢。”姜一绿慢一拍地眨眼，若无其事地转回了头。

下雨的夜晚虽然不似往日繁华，但仍旧灯火通明。

夜色溶溶，车如流水，尾灯亮得像一颗颗钻石。

林修白话不多，平时一般都是姜一绿说，他答，但今天姜一绿有点不知道说什么了。

在一起的感觉好像和以前没有太大的区别，特别是林修白，一如平常。但是换了种身份，姜一绿就有点容易慌乱和高兴。

脸上热意慢慢消散，姜一绿悄悄挪眼，看向旁边。

小雨温柔地摇曳，给车窗蒙上了一层细碎的雨珠，温温柔柔的背景衬托得林修白有种让人沉迷的英俊。

他怎么长得这么好看？

姜一绿撇嘴，突然觉得他淡定得碍眼。从昨天到现在，他的情绪一直都很平静，一点也不兴奋激动，反倒是自己，傻呼呼的，又是买多东西，还脸红。

怎么感觉自己好像更喜欢他一点。

她脑海里不可抑制地想起了朱贝的话，下一秒，嘴里的话比大脑更快了一步脱口而出：“林修白，你怎么不亲我？”

时间仿佛在这一秒静止，说完，姜一绿彻底傻了。

啊！

太酸了！

自己到底在干什么！

林修白似乎是愣住了，睫毛肉眼可见地颤动了下，而后转头撞上了她的视线。

姜一绿抑制住内心羞耻得想要尖叫的冲动，也不躲避，极其淡定地看着他，装出理所当然的模样。

看着她的模样，林修白似乎低低地叹了口气，哄道：“我在开车。”

“哦。”

有了这个事件，姜一绿全程绷着脸，一动不动地注视着窗外，彻底说不出话来。

回到家后，林修白从冰箱里取出食材很熟练地去了厨房。

从以往来看，姜一绿必定会跟着过去的，但是她今天没有脸跟着，一点脸都没有！

她感觉自己就像个流氓！

姜一绿苦着脸坐在客厅，特别想说“我不吃了”然后跑回房间，但这样好像更加确认了她刚才假装淡定。

她抱着娃娃，脑袋一低把脸埋了进去。

救命啊！

餐厅灯光冷白，一桌的菜色让人垂涎欲滴，但姜一绿没什么胃口。

吃完了饭，磨蹭着等林修白洗了碗，她瞧了眼墙上钟表的时间，才假装自然地开口：“今天我有点困，我先回房间了。”

林修白看着她，眼神平静。

被他看得有些慌乱，姜一绿眼睛眨呀眨，指尖无意识地抠着衣摆，嘴唇微嘟，开始生气：“干吗看我？”

“刚才我看了天气预报，明天是个好天气。”林修白忽然开口。

姜一绿稍愣，抬头有点没明白他的意思。

眼前的人视线睨着她，轻描淡写地描摹。

片刻后，他启唇：“所以明天我可以和你约会吗？”

02

第二天，是个阳光普照的晴天，也是春节结束后，第一个大晴天。

今天一整天，姜一绿都干劲满满，兴奋的表情都挂在了脸上。

连神经大条的齐梦都看出有点不对劲了，莫名道：“小绿，你遇见什么好事了，这么开心？”

“啊？”姜一绿呆愣，眨眨眼，“我看起来很开心吗？”

“嗯。”齐梦声调稍扬，“你笑一整天了。”

姜一绿扯平嘴角，仰脸献宝一样给齐梦看，说：“这样呢，会不会看起来正常点？”

被她逗笑，齐梦抬头忍不住捏了下她的脸蛋，说：“你怎么这么可爱。”

一旁的朱贝先一步接话：“当然是因为她晚上要去约会。”

齐梦毫不留情地揶揄：“你怎么和个情窦初开的小女生一样呢。”

姜一绿撇撇嘴。

就是很高兴啊，就是会忍不住地很想林修白啊。

她好喜欢他哎。

好像要完蛋了……姜一绿自暴自弃地想。

一整天的时间里，姜一绿趴在工作室的桌子上，一会儿看看手机时间，一会儿翻翻微信，心里乱七八糟地开始期待。

瞧着姜一绿这副模样，齐梦躺在小沙发上边吃薯片，边和朱贝笑说：“没想到，小绿谈起恋爱来，这么可爱。”

朱贝也笑道：“看她那傻样儿。”

齐梦在这儿玩了一整天，等到傍晚的时候才回去。

到了饭点，朱贝点了份外卖，爆浆鸡排饭，看着卖相极好。

姜一绿看着眼馋，哼哼唧唧地求着朱贝给自己吃一口。

“你别想了。”朱贝毫不留情地拒绝，“就这么点大，你一会儿去吃大餐，就别觊觎我的了。”

“别这么小气嘛。”姜一绿眨眼。

朱贝把外卖从她面前挪走，看着她，说：“做梦。”

她话音刚落，工作室门外就传来了汽车的声音，姜一绿顺着声音抬头看过去。

门外车窗微降，是林修白。

姜一绿迅速从座位上拿起包，朝朱贝皱鼻哼了声，就“嗒嗒”地跑了出去。

门外有浅淡的暖风，林修白从车上下来，绕过车头走过来，瞬间被姜一绿扑抱住，往后趔趄了下。

他身上的气息很好闻，有很舒服治愈的檀木香，像是春天寺庙里燃起的烟，让人平静又舒心。

姜一绿仰脸看他，发现自己好像越来越喜欢他了。

而且她也不想假装了。

就是被他诱惑，就是很沉迷呀。

“今天有没有想我？”她微微踮脚，小猫咪似的天真又无辜的模样，讨好地开口问。

林修白任由她抱着，睫毛低垂，微微颤动，眼底深深沉沉。

沉默了半晌，林修白指尖拨了下她脸上的碎发，然后说：“想的。”

听到答案，姜一绿满意地退一步，跟着他坐进车里。

系好了安全带，姜一绿刚想问“一会儿去哪儿吃饭”，回头的瞬间视线被一束向日葵占据。

她愣了瞬，后知后觉地弯唇。

吃饭的地方在星洲市中心的一个商圈里。周末的夜晚街头人潮拥挤，空气中弥漫着一股喧闹热切的气息，空中弯月摇摇欲坠，沉沉浮浮。

此刻天色已经彻底暗了下来，霓虹灯光交织，晃动人眼。

街上人多，而且是小情侣居多。

姜一绿在一家奶茶店门口等着林修白，没头没脑地盯着来往的小情侣，他们十指交叠，看着特别亲密幸福。

不知道什么时候，林修白已经买完了奶茶出现在她的旁边。

姜一绿低头瞧了下他手中的东西，抬眼酝酿了下说：“我觉得我的手有点空。”表情无辜，一副自然的样子。

闻言，林修白只是稍愣了下，很快地猜到，微微露出点笑，唇色浅红，下一秒，他抬手牵住了她。

他的掌心干燥，让人不可忽视的温热传来。

他的手性感修长，彻底将她的五指包裹在掌心，他的指腹在她手背滑过，极其温柔。

她舔了舔唇，彻底乖了。

餐厅在商城的顶楼，气氛安静，氛围很好。位置在墙角的落地窗边，城市霓虹璀璨，整个星洲被收入眼底。

姜一绿没点几个菜，但最后上的都是她爱吃的。

一顿饭吃得缓慢又愉悦，结束后林修白牵着她的手，不急不徐地在马路边走。

月光顺着斑驳树皮，爬上枝丫。姜一绿晃了晃手，问："我们去哪儿？"

"游乐园。"林修白低睫看她，如实地答。

姜一绿眼睛亮起来，有点惊喜地嚷："你怎么知道我喜欢这里！"

很清楚的，好多时候她无意间说过的话，他都记得一清二楚，不用花费时间特意去记，几乎成了本能，刻进了骨子里。

他嗓音有些低哑，眼神掠过她娇艳柔软的脸，轻轻笑了下："你说过的。"

"我说过吗？"姜一绿疑惑，"我不记得了。"

林修白没有多说，只浅浅地"嗯"了声。

他们来得早，这个时间游乐园里人还不是特别多。

林修白提前预订了票，进园后，带着她很有目的地往烟花秀的席位走去。

他们的位置几乎在正中心，靠近城堡，可以最完整地看到最漂亮的烟花表演。

时间一点点流逝，身边的人也渐渐多了起来，熙熙攘攘分外热闹。

姜一绿一颗心被高高吊着，有些不受控制地兴奋。

悠扬的音乐在城堡里一点点变大，慢慢激昂，五彩灯光璀璨绚丽。

酝酿着，准备着，在下一个瞬间，伴着高潮的音乐，漆黑广阔的天空，灯火辉煌。九道光束从城堡背后蓬勃而出，光照亮了整个园区。

不停歇的，焰色漫碎，凑够了漫天星辰。

耳边欢呼声肆意，人们拥抱、接吻。

姜一绿侧头去看林修白，光影交叠在他的眼底。

他在看她。

几乎是忍不住地，姜一绿倾身过去一下抱住林修白，小动物似的蹭了蹭他的脖颈，对着他的耳朵说："我好喜欢，像童话一样。"

林修白微微将她拉起身，垂睫看她，漆黑眼眸染上旖旎烟花光影，明明灭灭，深沉似海。

他的视线下移落在她殷红的唇瓣上，美得惊心动魄。

他捏起她的下巴，贪恋地看着她：“姜一绿。”

听着他的声音，姜一绿还没来得及回应，微微张唇，下一刻，全部感官就被眼前的人侵占。

温热的呼吸，唇齿间甜而软。

然后，听到他带着喘息的声音。

“我也得到了童话。”

等从游乐园出来后，已经快要到晚上十点。

坐在副驾驶上，姜一绿还有点眩晕，心跳还有些加速。她掰着手指，忽然又自顾自地无声笑起来。

车在亮起红灯的路口停了下来，姜一绿偏头看向林修白，然后不受控制地扑过去在他脸上亲了下。

她的动作让林修白心颤了下，侧头就对上她湿漉漉的视线。

姜一绿笑道：“红灯就亲你一下。”

她真的这样做了，在每个红灯的路口停车时都亲亲他。

然后，她就发现……

林修白绕了远路……

03

姜一绿的工作比较自由，没有什么固定的工作日和休息日，所以即使是周末也照旧去上班。

早晨吃完了早餐，林修白把她送去了“一氧”，一路上姜一绿絮絮叨叨地点着晚上想吃的菜。

车子转弯开了会儿，就到了“一氧”门口，姜一绿看了下店门，忽然变得闷闷的。

她觉得自己最近好像有点太依赖林修白了，无时无刻不想和他在一起，情绪起伏得厉害，有点着魔了。

见她忽然颓丧的模样，林修白淡淡笑了下，替她解开安全带，声音极有质感地哄：“晚上来接你。”

“嗯。”

周末的客人比平时要多，忙了一个上午才有空停下歇口气。

午饭的时候，齐梦提着大包小包又来了“一氧”。

朱贝瞧了她一眼，揶揄道：“又来休息啊？”

“一氧”附近就是一个极大的商圈，齐梦爱逛街，所以几乎每次结束后，都来这里一趟。

“累死我了。”齐梦喘了口气，毫无形象地脱掉高跟鞋就往沙发上躺，接过朱贝递过来的水，喝了口才说话。

“还不是昨晚聊天去了。”

朱贝哼笑：“又是哪个帅哥？”

“帅个屁。”齐梦抹了下嘴角的水把包放在椅子上，“昨晚大学班群里说五月初要搞个同学聚会，然后大家聊起来就收不住了。”

“小绿认识。”齐梦说，“就俞彪。”

姜一绿仔细想了下，她对俞彪的印象还挺深刻的。

俞彪是她们的大学同学，班里的最不正经的，人有趣得很。

姜一绿疑惑道：“要聚会啊？”

“对啊。”齐梦说：“你没看群吗？”

姜一绿摇头。

大学班级的同学关系特别好，每个人都热情友爱，所以即使毕业了大家也一直有联系。平时班群消息特别多，她就开了“免打扰”，偶尔才会进去和大家聊会儿天。

“那你肯定没买衣服，我今天就是特意去商场买衣服去的。”说着齐梦眼神往桌上的购物袋扫了眼，“今天你早点下班，我陪你去商场。”

姜一绿抿唇想了想答应了，又拿出手机跟林修白说了下，让他今晚不用来接自己了。

林修白没有什么特别的爱好，周末的日子和平常区别不太大。

下午的时候，门铃忽然响了起来。他不记得谁会来，稍愣了下才去客厅开门。

开门的瞬间，他连人影都未看清，眼前一黑，重重的拳头毫不客气地砸在了他侧脸。

林修白没有任何防备，这一拳直接打得他向后跌到玄关，上面的装饰品噼里啪啦掉了一地。

他嘴角微裂，半张脸都没了知觉。

门口的姜无苦还带着路途的疲惫，迈进来一步看着他，气得笑了起来，咬牙赞道：“你行，林修白，你真行，你可真牛啊，那可是我姐！”

事情发生得太过突然，林修白靠着玄关架子，低喘了声，缓过来后，看着他，说：“要不要再打一拳，我不还手。”

“你以为我不敢？”姜无苦嗤笑，声音冷得没有温度，甩了甩发疼的手，没客气地又往林修白脸上砸了拳。

同样的位置，力道却收了点。

林修白身形晃了下，站直稳住后，抬手擦掉嘴角的血迹，低笑着，还有力气开玩笑：“还打吗？毕竟以后你也没机会打了。

“是吧，兄弟。”

姜无苦愣在原地，脑子里嘭地炸开。

林修白和姜一绿在一起了，自己能叫他什么？

简直令人难以置信！

“你！”姜无苦没忍住，怒气十足，一边骂一边出拳，“还想让我叫你姐夫是吧？”

林修白不受控地闷哼一声，痛得弓身，向后靠倒在玄关架子上。

见他这副模样，姜无苦冷笑。

林修白额头上覆盖了层冷汗，嘴角渗出血迹，衬托得他眉目更加苍白寡淡，但他毫无怒气，一副“随便你打”的模样。

他缓过痛感，哑声说：“消气没？没消气继续打。”

姜无苦顺了口气，终归是没再动手。

屋内空荡，很明显只有林修白一个人在家。姜无苦毫不客气地在沙发坐下，大大咧咧地敞着腿，揉了下发麻的拳头，冷声问：“我姐呢？”

林修白从玄关处慢一拍地走过来，低声解释：“她在上班。”

姜无苦“嗯”了声，抬手整了整衣领，忽然想到什么开口：“你什么时候对我姐动心思的？”

“很久之前。”

闻言，姜无苦直直地看着他。

他说呢，高中时林修白怎么突然想明白要住自己家了，现在想起来原来是早有预谋。

姜无苦扯了下嘴角，面无表情地吐出两个字："禽兽。"

姜无苦靠着沙发，眼神上下打量了林修白一圈，挑挑眉颇为好奇地问："你这嘴角的伤是怎么回事？"

等了几秒，林修白反应过来，眉梢微抬，低笑道："自己撞的。"

"算你识相。"

两个人在一间房子里，互相看不顺眼，一天下来半句话都没有说，气氛尴尬。

晚上姜一绿回来的时候，猝不及防看到客厅里的姜无苦还愣了下，问："你怎么突然来了？"

"噢——"姜无苦懒懒地抬眼，故意拖着腔，慢腾腾地答，"来看看我这姐夫长什么样。"

姜一绿在原地噎了下，懒得理他，左右看了圈发现林修白在厨房，放下东西就"嗒嗒"地跑了过去。

厨房灯光暖黄，林修白静立在料理台前，眼皮耷着，在剔鱼骨。

姜一绿踮着脚悄悄走近，正想吓他一下，就见他回了头。

"没意思。"姜一绿小声抱怨，站直了身子，走近后才发现他嘴角带了伤。

她的动作稍顿，有点疑惑地问："你嘴角怎么了？"

"没事。"林修白看着她，轻声解释，"不小心磕到了。"

"真的？"姜一绿皱眉，明显不信，又凑近了点，眼神落在他的伤口上，仔细看了下，忽然开口，"你是不是和姜无苦打架了？"

林修白腾出一只手，手肘轻轻搂住她，安抚的意味浓重："没有，是真的不小心磕到了。"

姜一绿嘴唇动了动，仰脸看他，说："你没骗我吧？"

沉默了会儿，林修白才接话："没有。"

又盯着他的表情看了半天，姜一绿才相信，她目光落在他唇上，有点心疼，小声责怪他："是不是很痛？"

没忍住地，林修白倾身在她浅红湿润的唇落下一吻，哄道："没有，不痛。"

被亲乖了，姜一绿胳膊张开，圈住他的腰，微微仰脸，鼻尖碰上他的下巴，咂咂嘴，说："好吧……"

突然多了一个人，餐桌上的气氛莫名变得有些奇怪。特别是姜无苦，全程在鸡蛋里挑骨头。

他夹了一片鱼肉，刚尝了一口就皱眉，说：“这鱼怎么这么咸？”

“啊？”姜一绿微愣，“我刚才吃了，不咸啊。”

姜无苦就像没听到，自顾自地又夹起一片肉，眼神在筷尖上看了圈，嗤笑着，语气还格外拽：“这肉怎么炒得这么老，能吃？”

就这样来来回回好几次，姜一绿彻底忍不住了，放下筷子，警告他：“姜无苦你再多说一个字，我就把你从这十二楼扔下去。”

饭后，姜一绿拖着姜无苦进了厨房，让他把所有碗筷都给清洗消毒。

完成任务后，他怎么看林修白怎么碍眼，干脆换了鞋出去消食了。

姜一绿提着一个小小的塑料袋，推开林修白的房门，扯着他，说要给他嘴角上药。

林修白抬手握住她的手，亲了亲她的指尖，说：“不用上药。”

姜一绿指尖不自觉地蜷缩起来，睫毛颤了颤，目光流连到他的脸上。

皮肤冷白，五官凌厉又端正，睫毛很长，身上有一种狠戾又温柔的气质，矛盾得让人沉迷。

姜一绿扭捏了下，慢吞吞地说：“不涂药会留疤的。”

听着她的话，林修白不禁笑了下：“怎么会。”

其实他以前都不怎么笑，但现在很莫名地总会看着她笑。

姜一绿眼珠转了转，没头没脑地问：“你很开心吗？”

“开心。”

“为什么开心？”

“你喜欢我就很开心。”

她忽然觉得这句话好致命啊！

姜一绿揪着他的衣领，将人扯近了点，忽然开口：“林修白你怎么这么好看，我好看吗？”

室内昏暗，他衣衫不整，烟灰色的衬衫领口被姜一绿扯开几粒扣子，露出嶙峋的喉结，有点诱惑勾人。

“好看。”

林修白抬手，掌心贴在她的腰上，她被按近了些。

“那你夸夸我。”

以前他总觉得她和自己说说话就很好，现在越来越贪心，总觉得说话有些浪费时间，耽误了吻她。

“姜一绿。”林修白低声唤她。

“嗯。”

“我想亲你。”

“这是夸我的意思吗？”

“嗯。”

姜一绿舔了舔唇，心满意足地笑：“那你亲吧。”说完，她就乖乖地凑上去。

她的腰间贴着他温热的掌心，酥酥麻麻，箍着她的力道有些不受控制的重。

麻意从尾椎骨开始蔓延，姜一绿浑身发软，几乎卸了力。

她指尖摸上林修白的锁骨，胡乱地滑着，企图找到一个着力点。然后就听到了林修白的喘气声加重。

不知亲了多久，姜一绿觉得自己好像有点缺氧了，缓慢地从他嘴唇上离开，眼角潮红，看着他浅浅地喘气。

“接吻好辛苦啊！”

看着她，林修白气息非常不稳地笑。

“你别笑了！”姜一绿眼眸湿润，觉得脸红。

她视线下落到他的嘴角，在混乱的亲吻中不知不觉中裂开了点，渗出血迹。她捧住他的脸，用气音说：“出血了……”

林修白看着她的眼神有些露骨，知道这不是他构造的一场美梦。

亦不是空想，不是欲念，是切切实实在他怀里的姜一绿。

他擦过她唇上晶亮又旖旎的水渍，哑声说：“没关系。”

春夏交接的夜晚，露水潮湿，繁星点点。阳台上，两人的背影被月色笼着，清桀修长。

这些年一直在奔波，对两人来说这样安静的时光都是少有。

姜无苦嗓音淡哑，依旧是那副吊儿郎当的模样，忽然开口：“当年你做我同桌，是故意的吧。”

林修白视线投在远方的霓虹上，声音缥缈，带着点低浅的笑意：“故意的。”

姜无苦微侧目，似赞非赞：“你还挺诚实。”

其实现在想起来，很多事情都有迹可循。大到所有人都知道的生死，又小到几不可察的细节中。

姜无苦忽然间有些感慨，移回视线，开口问：“你喜欢我姐什么？”

时间太久了，喜欢的时间太久了，久到林修白自己都快要记不得了。

他睫毛轻颤，声音低低的，在这安静的夜里格外清晰。

“不胜枚举。”

04

姜无苦本就是为这事特地回来一趟，待了一晚上，第二天早晨就走了。

同学聚会在五月初的一个周末。

姜一绿换好衣服从房间里出来的时候，林修白正倚在餐桌旁，指节上挂了一串钥匙，在等她。

“我好啦。”姜一绿蹦跳着走到他面前，献宝似的转了一圈，瞳仁黑亮，“这样好看吗？”

她穿了黑色的修身上衣，裹得身材玲珑有致，皮肤白腻，微闪的珠光缀在眼尾，漂亮得让人移不开眼。

林修白盯着她看了会儿，目光微垂，指腹在她细瘦的锁骨上碰了碰。

天气逐渐变热，飞舞的蚊虫也跟着多了起来，在她锁骨处留下了一个很明显的小包。

林修白的指腹冰冰凉凉，覆在皮肤上很舒服。姜一绿凑过去搂住他的腰，指甲抠着他的衣摆，有一下没一下地扯着，似真似假地抱怨：“好痒。”

见他没有回答，姜一绿又抬头，对上林修白的视线，说：“你晚上来接我好不好？”

林修白低头不语，目光睨着她。

下一秒，他掌心扶住姜一绿的脖颈，顺势吻了上去。

亲得神思迷糊之间，姜一绿还在想，口红又没了……

她重新补一个妆，等到了聚会的酒店时，差一点就要迟到了。

齐梦在门口等了好半天，终于看到转角处开来了一辆车。

等姜一绿下了车，齐梦踩着高跟鞋“噔噔噔”地跑过去，说：“你今天怎么回事，都快迟到了。”

姜一绿的耳根还有点红，顿了下温暾地开口：“我化妆慢了点嘛。”

闻言，齐梦眼珠子转到她身后的林修白身上，小声“嘁”了声，挽着她的手边往酒店走，边揭穿她：“我老江湖了，还骗我？”

送了姜一绿后，林修白就开车回了公司。

见到他，孔星驰有点惊讶，说：“你今天不是休息？”说着，他又凑上去搂住林修白的肩膀，嬉皮笑脸地补充，“怎么，来陪兄弟我加班啊？”

林修白懒得理他。

打趣了林修白一会儿，孔星驰走到椅子旁，脚尖碰了下地上的纸盒，说：“你的快递，刚才在前台顺便帮你拿的。”

“嗯。”林修白往位置上走过去，放下车钥匙淡淡地应。

这个动作让孔星驰一下注意到了他衣袖上的一个小贴纸，顺嘴提醒了下：“你衣袖上沾着东西了。”

林修白微侧头，目光落在衣袖上的圆形贴上，像是解释般地说：“防蚊贴。”

没想到他会开口，孔星驰一下没听清，问：“什么？”

就见林修白抬头盯着他看了两秒，忽然开口：“对象给的。”

孔星驰沉默一瞬，被他这似炫耀似同情的语气给气笑了。

好家伙，重点还在后面这句。

同学会订的酒店，在星洲市寸金寸土的地段。

俞彪这几年混得风生水起，毕业后成了北漂，睡过桥洞打过地铺，坎坷过后开了不错的广告公司，还小有了名气，今天这场聚会就是他一人操办的。

进了酒店后，班里的同学已经来了不少。

姜一绿和齐梦坐一桌，这桌都是些老熟人，倒也自在。她们来得不算是最晚的，等到都上了主菜，卢远哲才到，一来就满脸歉意道：“不好意思，不好意思，陪女朋友逛街忘了时间。”

“哟。”齐梦拿起手边的饮料喝了口，打趣道，“知道的说你在逛街，不知道的还以为你在炫耀呢。”

俞彪笑出声，拉着卢远哲罚了两杯酒：“就是，那你就喝两杯，把你对象的也喝了。”

旁边的人跟着瞎起哄。

卢远哲也没扭捏，一口气干了两杯，桌上气氛也跟着热闹起来了。

上了菜，喝酒的喝酒，喝饮料的喝饮料，大家聊得热闹。

说话间总有同桌的男同学，视线若有似无地落在姜一绿身上。

她几乎和从前一样，容貌潋滟，笑起来让人窒息心跳，美得很有攻击性。是大学校园里，常常被好多男生女生念叨的人。

“再看眼珠子都要掉出来了。”齐梦揶揄地看向前面几个男同学，还不忘用手肘捅了下姜一绿。

姜一绿正在安安静静地吃饭，被她这样猝不及防地碰了下，差点噎到，一抬眼就看见面前的男同学尴尬地收回了视线。

注意到动静，卢远哲笑道：“你们别惦记了，早不下手，现在人家都有对象了。”

有性格豪爽的男同学半开玩笑道：“这哪是我们不下手啊，这是女神没给我们机会啊。”

桌上的人都没什么恶意地笑起来。

好在话题在姜一绿身上转了没一会儿，就跳到其他人身上去了。

同学聚会上，不可避免地会被调侃，姜一绿倒也没觉得不自在，就是有点心不在焉的，她吃了会儿拿出手机，悄悄给林修白发消息。

饭吃到后半程差不多要结束，俞彪还安排了下一场。姜一绿站起来挺不好意思地说要先走了。

有人开口：“这才几点啊，再玩一会儿嘛。”

齐梦在旁边了然地帮腔：“人家和男朋友有事，哪和你们一样，一群单身狗。”

“哎哟！好像你不一样！”旁边人大喊。

齐梦砸了个开心果过去，笑骂：“去你的！”

闹了会儿，大家也没说什么。姜一绿朝同学们颔首，拿着手机就出去了。

晚上的温度稍微低了一点，空气中笼着一层淡淡的冷气，月色摇摇晃晃，衬着街边的霓虹灯有种很浪漫的风情。

姜一绿脚跟上下点着，探头往街上看，才注意到不远处有一辆车，正停在一棵绿意葱葱的香樟树下。

车头前面，林修白穿着灰色的衬衣，无声无息地倚着，眉目被灯光染得缱绻，五官从额头精致到下颌。

正巧他侧头看来，姜一绿抬手兴奋地挥了下，刚要跑过去就被一道声音喊住。

姜一绿回过头去，看到是同桌的一个男同学，有点疑惑地问："怎么了？"

"这个。"男同学递给她一个小包，"你包落在座位上了，我正好出来上厕所，就看看你走了没。"

"谢谢啊！里面还放了身份证呢，太谢谢你了。"

"客气了。"男同学笑了笑，"没什么事，我就先进去了。"

姜一绿笑嘻嘻地朝他挥挥手，转身就见林修白正朝着她的方向走过来。她拿着包小跑过去，一下扑进他怀里，粉脸低垂，从口袋里摸出几颗糖果，举给他看，说："特地给你拿的，特别好吃。"

林修白垂眸看着她，手指在她脸蛋上捏了捏，露出点笑，说："今天怎么这么乖。"

像是有点不满，姜一绿嘟唇，说："我每天都很乖呀。"

车内气氛静谧温柔，街边时而荡过的彩灯拉出葳蕤光影，投射在林修白的脸上，让人几乎要溺死。

喜欢林修白几乎变成了件着魔上瘾的事情，让人一点都克制不了。

姜一绿在聚会上喝了一点点酒，借着这点酒意胡作非为，凑过去挂在他身上蹭了蹭，像只小猫咪。

林修白垂首，轻喊了她一声，指尖在她唇上轻点。

他一说话，脖子上的喉结就上下微微滑动，浅浅的小痣也跟着动。

正儿八经地诱惑。

姜一绿直勾勾地瞧了会儿，觉得脑袋有些晕，飘飘忽忽的。

她忽然张嘴一口咬住他的手指，哼哼唧唧："我可以咬你喉结吗？"

林修白喉结滚动，淡而长的睫毛落下一层阴影，看她，说："你可以舔舔它。"

听他说完，姜一绿就单手钩住他的脖子，细弱的手指攀上他的喉结，然后拨开他的衣扣，慢慢滑入，乱摸他凹凸的锁骨。

她听见林修白紊乱的呼吸，他的掌心掐住她的腰，说："别动。"

“就动。”姜一绿不安分地扭了下，仰脸轻轻吻住他嶙峋的喉结，又向上移到他的嘴唇。

像是故意的引诱，但是林修白没动。

她眨了眨湿漉漉的睫毛，微退开，看着他委屈地小声开口：“我不漂亮吗？”

林修白目光直视着她，没说话。

她又朝他凑近了点：“你怎么不亲亲我？”

林修白看着她眼里深深沉沉。

他对姜一绿的爱早就融入了骨血，有时他自己都难以克制，压抑着自己，也是折磨自己。

一圈潮湿的水渍缀在姜一绿唇瓣，甜甜软软，衬托得她的唇色秾丽妖艳。

腰被一只手揽住，让姜一绿忍不住哆嗦了下。

下一秒，林修白修长的手指就扣住她的脑袋，嘴唇堵了上去。

不像上次一样，这次林修白亲的力道很重，唇齿厮磨间混合着他身上特有的檀香味，麻麻的，就像过电一样。

姜一绿整个人都在飘，衣服被揉乱，变得松松垮垮。

这样的接吻姿势不舒服，姜一绿扭了一下想要结束。

刚离开一会儿，林修白就不轻不重地卡着她的脖子，将人扣了回来。

他两边的黑色鬓发被汗水洇得几乎全湿了，贴着姜一绿让她被迫仰头。

姜一绿隐隐觉得，林修白好像快要失控了。

要命了，要命了，她就是亲一下他，他怎么反应这么大？

她再也不敢了！

持续亲吻的时间里，姜一绿从嘴唇到脚趾都是酥软的，她咬着唇，眼睫颤动，忽然觉得在车内有些羞耻。

眼底雾气蒙蒙，她扯着他的衣领，小声呜咽：“林修白，不许亲了……”

林修白掌心托住她的脸，离开她的白腻肌肤，眼底欲色浓重，极度忍耐地盯了她几秒，才哑声开口：“抱歉。”

姜一绿起身揉了揉发疼的嘴唇，抱怨：“你亲得好重。”

时间已经过了晚上九点，街上的人不多也不少。

姜一绿眸光湿润，指了指自己的嘴唇，说：“想喝水。”

林修白下车去旁边的便利店帮她买水。

姜一绿在车内坐不住，整理了衣服后也跟着跳下了车。

热汗干了些，被风吹着有些许的凉。她左右张望，看到不远处有个穿黑衣服的人蹲在路边，模样似乎有点眼熟。

还没等她多思考，就走到了店门口。便利店有些熟悉，之前好像来过。

她刚刚走到门口，林修白就从里面走了出来，他手上握着一瓶矿泉水，拧开了才给她。

凉凉的纯净水滑入喉咙，刚才那些有些旖旎难为情的热度，也跟着慢慢散去。

姜一绿咂咂嘴，嘴唇润润的，低头瞧了眼鞋，下意识地动了动脚。

“林修白，我鞋带散了。”

林修白看了眼在她旁边直接蹲下，身子微微弓着，好看的手捏起细长的鞋带，极其熟稔地系着。

姜一绿握着水瓶，视线在他身上掠过，脑海中忽然冒出一个问题。

这么多年，所有人都在变，为什么只有林修白没有变？冷淡寡言，矛盾温柔。一直是那个，只爱姜一绿的林修白。

05

同学聚会过后的两三天，姜一绿才突然知道姜敏学骨折住院了。

本来这事安秀没打算告诉她，还是那天她和安秀打电话时，正巧听到护士进来换药的声音。

听到这事后，姜一绿又急又气，匆匆忙忙地和朱贝说了声让她看着“一氧”，连夜收拾了行李就要回陵县。

刚打开大门，就迎面撞上回来的林修白。他垂首扫了眼她脚边的行李，神色微怔：“你……”

姜一绿吸了吸鼻子，解释道：“爸爸摔伤了，我要回陵县一趟。”

“走吧。”林修白倾身牵上姜一绿空着的那只手，指腹轻轻碰了碰她的手背，像是安抚，“我和你一起回去。”

“你不是还要上班？”姜一绿讶异。

林修白走过去点儿，接过行李，淡声说：“之前有假没休。”

白天城市里喧嚣的热切氛围松弛下来，夜晚的星洲风还有着点点清凉。

街边彩灯拉过一圈圈光影，有辆满客的出租车从眼前飞驰而过。姜一绿朝旁边看了眼，才发现林修白两手空空，什么行李也没拿。

姜一绿嘴唇嘟起，像是觉得难过一样，喊：“林修白。”

他挪回向前看的视线。

“嗯？”

姜一绿顿了顿，慢吞吞地开口：“你什么都没拿。”

她这副模样可怜，林修白慢半拍地笑了下，揉了下她柔软乌黑的头发，说：“没事。”

星洲到陵县的高铁不到一个小时。

姜一绿有轻微的晕车症状，晚餐吃得晚，这会儿正是容易犯晕的时候。她抱着林修白的手臂，脑袋靠着他肩膀，有点不适。

她的脑袋往他脖颈里挪了挪，视线上方是他乌黑的发，线条嶙峋的下颌，面容倦冷带着工作后的疲惫。

现在回忆起来，林修白好像一直对自己和别人不一样。像是早春冰雪下藏着的绿芽，令人不易察觉，近乎融化自己，带着毫无原则的温柔。

姜一绿微微动了动脑袋，就着这个角度往他脖颈上亲了一口，温温热热。

干净熟悉的气息钻进心里，他薄薄的皮肤下藏着清晰脉搏，一下一下，配合着她的心跳。

林修白回过头来看她，瞳色漆黑，眼波淡淡流动。

姜一绿紧了紧他的手臂，低低地说了句：“好喜欢你。”

下了高铁又赶到医院时，才刚过晚上九点。

大片的街道已经变得黑黢黢，但医院里仍旧是灯火通明，来往的医生护士行色匆匆。

安秀正准备安顿姜敏学睡觉，刚掖好被角就听见门口的动静。

见到人，安秀吓了一跳，说：“一一，怎么今天回来了？”

“着急嘛。”姜一绿撇唇，走过去看着床上的人，没好气地捶了下他的手臂。

她生着气力气没收敛，还真有点重，姜敏学夸张地“哎哟”叫疼：“我闺女力气真大。”

安秀笑着看了下父女两人，转眼见着还在门口的林修白。大约是换了种身份，一时间倒有些恍然，她微微愣了下才亲切地朝他招手，说：“站着干什么，快进来。”

来得匆忙，林修白只来得及在楼下买了些水果，他颔首走过来，正正经经地喊了声：“阿姨好。”

姜敏学伤得不算太重，就是洗澡的时候没垫防滑垫，不小心摔倒了。老年人骨质疏松经不起折腾，恢复得又慢，骨折了就得住好一整子的院。

本来晚上姜一绿说想在医院陪着的，安秀不同意，说道：“你回去休息，小苦前几天回来了，他陪就行。”

“啊？”姜一绿朝屋内看了圈，“他怎么回来了？”

安秀边收拾着东西边答：“他说最近忙完了，导师给放了个假。他刚出去买东西了，还没回来呢。”

忙了一整天再加上一路的奔波，确实有点累，姜一绿没再逞强，陪着安秀等着姜无苦回了医院，才一起回家。

等回家洗完了澡，困意被流水冲刷掉不少，这会儿她反倒变得格外清醒。

姜无苦晚上不回来，林修白就一个人睡他的房间。考虑到回来得急没带换洗的衣服，姜一绿擦着头发往沙发走，顺带给姜无苦发了条消息。

姜无苦：【不借。】

姜一绿：【？】

姜无苦：【怕他穿太松。】

姜一绿：【？】

接着他又慢悠悠地补充了两个字发过来：【内裤。】

姜一绿简直无语了，噼里啪啦地敲着手机键盘：【你再看看问你借的是什么！】

【睡裤！是睡裤！】

等了五六秒。

【哦。】

姜无苦毫无诚意地补充了一句：【看错了。】

姜无苦时不时就故意找点碴儿，姜一绿懒得再理他，把毛巾盖在脑袋上小步跑到房门口，准备和林修白说一声。

房门没关紧，露出一条小小的缝隙，点点暖黄色的光在白色大理石地板上，投射出细长的光晕。

姜一绿喊着他的名字推门进去，才发现林修白坐在书桌前好像在打电话。

她瞬间噤声，还以为他在工作，蹑手蹑脚地走过去后，才听见从听筒里传出来极为熟悉的声音。

钱志的嗓门一如既往的大：“你这也太不够意思了，你回国姜无苦先知道也就算了，今天回星洲还是只有姜无苦知道。”

“不知道的人还以为你对他有点意思！说真的，我好久没见你了，过两天得出来聚聚啊，我正好也在陵县。”

旁边的姜一绿憋着笑，岔开腿毫不收敛地坐到了林修白的大腿上。

天气渐渐变热，她穿着清凉的短裤，随着坐着的力道往上扯，露出来的一双腿很白，又细又直。

发丝上的水滴落在皮肤上，晶莹剔透，双脚离地，跟着不停地晃呀晃呀的。

屋内光线暗，只开了盏小壁灯，疏疏朗朗地将林修白笼在光里。他还穿着服帖的纯色黑衣，锁骨上露出的皮肤冷白。

看起来周正寡欲，让人想破坏。

姜一绿是个骨子里就闹腾、不安分的人，见惯了林修白这副沉静的样子，偶尔就会恶劣地想要逗弄他。

她手指摸上他的鬓角，故意仗着他打电话，猝不及防地咬了口他的唇瓣。

她腰肢纤细柔软，游鱼似的不安分地动。

林修白移远了点手机，手握住她的腰侧，微微压低身子，眼底漆黑染光，轻声说：“别乱动。”

闻言，姜一绿眨眨眼，故作无辜又委屈地无声地比了个口型：好。

见林修白半天没回答，钱志忽然开口：“你和谁说话呢？”

林修白也没有掩饰，拿近手机，瞧了眼怀里肆无忌惮的人，眼睫动了动，说：“女朋友。”

钱志激动地蹦出句脏话：“我都忘记这件事了，上次你还发朋友圈来着！”

“这哪家姑娘这么牛，把你给拿下了！”钱志追问下去，“我认识吗，还是说是你在国外认识的金发碧眼的同学。”

“认识。”

“啥！”钱志声音扬高，“我还真认识？”

说着，他又着急地问了句：“谁呀？”

沉默了一秒钟。

林修白还没来得及开口，姜一绿忽然凑了过去，说：“我呀。”

说起来，姜一绿也有很长时间没有见过钱志了。他瘦了很多，皮肤也不像以前一样黑，染了浅色的头发，蓬蓬松松的，倒是有点现在流行的花美男的模样。

和他一起来的还有沈帅丞，开着辆颜色浮夸的车。

一上车，钱志就咋呼地朝两人喊：“哎哟，姐姐，姐夫好呀！”

这话听起来是对姜一绿说，眼珠子却是瞥着姜无苦。

闻声，姜无苦嗤一声，靠着副驾的门，手伸进去盖在钱志的脑袋上毫不客气地将人扭了过去，说：“你是不是染发剂进脑子了，有病？”

“滚。”钱志一把拍掉姜无苦的手，“我刚做的头发。”

沈帅丞在前面拍着方向盘笑，说：“说多了都是泪啊。”

昨晚姜无苦没睡好，一上车就抱臂靠在后座上补觉，腿敞着，拽得跟二五八万一样。

这几年陵县慢慢发展起来，旅游业发达，特别是县政府这边，建了不少高楼吃饭的店也多起来。

大家好久没见，钱志和沈帅丞又都是活跃分子，一路上话题不断。

车在前面的路口拐弯，沈帅丞往后视镜看了眼，问钱志：“我说，我这都快结婚了，你怎么还单身？”

“单身怎么了，多自由啊。”钱志扬扬眉，“这不还有姜无苦陪我嘛。”

“你这脸能和人家一样？”

“怎么了？”钱志白沈帅丞一眼，“人身攻击？就姜无苦这又冷又臭脾气的，还不一定找不找得到呢。再说了……”钱志侧身看向林修白，“万一哪天我也成了他表姐夫之类的了，辈分一下抬了。林修白，你说是不是？”

说到这儿，钱志来了劲儿，故意硌硬姜无苦，揉了个纸团往后丢过去，嬉皮笑脸地问：“哎，姜无苦，你还有什么表姐之类的没？”

就见姜无苦靠着后座，懒洋洋地掀起眼皮，面无表情地朝他吐出两个字：“傻子。”

几人在一家西餐厅吃了晚饭，结束后都已经到了下午五点。

立夏过后昼长夜短，此刻的天还是明晃晃的亮。

沈帅丞开车将几人分别送回家，车在一中门口停下。

这个时间点，正是晚饭时间，一中门口的小餐馆里来往的都是高中生。

车子停稳，姜无苦先下了车，打着哈欠就往家的方向走。

姜一绿往四周看了看，想了下说："我们去一中里逛一逛吧。"

林修白点头："好。"

好几年没有来过一中，它的变化不止一点点大，多了好几栋教学楼和宿舍，连操场都多了一个。

夏季傍晚天空仍旧明亮，天际笼着一层红色的光，像层薄薄的玻璃纸，若隐若现，明丽浪漫。

旁边来往的学生多，有吃完晚饭往校内走的，也有挽着朋友饭后闲逛的。奔跑蹦跳的学生时不时会冲散姜一绿和林修白。

走了会儿，林修白停下，伸出一只手想要牵住她。

姜一绿视线落下，目光在林修白手上停了几秒，又上移落在他的脸上。

漆黑柔软的碎发，浅浅的双眼皮，看她的眼神不瘟不火，有种没有完全褪尽的少年感。

她眼珠骨碌碌地转了一圈，咬咬唇忽然开口："虽然你很喜欢我，可是学弟，校园里不能牵手的哎。"

她嗓音轻亮，唇边笑容狡黠，一副故作为难的模样。

林修白静静地看着她半天没说话，几秒后收回那只手，微抬眼皮，极其配合地说了声好。

拓宽后的校园极大，走了好一会儿才不过一半，中间还在路上捡到了一件蓝白色的校服外套。

姜一绿的兴趣很大，特别想去新操场看一眼，不知不觉就走得特别快，刚回头想和林修白说句话，就发现他落在了后面。

离她几步远的地方，林修白手肘上挂着那件刚捡的校服，眼睫垂着，神色极淡。

旁边一个穿着校服的女孩正拿出手机，似乎在问他要联系方式。

姜一绿停在原地，刚摆出一副看戏的模样，就见林修白抬头朝她这个方向看过来，然后低头和旁边的女孩不知说了什么，女孩朝她的方向看了眼，略遗憾地走了。

红色长跑道的中心围着个硕大的草坪，不少人躺着或坐着在聊天。

姜一绿找了一块空草坪坐下，抱着膝，眼睛看着跑道上散步的学生，开口说："你还挺招人喜欢。"

语气听起来随意散漫。

林修白睫毛轻颤，侧头看她，指节碰了碰她的耳垂，问：“为什么不开心？”

姜一绿一怔，没有狡辩，揪了根地上的草，嘟囔：“明知故问。”

晚风轻柔，混合着点花香。

顿了一会儿，姜一绿憋不住问他：“她是不是问你要联系方式？”

林修白视线睨着她，目光黏稠又认真，“嗯”了一声。

姜一绿娇脾气还没开始发，就听见林修白又开口：“不过，我和她说，我正在和一个学姐谈恋爱。”

听完，姜一绿滞了下，随后心情立马就明媚了，略神经质地揪住他的衣领凑过去，嘟嘟嘴唇：“想亲你。”

林修白忍不住低笑，说：“校园里也不能接吻。”

“啊——”姜一绿眨眨眼，“是。”

她心情起伏得厉害，这会儿的工夫又已经开心起来，嘴角弯弯，说：“那就不亲了。”

她刚退回去点，下一秒，眼前的光亮忽然就暗了。

校服兜头罩下来，冷冷的浅香萦绕而来，她的嘴角落下一个温浅的吻。

笑闹声在校园里交织，她听到林修白低低地说：“但这样可以。”

# 第十二章
## 你帮我理呀

01

因为都还有工作，姜一绿和林修白在陵县待了三天就回了星洲。

几天没回来，家门口快被快递盒堆淹没了。在网上买东西的另一个乐趣，大约就是囤积起来一起拆掉。

姜一绿从客厅的抽屉里找到把刀，兴冲冲地开始拆。

林修白放下最后一个纸盒时，口袋里的手机就振动了起来。

他拿出手机走到阳台，刚接通孔星驰的声音就跳了出来。

“回来没？”

林修白淡淡地答：“刚到。”

“你可算回来了，给我忙坏了。”孔星驰想起个事，“对了，有件特别恶心的事忘记和你说了。”

“什么？”

“上次我不是帮你拿了个快递嘛，估计你忘记拆了，放了几天。前几天我突然闻到一股恶臭，循着味才发现是你的那个快递盒发出来的。”

“你知道那盒子打开后是什么吗？”

没等林修白开口猜，孔星驰就忍不住地说：“老鼠！死老鼠！”

孔星驰又说：“那个画面，那个味道，熏得我差点把这辈子吃的饭给吐出来。”说到这儿，他又有点要吐的样子。

林修白还在思考他说的话，忽然猝不及防地听见客厅里短促的一声叫。

他心脏坠了瞬，快步走朝客厅走去。

姜一绿被吓到了，一下扑进林修白怀里，指尖朝地下点了下。

“你看……”

客厅地上横七竖八地躺着一堆被拆开的快递纸盒，其中一个落在了他的脚边。

林修白眼睫垂下，看见了从里面滚出来的东西。

一片带血的卫生巾。

第二天下午的时候，姜一绿和林修白去了派出所。

卫生巾上的不是血，是故意倒上去的红墨水。寄件人很谨慎，地址和电话号码都是假的，报了案调查处理也需要一段时间。

出了派出所，姜一绿特别不安心，扯了扯林修白的手，问：“你之前有收到过吗？”

怕她胡思乱想，林修白摇头，说：“没有。”

姜一绿还是不放心，这样的事会让她想起以前的不好经历。她说：“你会不会是工作上不小心得罪谁了呀，我有点害怕。”

林修白轻握住她的手，说：“警察不是说了吗，有可能是恶作剧，别担心。”

今天上午公司里特别热闹。

原因是公司的女同事过生日，在办公室里买了个三层的蛋糕，每人都分了一块。

孔星驰冲在最前面，端了两块从人堆里挤出来。

“来。”他把蛋糕放在林修白桌前。

“嗯。”林修白视线从电脑上移开。

“假休得怎么样？”孔星驰往嘴里塞了口蛋糕，说话含含糊糊的。

“很好。”

孔星驰边吃着蛋糕，边无聊地和林修白聊了会儿，他忽然想起件事，说：“昨天我下班早，在停车场看到个男人在你车前不知道搞什么，鬼鬼祟祟的，我一出声他就跑了。”

联想到之前的快递事件，孔星驰忽然有点起鸡皮疙瘩，说：“哎，我说林修白，那个男人会不会和上次寄快递的是同一个人？”

越想越觉得自己说得对，他咽下嘴里的蛋糕，故作惶恐道：“那我和你在一起岂不是很危险？”

也不知道林修白有没有听见，孔星驰拍了下他的肩膀，就见人站了起来。

“去哪儿啊？”孔星驰在身后喊。

监控室内，气氛安静。

保安调出了那天地下停车场的视频。

视频中的男人穿着一身黑，戴着帽子和口罩，捂得严严实实的，看不到一点样貌。

“这段时间，公司有很多面试，来的人比较杂，可能是哪天乱登记时就混进来了。”保安解释了句。

似乎没有听到他的话，林修白双手撑着桌子，微弓身，认真地看着监控画面。

画面里的男人在听到孔星驰的声音后，慌了一瞬，跑之前下意识地往监控的方向瞧了眼。

“在这儿停一下。”

画面定格在男人抬头的瞬间，很模糊，放大后勉强可以看清楚那双眼睛，略显眼熟。

晚上的时候，林修白去了“一氧”接姜一绿。

快递的事让她开始特别黏林修白。他一来，姜一绿就凑上去抱住他，担心地询问：“这几天这么样，没有在公司收到什么奇怪的东西吧？”

林修白摇摇头。

朱贝从二楼下来，走到一半突然出声：“哎哟，我还在这儿呢，就搂搂抱抱了。”

听到她的打趣，姜一绿不好意思地缩了下脖子，耳垂红了点。

注意到她的小表情，林修白忍不住笑了，嘴角的酒窝微陷，牵住她的手，说：“走吧，回家。”

上了车，姜一绿扯了安全带系上，说：“我听贝贝说，西区那里新开了一家空中餐厅，要不我们今晚在外面吃吧？”

“好。”

空中餐厅在二十九楼。

估计是刚开的缘故，人不少，等了好一会儿才落了座。

吃完了饭，姜一绿拉着林修白又在楼下的商城逛了一小会儿。

星洲的天气越来越热，街上行人身上的衬衫长裤逐渐被裙子代替，色彩鲜艳，有夏天的气息。

附近大概是有家网红冰激凌店，来来往往的女孩手中，几乎人手拿着一个漂亮的甜筒。

姜一绿看着有些眼馋，侧过头，说："我想吃冰激凌。"

她刚说完这句，就听见林修白开口："不行。"

虽然他嗓音低柔，但有种不容抗拒的意味。

姜一绿昂首，微皱眉，说："我想吃。"

见她这模样，林修白抬手捏了捏她的脖子，语气稍稍带了点哄："生理期，不能吃冰。"

姜一绿张张唇，没想到他会知道，有点心虚地小声嘟囔："你知道啊……"

不过，她经常这样吃，一直没什么毛病，还是忍不住贪嘴，揪着林修白的袖子讨价还价地说只吃一小口。

拗不过她，林修白退让了，他叹了口气走到店门口去排队。

虽然人不算太多，但也要等，姜一绿不想排队，跑去了旁边的一家自助娃娃机店里。

玩了几局，余光注意到旁边有人，她下意识地看过去，才发现是顾临。

有好几个月的时间没有见过他了，突然之间还有点陌生感。

顾临朝姜一绿笑了下，打了声招呼："刚看到你我还以为我认错了。"

"真巧。你也在附近吃饭吗？"姜一绿也意外。

"对。"顾临点点头，"今天休息就和几个朋友出来聚聚，你呢？"

"和男朋友。"姜一绿有点腼腆，轻轻笑了下。

顾临似乎有点愣，不过很快反应过来，下意识地问："上次你家楼下的那位吗？"

姜一绿"啊"了声，才想起来他说的是哪天，点点头，说："对的。"

说完这句，她看到林修白从前面走了过来。

姜一绿说："他来了，那我先走了。"

顾临"嗯"了声，说："祝你幸福。"

突然的祝福，让姜一绿有些恍然，她朝他挥了挥手，笑道："谢谢。"

天色暗淡，霓虹灯亮起绚丽的光，往停车场走的这条路安静古朴，与世隔绝的感觉。

街边的店铺屋檐下挂着红色的灯笼，昏幽寂静，特别像江南的雨夜。不知名的花瓣落在石子路上，花坛里还有喵呜喵呜的小猫咪跳过，这样的夜晚柔软得几乎掐出水来。

粉色的冰激凌尖儿融化了些，有点塌了。

姜一绿扶着林修白的手，轻轻舔了一口，咂咂嘴，试探着问：“再吃一口？”

她嘴角沾着粉色的冰激凌，晶亮诱人。

林修白很多时候觉得自己很贪心，就像刚才一样，她对别人笑都不行。

他指腹滑过她的嘴角，声音极轻道：“在开心什么？”

姜一绿喜欢他这个样子。

忽然间，姜一绿不管不顾地朝他扑了上去，脸蛋蹭了蹭他的脖颈，撒娇一样地说：“我今晚想和你睡。”

浴室里传来水声，姜一绿抱着被子在床上打滚，脑袋里还是刚才林修白在床前换衣服的画面。

黑色皮带松散地挂在腰间，摇摇欲坠，往上是分明的肌肉，让人头晕目眩。

他真的好引人犯罪。

仗着生理期，姜一绿几乎是为所欲为。

林修白洗完澡 进来，她赤脚就跑下床，跳到了他身上。

刚洗完澡，他身上还带着凉凉的水汽，鬓角的头发微微湿润，身上有种清晨的潮湿感。

她的手圈着他的脖子，姜一绿整个人被他托住，晃了晃脚，依偎着他，说：“你洗得好慢呀。”

下一秒，她被丢在床上，唇舌被人堵住，口腔里的氧气一点点流失，姜一绿眼角沁出泪。

姜一绿抬手胡乱地往他脖颈上摸着，湿湿热热的，不知道是水还是汗。

和林修白接吻好像会上瘾，喜欢也是，像是中毒一样越陷越深。

和他在一起，就觉得无论什么时候都可以成为小女孩，心安理得地享受他的温柔和呵护，好幸福……

肌肤相贴，闷出黏腻的汗。

林修白深深喘气，嗓子彻底哑了，从她唇上离开，流连到耳根，舔咬了下。

等他第二次洗澡结束后，姜一绿抱着床上的被子已经有些昏昏欲睡。

旁边的位置塌下，她被人圈进怀里，凉凉的，特别舒服。

姜一绿脑袋往林修白怀里挪了挪，可以清晰地听到他胸膛里传来的心跳声。

她迷迷糊糊地半睁眼，胡言乱语地说了句："你的心脏在跳。"

"嗯。"

她不安分地蹬了蹬被子，仰头，鼻尖碰到林修白的下颌，说："前些天房东告诉我，今年年底她要收回房子了，那个时候我们就要搬走了。"她眨眨眼，嗓音带着点睡意，"你有想过到时候我们搬去哪儿吗？"

他指腹干燥，摩挲着姜一绿的嘴角，声音在这样的夜里，又淡又温柔。

"那我们买一套房子。"

"买房？"姜一绿揪揪他的衣领，凑上去突然问，"林修白你知道买房子是什么意思吗？"

林修白停顿两秒，视线睨着她：

"我爱你的意思。"

02

时间流转过得飞快。

这天晚上在公司加了班，林修白几乎成了最后走的人，电梯空荡荡，他一人从八楼下来。

电梯门打开，他扫了眼略黑的停车场，才提步往车的方向去。

电梯的位置离车有些远，几乎是头尾的两个尽头。

林修白边走着，边低头看姜一绿发来的消息：

【我到家了。】

【刚才点了甜品夜宵，你快点回来！】

林修白：【好。】

将手机收进口袋，他一抬头就看见不远处站了个浑身黑衣的男人，动作鬼鬼祟祟，看着不太正常。

林修白脚步停住，眉目稍敛，很快联想到了监控中的那个人。

他看了眼旁边的车，过去两步掩在车后，迅速拨打了上次留下的保安室的电话，压着嗓音简单地把事情讲了遍。

打电话的这会儿工夫，前面的男人正慢慢朝着林修白车子的方向靠近。

林修白把手机收回口袋，大致估算了下男人能逃跑的方向，正想出去，就见男人在某个瞬间抬了头。

几乎是电光石火之间，两人视线交错对上。

时间停滞了没有一秒，男人反应过来拔腿就跑，林修白随即追了上去。

男人太过仓皇，奔跑间撞到消防门。林修白身高腿长，很快追上了他。林修白扯住男人的后衣领，掐住他脖颈反向压在了灰白的墙上。

头顶的鸭舌帽在混乱中被挣脱，林修白一把扯下他的口罩，那张熟悉至极的脸明晃晃地落在了眼里。

“真是你。”

看到冯明希，林修白不可抑制地加重力气。

冯明希被禁锢得有些呼吸不过来，用力挣扎着，还在笑，吼着：“林修白！我回来了！我回来了！”

在狱中的这些年，他完全褪去了书卷气，面容狠戾，浑身上下带着舔血般的恐怖。

他挣扎得厉害，林修白皱眉，不想和他废话，伸手固定住他的手臂，嗓音发冷：“你都做了这些事了，那就再回去吧。”说着将人从墙上扯开，拉着他往保安室的方向走。

这次回来冯明希几乎是破釜沉舟，眼见事情还未完成，他开始恐慌，使尽全力开始挣扎。

一个成年男性的力量和潜力是无穷大的，冯明希突然间猛地转身，伸腿朝后踢了过去。

猝不及防的动作让林修白躲闪不及，腰部被踢中，不禁退后几步。

下一瞬，就见冯明希从外套口袋里掏出一把明晃晃的刀，寒气逼人。

“这一次，就你去死吧！”

估算着林修白回家的时间，姜一绿先去浴室洗了个澡，出来后已经过了将近一小时，林修白却还没有回来。

她有些莫名，拿起餐桌上的手机。

她拨了一个没接，两个没接，三个还是没有接。

这样的情况很少有，姜一绿忽然之间有点不安，抿唇吸了口气，继续拨了下一个。

电话一拨通，姜一绿立马松了口气，开口就是责问："你怎么不接电话？"

对面的人安静了几秒。

"您好，我是警察，请问您是机主的什么人？"

姜一绿滞住，慢一拍地反应过来，说："女朋友……"

"是这样的，刚才这儿发生了一起恶意伤人案件，伤者已经被送去医院了，不过他的手机落在了这里。"

话音落地的瞬间，姜一绿浑身的血液仿佛被抽干，她扶着桌子有些晕地说："可以麻烦您把医院地址告诉我吗？"

星洲突然之间就变了天，黑压压的云罩在头顶上，有雨要下，空气中弥漫着一股掐着喉咙般的窒息味道。

姜一绿坐在出租车后排，右眼皮不受控制地跳，掌心的汗几乎湿透了纸巾。

她控制住自己不要胡思乱想，但脑中仍旧控制不住地冒出血腥的场景，然后不可避免地回想到了多年前的那天。

太过紧张的情绪让她产生一种呕吐感，下车后她脚步虚浮地往急诊科跑去。

医院灯光冷白惨淡，在见到林修白的那一瞬间，她的眼睛笼罩着一层雾，随着睫毛一动，瞬间裂了开来。

林修白坐在病床边，旁边有几个民警在做笔录，姜一绿走过去时正好听到他们结束。

"那今天先这样，过两天可能还需要你来派出所再仔细做个笔录。"

"嗯，麻烦了。"林修白颔首道谢，抬头就看见姜一绿朝这边走过来，她的鼻尖、眼眶通红，明显是刚哭过。

目送警察离开，姜一绿在床边坐下，看着林修白手臂上的纱布一言不发。

盯着看了两秒，她抬了头。

林修白脸色憔悴，唇色偏白，受伤过后失了不少的气色。

被她这眼神看得不自在，林修白嘴唇动了动，还没开口，她的眼泪就先掉了下来。

"你搞什么？我都说让你小心了，你怎么还受伤了？"她把眼泪擦掉，又心疼又生气，嗓音是颤的，"你很厉害是不是？特别会打架是不是？"

林修白没说话，垂首看着她，握住她的手腕。

他睫毛低垂着，一根根格外分明，模样俊倦看起来让人心疼。

姜一绿撇撇唇，生硬地开口：“痛不痛？”

突如其来的态度转变，让林修白失笑，他捏了捏她细瘦的手指，回答：“不痛。”

“痛也是活该。”

林修白看着她纵容地笑，点头道：“嗯，活该。”

姜一绿吸吸鼻子，瓮声瓮气地开口：“这个人是不是上次寄快递的那个人？”

“嗯。”

“他是谁啊？”姜一绿皱眉，“这也太过分了。”

林修白想了想，还是如实地回答：“冯明希。”

万万没想到会是他，姜一绿愣住。当年因为冯明希还未成年，所以只判了六年，算起来去年就是他的出狱时间，但是没有想过他竟然还会重蹈覆辙。

“他……”姜一绿蹙眉，忽然不知道该说些什么。

脚步声响起，刚才接电话的警察已经从现场回来，他走过来递上了林修白的手机。

姜一绿感激地说了声谢谢。

手机在刚才的撕扯中坠地，屏幕已经碎成了蜘蛛网。姜一绿低头把手机壳摘掉，想看看后面有没有碎。

一揭开，一张纸片就轻飘飘地在空中打了个旋儿飘落。

姜一绿弓身捡起，是张泛黄的照片。

很多年前，朱贝想让林修白画一张画，姜一绿给了这张合照给他。

照片被他从中间剪开，只留下了她一个人。

姜一绿心头哽住浓厚的情绪，下意识地将照片翻转过来。

照片右下角写着一小串字，清隽有力，在时光的浸润下慢慢褪了点色——

我爱你，姜一绿。

世界上好像有这样一种人，几乎不说爱你，连喊你时都是连名带姓。

但他爱你，在每一个不知道的地方说爱你，是“我爱你”这句话乘上三千倍。

03

过了几天，姜一绿陪着林修白又去派出所做了第二次笔录，非常凑巧的是，陵县去年发生过的一起恶性杀人案件的嫌疑人就是冯明希。

在一系列的调查下，他对犯罪事实供认不讳。

刑满释放后，冯明希几乎与时代脱了节，完全跟不上这个日益发展的社会。当年绑架的事，他原本就抱着鱼死网破的态度，杀了人再自杀，但没有想到事情后面会变成如此。

曾经的天之骄子，沦落成阶下囚。但他仍旧是高傲的，出狱后也不愿去做所谓的苦工。他在陵县几乎没有亲人，唯一的姨妈也视他如敝屣。

那天晚上，他照旧出来觅食，在经过一个偏僻的窄巷时看见了一个小姑娘，他摸着口袋里所剩无几的钱，便起了歹心。

原本只想谋财，但小姑娘挣扎不断，他在慌乱中失手掐死了她。

事情已经发生了，他干脆一不做二不休，趁着夜色将尸体藏了起来。

事情过后冯明希很慌乱，躲躲藏藏一阵后，他发现好像没有任何人发现这件事。

经过调查才知道，这个小女孩无父无母，只和一个年老有病的外婆生活在一起，老人神志不清根本搞不清楚。

但纸包不住火，他明白总有一天这件事情会暴露。

春节的时候，小女孩家的远方亲戚来看望女孩的外婆，就报了警。那时候冯明希已经到了星洲市。

他知道自己终究会逃无可逃，那死之前再拉上一个。

在星洲市待了几个月，他摸清楚了姜一绿和林修白的大致行踪。他的目标仍旧是姜一绿，做的一切都是为了调虎离山，让关注度全部集中到林修白身上。

但没有想到事情只开始了一半就结束了……

从派出所出来后，阴沉的天再次晴朗。

姜一绿的心头挂着一块石头，她可以感受到那个无辜小女孩当时的绝望。

生活会带给我们很多无可奈何，我们虽然无法改变已经发生的事情，但仍旧可以选择成为怎么样的人。

谢谢那些在经历绝望后，始终明亮坦荡的你们。

冯明希数罪并罚，逃不过死刑。

林修白去探视过他一次。

隔着厚重的玻璃门，冯明希看着他没什么情绪地笑了下，说："怎么，来看我笑话？"

林修白坐在椅子上，看着他，说："不是。一码归一码，还是觉得应该替我父亲和你道个歉。"

冯明希全身绷紧，不发一言，握着拳，不知道过了多久，他忽然开口："林修白，你知道我为什么叫冯明希吗？"

"我知道。"林修白看着他，"开学第一天你说过，印象深刻。"

忽然间，冯明希双目猩红，抱着头没有征兆地痛哭了起来。

他曾经是班级里最乖的孩子。

可悲的是，冯明希不能成为冯家明天的希望。

第二天是周末，姜一绿陪着林修白去医院换了药，回来的时候就看见安秀和姜无苦正在家门口站着。

姜一绿有些发愣，眨眨眼开口问："妈妈，你怎么来了？"

"正想给你打电话。"安秀走过来，面上满是担忧焦急，"伤哪儿了，严不严重？"她一过来，就拉住林修白的手，左右看了看，语气里是掩饰不住的担心。

像是完全没想到，林修白有稍微的迟滞，慢一拍地才答："没事的，阿姨。"

"怎么就没事了！"安秀又急又火，"你们这些年轻人一点不知道照顾自己，出了这么大的事，也没人通知我，一个个都怎么回事。"

姜一绿在一旁笑。

"姜一绿，你笑什么！你也是一样！"

这种林修白被长辈责骂的场景太少见了，姜一绿本来看着戏发笑，冷不丁地被点名，蒙了一瞬。

她吐吐舌头，讨好地挽住安秀的手，说："妈妈，你怎么知道的？"

安秀还有点火大，气不顺地说："那天打电话给贝贝，她说漏嘴了，不然你们这群人还准备瞒着我是吧！"

"哎呀，妈妈，我错了嘛。"姜一绿瞥了眼姜无苦手上提着的超市塑料袋，摇摇她的手臂，"快做饭，我都饿了。"

进了屋，林修白被勒令只能坐着休息，姜无苦则被安秀提溜着干这干那。

他吊儿郎当地提着个塑料袋一下坐在林修白旁边，凉凉地开口：“也搞不清楚到底谁姓姜。”

林修白坐在那儿心情好，半个眼神都没分给他。

“怎么样？伤哪儿了，还能活不？”姜无苦择着袋子里的豆角，语气一如既往地欠打。

他这臭德行，关心和骂人一个调。

闻言，林修白抬头看过去，眼皮稍动，一副“这你都看不出来”的模样。

只见，姜无苦拖着腔调，故作遗憾地叹了口气：“可惜了，不然还能换个姐夫。”

四个人吃饭的午餐，安秀却精心办了一大桌，各色菜式都有，色香味俱全，都快赶得上过年的阵容。

看着安秀盛了碗热气腾腾的鱼汤递给林修白，姜无苦很不乐意地开口：“妈，我的呢？”

安秀白了他一眼，说：“你没手？”

姜无苦简直要气乐了，没好气道：“信不信赶明儿我也去受个伤？”

“哦。”安秀掀了掀眼皮，毫无波澜地上下打量了姜无苦一番，“手不断就行。”

家里只有两个空房间。

晚上的时候，林修白和姜无苦一起住，姜一绿就和安秀住在一起。长大后，这样和妈妈睡在一起的日子几乎没有。洗完澡姜一绿蹦蹦跳跳地扑上床，钻进了安秀怀里。

窗外月色温柔浪漫，带着缱绻的味道。

屋内开着空调，安秀拿着遥控器把温度调低了点，看着怀里的姑娘失笑：“多大的人了，还娇娇气气的。”

姜一绿半张脸埋在被子里，眼珠不安分地转了圈，轻轻哼了下。

安秀帮她掖了下被角，摸着她的头发问：“小白对你好不好？”

“好呀。”姜一绿猛地点点头，语气极其肯定，“超级好！”

其实，安秀都看得出来，就是这么随口一问，她见着自家闺女这模样，笑道：“这么维护他？”

“嗯。”姜一绿思绪有些飘，突然想矫情地说一句，“妈妈，我好像第一次这么爱一个人。”

“有多爱？”

姜一绿动了动脑袋，往妈妈那边靠了点，说：“大约是我遇见的所有人中，最中意、最完美、最能扰乱我所有心情的人。

“比我言语所表达的，还要爱他。”

04

安秀要回陵县照顾姜敏学，待了不到两天就走了。

又过了一周后，林修白去医院拆了线。

姜一绿特别怕他手上留下疤，所以在网上找了好多方法，每天监督着他按照医嘱涂抹药膏。除此之外，家里的大小事儿也碰都不让他碰。

姜一绿从小到大几乎没有做过什么家务活。这次的事情后，就开始学着做饭，不过她确实是高估了自己。

她想着从最简单的西红柿鸡蛋面开始，看着网上的菜谱，打开燃气灶，用锅装了冷水后，好不容易把西红柿的皮给烫软了，取出来切的时候还不小心把食指给划伤了。

她疼得“咝咝”抽气，下一秒手就被忽然握住，人被扯了过去。

气氛安静一瞬。

姜一绿没由来地慌了下，嘴唇微动正准备开口，就被林修白一路扯着快步往客厅走。

姜一绿被摁在沙发上坐下，看见林修白走到电视柜旁拿出小药箱，然后单膝跪在她旁边给她的手指消毒。

全程他一句话都没有说，空气沉静得几乎要点燃火花。

虽然他不说话，但姜一绿知道他生气了。

“林修白……”姜一绿试探着喊了一句。

他没理她。

他实在是太少对自己生气了，姜一绿撇唇，软声说：“你理我一下……”

手指覆盖上冰凉的温度，姜一绿缩了下手指，忍不住“唔”了声。

“好痛。”姜一绿垂睫，嗓音带了点颤，似真似假。

沉默了几秒。

“姜一绿。”林修白终于没忍住地抬头看她，眉目敛着，“我是不是说过，你不要进厨房。”

姜一绿从沙发上滑下来，可怜兮兮地往林修白怀里的方向凑过去，睫毛微微颤，有点委屈，说：“对不起嘛，我就是想多学一点。”

说完，姜一绿抽出被他握住的手，环上他的脖颈，轻轻晃了晃地哄：“不要生我的气了好不好？”

看着她的模样，林修白静默片刻，将人抱进怀里，情绪低落地道歉：“对不起，我太着急了。”

得到原谅，姜一绿退开眉眼弯起来，还要让他再证明下，乖乖地嘟起嘴唇凑上去，说：“那你亲亲我。”

她太会撒娇了，这样剖开自己毫无防备地献上的模样，让他忍不住笑起来。

林修白捏了捏她的脸蛋，声音沙沙地说了句：“好。”

每年的七月是姜一绿的生日。

大家平时能聚在一起的机会不多，所以每年几个人的生日，几乎成了另一种形式的朋友聚会。

这次聚会没有在外面，而是选在了朱贝的家里。按她的话说，是因为结婚后家里的新房子还没有朋友来闹腾一下，太冷清了。

晚上的时候，姜一绿还没出发就先收到了朱贝发来的消息。

朱贝：【你来的时候帮我从楼下超市带瓶料酒和蚝油。】

姜一绿假装生气：【我过生日哎！你竟然没有准备好！】

朱贝：【忘掉你又老一岁的事实好嘛，重点在聚会上。】

夏天晚上六七点的时候，天还没有暗下来。

不少飞鸟掠过明晃晃的光影，空气中冰激凌的甜腻香味缓缓催动。

朱贝家小区楼下有个很大的生活超市。他们聚会吃饭时间晚，但对大多数人来说，这个时间点正好是晚饭后，人来人往好不热闹。

姜一绿被林修白牵着，顺着人流往里走。

超市氛围向来温馨，姜一绿在门口推了个购物车。

林修白视线挪过去，有些疑惑地问：“不是只买瓶料酒和蚝油？”

“才不是！”姜一绿愤愤地吐槽，“朱贝刚才又给我发消息，说让我顺道带点零食上去。”

“唉！”姜一绿抬眼，撇嘴似真似假地生气，“今天我可是寿星啊！”

林修白弯唇，牵住她的手腕，说：“走吧。”

料酒之类的调味品，都在生活区的货架上。这片人少，除了他们俩就是另外两个年轻男女。

姜一绿不做菜，对这些东西也没什么概念，也不知道挑哪个品牌好，干脆就把这个任务丢给了林修白，自己站在旁边看着。

旁边的男女大约是一对情侣，女生挽着男生的手臂，娇滴滴的，一直在撒娇。

离得有点近，姜一绿不可避免地听到了几句两人的对话。

“可是我明天就想去嘛。”

“我最近太忙了，改天好不好，宝宝。”

“不行！”

“你说，你是不是不爱我了？”

“哎哟喂，我的宝贝祖宗，行，明天去。”

姜一绿愣愣地听了半天，忽然间想到一个问题。

两瓶调料放进了购物车，轻轻的“砰”声把姜一绿的思绪扯了回来。

等林修白走近，姜一绿抬起头忽然没有没脑地说：“林修白，你叫我一下。”

他怔了一秒。

“姜一绿。”

果然，一如既往。

他的声音低浅，喊她名字时总有种很缱绻的味道。虽然她很喜欢，但是偶尔也想听听别的。

姜一绿眨眨眼，说：“我想听你叫别的。”

“什么？”

超市里人声嘈杂，来往小孩时不时蹦出一声高呼，猝不及防地有两个字落进了姜一绿耳里。

这个瞬间，姜一绿看着眼前的人鬼使神差地说了出来。

在超市里逛了一小圈儿，买了一推车的零食。

跟着人流往结账处走时，姜一绿只觉得头痛，她脑子里整天到底在想些什么，怎么什么让人羞耻尴尬的话都能冒出来呢！

结账的收银台人山人海的，她心不在焉地跟在林修白旁边，满脑子都是刚才自己说的那两个字。

她正出着神，忽然被来往的小朋友撞了下，趔趄地往旁边移动了一小步。

林修白搂住她的腰，扶住她，没有防备地，突然微低头贴在她耳边。

喧闹嘈杂的环境里，他的声音有种低低的温柔，极轻地喊了声：“姐姐。”

有什么东西在耳边噼里啪啦地炸开，姜一绿思绪滞住，慢慢地，耳尖变得有点红，眼睫颤动半天才头脑昏昏讷讷地应道：“嗯……”

朱贝的家住在二十三楼，等下了电梯走到门口时两人才发现，她家房门微掩着并没有关紧。

姜一绿想着估计是特地给他俩留的门，也没多想地就走了进去。

进门的瞬间，漆黑的客厅“噌”地亮起来，光线四射，一群人从不同的角落里冒了出来。

很俗套又感动的生日惊喜。

本来朱贝让姜一绿带零食的事儿，让姜一绿都差不多没什么生日感觉了，但开门时这样的场景，又毫无防备地唤起她的情绪。

她动动眼睫，被他们每年不同的小心思，一次次感动。

等菜快要上桌时，她才听朱贝讲清楚了原因。

本来生日场地的气球和彩带早就布置好了，但是没想到下午的时候，易池的姐姐带着孩子过来了。一群小孩不懂事，玩闹间把不少东西弄坏了。因为需要时间重新布置，所以她就找了个借口拖延时间。

这段时间大家都比较闲，钱志前些天也来了星洲玩，一直是姜无苦带着他到处玩。今天聚会钱志也过来了，连带着姜一绿还多收了份礼物。

今天是朱贝掌勺，菜色丰富，颜色香味让人垂涎欲滴。几人围着餐桌坐着，见一直没开始吃饭，姜一绿问了句：“怎么还不吃？”

“等孔星驰呢。”朱贝将最后的鱼汤端上来，“他说堵车了，还在路上呢。”

话说完没两分钟，客厅的大门就咚咚咚响了起来。

一开门，孔星驰就风风火火地跑了进来，还带着一身的夜风，气喘吁吁的。

在这儿的人都相互认识，唯有姜无苦和钱志他是第一次见。

姜一绿给几人简单介绍后，孔星驰笑眯眯地朝两人打了个招呼。等到了姜无苦这里时，他稍稍停顿了下，似乎是在措辞。

思考几秒，孔星驰抬起手看着姜无苦友好地扬起一抹笑，说：“你好，我是你姐夫的同事。”

姜无苦：“？”

聚会没有闹到太晚，很收敛地在十点前结束。

朱贝家离世博壹号不算太远，一路走回家也才花了不到半小时的时间。

晚上聚会玩得兴奋，洗完澡后脑神经的快乐因子更加活跃。姜一绿一点困意都没有，等到林修白洗澡收拾完后，扯着他在沙发坐下。

自从知道了这个 Greenism 后，她就自己下载了游戏，在空闲的时候玩过几次。不过，姜一绿实在是手脚不协调，永远都走不到最后，自然也看不到那个城堡。

“我想玩玩那个游戏。”姜一绿解开手机递给林修白，看着他睫毛动了动，“想看看那个城堡。”

林修白看着她，微微露出点笑，说：“好。”

可能是因为他本身就是设计者，会很经常地体验游戏，所以林修白的操作流畅又迅速。姜一绿坐在沙发上抱膝看了没一会儿的工夫，游戏就结束了。

界面转换到富丽的城堡，最中间的位置一如既往地坐着那个绿裙少女，怀里的向日葵开得明艳热烈。

姜一绿看着手机屏幕，微微出神。

不知沉默了几秒，她忽然开口：“为什么她要抱着一束向日葵？”

林修白喉头动了动，抬首看着她的眼神有些病态，说：“因为那是我第一次收到鲜花。”

像可怜虫一样的灰败荒凉生命里，第一次看到鲜花的颜色。

他没有说哪一次，但是姜一绿记得。

细雨潮湿的一个冬天夜晚，她只是很平凡地、极其普通地送了他一束生日鲜花。

她没有想到过这束花，会成为他兜底的爱。

姜一绿有点难过，不管不顾，忽然直起身子朝林修白扑了过去，她脑袋埋在他颈窝里，温温热热。

林修白被她压着抵在沙发靠背上，听到她瓮声瓮气地开口：“今年的生日我许了三个愿望。”

“什么？”林修白抬手捏了捏她的脖子，指腹温暖像是情人间最轻柔的吻。

姜一绿侧头，灯光之下，他眉目深挺。

姜一绿凑近乖乖地亲了他一口。

“第一个愿望，要林修白永远平平安安。第二个愿望，要林修白永远健健康康。第三个，”她眼睛有点红，水雾漫漫，“姜一绿要永远爱林修白更多一点。”

林修白没说话，微微低睫，指腹抚过她眼角的一点泪。

人心渴望从来不可填满，只会想要更多，在他所有求而不得的欲望中，唯有姜一绿是永远的首位。

持久可怖，无法消磨。

客厅只开了盏昏暗的小灯，他挡住了窗外洒进来的月色。

姜一绿吸吸鼻子，凑近他，问：“你在想什么？”

“想要你。”他看着她，目光沉沉。

姜一绿呆呆地张着唇，根本来不及反应，就毫无预警地被一道不轻不重的力卡住后脖颈，抵了上去。

她的嘴唇被含住。身上的衣服从腰际往上卷，唇瓣流连，耳畔是林修白明显的喘息声。

姜一绿浑身滚烫，听到他极度克制又性感的声音。

“你想吗？”

被他轻吻过的地方像是熔岩流过，一寸寸渴望无法言喻。姜一绿心脏失重，指尖攥紧林修白的衣服，微弱又羞耻地说了声“想”。

止不住的欲望躁动，在这一刻被彻底掀起，将他所有理智彻底吞噬。

林修白抱着她起身。

姜一绿吓了一跳，不受控制地惊呼，手臂缠绕住他的脖子，小声呜咽地喊：“林修白……”

“乖，我们回房间。”他嗓音嘶哑。

屋内漆黑一片，连窗帘都紧闭着。

姜一绿思绪还在极度混乱之中，就被丢在了床上。

一切从不可阻止的混乱开始，伴随着窗外不知何时下起的雨，在夜里“嘀嗒”蔓延。

这样的感觉像是触电，姜一绿觉得自己浑身都泡在了温暖的热水里，渗透进骨头缝，纠结住四肢拉着她无边无际地往下坠落。

恍惚。

上头。

让人难以自拔。

她泪眼婆娑地抬眸去看他。

即使是在这种时候，林修白也沉默隐忍，不发一言，额角沁出汗，黏腻湿滑。

他喘息很重，喉结很红，偶尔极轻地、嘶哑地、仿若病态般地喊她。

阿绿。

她不知道，很久之前，他就爱她，克制自持。但妄想不能止息，而贪婪就会败北。

此刻欲望放闸，灵魂吞没，蚀骨淋漓。不够，怎么也不够，即使杀死他也不够。

第二天醒来的时候，时间已经不知道是几点。

床的另一侧是空荡荡的，姜一绿盯着天花板看了半天，思绪才渐渐清明，她正想要起身，刚一动就被极度的酸痛给折腾得再次躺了回去。

她咬着嘴唇，一股气恼的情绪一下涌了上来。

昨天晚上他们不知疲倦一般。

她从来不知道林修白是这样的，欲望赤裸裸的，丝毫不加节制，后来她明明都说不要了。

傻愣愣地又看了天花板片刻，姜一绿吸了口气准备再试一次，还未抬手就听见房门响了声，而后林修白推门而入。

他穿了件宽松的家居裤，灰色的抽绳松松垮垮地挂着，整个人一股居家的气息。

“起了？”他走过来。

现在一看到林修白，姜一绿就气不打一处来，看了他一秒钟就毫不留情地转回了视线，扯着被子蒙住了脑袋。

脚步声渐近，姜一绿眨眼正准备听他开口，忽然被子被扯开，就被他从里面捞了出来。

他应该是早起洗过澡，身上还带着熟悉清新的沐浴露气息。姜一绿被固定在他腿上，极其亲密的一个姿势。

林修白低睫看她，指腹摸了摸她的脸蛋，语气有些轻淡：“不饿吗？”

“饿还不是怪你！”姜一绿揪住他的衣领使劲地扯着，又羞又气，“谁叫你一直要。”

“不饿那就一会儿吃。”林修白没理她的控诉，将她凌乱柔软的发丝从唇瓣上拨下去，抬手扣住她的下巴，微低头亲了上去。

姜一绿呜呜地蹬腿叫唤，心脏又被再次高高抛起，她脑袋里只有一个念头——怎么又亲起来了！

每年的七八月“一氧”都有一次夏季服装进货，今年本应该是朱贝去的，但是姜一绿极其乐意地揽下了这件事。

因为这段时间，她真真实实地发现了林修白的另一面。

亲密感过重，几乎是有些病态地爱她。这种感觉愉悦和疲惫交织，她觉得自己需要休息。

这次去广东，姜一绿原本计划待五天，除了工作的两天，她还想给自己放个小假，但是独自一个人玩了两天后，她突然发现自己还是很想林修白。

她好像已经变成了一只黏人的猫咪，离不开家一样，有点完蛋。

飞机落地星洲，等回到家之后时间已经到了晚上九点。

她没有告诉林修白自己今天回来，她原以为林修白应该会挺惊喜的，但没想到他好像还挺……淡定？

夏季气温高，一路的奔波姜一绿觉得自己浑身都是黏腻的，来不及多想她放下行李就跑进了浴室。

浴室灯被揿亮，姜一绿边解扣子边在想林修白的态度，忽然身后的浴室门响了下。

姜一绿回头，微微愣了下，眼瞳湿湿的，问：“你怎么进来了？”

她的衣服已经快要脱光，只剩下薄薄的一层上衣，问完后，她后知后觉地有些羞耻，刚刚往后退了一步，就被林修白捞进怀里。

浴室内灯光潮湿温暖，水汽氤氲着他的五官，眉骨落拓俊秀，明明就是一副寡欲冷寂的模样。

下一秒，林修白就把她略粗暴地摁在浴室墙上。

温热的皮肤触碰到冰凉的瓷砖，刺激得姜一绿叫了出来，惊呼声被吞咽进嘴里。

她现在才明白过来，一切都在这儿等着她呢。

每当这个时候姜一绿就在怀疑，这真的是林修白吗?

05

日子平静如流水，恍然之间星洲市不知不觉地就入了冬。

每年的11月中旬左右，IIGC（国际独立游戏大赛）会在加拿大多伦多举行年度颁奖典礼。

Greenism以突出的环保理念获得了2019年度主题大奖。

今年的典礼在11月10日，很凑巧的是林修白的生日。国内国外来回时间也要两三天，姜一绿怕错过他的生日，收拾了行李和林修白一起飞了多伦多。

他们住的地方是林修白读大学时和孔星驰合租的公寓，原本就是张云琼提供的，所以即使是一年多没有住，屋内的一切也没有任何的改变。

晚会的地点远，姜一绿没有跟去。预约好晚上的餐食后，她就兴冲冲地跑到沙发上看起了电视直播。

正式颁奖前的一切工作已经结束，年度主题大奖作为压轴。

颁奖现场灯光葳蕤耀眼，镜头扫过，最后稳稳地落在台中央英俊的男人身上。

主持人在问林修白，为什么游戏会叫“Greenism”。

镜头前那双骨节分明的手，握着话筒微微抬高，说英文时嗓音沉冷低缓，通过话筒清晰地传到每一个角落。

“Because this is my lover's name.”

现场有如雷的掌声，姜一绿坐在沙发上，眼眶忽然有些发热。

这是她第一次见林修白穿西装，冷寂矜贵，层层光线稀疏落下，他真的很英俊。

这个瞬间，姜一绿很恍然，好像回到了好多年前那个午后的操场。

少年鲜衣怒马一身荣光，他与此刻重合，吃过的所有苦都好像烟消云散了。

人生航线漫长无垠。

她的林修白，也终于成了一个闪闪发亮的人。

主持人顺着话又问他，有什么话想要说。

台下一片寂静。

林修白微微抬眼，目光仿佛透过了镜头，他用中文一字一顿地说：“我爱你，姜一绿。”

ism.

原则与主义。

从好多年前林修白第一次见到姜一绿的那个光色黯淡的夜里，姜一绿就是林修白的所有原则与主义。

究极一生，无法消磨。

林修白回家的时候，客厅有些幽暗，只亮了一盏昏黄的小灯。姜一绿坐在茶几前的地毯上，撑着下巴在发呆。

听见细小的声音，她回头就看见林修白从玄关走了过来。

“你回来啦！”姜一绿从沙发上起身，跑过去牵住他的手，“我都饿了，快来吃饭。”

餐厅的小灯被揿亮，一顿饭吃得安静又温暖。

饭后，姜一绿从冰箱里拿出一个比掌心大点的小蛋糕，藏在身后走到沙发边坐下，张唇配上“咻”的小小音效，将蛋糕拿了出来。

她瞳色水润，亮晶晶的笑意在眼底流转，天真又无辜的模样，说：“生日快乐！”

林修白睫毛微颤，忽然低低笑了声，胸膛微微震动。

“你笑什么？”姜一绿问。

林修白捏捏她的脸蛋，说：“笑你乖。”

姜一绿眨眨眼，一脸满足，小心翼翼地把蛋糕上的透明盖子打开，催促他：“你快许个愿望。”

蛋糕虽然不大，但样式精美，边角的地方还有一只憨厚的小狗，一时间都看不出是装饰品还是奶油。

林修白低睫看了眼小狗，忽然问：“这个也可以吃？”

姜一绿“啊”一声，笑起来，说：“当然不行啦！”说着又像小动物一样凑过去讨好地蹭了蹭他，模仿着小狗，声音低软地说，“请你不要吃我，我给你唱一首好听的歌。"

"它会唱歌?"

"它不会,可我会呀。"姜一绿放下蛋糕,搂住他的脖子,粉脸低垂轻轻地唱,"祝你生日快乐……"

歌曲似断非断,又轻又软。

林修白搂过姜一绿的腰,指节往上扯下她柔软发丝上的绿发带,然后低睫慢条斯理地缠绕在姜一绿细瘦的手腕上,贴在她耳边,他的嗓音混着夜深人静,有种蛊惑般的温柔。

"蛋糕一会儿吃,先收生日礼物。"

这次来加拿大除了颁奖,还有一件事就是把遗落在公寓里的琐碎物件全部打包回国内。

林修白的东西不多,零零碎碎的,都是些颜料、画板、书和一些衣服。大部分的东西林修白都自己收拾完了,只剩下房间书桌上的一些书。

他在客厅里贴胶布封箱,姜一绿就拿了个空纸箱进了林修白房间,她扫了眼书桌打算把上面的东西都装进去。

书桌上的资料书籍都摆得很整齐,所以收拾起来也不费事,纸箱放满了,桌面上的东西也几乎收拾完了。

姜一绿又把各个小抽屉拉开,不放心地检查一下有没有遗漏。

抽屉里空荡荡的,姜一绿扫了眼刚要关上,突然注意到抽屉最里侧的位置有一个木制的收纳盒。她拿出来,掂了下,很轻。

盒子样式古朴,姜一绿随手就打开来。

入眼就是一张有些泛黄的旧照片,准确来说是一张大合照。

姜一绿微微顿住,伸手拿起了那张照片。

思绪被慢慢拉扯回了从前。

那一年是2012年的12月31日,她在主持人大赛中失败,在比赛场馆外遇到了林修白,然后大家还一起跨了年。

拍照是和朱贝他们每年的约定,这张也只是无数张照片中最普通的一张。

姜一绿微垂首,目光落在照片里林修白的脸上。

年少时他的表情总是一如既往地寡淡又冷漠,但无论什么时候,他的视线永远都看着她。

她呼吸微滞，很缓慢地将照片翻了过来。

少年的字迹肆意张扬，穿透纸背。

藏着满腔爱意，虔诚写着：“我们的第一个新年。”

2021年的春节格外早，刚到十二月安秀就打来了好几个电话给姜一绿，让她今年早点回来过年，也记得把林修白一块儿带上。

回家过年这事，一下子让姜一绿想到了去年过年。

挂了电话，姜一绿握着手机，门也不敲地就跑进了林修白的房间。

他正好在换衣服，衬衫领口解开一颗扣子，微微耷拉着。

姜一绿毫不客气地跑过去，踮脚故意揪得他衣服乱七八糟，带着记仇质问的语气开口：“妈妈说过年让我们一起回家，你今年跟不跟我回去？”

她时常莫名其妙地发一通脾气，像只奓毛的猫咪。

林修白注视着她，微弓身配合着她的身高，略无奈地叹了口气：“回。”

估摸着日子还早，姜一绿打算在星洲跨完年再回陵县。

前段时间星洲市中心开发了个新的商圈，临近年末还搞了一个零点新年的烟花秀。

看烟火秀的最佳地点在商城顶层，推开明净的玻璃门就是一个巨大的露天平台。

冬天的夜晚，夜风摇曳但不温柔。

姜一绿穿着纯白色的羽绒服，整张脸几乎都埋进了衣领里，她被林修白牵着，在多到根本数不清人的人群里，往略空荡的边缘走。

吃完饭后他们走了走才上楼，所以几乎没有等多久，猝不及防地就响起了烟花的炸裂声。

姜一绿没有防备，被吓了一跳，挪了一步紧紧搂住了林修白的腰。

他柔软浅淡的气息瞬间占满她鼻腔，像是炙热的冬雪。

厚重的羽绒服帽子里只露出一双眼睛，姜一绿眨眨眼，突如其来地问了句：“林修白，你的新年愿望是什么？”

他略低头，语气轻描淡写：“和你一起过新年。”

她噘嘴，问：“这么简单？”

“嗯。”

听罢，姜一绿又凑近他，不满足地又问：“那你猜猜我的新年愿望是什么？”

他摇头，纵容着她的动作，嘴角很浅地勾起，说：“猜不到。”

姜一绿一声不响地看了他片刻，忽然间弯唇笑起来，说：“给你爸爸和妈妈。”

一瞬安静。

见林修白目光无波，姜一绿皱眉，伸手往他脸上酒窝的位置戳了戳，说：“你不会听不懂吧？”

林修白漆黑眸子凝视着她，光线流转在她秾丽的眉眼里，美得惊心动魄。

明明知道答案，但他偏要很贪心地说：“听不懂。”

“那你听仔细啦。”伴随着响亮热切的呼声，她的声音像溅开的火星一样，极其确定和明晰。

“我的新年愿望是，和林修白结婚。”

要回陵县的前一天，林修白忽然说要去洗心寺还愿。

姜一绿有些愣愣地问：“还愿？你许过愿？”

林修白揽住她，在她脸侧落下一吻，低低地说：“嗯。”

去洗心寺的那天，是一个极好的天气，阳光带着烫人的光热，连风都是暖的。

黄墙灰瓦，虔诚平和，还隐隐约约可以听到大师讲禅的声音。

姜一绿跟着林修白沿着长坡往上走，踏进宝殿，乖巧虔诚地在蒲团上跪下。

殿内檀香袅袅，安静肃穆，蒲团上的香客面容虔敬，各带心愿。

曾经林修白不信神佛，但这年冬天，在禅寺大殿，他双手合十，屈膝跪拜，在心底虔诚叩谢满殿神佛让他在这分裂、扭曲的二十几载寂寥人生里，遇见此生唯一挚爱。

踏出大殿，姜一绿晃了晃被牵住的手，格外好奇地问：“所以，你到底许了什么愿望？”

早间有风，带着凉意，吹乱了她的额发。

林修白没回答，看着她很突然地开口：“你头发乱了。”

远处香烟袅袅，露水潮湿，她眼睛里藏着泉水的声音，耳边的风似乎止了。

林修白感觉手指被握住，而后被缓缓放在她的头上，听到她说——

“你帮我理呀。”

林修白从十几岁起就爱姜一绿，一颗心完完整整地爱她，从头到脚，从骨到肉。

他认定会爱她一辈子，又不止一辈子。

妄想成真，所有爱都会找到出口。

# 番外
## 关于结婚

关于姜一绿和林修白领证这件事，其实还有点复杂。

姜一绿倒也不是不想结婚，就是总感觉结了婚好像就不再是个小女孩了。身份的转变她总会觉得不太适应，毕竟现在这个状态也挺好的，所以就想着以后再说。

不过，毕竟跨年那会儿自己矫矫情情地和林修白说过这事，就总感觉有些心虚。

她试探了两次，林修白竟然没什么意见一副顺着她想法的模样，这样几次下来，她就真的心安理得了。

朱贝是在五月份那会儿生下的宝宝，她是他们这群人里最早结婚的，连孩子都是头一个生的。

说到底他们这群人都不怎么成熟，还真没见过这么小的小孩。小姑娘粉雕玉琢，奶呼呼的模样，格外招人喜欢。

小姑娘的满月酒没有大操大办，就是一些亲朋好友在家里聚聚，不过却极其重视，连秦津都特地从国外赶了回来。

朱贝生产那会儿他不在，他第一次见着这小姑娘和看见宝一样，求爷爷告奶奶地从易池手里把宝宝抱过来，实在没忍住用手指碰了碰小姑娘软乎乎的脸，难以置信地开口："一一，你看到了吗，贝贝居然生了一个人！人哎！太神奇了吧！"

看着秦津怀里的小宝贝，姜一绿心痒痒的，伸了几次手想抱都被秦津打了回去。

见状，姜一绿气得朝他喊："你干吗？"

"先来后到懂不懂。"秦津抬眼看她，一脸嘚瑟模样。

看他这副模样，姜一绿没忍住踹他一脚。

"哎，怎么还动手呢！"他话音刚落，怀里的宝宝忽然之间就大哭起来，嗓音一阵比一阵高。

这会儿易池忙着招待宾客去了，根本找不着人，秦津一瞬间手忙脚乱，忙抬头往姜一绿这边求助。

"你别看我啊。"姜一绿忙摆手，"我不会！"

秦津都快哭了，问："那怎么办？"

"我来吧。"旁边一直没开口的林修白忽然出声。

姜一绿愣了下侧头看他，说："你可以吗？"

林修白顿了顿，低低地"嗯"了声。

说来也是真的神奇，林修白这种淡冷寡凉的气质还挺招小孩喜欢。宝宝在他怀里又哭了一小会儿居然就停了下来。

林修白低头，用指腹轻轻擦掉宝宝嘴角的眼泪和口水，姜一绿心底忽然就生出了一个念头。

晚上回了家。

姜一绿洗完澡后踢掉拖鞋，蹦到林修白的床上。她拽着他的衣角猫咪一样地窝进了他怀里，仰脸看他，睫毛眨呀眨呀，忽然开口问："林修白，你是不是喜欢小孩子呀？"

房间里只亮了一盏落地的檀木灯，幽幽的光线笼了一隅，有种轻描淡写的温柔。

林修白沉默地看着她，睫毛长而密，眼神很潮湿。

过了片刻，他低念了一句。

"什么？"姜一绿没听清，稍一抬头鼻尖就碰到他的嘴唇。

温温凉凉，像是柔软的果冻。

林修白抱着她，低头吻了吻她鼻尖，轻轻地说："是。"

姜一绿拖腔"啊"一声，定定地看着他两秒，忽然就开口说："那我们结婚吧。”

而后姜一绿就看见，灯光落在他眉睫，他腮边的酒窝微微旋起，笑声低低沉沉，温柔至极。

他的那个笑容丝毫不收敛，仿佛得到了偌大的一份奖励，看得姜一绿脸慢慢发红，她羞恼地抬手捂住他的唇，瞪圆眼睛威胁地开口：“再笑我就不和你结婚了！”

林修白只是很轻很轻地眨了下眼，然后姜一绿就感觉掌心传来一下一下的湿润触感。

他似乎是在用行动告诉她，好。

其实说到底，姜一绿并没有多喜欢小孩子。养小孩大概就像是养宠物，永远都是别人家的听话可爱，自己养起来总是麻烦的。况且她还那么怕痛，根本不可能生嘛！

不过，这件事不再是她一个人的，是一个家庭，总归是要和林修白商量的。

她头疼了好几天，才终于想好了措辞，她打算和林修白说先暂时不要孩子，至少近几年是这样的。

但没有想到的是，她刚说完一句“我不想要孩子”就被林修白打断。

他看着她，眼神一如既往的认真，说：“那就不要。”

“啊？”姜一绿蒙了，舔了舔嘴唇怕他没明白就和他解释，“我的意思是这几年先不要，以后再说嘛。”其实说到后面她自己都有点心虚，毕竟以后也可能不会要。

林修白似乎是洞察出她的心思，低睫凝望着她，说：“以后我们也不要。”

姜一绿眨眨眼睛，说：“可是……你不是喜欢小孩子吗？”

“不喜欢。”他眼底深沉，抬手轻抚她的嘴角。

林修白在想姜一绿大概不会知道自己有病，他舍不得她疼，更无法忍受另一个人夺走她的视线。

结婚的念头越来越强烈，他想要她永永远远在自己的身边。但他从不会开口，只会用自己的行动与言语慢慢引诱，无论用什么方式，只要她愿意就行。

不过，最后姜一绿还是知道了，因为林修白永远不会骗她，只要她问他就答。

那天在街头，姜一绿穿着件鹅黄色的吊带长裙，锁骨细瘦，黑发搭在颈窝，皮肤莹白。

她手中的冰激凌化了一个角，“啪嗒”一下滴落指尖，惊得她回神。

她故意把冰激凌塞进林修白手里，做出无理取闹的样子，娇滴滴地开口：“林修白你好心机啊！居然骗我！”

“对不起。”

他瞳仁纯净，却没有丝毫的歉意。

这是大街上，旁边还有老人带着小孩出来遛弯。

姜一绿着实被他这一举动给弄蒙了，就那样呆呆愣愣地看着他几秒，掩面跺脚“唔”了声，头也不回地往前跑了。

旁边的大娘看着两人的举动笑了下，打趣地开口：“小伙子，你女朋友这是害羞了啊。”

那是星洲市六七月的一个午后，前一夜的大雨浇灭了暑意，凉风阵阵卷着空气中淡淡的甜腻。

林修白看着姜一绿跑走的方向，眼底明明灭灭，然后忽然笑起来，黑漆漆的眼里满是温柔。

“是妻子。”他说。